NADINE FAULAND

Wiener Melange für zwei

Über die Autorin

Nadine Fauland ist eine österreichische Autorin. Sie wurde 1983 geboren, studierte Tourismusmanagement und lebt mit ihrem Ehemann und ihrer Tochter in Wien. Neben ihrer großen Leidenschaft – dem Romanschreiben – ist sie mit Begeisterung Lehrerin und reist in ihrer Freizeit durch alle Länder der Welt. Unter Pseudonym hat sie bereits mehrere Bücher erfolgreich veröffentlicht.

NADINE FAULAND

Wiener Melange für zwei

ROMAN

lübbe

Dieser Titel ist auch als Hörbuch und E-Book erschienen.

MIX
Papier | Fördert gute Waldnutzung
FSC® C014496

Originalausgabe

Dieses Werk wurde vermittelt durch die litmedia.agency, Germany.

Lektorat: Dr. Stefanie Heinen
Textredaktion: Dr. Ulrike Strerath-Bolz, Friedberg
Umschlaggestaltung: U1berlin / Patrizia Di Stefano
unter Verwendung einer Illustration von © Patrizia Di Stefano
Satz: GGP Media GmbH, Pößneck
Gesetzt aus der ITC Galliard
Druck und Verarbeitung: GGP Media GmbH, Pößneck
Printed in Germany
ISBN 978-3-404-18955-7

2 4 5 3 1

Sie finden uns im Internet unter luebbe.de
Bitte beachten Sie auch: lesejury.de

Für Lara und Bernhard,
in Liebe

Kapitel 1

Ich brauche Liebe, fühle mich so unterkühlt! Himmel! Richtig viel Liebe bitte … Mit einem schweißtreibenden Höhepunkt, dem gestern Nacht meine Nachbarin mit einem herrlich lauten Stöhnen erlegen ist. Himmel … die Wände sind einfach zu dünn, um mich vor Neid zu schützen!

Die Mail ist von Lady Mon Chéri, die nie einen Genierer hat, dem Pizzakummerkasten genau mitzuteilen, was sie will. Lady Mon Chéri heißt im wirklichen Leben Gertrude Kobald. Lehrerin für Angewandte Kunst bei unter Achtzehnjährigen. Erotische Kunst bei etwas älteren Schülern, meist sind es Erwachsene, die sie in ihrem Atelier aufsuchen und lernen wollen, wie man Sinnlichkeit zu Papier bringt. Mittlerweile kennt Lissy ihren vollen Namen und ihre Lebensgeschichte. Kein Wunder, denn Lady Mon Chéri bestellt schon seit mehreren Monaten treu bei ihr. Vielleicht, weil Lissy zaubern kann. Vielleicht, weil sie den Kochlöffel wie ein Zepter schwingt und damit ein ganzes Schlaraffenland beherrscht. So oder so ähnlich muss es wohl sein, sonst hätte der Pizzakummerkasten nicht mehrere Erwähnungen in den bekanntesten Zeitungen der Stadt bekommen. Als »Küche für Herz und Seele« betitelte sie ein Boulevardblatt, das in einer Überzahl in den U-Bahn-Stationen ausliegt und immer für ein kurzes, abgelenktes Durchblättern gut ist.

Andere mussten in den Lockdownphasen der Pandemie ihre Lokalitäten schließen, Lissy konnte sich vor Bestellungen kaum retten. Vielleicht, weil sich so viele Menschen etwas von der Seele schreiben wollten und einen kurzen, bedeutenden Moment des Genusses suchten, um ihrem grauen Alltag eine kräftige Farbe zu verleihen. Ein sattes Pink, das auf einer ausgefallenen zitronengelben Torte tanzt und nach Amalfiküste an einem heißen, schwülen Augustnachmittag duftet. Nach einem kleinen Abenteuer, einer kleinen Reise. Nach Jetlag. Einer Achterbahn an Gefühlen. Einem Vollrausch. Nach einem stinknormalen Leben mit täglichen Experimenten, auch wenn das ein Widerspruch in sich ist. Nachdem sie jemand im ersten Lockdown auf TripAdvisor »Die Seelsorgerin für Gaumen und Herz« genannt hat, musste Lissy sogar weiteres Personal einstellen.

All die guten Bewertungen ihrer Kunden geben ihr recht, und sie hätte schon längst ihren Lieferservice ausbauen und expandieren können. Doch für Lissy ist Essen wie Poesie. Der, der sie schreibt, ist einmalig, den kann man nicht doubeln oder franchisen. Um zu zaubern und etwas zu bewirken, ist es notwendig, dass man sich in seine Kundschaft hineinversetzt, damit das Gericht am Ende das bewirkt, was es bewerkstelligen soll. Beim Verzehren muss etwas ins Schwingen geraten, vor allem beim ersten Bissen. Das ist der alles entscheidende Moment. *Der erste Bissen.* Für Lissy ist Essen die wahre Medizin. Die beste, die es für Körper, Geist und Seele gibt.

Hey, Pizzakummerkasten, ich fühle mich heute wie brauner Schneematsch, der von Kinderfüßen in den Gully getreten wurde. Was empfehlen Sie mir?, ploppt als nächste Bestellung in ihrem Posteingang auf.

Nachdenklich starrt Lissy den Bildschirm an, da sie den

Absender nicht kennt. Es ist kurz nach zwölf Uhr. Die Trüffelravioli brutzeln in der Gusspfanne in brauner Butter vor sich hin und verklären die Luft mit ihrer moschusartigen Note. Lissys Magen lässt ein sehnsüchtiges Grummeln hören. Seit dem frühen Morgen steht sie in der Küche, kocht und bäckt, um vorbereitet für das Mittagsgeschäft zu sein, das heute ungewöhnlich hektisch ist. Ihre Kreativität gerät ein wenig ins Schwitzen – wie der frisch geriebene Bergkäse, der in einer kleinen Metallschale neben dem Herd steht und darauf wartet, mit seinen Aromen in Kürze die Trüffelravioli zu veredeln. Letzte Woche hat sie den Käse unter größter Sorgfalt in ihrem wendigen Stadtflitzer aus Vorarlberg nach Wien eskortiert, kühl gelagert neben anderen Köstlichkeiten, die sie auf ihrem kulinarischen Streifzug durch Westösterreich entdeckt hat. Lissy hofft darauf, dass die Grenzen bald wieder geöffnet sind, damit sie nicht mehr darauf angewiesen ist, ihre internationalen Schätze online zu bestellen und sich dabei auf vielversprechende Werbetexte oder Werbebilder zu verlassen, die ohnehin nie halten, was sie versprechen.

Lissy, die offiziell Lieselotte heißt, hat schon von klein auf ein gutes Gespür dafür gehabt, was andere wollen. Als Kind posaunte sie es lautstark hinaus, und irgendwie stimmte ihre Deutung immer, die in manchen Fällen erschreckend genau und unbarmherzig ehrlich ausfallen konnte. Es war wie ein perfekt platzierter Dartschuss mitten in die routinierten Lügenfassaden einiger Gesichter, der manchmal deutlich sichtbare Löcher hinterließ. Heute ist Lissy vorsichtiger damit geworden und skizziert ihre Treffsicherheit nur noch mittels Oregano, Basilikum und Co. auf diversen Gerichten, die sie ihren Kunden auch erst nach Aufforderung offeriert.

In ihrem Herzen geht sie das Empfinden ihres neuen *Patienten* durch. Er hat sich das erste Mal bei ihr gemeldet. *Matthias.* Nachname unbekannt. Dafür hat sie eine Adresse. Wenn alles gut geht, würde er sich mehrere Male im Monat bei ihr melden. Nein, sie ist keine Psychiaterin, keine Psychologin oder Therapeutin. Oh Gott … auch keine Prostituierte. Und nur in Ausnahmefällen, wenn das Herz schwer vor Einsamkeit wird, eine Grenzgängerin auf Dating-Apps. Gut, ein paar Mal war sie vor der Pandemie auf *Tinder* unterwegs, aber irgendwie hat das nie so richtig klappen wollen mit den Männern. Vielleicht haben die netten Typen das mit dem Wischen nach links oder rechts nicht so recht verstanden …

In ihrem Kopf geht Lissy ihre Empfehlung durch. Etwas Süßes vielleicht? Nein, etwas Süßes als Hauptgang funktioniert nur in Ausnahmefällen. Bei Lady Mon Chéri zum Beispiel, die das regelmäßig zu Mittag von ihr kredenzt bekommt – meist einen warmen Kaiserschmarrn, weil es die Leibspeise ihrer treuen Kundin und eines von Lissys Lieblingsrezepten ist, für das sie weit über die Bezirksgrenzen hinaus bekannt ist. Manchmal kombiniert sie den Kaiserschmarrn mit einem selbst gemachten lauwarmen Apfel-Zimt-Kompott oder einem traditionellen Zwetschgenröster, wenn Lady Mon Chéri mal wieder ordentlich Schwung braucht. Geht es hart auf hart, darf auch ein Berg Puderzucker den Kaiserschmarrn unter sich begraben und ihrer Kundin den Mund verkleben.

Lissy gibt ihren *Patienten* Namen. Außergewöhnliche Namenskreationen, die ihren einfallsreichen Gerichten in nichts nachstehen. Diese Ansprüche stellt sie an sich selbst. Im Grunde genommen *ist* Lieselotte eine Therapeutin, denn Köche sind, richtig verstanden, nichts anderes als Seelsorger. Sie sorgen für das leibliche Wohl, das letztlich in einem Seelenwohl endet. Das kann jeder bestätigen, der in einem Frustrationshöhenflug einer leckeren Sahnetorte oder einer doppelten Portion Eiscreme erlegen ist und sich danach um Welten besser gefühlt hat.

Aber was ist mit diesem Matthias los? Was braucht er?

Vorsichtig öffnet sie den Kühlschrank und sieht nach, ob für Lady Mon Chéri noch genügend Rhabarberkompott da ist. Kaiserschmarrn mit Kompott? Zu einfallslos. Vielleicht eine Kombination mit Erdbeereis? Erdbeeren und Kaiserschmarrn? … *Das ist wie Schlittenfahren auf einer Geraden.* Heute wird sie ihr eine wahre Überraschung, ein wenig Aufregung kredenzen, so, wie sie es bestellt hat.

»Pierre, haben wir noch Quitten lagernd?«, fragt sie ihren Sous-Chef, der damit beschäftigt ist, ein Grapefruit-Parfait für den stets frustrierten Radicchio-Boy zuzubereiten. Sie beide wissen: Verbittert bekämpft man am besten mit Bitter. Das ist wie in der Homöopathie.

»Oui, oui, ma petite Chefiiiin. Alles noch da!«, antwortet Pierre, der eine Rezeptdatenbank in seinem Kopf gespeichert hat, vor der Lissy einst ehrfürchtig kniete. Tagelang ließ Pierre sie zittern, wie eine Diva ließ er sich mehrmals um einen Tanz bitten, ehe er mit einem leisen *Oui, oui, wahrscheinlisch will isch, isch weiß nur nisch, für wie lange* als neuer Sous-Chef im kleinen Pizzakummerkasten zu arbeiten begann. Seither stehen sie Seite an Seite. Schwitzen und tüfteln gemeinsam an ausgefallenen Kochrezepten und schwingen die Kochlöffel, als kämpften sie gegen fleischgewordene Knödelkreaturen. Sie bewerfen sich übersprudelnd mit französischen und deutschen Schimpfwörtern, die Pierre leidenschaftlich und Lissy verhalten über die Lippen kommen, sodass es nicht nur in den Töpfen raucht.

Wieder einmal gleiten Lissys Hände zur Rührschüssel, und sie beginnt zu zaubern. Mehl, Eier, Milch, Butter, Zucker, ein, zwei Körnchen Salz … den Teig vermischen, alles wie gewohnt. Dazu eine Prise Rosmarin und frisch geschnittene Quitten anstelle der üblichen Rosinen, vorsichtig dem Teig in einem unachtsamen Moment untergejubelt, sodass er für den kreativen Fauxpas nicht ins Meckern gerät. Dann goldbraun ausbacken, zur Krönung ein paar Flocken des Schokoladen-Chili-Pulvers drauf und zum Warmhalten in den Ofen gestellt. Et voilà … In wenigen Minuten wird der Süßtraum mit anderen Gerichten in bester Verfassung und perfekt temperiert ihr Lokal im Zweiten verlassen und mit dem Fahrrad im Eiltempo und vor allem klimaneutral zu ihren Kunden kutschiert werden. Der Kaiserschmarrn wird ihrer Lady Mon Chéri nach den zähen Unterrichtsstunden ordentlich einheizen und einen Höhepunkt verursachen, mit dem *sie* ihre Nachbarin eifersüchtig machen könnte.

Lissys Pizzakummerkasten hat keine Sitzplätze. Es gibt nur diese feine Küche, in der die fantastischsten und gefühlvollsten Menüs der Stadt gekocht werden. Nur in absoluten Ausnahmefällen kredenzt sie allerdings Pizza. Die bekommen nur die ganz harten Fälle von ihr geliefert. Ein schlauer Businessberater wetterte seinerzeit vor der Gründung, dass ihre Idee mit dieser Namensgebung zum Scheitern verurteilt sei, denn wo Pizza draufstehe, müsse auch Pizza drinnen sein. Lissy zuckte nur mit den Schultern. Warum sie ihren Lieferservice so genannt hat, weiß sie selbst nicht mehr so genau. Der Name wurde aus einer betrunkenen Laune heraus am Donaukanal erfunden, wo sie mit ihrer besten Freundin eine neapolitanische Pizza teilte, zwei Flaschen Veltliner-Frizzante trank und sich wegen der akuten Schlechtwetterphase in ihrem Leben ausheulte. Unter vielen Tränen und noch mehr Promille wurde der Pizzakummerkasten geboren.

Abermals ertönt der leise Glockenton.

Liebes Fräulein Lieselotte, wie geht es Ihnen heute an diesem verregneten Apriltag? Ärgern Sie sich auch so über das Wetter? Ich muss unbedingt wieder verreisen. Ich würde gerne die Meeresluft in meiner Nase spüren, die Zypressen im Wind wiegen hören und meinen Enkelkindern am goldenen Sandstrand dabei zusehen, wie sie Sandburgen bauen und heiter lachen ... Dazu süße kleine Spuren im Sand hinterlassen, die so winzig sind, dass nicht mal mein Zeigefinger der Länge nach hineinpasst. Können Sie das bewerkstelligen und mich kulinarisch in eine andere Welt entsenden? Es grüßt Sie Frau Siebenstern.

Freitag. Natürlich. Zeit, in weite Fernen zu schweifen. Zumindest kulinarisch. Mrs. Sunshine-Reggae, so nennt sie Frau Siebenstern, obwohl diese lieber Walzer als Reggae und derzeit mehr im Regen als im Sonnenschein tanzt. Freitags hebt sie gerne ab. Nur kulinarisch, denn reisen tut sie schon lange nicht mehr, was sie früher mit ihrem Mann leidenschaftlich gerne tat. Im Frühjahr ging es nach Frankreich in die Provence, im Sommer in das kaiserliche Bad Ischl, im Herbst in eine herrschaftliche Finca nach Mallorca und im Winter zum Schifahren nach Lech, wobei beide, anstatt Schi zu fahren, lieber vor dem Kaminofen in der Lobby saßen und Rotwein tranken oder ihre Zeit schwitzend in der Hotelsauna verbrachten. Seit Anbeginn des Pizzakummerkastens ist Mrs. Sunshine-Reggae eine Bestands- und Lieblingskundin von Lissy, denn die Frau trägt ihre Sehnsucht auf der Zunge. Früher hielten nicht mal eine gekühlte Flasche Dom Pérignon und ihre Lieblingssendung *Sturm der Liebe* die Grande Dame Siebenstern zu Hause, obwohl ihr Zuhause eine noble Villa in Döbling ist. Frau Siebenstern trank ihr tägliches Glas Champagner im mondänen Gastgarten des *Kamels*, im ersten Wiener Gemeindebezirk, und genoss ihren eigenen Sturm der Liebe, da sie es nie so genau mit der Treue hielt. Früher war halt alles leichter. Früher war alles lustiger. Bevor die Hüftprobleme kamen, bevor ihr Mann verstarb. Früher eben.

Lissy guckt in den Kühlschrank. Kein frischer Fisch mehr vorrätig. Kurzerhand schickt sie ihren Lehrjungen Max zum Vorgartenmarkt und beauftragt ihn, einen frischen Fisch zu *fangen*. Sie beschreibt genau, was sie will: Salzwasserfisch. Im Ganzen. Dreihundertfünfzig Gramm schwer, wegen der Abfälle. Zartes Filet. Fischmann Adal wird schon wissen, was sie haben will, denn die besten Fische gibt es beim Neunzehner-Stand an Adals Tisch, vor dem sich meist eine lange Warteschlange von Gourmets und Hipstern bildet. Täglich schwärmt Max auf seinem Elektroroller quer durch Wien aus, da die Chefin nie alle Zutaten auf Lager hat, die sie für ihre Rezepte braucht. Das wäre auch unmöglich. Oft variiert und veredelt sie Grundrezepte, die sie am Vormittag vorbereitet hat, und passt sie an die Gefühle und Bedürfnisse ihrer Patienten an. Sie hat auch keine Speisekarte. So etwas existiert im Pizzakummerkasten nicht. Man bestellt mit seinen Empfindungen. Diese auszudrücken fällt aber nicht allen leicht.

Fühle mich Scheiße. Bitte um prompte Beseitigung! MFG Mag. Gerhard Waller, ploppt plötzlich auf ihrem Bildschirm mit dem bekannten leisen Glockenton auf. Der zarte Eingangston passt nie zu den Bestellungen, die der Bitter-Lemon-

Mann ihr beinahe täglich schickt. Er bräuchte so eine *Rocky-Balboa-Melodie* oder irgendetwas Hartes von *Metallica* oder *HammerFall*. Gerhard Waller ist immer gestresst, kurz vor dem Kollaps, selbstbehauptend am Puls der Zeit und stets überarbeitet. Er macht irgendetwas mit Finanzen, jongliert mit Zahlen und Depots herum, als würde er eben mal ein paar Brötchen beim Bäcker kaufen. Einmal versuchte er, Lissy seine Geschäftsagenda zu erklären. Da stieg sie aus, denn sie ist froh, wenn sie versteht, was ein Effektivzinssatz für die Tilgung ihrer Kreditrate bedeutet.

Mr. Crunch! So nennt sie diesen Matthias ab sofort. Und mit dem Namen hat sie auch schon das perfekte Gericht für ihn im Kopf. Oder war es andersrum?

Himmel, die Knödel!

»Pierre, kannst du dich um Robinson Crusoe kümmern?«

Den hätte sie bei den vielen Bestellungen beinahe vergessen. Dr. Robinson Crusoe bestellt erst seit Kurzem bei ihr, dafür regelmäßig. Er ist ein emeritierter Geschichtsprofessor, der kaum einen Fuß vor die Tür setzt, aber immer hungrig nach einem Abenteuer ist. Also versteckt ihm Lissy seine Abenteuer in Knödeln. Jeden einzelnen bereitet sie mit einer individuellen, überraschenden Fülle vor. Mal süß, mal herzig, sodass Dr. Crusoe immer wieder gespannt den nächsten Bissen nimmt. Ein Blick in den Kühlschrank verrät ihr, dass sie nur noch tiefgekühlte Garnelen vorrätig hat. Kurzerhand ruft sie Max an und beauftragt ihn, ein paar frische vom Markt mitzubringen, ansonsten würde Mr. Crunch nach zwei Stunden den Hungertod erleiden. »Wieder diese ur-teuren?«, will Max wissen, der gerade ungeduldig in der Warteschlange für den Fisch steht.

»Ja, genau die, die du mir letztes Mal gebracht hast. Die waren gut. Zweihundert Gramm.«

»Geht klar, Boss«, sagt er cool und macht dabei eine lässige Handbewegung, als müsse er etwas am Schwarzmarkt für seine Chefin besorgen. Lissy mag es nicht so recht, wenn er sie so nennt. Aber »Boss« klingt für Max richtig, denn dann kommt er sich wie auf einer wichtigen Geheimmission vor und fühlt sich wie eine jugendliche Version von James Bond.

Wirklich rentabel ist Lissys Geschäft nicht, da sie mit ihrem Konzept keine Massen abfertigen kann und stets viel Zeit benötigt, um sich das passende Gericht auszudenken. Das verlangt auch ihren Kunden einiges an Geduld ab, was nicht jedem liegt. Wer wartet heute noch gerne auf etwas? Manche haben aus diesem Grund nur ein einziges Mal beim Pizzakummerkasten bestellt. Und immer wieder gab es kritische Bewertungen auf diversen Portalen, die die langen Wartezeiten rügten. Wer hat heute noch Zeit für Überraschungen? Doch gut Ding braucht nun mal Weile. Vor allem beim Essen. Geduld und Genuss gehen hier Hand in Hand. Lissy bereitet die Cornflakes-Panade für die Garnelen zu, wäscht den Feldsalat und schneidet eine Mango klein. Im Anschluss kreiert sie ein ausgefallenes Dressing aus Koriander, Mango- und Zitronensaft, das ihr für Mr. Crunch in den Sinn gekommen ist. Der knusprige Garnelensalat, serviert mit dem krossen hausgemachten Weißbrot, das Pierre täglich morgens bäckt, wird in Windeseile den Matsch in Matthias' Leben beseitigen.

~

Am Nachmittag fährt Lissy mit der U-Bahn an die Alte Donau, um es sich für ein paar Stunden auf einer Decke im grünen Gras gemütlich zu machen, ehe das Abendgeschäft losgeht. Direkt am Wasser breitet sie ihre Picknickdecke aus, nimmt ein

Sandwich und ein wenig Obst aus der Tupperdose und setzt sich. Entspannt lehnt sie sich mit ihrem Oberkörper an den Rucksack und sieht den Enten dabei zu, wie sie seelenruhig ihre Runden im Wasser drehen, während sie ihr Sandwich verdrückt. Als sie mit dem Essen fertig ist und die Tupperdose in ihren Händen gegen ein Buch tauschen will, trudelt eine neue Nachricht in ihrem Restaurant-Chatprogramm ein. Hat sie etwa vergessen, das Ordersystem aus- und die Notiz zu den Öffnungszeiten einzuschalten? Sie nimmt ihr Handy zur Hand.

Hallo … was kostet denn eigentlich ein Apfelstrudel mit Vanilleeis? … Ach so, und mit Schlag. Kann man Schlag überhaupt transportieren?

Lissy zuckt mit den Schultern und legt ihr Buch beiseite. Natürlich ist Schlagsahne transportierbar, aber einen Apfelstrudel hat sie gerade nicht vorrätig. Strudelteig ist auch nicht mehr im Haus. Also kann sie gleich zurückschreiben.

Leider kann ich Ihnen heute keinen anbieten. Apfelstrudel ist aus, und wir haben derzeit geschlossen. Ab achtzehn Uhr sind wir wieder für Sie da. Da helfen wir Ihnen gerne mit einer passenden Alternative weiter. Kulinarische Grüße, Ihr Pizzakummerkasten

Oh … schade. Ich suche nämlich nach einer schönen Erinnerung, und Sie sind ja der Kummerkasten. Also der Pizzakummerkasten. Und da dachte ich, Sie können mir weiterhelfen. Oder gibt es da bei Ihnen nur Pizza?

Wie sieht denn die Erinnerung aus?, schreibt Lissy zurück, denn die Nachricht hat sie neugierig gemacht, versucht sie doch selbst ständig, sich an schönen Erinnerungen aus der Vergangenheit festzuhalten.

Lange kommt nichts zurück, sodass sich Lissy in ihr Buch vertieft und die spärlichen Sonnenstrahlen genießt, die dieser wolkenverhangene Nachmittag freigibt.

Ein leiser Glockenton erklingt.

Sie hat warme Hände. So ganz zarte warme Hände, von denen man gerne umarmt wird. Von denen jeder gerne umarmt wird. Da bin ich mir sicher. Hundertpro. Aber eigentlich weiß ich gar nicht mehr, wie sich diese Hände angefühlt haben. Also, eigentlich hab ich's vergessen.

Lissy scrollt neugierig zur E-Mail-Adresse des Absenders. JenXo. *Trauriges kleines Herz*, denkt sie. Eine neue Patientin. Ein weiterer Glockenton ertönt.

Und mit diesen Händen hat sie für mich immer Apfelstrudel gemacht. So einen richtig, richtig leckeren, müssen Sie wissen. Davon hab ich Unmengen gegessen, bis mir der Bauch nach vorne gestanden ist und Papa gesagt hat, dass ich einen echten Ranzen hab.

Lissy lächelt sanft vor sich hin. Eine Kindheitserinnerung kommt ihr in den Sinn. Goldene Weizenfelder, Marillenbäume, ein kleiner Bach, der sich leise durch die Landschaft schiebt. Träges Sonnenlicht, das vom Himmel gleitet, als wäre es von den schwülen Julitagen müde geworden. Ihre beste Freundin Jelenka, die nach ihrer Hand greift. Mit der sie kichernd über den Holzsteg läuft und mit einer in unzähligen Springstunden perfektionierten und synchronisierten Arschbombe im lauwarmen Badeteich landet. Eine alte, robuste Dame mit ländlichem Kopftuch, die irgendwann am späten Nachmittag mit ihrem schwarzen Waffenfahrrad angerollt kam. Die immer zur selben Uhrzeit am späten Nachmittag zum Teich radelte, und mit ihren Rufen und dem kargen, schroff klingenden Deutsch die untergetauchten Köpfe aus dem Wasser lockte. Dafür brauchte es nur einen einzigen Satz, und beide sprangen wie junge Hunde in Erwartung eines köstlichen Leckerlis aus den Fluten.

»Jelenka, Lissy, gute Štrukli. Ihr kommen raus essen. Jetzt noch warm!«

Und dann das aufgeregte Kribbeln im Bauch, wenn man aus dem Wasser hastete und zur Decke rannte, um als Erste dort zu sein. Doch nie wollte es gelingen. Jelenka war immer schneller als Lissy. Vielleicht, weil sie das Laufen kannte. Immerhin ist sie einst mit ihrer Großmutter vor Bomben weggelaufen.

Dann das aufgeregte Verfolgen mit Blicken, wenn die Bäckermeisterin mit kritischen Zügen ihr Meisterstück, eingewickelt in Pergamentpapier, aus dem Flechtkorb zog. Zwei Teller hervorholte und die Strudelstücke mit Puderzucker anrichtete, den sie in einer kleinen Metalldose im Korb mittrug. Eine kurze, ehrfürchtige Stille, ehe man den ersten großen, unersättlichen Bissen nahm. Aus Hunger, aus Lust, aus Gier, aus Liebe … was auch immer. Es schmeckte fantastisch und ist unvergesslich.

Leider ist es Lissy nie gelungen, dieses Gefühl nachzukochen. Nicht für sich selbst und auch nicht für Jelenka, denn die Großmutter ging nach dem Ende des Jugoslawienkrieges in ihre Heimat zurück.

Eine Umarmung also?, schreibt Lissy.

Ja, eine richtig feste hätte ich gern. Ich kann auch warten, bis Sie wieder offen haben. Auf coole Sachen kann ich immer warten.

Dann lasse ich mir gerne etwas für Sie einfallen.

Und was kostet das? Ich hab noch zwei Euro von meinem Taschengeld übrig. Reicht das?

Dafür bekommt man nicht einmal mehr einen Apfelstrudel in der Bäckerei, denkt sich Lissy.

Erzählen Sie als Dank einfach einer Freundin von meinem Service, wenn Sie mit meiner Küche zufrieden waren. Ich schicke Ihnen später etwas vorbei.

Sie können Du zu mir sagen. Ich bin nämlich erst zehn.

Lissy lächelt; manchmal fühlt sie sich auch wie zehn und springt mit einer Arschbombe und ihrer besten Freundin an der Hand in die Fluten des Lebens.

~

Am frühen Abend tröpfeln die Bestellungen wie ein Latte macchiato, der stockend aus der Maschine rinnt, im Kummerkasten ein. Eine angenehme Arbeitsatmosphäre herrscht, sodass Lissy und Pierre nebenbei Musik hören können, ohne Gefahr zu laufen, die kreative Kontrolle über ihre Kochkunst zu verlieren. Heute ist der Sous-Chef mit der Songauswahl dran, was Max mit einem Murren quittiert, denn er weiß, was gleich kommen wird. Pierre ist mit Leib und Gaumen Franzose und steht auf alte Chansons, die viele Jahre vor Max' Geburt das Licht der Welt erblickten. Ein Klassiker trällert aus den Boxen, zu dem Pierre fröhlich mitpfeift.

Überrascht hebt Lissy eine Augenbraue und stellt die Pfanne mit den gerösteten Mandelsplittern zur Seite, denn Pierre gepaart mit Fröhlichkeit ist wie Gulasch mit Avocado – eine besorgniserregende Kombi, die so gut wie nie zusammen auftritt. Es sei denn, der Koch ist verliebt und wüsste nicht so recht, wo ihm der Kopf steht. Normalerweise ist Pierre ein beständiger Dramatiker, nie *offiziell* fröhlich, als hätte er irgendwann beschlossen, als dramatischer Küchengott in seine eigene Lebensgeschichte einzugehen. Er besteht auf dem süßen Schmerz in seinem Alltag, der ihm zart wie Panna cotta die Kehle runtergleitet. Ein paar Flocken gut designte Theatralik, garniert mit einer gewissen Schwermut, die er sich frühmorgens nach dem Aufstehen auf die Schultern packt, ist das ideale Frühstück, um mit einem ausgedehnten Seufzen in den Tag zu starten. Lissy hätte das perfekte Rezept für ihn parat, doch er ist noch nicht bereit loszulassen. Max setzt sich seine geräuschreduzierenden Kopfhörer auf, die er sich von seinem letzten Lehrgeld gekauft hat, und erklärt, dass er jetzt nur noch über sein Handy erreichbar sei. Dann wendet er sich gewissenhaft dem Abwasch zu, während seine Lieblingssongs an seine Ohren klopfen und seinen Fingern eine beneidenswerte Geschwindigkeit verleihen, mit der er in Windeseile das dreckige Geschirr in den Spüler räumt.

Irgendeine scheußlische Rapperr aus Deutschland oder Österreisch, der stillose Musik macht, sagt Pierre immer, wenn Max seine Auswahl trifft und seine Chefitäten dazu verdonnert, Texte und sonderbare Klänge zu inhalieren, die Lissys Kreativität gerne auf stürmische See schicken. Doch Lissy lässt ihrem Max (fast) alles durchgehen, immerhin war sie selbst mal jung. Gut, damals hörte sie Kelly Clarkson mit sinnvollen Songs wie *Since U Been Gone*, zu denen man hemmungslos schmachten und liebeskummerbedingt weinen konnte, aber Max wurde ja noch nie von jemandem sitzengelassen. Zurzeit zieht er mit der hübschen Lena um die Häuser oder schreibt ihr Dutzende Nachrichten – einen undurchsichtigen Buchstabensalat an Abkürzungen –, als wäre er zu busy, um einen ordentlichen Satz in sein Handy zu tippen. Die süße Lena mit den langen blonden Haaren und der kleinen Stupsnase hat Max vor wenigen Wochen am Karlsplatz den Kopf verdreht. Mit unzähligen anderen Jugendlichen haben sie dort Party gemacht, obwohl es wegen Corona strikt verboten war. Max hat dann seine Lena vor der Polizei *und* einer Hundestaffel gerettet und ist mit ihr Hand in Hand in die nächste öffentliche Toilette geflüchtet, um sich mit ihr auf dem Damenklo zu verstecken. Dort hockten sie eine Weile auf dem Klodeckel beisammen und teilten eine Dose Bier, die er auch vor der Polizei gerettet hatte. Klar, dass man sich auf so einer brenzligen Tour, bei der man quasi schon die Handschellen klicken hört, ineinander vergucken muss. Das schweiße halt zusammen, hat Max seiner Chefin bei einem leckeren Butterkipferl erzählt. Von Dienstag bis Freitag frühstücken sie nämlich immer gemeinsam, ehe sie beschwingt mit der Arbeit loslegen. Während sie Spiegeleier und Hörnchen verdrücken, hält ihr Max gut gelaunt sein Handy unter die Nase und spielt sein Best-of an Tik-Tok-Videos ab, bei denen er sich am Vorabend in den Schlaf gelacht hat. Meist muss Lissy dann auch lachen, denn Max' und ihr Humor sind vorbildlich kompatibel. Geradezu klassisch kompatibel, wie Vanilleeis und Schlagsahne.

Der leise Glockenton ertönt. Lissy sieht zum Computer, und ein Grinsen verankert sich auf ihren Lippen.

Liebes Fräulein Lieselotte, der Fisch gestern war ein Gedicht. Ich hatte doch tatsächlich das Gefühl, in einem herrlichen Restaurant an der französischen Riviera zu sitzen und eine köstliche Dorade zu verspeisen. Und erst diese delikate Beilage! Was Sie sich immer für mich einfallen lassen! Jeder Bissen war wie eine sanfte Meeresbrise, die sachte mein Gesicht streifte. Herzlichen Dank für dieses kulinarische Vergnügen, Ihre Frau Siebenstern.

Mrs. Sunshine-Reggae. Zufrieden schließt Lissy die Nachricht. Dankesworte sind Balsam für ihre Seele, genau dafür kocht sie. Für dieses Glücksgefühl steht sie beinahe täglich in der Küche und tüftelt an ausgefallenen und treffsicheren Gerichten, an die sich ihre Kunden auch am Tag darauf erinnern wollen.

Erneut ertönt der leise Glockenton. Dann gleich noch einmal.

Kein Wunder, denn gegen neunzehn Uhr trudeln die meisten Bestellungen ein. Ab zwanzig Uhr flacht das Geschäft langsam ab. Neugierig guckt sie auf das Display. Doch dieses Mal zieht eine heftige Gewitterwolke in Lissys Kopf auf. Ihre Mundwinkel kippen wie die Enden eines Kipferls nach unten. Sie hält einen Augenblick die Luft an, denn das macht sie immer, wenn im Betreff das gefürchtete Unwort auftaucht. Jener Begriff, den wohl kein Unternehmer gerne liest.

Beschwerde! steht da mit einem dicken fetten Rufzeichen,

als wäre das Ausrufezeichen wichtiger als das Wort selbst. Absender: Matthias H. – *Mr. Crunch.*

Sehr geehrtes Pizzakummerkasten-Team,
ich habe bei Ihnen bestellt, weil ich von Ihrem Lieferservice in der Zeitung gelesen habe, doch leider kann ich mich den überschwänglichen Worten der Redakteurin – die anscheinend eine herbe Geschmacksverirrung hat – in keiner Weise anschließen. Was Sie mir geschickt haben, ist so unpassend, dass ich dieses Experiment nach dem dritten Bissen kopfschüttelnd beenden musste. Wie kommt man auf die Idee, einem Mann einen leichten Salat zu schicken? Einen so exotischen noch dazu, wo so gar nichts zusammenpasst? Hätte ich so etwas gewollt, dann hätte ich gleich beim Thailänder ums Eck bestellt.
Ich bin übrigens 1,89 m groß und wiege sportliche 81 kg … Gut, das konnten Sie aus meiner Beschreibung nicht herauslesen, aber ein Mann mit dieser Statur … oder wahrscheinlich ein jeder Mann … benötigt eine satt machende Draufgabe auf so einem mickrigen Salat.
Schade, ich hätte mir weniger Einfallsreichtum, mehr Portionsgröße und vor allem eine schnörkellose Bodenständigkeit erwartet.
Mit freundlichen Grüßen
Matthias Hübner, MSc.

Lissy liest die Nachricht ein zweites Mal. *Matthias Hübner, MSc.* Als müsste er einen Titel anhängen, damit man seine Beschwerde ernst nimmt. Die Worte versetzen ihrem Herzen einen Stich, denn Lissy enttäuscht nicht gerne. Lieber wird sie enttäuscht, als anderen dieses beklemmende Gefühl zuzumuten.

»Ziemlisch unverschämt, diese Kerl, dabei hast du dir so viel Mühe gegeben. Arme petite Lissy«, bemerkt Pierre, der seiner Chefin im richtigen Moment über die Schulter geschaut hat. Pierre hat einen besonderen Riecher für das Eintrudeln von Kritik, als hätte er einen inneren Alert für diese Art von Nachrichten eingerichtet. Er spürt sie alle auf, egal, ob in Zeitungen oder im Internet, und er fordert sie manchmal auch face to face heraus, um dann, mit beiden Beinen fest am Boden verankert, seinem Gegenüber Kontra zu geben. Pierre steckt nicht gerne ein, dafür saugt er Positives wie ein trockener Schwamm auf. Das gesamte Umkleidezimmer hat er mit Lobeshymnen auf den Kummerkasten und seine Kunst plakatiert, als würde er jedes Mal in seiner Hall of Fame ein Schokoladenbad nehmen, wenn er in seine karierte Kochhose und die schwarze Kochjacke mit der dezenten Stickerei *Pierre Dubois* schlüpft.

Sehr geehrter Herr Hübner, MSc, schreibt Lissy zurück und markiert seinen Mastertitel fett, damit ihm klar ist, für wie lächerlich sie die Betonung des ihm so wichtigen Titels hält. Einige Male formuliert sie die Nachricht um, damit die Sätze nicht wie eine schwere Keule auf sein Haupt einschlagen, wenn sie erst mal raus sind.

Wir bedauern, dass wir Ihren Geschmack nicht treffen konnten. Wir versuchen immer, das passende Gericht für unsere Kunden zu kreieren. Aufgrund ihrer kurz ausgefallenen Beschreibung ist uns das anscheinend nicht zu Ihrer vollen Zufriedenheit gelungen. Vielleicht geben Sie uns dennoch eine zweite Chance und bestellen wieder einmal bei uns, damit wir Sie von unserer Küche überzeugen können.

Als Wiedergutmachung würden wir Ihnen gerne ein paar süße Grüße vorbeischicken.
Ihr Pizzakummerkasten

Lissy wird dem Fahrradlieferanten ein paar Marillenknödel einpacken, mit ordentlich vielen Bröseln und einem kleinen Staubzucker-Häubchen, das dem Kunden die schlechte Laune vertreiben wird. Ihr Zeigefinger verweilt auf der Returntaste, denn sie ist sich plötzlich nicht sicher, ob Mr. Crunch *ihre* Marillenknödel überhaupt verdient. Immerhin hat er seine Beschwerde ziemlich unhöflich formuliert. Himmel, eigentlich hat er ihr mit seinen Worten einen Tritt in ihren Allerwertesten verpasst. Erbost löscht sie die letzte Zeile wieder, auch wenn dann der Teil mit der Kompensation entfällt. Aber warum soll sie überhaupt etwas kompensieren? Sie ist sich sicher, für ihn das passende Gericht entworfen zu haben, um ihm aus dem Gully zu helfen.

Postwendend kommt eine Antwort zurück.

Ich habe was von Matsch in meinem Leben geschrieben. Jemand, der sagt, er sei von Kinderfüßen in das Abflussgitter getreten worden, braucht bestimmt nicht ein paar Blättchen Salat, um sich nicht mehr wie Gatsch zu fühlen. Da will man doch was Aufbauendes, in etwas richtig Fleischiges beißen. Und nicht den Fisch zwischen seinen Zähnen suchen müssen!

Eine Garnele ist ein Krebstier, erklärt Lissy ihrem Bildschirm und möchte die Belehrung am liebsten in die Tastatur knallen, aber da sie keine acht mehr ist und mittlerweile gelernt hat, dass man anderen auch nicht mit Worten die Zunge zeigt, verhält sie sich vorbildlich erwachsen, wie es sich für die Inhaberin eines gehobenen Lieferservices gehört.

Was hätten Sie denn genau erwartet?, schreibt sie zurück, was Pierre mit einem Augenrollen quittiert, denn er hätte Mr. Crunch virtuell mit dem Geschirrtuch zum Teufel gejagt. Aus diesem Grund übernimmt Lissy übrigens die Posteingänge im Pizzakummerkasten. Man weiß ja nie, welche Bomben tagtäglich eintrudeln und welche Pierre davon zündet.

> *Ein ordentliches Schnitzel, Cordon bleu oder ein zartes Roastbeef. Das hätte ich mir vorgestellt. Ich meine, da waren Cornflakes auf meinen Garnelen! Wer isst denn so was?*

Lissy. Lissy isst so was. Sie liebt Garnelen im Cornflakesmantel. Pierre findet sie auch nicht schlecht, was so viel heißt wie *prima*, und Max verschlingt sowieso alles in doppelter Portion, was man ihm hinstellt.

Das war eine kreative Interpretation, Herr Hübner. Das ist unsere Arbeitsweise. Wir bedauern, dass wir Ihren Erwartungen nicht gerecht werden konnten, tippt sie, denn sie will nicht länger ihre Fingerfertigkeit dazu verschwenden, bei einem Typen, der ihre ausgefallene Küche nicht zu würdigen weiß, zu Kreuze zu kriechen. Stattdessen könnte sie an die Arbeit gehen und sich ein neues Gericht für die Toblerone-Mum ausdenken, von der gerade eine Bestellung eingetrudelt ist und die ihre Fertigkeiten wirklich verdient.

> *Da muss ich Sie leider enttäuschen. Das war eine kreative Fehlinterpretation. Egal, vielleicht klappt es ein anderes Mal.*

Ein nächstes Mal wird es nicht geben. Dieser Typ wird nie wieder bei ihr bestellen, das ist so sicher wie das Salz im Meerwasser. Und Lissy ist sauer auf ihn. Das hat Gewicht, wie der Speckrand auf einem Schweinsbraten.

Sollten Sie wieder mal eine kreative Fehlinterpretation wünschen ... oder ein wenig Fisch zwischen Ihren Zähnen suchen wollen ... dann schreiben Sie uns einfach. Und wenn ich Ihnen einen kleinen Tipp geben darf, bestellen Sie sich ein Schnitzel beim Wirt ums Eck, dann geht's bestimmt gleich besser!

Pierre klatscht in die Hände. »Senden«, befiehlt er und schickt sich an, selbst auf die Returntaste zu drücken. Doch Lissy ist feige ... nein, vielmehr professionell ... und löscht die Nachricht wieder.

Wir danken Ihnen für Ihr Feedback und wünschen Ihnen einen angenehmen Abend, schreibt sie stattdessen zurück.

»Oh, süße Lissy, deine Freundlischkeit wird dir noch das Herz breschen!«, sagt Pierre enttäuscht und widmet sich wieder dem Teig in der Schüssel, den er in der Aufregung vernachlässigt hat. Lissy presst ihre Lippen zusammen und sucht sich einen gedanklichen Rettungsanker, indem sie sich auf die nächste Bestellung konzentriert. Sie hat jetzt keine Zeit, sich auf ihre Gefühle einzulassen.

SOS! Chaos im Hause Fischer!
Bea hat heute einen Euro verschluckt. Großes Drama. Dann hat Timo versucht, den Euro aus ihr herauszuschütteln, und die große Emma hat nur gerufen: »Timo bringt die Bea um!« Bin wie eine Raubkatze ins

Wohnzimmer gesprintet, um ein Kind nach dem anderen zu retten. Im Endeffekt ist nichts passiert, außer, dass die Bea jetzt ein Sparschwein ist und mir der Würsteleintopf angebrannt ist. Aber mein Mann hatte darauf ohnehin keine Lust, hat er mir vorhin am Telefon gesagt, weil er zu Mittag nur eine schnelle Eitrige beim Würstelstand hatte. Woher soll ich das wissen? Bin ich Superwoman? … Oder Supermum? Meine Kinder schreien gerade »Mamaaaaaaaa, Hunger!« in einer Lautstärke, als wollten sie eine Blaskapelle übertönen, und plündern die Naschlade, wodurch sie sich demnächst wie auf Speed verhalten werden. … Seufz! Und alles, was mein Kühlschrank hergibt, sind Ketchup und Nudeln von gestern. Das kann ich meinen Kindern nicht schon wieder antun. Bitte um rasche Hilfeleistung, damit ich die Raubtierfütterung vornehmen kann! … Und mein Mann mir weiterhin die Treue hält.
Grüße, Carina (Fischer)

Lissy schmunzelt, als sie die Nachricht von der Toblerone-Mum liest, und beneidet Carina ein klein wenig um das süße Chaos, das ständig bei ihr herrscht. Manchmal hätte sie auch gerne ein kunterbuntes Treiben in ihrer kleinen Wohnung, in der nicht mal eine faule Katze gähnt. Vorausschauend hat sie heute Nachmittag einen Stefaniebraten gemacht. Sie gibt Pierre ein Zeichen, damit er das Püree mit Butter finalisiert. Das Abendessen werden Carinas Kids lieben. Kinder mögen Dinge, die irgendwo versteckt oder eingeschlossen sind, dann fühlen sie sich wie Goldgräber, die einen Schatz entdeckt haben. Wenn die drei Racker auf die besondere Füllung stoßen, werden sie genüsslich schmatzen. Als Draufgabe packt Lissy ihrer Kundin eine kleine gekühlte Flasche Prosecco in die Tüte, denn sie weiß, dass sich die Toblerone-Mum, sobald die Kinder in ihren Bettchen schlummern, erschöpft mit ausgestreckten Beinen in ihren bequemen Ohrensessel fallen lässt und ab und an ein gekühltes Glas Prosecco trinkt und ein paar Seiten in einem Buch liest.

Am Abend, nachdem das Hauptgeschäft vorbei ist, schickt Lissy Max nach Hause, damit er die erlaubte Stundenanzahl für die Woche nicht überschreitet. Den Abwasch hat er wie immer in Bestzeit erledigt und sich selbst eine imaginäre Medaille dafür verliehen. In der letzten halben Stunde lag er seinen Vorgesetzten mit seinen Plänen für das Wochenende in den Ohren. Richtig *nice illegal* ausgehen wird er, danach mindestens zwölf Stunden ausschlafen und am Sonntag mit seinem besten Freund Playstation spielen … und ganz viel mit der Lena knutschen, weil die so süße Lippen hat. Als Lissy ihm das Go für sein aufregendes Wochenende gibt, packt er in Nullkommanichts die Essensreste in seinen Rucksack und düst mit seinem Flitzer hinaus in die abendlich vibrierende Stadt.

Hello, mein Dreamteam! erscheint als nächste Bestellung im Posteingang.

> *Heute habe ich so was wie Hummeln im Arsch, und ich spür den Fahrtwind schon in meinem Gesicht, denn … Trommelwirbel … ich werde mit der feschen Hanni später mit dem Cabrio auf den Kahlenberg düsen. Das wird eine Hammer-Ausfahrt. Die Hanni wird neben mir jauchzen, und ich werde meine Finger an das Lenkrad klammern müssen, damit ich keinen Mist im Straßenverkehr baue, denn die Hanni hat ja immer so ein aufregendes Dekolleté zu bieten, was mich ganz*

Wuki-Wuki macht. Die weiß halt, wie sie mich glücklich machen kann. Nach dieser Spritztour habe ich ihr ein super-romantisches Candlelight-Dinner im beheizten Whirlpool in meinem Schrebergarten versprochen, »das ich extra für sie kochen werde«. Dazu muss eine Flasche Beaujolais-Villages passen. Oder vielleicht auch zwei. Den Wein habe ich natürlich schon. Was eure Aufgabe ist, wisst ihr ja.
Das, was ihr bei der Beate fabriziert habt, war echt geil. Würde wahrscheinlich auch für die Hanni passen. Bitte pünktlich um 20.50 Uhr liefern, damit die Hanni das nicht checkt.
Servus, Kurt

Don-Juan-Quitte. Der kleine schlimme Finger, der jedes Wochenende Damenbesuch hat. Die Abwechslung, die er sich dabei nicht nur kulinarisch gönnt, ist sündhafter als eine dreistöckige Sahnetorte. Die Dekolleté-Hanni wird ihr eigenes Gericht bekommen, so viel ist sicher, und Don-Juan-Quitte seine heiße Nacht mit ihr. Kurts Charme scheint verführerischer zu sein als Sprühsahne mit Eierlikör.

»Pierre, Alarmstufe Liebe!«, flötet Lissy und guckt über ihre Schulter zum Sous-Chef, der gerade in sein Handy vertieft ist. »Übernimmst du das? Wir brauchen was Französisches. Vier Gänge mit einem explosiven Dessert und einem kleinen Frühstück … Nein, vergiss es, das Frühstück lassen wir weg, wir wollen keine falschen Erwartungen schüren.« Nicht, dass ihr wieder ein Fehler passiert wie bei Mr. Crunch, denkt sich Lissy und druckt Pierre die Bestellung aus. Die Rotweinmarke unterstreicht sie mit Leuchtmarker. »Kummerkasten an Pierre! Hallo, ist mein Sous-Chef noch anwesend, oder galoppiert er durch die Normandie?«, ruft sie, da sie keine Antwort erhält und Pierre hin und wieder gedanklich abdriftet.

»*Merde!* Das solltest du dir ansehen! Was für ein Crétin! Dass er sisch gleisch online auskotzen muss. So schlescht war deine Essen nisch!«, sagt Pierre und hält Lissy verärgert sein Handy unter die Nase.

Und da steht es.

Eine neue vernichtende Bewertung auf Google.

Was für eine herbe Enttäuschung!
Der Pizzakummerkasten konnte mich weder mit seiner Kreativität noch mit der Portionsgröße zufriedenstellen. Falsche Interpretation meiner Empfindung inklusive unangemessener Entschädigung seitens des Lieferservices. Nicht zu empfehlen. Werde zukünftig wieder anhand einer Speisekarte meine Auswahl treffen, denn da weiß ich, was ich bekomme. Matthias H.

Was hat dieser Herr Hübner für Vorstellungen?, fragt sich Lissy verärgert. Dass sie ihm ein Schnitzel paniert und mit einer vergoldeten Entschuldigungskarte im Schnelltempo an seine Adresse liefert? Zu kochen, was ihr in den Sinn kommt, ist die Freiheit der Interpretation. *Ihre* Freiheit. Und Fehler passieren. Vor allem bei dieser Art von Bestellsystem. Nicht immer trifft sie ins Schwarze, und mit den spärlichen Informationen, die ihr vorlagen, hat sie halt mal einen Pfeil ins Nirwana verschossen.

Da macht sie sich so viele Gedanken, und dann geht es schief. Das kommt selten vor, holt Lissy aber zielsicher von ihrer rosaroten Zuckerwattenwolke, auf der sie gerne schwebt.

Kurz nach einundzwanzig Uhr verabschiedet sich Pierre von ihr. Lissy desinfiziert die letzte Oberfläche, zieht ihre Kochjacke aus und lässt sich müde in einen Sessel plumpsen. Großzügig schenkt sie sich ein Glas Rotwein ein und geht noch einmal die Order von Mr. Crunch durch. Hm … vielleicht hat dieser Matthias doch recht gehabt. Eine Sache, die versteckt in seinen Worten liegt, hat sie nämlich übersehen.

Kapitel 2

In den letzten Tagen hat es die meiste Zeit geregnet. Dafür wirkt es an diesem Samstagmorgen, als hätte sich die Sonne endlich dazu entschlossen, ihre Ärmel hochzukrempeln, sich durch die Wolken zu boxen und zu rufen: »Lasst mich durch, das ist ein Notfall!« Einsatzfreudig strahlt sie auf Lissys Haupt nieder, was diese beim Verlassen ihres Wohnhauses noch mit einem dankenden Stoßgebet Richtung Himmel quittiert hat, mittlerweile aber, seit sie schwitzend auf dem Fahrrad sitzt und zum Brunnenmarkt radelt, mit einem schwerfälligen Keuchen zur Kenntnis nimmt.

Wie jede Woche ist sie mit ihrer Mutter auf einen Kaffee verabredet, denn Lissys Eltern betreiben dort einen feinen Stand, an dem sie Obst aus biologischem Anbau und Spezialitäten aus der Wachau anbieten. Vom elterlichen Marktstand aus begibt sie sich samstagvormittags immer auf eine ausgedehnte Shoppingtour, denn der Pizzakummerkasten sperrt an diesem Wochentag erst am Abend auf. Natürlich kauft Lissy keine schwindelerregenden High Heels, elegante Röcke oder hippe T-Shirts mit Print, sondern Gewürze und frisches Gemüse, die aus allen Regionen der Welt importiert werden.

Lissys Lieblingsplätze in Wien sind die Märkte, die gerade im Frühjahr zu einem wahren Erlebnis für Kulinarikbegeisterte werden können. In ihrer Freizeit spaziert sie am liebsten stundenlang an den vielen Ständen vorbei, atmet die andersartigen Düfte ein und denkt sich dabei in phantasievolle Sphären.

Dichtes Gedränge, Geplapper und ungleiche Gerüche bündeln sich, als sich Lissy dem ersten Stand nähert. Eine exotische Aura stülpt sich plötzlich über sie, und eine faszinierend bunte Welt tut sich vor ihren Augen auf, die Neues und Gewohntes bereithält, die einen neugierig staunen oder wissend voranschleichen lässt. Ein strahlend blauer Himmel, der weder ein kleines Wölkchen noch einen grauen zarten Streifen als Unterbrechung duldet, dehnt sich über den Sonnendächern der Stände aus.

Einige Menschen zwängen sich durch den engen Marktgang, Verkaufsläden stehen verbündet Seite an Seite, und ein wenig Chaos strömt wie ein Wind durch die Luft und manifestiert sich am Boden in Form von unordentlich gestapelten Kisten, herumliegenden Früchten und undefinierbaren Abfällen in Plastiksäcken. Das authentische Chaos gibt Lissy jedes Mal das besondere Gefühl, plötzlich in einer fremden Welt und in einem andersartigen Leben angekommen zu sein. Hier zu sein, das fühlt sich für Lissy an wie ein Stück Nach-Hause-Kommen.

Früher, als sie noch ein Kind war, hat sie immer auf dem Marktgang gespielt, während ihr Vater mit melodischer Stimme seine Waren angepriesen hat. »Frische Marillen aus der Wachau! Kostprobe gefällig, verehrtes Fräulein oder gnädiger Herr?«, hat er immer gerufen und hielt Stammkunden und solchen, die es noch werden sollten, seine mundgerechten Probierhäppchen hin. Während andere Kinder Sandburgen schaufelten, baute Lissy Türme aus Äpfeln und Birnen. Während Gleichaltrige Skizzen von Monstern und Prinzessinnen anfertigten, malte sie sich aus, was sie alles mit Fenchel, Paradeisern und Erdäpfeln anstellen könnte. Während Freunde von ihr davon träumten, eines Tages Rennfahrer, Meeresbiologin oder Tierärztin zu werden, wollte sie einen Gewinn für den Gaumen einfahren, Fische aus dem Meer auf heißer Flamme grillen und keine Tiere retten, sondern Menschen vor schlechtem Essen bewahren.

Und dieses Vorhaben ist ihr als Erwachsene gelungen. Manchmal werden Träume, die man in der Kindheit schmiedet, eben wahr.

Mit ihrer Mutter holt sie sich Baklava und Coffee to go von ihrem Lieblingstürken. Die beiden setzen sich auf eine Parkbank und plaudern über ihre Reisepläne für den Sommer, als Lissys Handy vibriert. Eine neue E-Mail. Normalerweise würde sie ihr Telefon ignorieren und die Nachricht später lesen, denn die Mails, die sie geschickt bekommt, eilen nicht. Meist ist es Post von Lieferanten, ihrer Hausbank oder Newsletter, die sie kurzerhand in den Spamordner verfrachtet.

Doch diese hier hat den seltsamen Betreff *Fluffiges Zeug.*

Guten Morgen, lieber Pizzakummerkasten :-)
Ich bin gerade aufgestanden, und da ist mir eingefallen, dass ich noch gar nicht Danke gesagt habe. Und meine Ethiklehrerin hat uns gestern im Unterricht gesagt, dass man sich immer bedanken soll, wenn einem was gefällt. Also, das fluffige Zeug, das ihr mir geschickt habt, das war echt toll. Das hat mir so richtig gut geschmeckt. Macht ihr das eigentlich auch für Erwachsene? Also, glaubt ihr, dass das auch meinem Papa schmecken könnte? Der bräuchte nämlich auch so eine Umarmung. In letzter Zeit ist er soooooo anstrengend geworden. Er muss sich konzentrieren und irgendwas kontrollieren,

sagt er immer. Und dann hat er da so eine Excel-Liste mit ganz vielen Rechnungen drauf. Warum schaffen es Zahlen, dass sich mein Papa so schlecht fühlt?
Auf jeden Fall bräuchte er auch so ein fluffiges Zeug. Könnt ihr das auch mit richtig viel Schokolade machen? Dann nehme ich bitte eine normale Umarmung für meinen Papa und eine ganz schokoladige für mich.
LG eure Jennifer

Somlauer Nockerl – das fluffige Zeug. Lissy schmunzelt über die Bezeichnung und freut sich, dass ihr die Überraschung für das kleine traurige Herz geglückt ist.

Liebe Jennifer,
aus Erfahrung weiß ich, dass auch Erwachsenen diese Art von Umarmung gefällt und dabei hilft, ein wenig zu entspannen. Die Zahlen, die dein Papa da kontrollieren oder berechnen muss, sind bestimmt eine Herausforderung und ziemlich anstrengend für ihn. Hab ein wenig Geduld, wahrscheinlich wird es bald wieder besser. Zur Unterstützung schicke ich dir am späten Nachmittag eine Portion vom normalen fluffigen Zeug und eine mit extra viel Schokolade für dich. In der Zwischenzeit genieße den schönen, sonnigen Tag.
Herzliche, fluffige Grüße,
Deine Lissy vom Pizzakummerkasten.

~

Wetterbedingt ist es wärmer in der Küche geworden, und die Bestellungen trudeln im Schnelltempo wie krasse Überholmanöver auf einer Autobahn im Pizzakummerkasten ein. Auf dem Kreuzfahrtschiff, wo Lissy früher als Köchin gearbeitet hat, ging es auch immer heiß her, und sie schwitzte routinemäßig ihre Küchenmontur nass. Fühlte sie sich auf dem Schiff anfänglich wie *Hulk* in seiner ersten Schlacht, verließ sie es am Ende wie ein gefallener *Avenger*. Sechzehn-Stunden-Arbeitstage konnten einen ganz schön fertigmachen. Nun arbeitet sie zwar auch lange Stunden, und die geistige Arbeit, die sie dabei verrichtet, ist nicht zu unterschätzen, aber es stimmt sie jeden Tag aufs Neue glücklich.

Professionell arbeiten Lissy und Pierre die Bestellungen ab, von denen heute Abend einige in Parks geliefert werden, denn bei schönem Wetter treffen sich die Leute gerne auf Picknickdecken, um zu essen, zu trinken und zu plaudern. Ein letztes Mal ertönt der leise Glockenton, denn in wenigen Sekunden ist Sperrstunde.

Ahoi,

ich weiß, ich bin spät dran, aber ich hoffe, meine Bestellung geht noch durch. Im Moment weiß ich nämlich echt nicht, wo mir der Kopf steht. Warum habe ich mich auch für so ein beschissenes Thema entschieden? Seit Wochen sitze ich vor meiner Bachelor-Arbeit, die ich am liebsten in den Müllkorb verfrachten würde. Abgabe ist schon in einem Monat, und ich stehe noch immer am Anfang beziehungsweise fange gerade wieder von vorne an. Meine Betreuerin meinte bei der Themenauswahl, dass das ein gaaaanz tolles Thema sei, drückte mir einen Stapel wissenschaftlicher Artikel in die Hand und meinte, dass ich da elegant die Kurve zu einer aussagekräftigen Schlussfolgerung kriegen würde. Die ist echt

bescheuert. Ich meine, weiß die überhaupt, was sie mir damit angetan hat? Wer schreibt schon über die Immunologie einer südostasiatischen Fledermaus? Und wie zum Teufel soll ich dazu primäre Daten erheben? Soll ich die Fledermäuse etwa interviewen? Hätte ich doch was Klassisches genommen, wozu es viel Literatur gibt. Das kotzt mich echt an. Außerdem ist mir eingefallen (und das erst jetzt), dass ich seit heute Morgen nichts mehr gegessen habe. Und das war eine aufgewärmte Käsekrainer, die ich mir gestern nach einem Umtrunk mit Freunden, der etwas ausgeartet ist, von einem grindigen Imbiss geholt habe. Eigentlich wollte ich nicht verkatert vor meiner Bachelorarbeit sitzen. Immerhin geht's hier um Leben und Tod! ... Okay, das geht jetzt zu weit. Ich labere einen Lieferservice zu, der nicht mal was mit einer richtigen Therapie zu tun hat. Ach, was soll's, ich sende diesen Mist jetzt einfach mal. Kann ja nichts passieren.
Grüße von meinem Schreibtisch, an dem ich vermutlich in den nächsten Wochen vergammeln werde. – Barbora.
PS: Sorry für den langen Text.

Traubenzucker-Babsi, fällt Lissy spontan ein. Ziemlich geladen, Batterien entladen. Braucht einen Schubs in die richtige Richtung und ordentlich Futter für ihr Gehirn. Ein wenig besänftigen soll sie das Ganze auch. Da müssen zwei Gänge ran, um Barboras Kräfte wieder aufzubauen. Erst ein feiner Tafelspitz, von dem Lissy exakt noch eine Portion übrig hat und der sich mühelos mit der Gabel zerteilen lässt. Er wird auf der Zunge ihrer neuen Kundin zergehen, dazu ein wenig Apfelkren und ein cremiger Spinat als Beilage. Zum Nachtisch wird sie der

Traubenzucker-Babsi etwas Saftiges mit Nüssen kredenzen, zwecks der B-Vitamine, um ihrem Gehirn einen neuen Schwung zu verleihen.

Sie wärmt den Tafelspitz und die Beilagen auf, verfrachtet alles in die Wärmebox und packt ein saftiges Nussbeugerl obendrauf. *Gutes Gelingen für Ihre Bachelorarbeit!*, schreibt Lissy als Notiz auf ein pinkes Post-it, denn Barbora hat pink verdient. Vorausschauend legt sie gleich den ganzen Stapel bunter Post-its in die Papiertüte. Die kleinen Zettelchen helfen ihr selbst auch immer beim Nachdenken.

Et voilà … die letzte Lieferung geht per Fahrradkurier raus. Genau genommen ist es die vorletzte für heute Abend, denn die allerletzte wird Lissy persönlich überbringen.

Kapitel 3

Mithilfe von Google Maps biegt sie mit ihrem Fahrrad in den Neunten, in das Servitenviertel ein. Das französisch geprägte Grätzel ist bei den Wienern als Klein-Paris bekannt und wartet mit einer hohen Dichte an Baudenkmälern und Kulturbetrieben auf. Das Sigmund-Freud-Museum und das Schauspielhaus sind hier beheimatet, und in der beliebten Servitengasse, dem pulsierenden Herzschlag des Grätzels, reihen sich Cafés und Geschäfte mit schönen Holzfassaden aneinander. Lissy ist hier schon einige Male auf wahre kulinarische Schätze gestoßen. Handgeschöpfte Schokolade, Feinkostläden, klassische Altwiener Küche und ein Spezialitätenmarkt, der einmal wöchentlich stattfindet, zeichnen das Angebot aus. Rund um die Servitenkirche aus dem 17. Jahrhundert herrscht ein dörfliches Ambiente, und die Schanigärten laden bei Schönwetter zum Verweilen ein. Französisches Flair, eine wunderbare Architektur, die in vielen Fällen auf den bekannten Architekten Otto Wagner zurückzuführen ist, und eine belebte Gasse mit Lokalen und kleinen Geschäften verleihen der Gegend ihren besonderen Charme. Zeitlos elegante Biedermeier- und Jugendstilhäuser aus dem 19. und 20. Jahrhundert prägen das Grätzelbild und wechseln sich mit Parks, Alleen und Grünflächen ab. Auch der älteste jüdische Friedhof Wiens, der versteckt im Innenhof eines Seniorenwohnheims liegt, befindet sich in der Seegasse, die früher einmal Judengasse hieß.

Lissy parkt ihr Rad in der Nähe der Servitengasse und spaziert ein paar Meter zu Fuß zu der Adresse, die Google Maps ihr als Endziel vorgeschlagen hat. Zaghaft tritt sie an die dunkle schwere Holztür des grauen Jugendstilgebäudes, das mit schönen Stuckornamenten auffällt. Bei der eleganten Türklingelplatte aus Messing sucht sie den Namen Hübner. Doch wie fast überall in Wien findet sie anstelle von Buchstaben nur Nummern, als müsse man ein großes Geheimnis daraus machen, welche Bewohner in den Häusern leben.

Sie ignoriert das mulmige Gefühl in ihrem Bauch und widersteht dem Drang, wieder umzudrehen. Fest entschlossen, ihm das besondere Paket zu überreichen, über dessen Inhalt sie in den letzten Stunden so viel nachgedacht hat, klingelt sie.

Eine Weile passiert nichts, und sie ist gewillt, am Absatz kehrtzumachen. Immerhin ist es nach einundzwanzig Uhr und bestimmt zu spät für einen Überraschungsbesuch.

»Hallo?«, fragt eine tiefe Stimme, die verwundert darüber zu sein scheint, dass um diese Zeit noch jemand klingelt.

»Hi ... ähm ... hier ist Lissy vom Pizzakummerkasten.«

»W-i-e-s-o?«

»Ich hab da eine Lieferung für Sie.«

»Ich habe aber nichts bestellt.«

»Doch. Gestern. Aber wir haben Ihnen das Falsche geliefert. ... Und ich dachte, Sie hätten vielleicht Hunger. Weil Sie ja nur den Salat mit den paar Garnelen hatten. Jetzt möchte ich Ihnen eine kostenlose Aufmerksamkeit zukommen lassen ... quasi als Wiedergutmachung«, sagt Lissy leise und fühlt sich plötzlich wie ein Eindringling. Ihr ist mulmig zumute. Ganz schön blöd von ihr, hier aufzutauchen. Sie hätte es gestern schon tun müssen. Rein theoretisch hat sie ihn nämlich verhungern lassen.

Mr. Crunch lacht. Ein wenig Heiterkeit schwingt auf Lissy zu und beruhigt sie. »Das überrascht mich jetzt«, sagt er. Seine Worte klingen freundlich, anders als seine letzten, die er erbost in die Tastatur geknallt hat und die wie ein falsch platzierter Kochlöffel an Lissys Kopf prallten. Dann ertönen auch schon das Summen der Tür und der Hinweis »Dachgeschoss«.

Zaghaft betritt Lissy das Entree, welches mit großen Mengen Marmor, Fresken und einem wunderschönen Lichthof den Weg zum Treppenaufgang weist. In wenigen Schritten fühlt sie sich ins letzte Jahrhundert zurückversetzt. Den Aufzug neben der Treppe, der mit einem Gitter im Fischgrätenmuster verschlossen ist und damit die besondere Ästhetik dieses gepflegten Gebäudejuwels unterstreicht, meidet sie. Sechs Stockwerke spaziert sie hoch, denn Lissy nimmt nie den Lift. Vor allem die Aufzüge in Altbauten hasst sie. Entweder, sie sind so klein, dass auch nicht klaustrophobische Menschen danach Klaustrophobie bekommen, oder sie sind so unzuverlässig, dass man schon mit dem ersten Knarren beim Einsteigen den Hinweis bekommt, dass es eine längere Fahrt werden wird.

In ihren Händen hält sie das Paket, das für ihn bestimmt ist. Dieses Mal wirklich für ihn.

Mit einem erleichterten Seufzen kommt sie im letzten Stockwerk an. *Dachgeschoss, verflixt.* Auf dem schwarz-weiß gekachelten Boden geht sie auf die Tür mit der Nummer achtzehn zu. Neben der Wohnungstür ist ein Fenster aus einem milchigen Glas mit Scherengitter angebracht, typisch für viele Altbauwohnungen in Wien. Es ist einen Spalt weit geöffnet. Kein Geruch dringt heraus. Natürlich nicht. Was hat Lissy auch erwartet? Zwiebelschwaden oder Knoblauchgeruch? Dann hätte Mr. Crunch nicht bei ihr bestellen müssen.

Sie klingelt.

Erst sind Schritte zu vernehmen, dann hört sie wieder die sonore Stimme, die sie schon von der Gegensprechanlage kennt. »Stellen Sie es einfach vor die Tür. Ich bin schon im Pyjama«, sagt er.

Lissy sieht enttäuscht auf das Paket. »Sie sollten es besser gleich übernehmen, sonst wird es kalt, und das wäre schade. Dann hätten Sie echt einen Grund für eine negative Bewertung. Ein kaltes Steak geht nämlich gar nicht. Absolut ...«

»Steak?« Ein sehnsüchtiger Unterton schwingt in seiner Stimme mit.

»Ja, ein Steak – Medium Rare.« Natürlich ein wenig blutig, denn etwas anderes würde nicht zu Herrn Hübner, *MSc* passen. »Dreihundert Gramm schwer. Mit ganz vielen hausgemachten Fritten, die Sie ordentlich satt machen werden.«

»Dreihundert Gramm?«, fragt er, als würde er über die PS eines Maserati ins Schwärmen geraten. »Sie bringen mir Steak mit Pommes vorbei?«

»Und als Vorspeise eine Suppe. Fritattensuppe. Die wird den Matsch in Ihrem Leben mit Sicherheit vertreiben, das verspreche ich Ihnen. Ist nämlich eine echte Rindsuppe«, bemerkt Lissy stolz. Vom Dessert, das sie ihm eingepackt hat, erwähnt sie gar nichts. Etwas Understatement muss schließlich sein.

Neugierig greift Matthias mit einer Hand nach dem Essenspaket, das Lissy ihm durch den Spalt gibt, und öffnet die Warmhaltebox. »Nicht schlecht. Was kriegen Sie dafür?«, bemerkt er. Das klingt, als wollte er sagen: Das Leben schenkt einem nur ein, aber nichts her.

»Nicht schlecht?«, fragt Lissy entrüstet. Für diese unverschämte Beurteilung hat sie sich zuerst gedanklich, dann in der Küche stundenlang ins Zeug gelegt? Am liebsten würde sie mit ihrer Hand durch den Fensterspalt greifen und ihm die *Nicht-schlecht-Box* wieder entreißen. »Das ist eine Wiedergutmachung, die ich aufwändig produziert habe. Sehr aufwändig sogar«, betont sie. »Aber ich kann es auch wieder mitnehmen, denn eine gewisse Wertschätzung hat der Inhalt schon verdient.«

»Drei Gänge als kostenlose Aufmerksamkeit? Eigentlich habe ich ja schon gegessen«, brummt er, nur der Vollständigkeit halber, was Lissy zuerst verunsichert, doch dann in ihrer Vermutung bestätigt, die sie gestern Abend beim Lesen der Bestellung angestellt hatte. Dieser Typ hat nicht nur zu viel Matsch in seinem Leben, sondern einfach niemanden, der die Schneebälle, die nach ihm geworfen werden, auffängt, ehe sie als Matsch an ihm heruntergleiten.

»Haben Sie keine Partnerin oder einen Partner … oder einen Wohnungskollegen … mit dem Sie das Essen teilen können? Aufgewärmt schmeckt's bestimmt nicht mehr«, sagt sie, denn sie will nicht riskieren, eine weitere schlechte Bewertung zu erhalten.

Eine kurze Pause entsteht. »Nein, *Erstere* ist mir schon vor längerer Zeit abhandengekommen«, sagt er trocken, was Lissy wenig verwundert, denn bei diesem mürrischen Mann würde wohl jede Frau gut daran tun, rechtzeitig das Weite zu suchen. »Aber auf eine Affäre mit Fritten hätte sie sich ohnehin nicht eingelassen. Die haben einen schlechten Einfluss auf ihre Körpermitte, hat sie immer gesagt. Haben *Sie* vielleicht Hunger?«, fragt er überraschend und trifft damit ins Schwarze, denn Lissy hat noch nicht zu Abend gegessen. Sie mag es nicht, in aller Hektik etwas runterzuschlingen. Am liebsten isst sie mit Freunden gemeinsam, und wenn keiner von ihnen Zeit hat, dann deckt sie liebevoll, beinahe romantisch, den Tisch für sich selbst und veranstaltet ein One-Woman-Candlelight-Dinner.

Kurz herrscht Schweigen. »Oh, fuck!«, ruft Matthias dann plötzlich. »Was ist das für eine geile Soße? Wollen Sie mal kosten?«, fragt er mit vollem Mund und schiebt Lissy die Box mit den Steakfries durch den Fensterspalt zurück.

Sie lacht erleichtert. »Ich kenne die Soße, danke.«

»Aber haben Sie die auch mal gekostet?«, fragt er, und seine Stimme klingt verführerisch, als wollte er sie auf ein kleines Wagnis einladen.

Lissy nickt. »Ungefähr zehn Mal zum Abschmecken.« Und fünf Mal im unfertigen Zustand, doch das erwähnt sie nicht. Klingt ja irgendwie eklig, wenn man rohe Eier isst.

Lieselotte nimmt eine Fritte in die Hand und taucht sie in die Bier-Zwiebel-Soße, die sie sich für ihn hat einfallen lassen. Abschätzend führt sie sie in den Mund und prüft die Geschmacksaromen, die sich auf ihrer Zunge entfalten. Dann nickt sie zufrieden. »Ja, ist ganz lecker geworden. Passt gut zu den Pommes.«

»Seien Sie nicht so zurückhaltend. Die ist hervorragend geworden! Und das ist Ihnen für mich eingefallen?« Es scheint ihm zu schmeicheln, dass sie sich Gedanken gemacht hat und ein Menü gekocht hat, das seine Erwartungen sogar noch übertrifft.

»Ja, das ist mir ein Kunde wert.«

»Auch die Idioten, die sich beschweren?« Sie hört, wie Alufolie raschelt, das muss der Deckel von der Dessertbox sein, den er abgenommen hat. Dann entfleucht Matthias ein summender Mmh-Laut, der Lieselotte ein Lächeln auf die Lippen zaubert.

»Gerade diese. Um die kümmere ich mich besonders.«

»Aber Sie sind keine von der naiven Sorte, die glaubt, dass sie mit einem Topfenschmarrn die Welt retten kann?«

»Nein, aber ich bin so realistisch zu behaupten, dass ich dem Leben zumindest mehr Süße und Würze verleihen kann.«

Mr. Crunch brummt. »Möchten Sie auch ein Stück vom Fleisch haben? Das scheint mir butterweich zu sein«, sagt er, als hätte er vergessen, dass Lissy die Köchin ist.

»Ich …«, zögert sie.

»Keine Widerrede.« Durch das Fenster reicht er ihr das Besteck, eine Serviette und ihren Teller, den er liebevoll mit einem halben Steak, einigen Fritten und viel Soße – seinem absoluten Highlight – bekritzelt hat, als hätte er sich eine schöne Notiz auf einem Block gemacht. Dabei fällt Lissy auf, dass er eine schöne, kräftige Hand hat. Auf seinem Unterarm sind Adern sichtbar, deren Anblick Lissy augenblicklich ein Kribbeln in der Bauchgegend bescheren. Ob er ein Handwerker ist?, überlegt sie, doch dann fällt ihr ein, dass das nicht zu seinem Mastertitel und seiner Bestellung passen würde. Vielleicht spielt er in seiner Freizeit Rugby oder Eishockey? Oder absolviert regelmäßig ein Krafttraining?

»Ich hatte noch nie ein Essen am Gang«, erwähnt sie und setzt sich auf die Matte vor seiner Tür, die aus der Distanz zuerst unbequem ausgesehen hat. Doch wenn man sich erst mal draufsetzt und sich mit dem Rücken an die Tür lehnt, ist sie durchaus bequem.

»Ich mach das ständig mit meinen Besuchern.«

Sie lacht.

»Nein, natürlich hab ich noch nie auf dem Boden meines Vorzimmers gegessen. Aber eigentlich ist das richtig nett hier. Ich sollte am Montag mit meinem Postboten zu Mittag essen.«

»Und was würde er Ihnen mitbringen? Eine Wurstsemmel vom Billa?« Sie schneidet sich ein Stück vom Fleisch ab und kostet es. Ja, wirklich, es ist ihr gut gelungen. Genau so, wie es sein sollte.

»Fünf Kilogramm Rumzwetschgen, die ich ihm zu Weihnachten geschenkt habe.«

»Sie haben ihm ernsthaft fünf Kilo Rumzwetschgen geschenkt?« Lissy nimmt eine Fritte in die Hand und tunkt sie in die Soße.

»Wenn ich mich recht erinnere, waren es vierhundert Gramm. Daran hat er wahrscheinlich noch immer zu knabbern.«

»Wie kommt man denn auf so was?«, fragt sie lachend und ist froh, dass sie ihm nicht die Post geliefert hat.

»Durch eine falsche Beratung in einem Delikatessenladen.«

»Und, haben Sie dem Laden danach eine satte Bewertung verpasst?«

»*Das* können Sie annehmen. Als Entschädigung gab's ein Basenpulver und einen Folder für eine Entzugsklinik.«

»Sie scherzen.«

»Natürlich.«

»Apropos Rum … möchten Sie ein Glas Wein haben? Ich hätte einen warmen da.«

»Rotwein?« Der würde wunderbar zum Steak passen. Ein junger, tanninreicher Cabernet Sauvignon, überlegt Lissy.

»Nein, Weißwein.«

»Dafür kriegen *Sie* dann aber eine schlechte Bewertung auf Google. Steak und Weißwein … und auch noch ungekühlt?« Sie erhebt tadelnd ihren Zeigefinger, denn unpassende Essen-Getränk-Kombinationen sind eine Todsünde für Lissy.

»Dafür ist es ein edler Tropfen.« Ein bassiger und erotischer Unterton schwingt mit, der das Ziehen in Lissys Bauchgegend von vorhin wiederholt. Zunehmend findet sie Gefallen daran, mit diesem Fremden zu Abend zu essen.

»Ein edler *warmer* Tropfen also? Hm.«

»Ich strecke Ihnen den Wein gerne mit Eiswürfeln.«

Lissy sieht auf die Uhr, denn sie ist bei Jelenka zu Hause zum Cocktailtrinken verabredet. Doch Matthias scheint ihre Gesellschaft zu brauchen. Und sie findet es durchaus charmant, auf seiner Türmatte zu sitzen und etwas mit ihm zu essen. In einem Stiegenhaus, Rücken an Rücken an einer Tür, so hat sie ohnehin noch nie diniert.

»Verehrter Sommelier«, sagt sie dann, »ich nehme ein Achterl Weißwein, aber bitte warm, wenn's leicht geht.«

Matthias lacht heiter, was wie eine zarte, warme Brise Lissys Herz streift. Dann hört sie, wie er aufsteht und eiligen Schrittes davongeht. Entfernt vernimmt sie, dass Mr. Crunch eine Schranktür schließt. Kurz darauf kommt er zurück und überreicht ihr ein Glas Wein durch den Fensterspalt. Dabei berühren sich ihre Finger, was sich für Lissy elektrisierend anfühlt, als würde eine süße Brause auf ihrer Zunge knistern. Sie hört, wie er sich wieder an seine Seite der Tür setzt, und bedauert, ihn nicht sehen zu können. »Cheers«, sagt er, und Lissy erwidert ein »Prost!«. Beide trinken einen Schluck. Genussvoll seufzt Matthias. »Das Steak erinnert mich an das aus dem *Askaria* in New York. Eine fabelhafte Küche. Zwei Michelin-Sterne. Waren Sie dort schon mal?«

»Nein, leider. Und Sie, wann waren Sie da?«

»Immer wieder mal. Zuletzt 2019. Beruflich.«

»Dann werden Sie ja bald wieder hinfliegen. Wenn die Pandemie vorbei ist.« Lissy stellt ihr Glas auf dem Boden ab und nimmt eine Fritte mit Soße in den Mund.

»Ich fürchte, daraus wird nichts. Mir wurde der Stecker gezogen. Aber Sie sollten mal dort essen gehen. Das würde Sie inspirieren.«

Matthias weiß vermutlich nicht, dass Lissy ihre Inspiration eher aus Sätzen wie *Mir wurde der Stecker gezogen* bezieht und weniger aus hochgepriesenen und prämierten Küchen, die verstreut in allen Ländern dieser Welt zu finden sind.

»Brauchen Sie ein Sitzkissen, damit es gemütlicher ist?«, fragt er. Anscheinend ist ihm eingefallen, dass das Stiegenhaus selbst im Hochsommer kühl und der Boden zu dieser Zeit bestimmt eiskalt ist.

»Nein danke, Sie haben eine sehr bequeme Türmatte. Außerdem habe ich einen Po, der das aushält.« Sie nimmt den letzten Fleischbissen in den Mund und legt danach ihr Besteck ordentlich auf dem Teller ab.

»Das heißt, da ist einiges dran an Ihrem Hintern?«, will er wissen.

»Ernsthaft jetzt? Sie fragen mich nach meinem Popo?«

»Ja.« Sie stellt sich vor, dass er mit den Schultern zuckt, als würde er Frauen ständig solche Fragen stellen.

»Also, wenn Sie wissen wollen, ob ich zu viel auf den Hüften habe, dann kann ich das mit einem Nein beantworten. Aber mein Hintern ist nicht knöchern. Da ist durchaus etwas dran.«

»Das klingt vielversprechend.« Seine Stimme ist wie ein rauer Whiskey, der ihr aufregend die Kehle hinuntergleitet.

Ein bejahendes, peinlich berührtes *Hmhm* stolpert über ihre Lippen. »Ist er auch. Aber ich finde, wenn wir jetzt schon über meinen – vielversprechenden – Hintern reden, sollten wir uns auch duzen.«

»Gute Idee. Und ich finde, wir sollten jetzt zur Fritattensuppe übergehen.«

»Ausgezeichnete Wahl für einen Hauptgang.«

»Ich weiß, das habe ich ja so bestellt.« Es raschelt wieder, und sie hört, wie seine Schritte sich entfernen. Nach ein paar Minuten ertönt das Piepsen einer Mikrowelle.

Durch den Fensterspalt reicht er Lissy ihren Anteil. »Wie bist du eigentlich auf die Idee mit dem Pizzakummerkasten gekommen? Ist ja eher ungewöhnlich und ziemlich gewagt, ein Restaurant ohne Speisekarte zu betreiben.«

Lissy richtet sich auf, greift mit der Hand nach dem Teller und balanciert ihn gekonnt zu sich. »Derzeit ist es ausschließlich ein Lieferservice. Vielleicht baue ich meine Idee mal zu einer Lokalität mit Sitzplätzen aus. Im Prinzip war es ein Schubs in die richtige Richtung, den ich da vor einigen Monaten bekommen habe, sonst wäre ich wahrscheinlich noch irgendwo im Pazifik.«

»Und würdest Kokosnüsse verkaufen?«

»Nette Vorstellung, würde mir gefallen, doch ich hab früher auf einem Kreuzfahrtschiff als Köchin gearbeitet. Dann kam die Pandemie dazwischen, und die Tourismusbranche ist eingebrochen. Ich wurde gekündigt und musste mich neu erfinden, und da ist mir die Sache mit dem Kummerkasten eingefallen.« Das ist Lissys Kurzversion. In Wahrheit hat sie von der Idee bis zu Eröffnung viele Tränen vergossen und wäre beinahe über einige bürokratische Stolpersteine gefallen.

»Dass etwas Negatives auch einen Nutzen haben kann, ist irgendwie absurd«, bemerkt er nachdenklich. »Wie gefiel es dir auf dem Schiff?«

»Geht so.«

»Geht so, ging mir auch so. Als Passagier. Zu viele bunte Drinks mit Schirmchen und jeden Abend so kitschige Sonnenuntergänge auf dem Meer, die zu romantischen Nächten verdonnern.«

»Ja, das muss man aushalten können.«

»Meine Ex hat's geliebt.«

»Hat sie die Reise ausgesucht?« Lissy lacht leise, denn meist waren die Gäste auf ihrem Kreuzfahrtschiff ältere Kunden, Best Ager.

»Natürlich. Sie stand auf den ganzen romantischen Schnickschnack und das Entertainmentprogramm, das einem keine Verschnaufpause gönnt.« Mittlerweile hat Lissy ein Bild von Matthias im Kopf: Mr. Crunch ist ein geradliniger, schnörkelloser Typ, ein Individualist, der sich lieber in Abenteuer als in perfekt temperierte Pools stürzt und eher Städtetrips bucht, statt in Clubhotels träge von einer Liege zur anderen zu wandern.

»Wie nett.«

»Nett war leider nicht mal das Essen. Was mich zu der Annahme bringt, dass *du* dort nicht gearbeitet hast.«

»Danke für das Kompliment.«

Sie hört, wie sein Löffel leise an den Teller klirrt. »Und der Kummerkasten läuft gut? Ich meine jetzt, wo sich die Lage wieder etwas entspannt?«

»Die Probleme der Leute hören deshalb nicht auf, sie verändern oder verlagern sich nur. Ein Lieferservice ist immer gefragt. Bestimmt auch dann, wenn die Menschen wieder regelmäßig in die Arbeit gehen und dadurch wenig Zeit zum Kochen haben. Oder einige Tage in der Woche weiterhin im Homeoffice bleiben. Und du? Warum verlässt du deine Wohnung nicht?«

»Wie kommst du darauf?« Sie hört, wie er den Löffel abrupt auf den Teller gleiten lässt, als würde ihn die Frage irritieren.

»Weil du mir nicht die Tür geöffnet hast.«

»Ich trage einen Pyjama mit Micky-Maus-Print. Hat mir meine Schwester gekauft, um mich aufzuheitern. Den Anblick möchte ich dir ersparen.«

»Ich fände das süß.« Lissy beißt sich auf die Unterlippe.

»Liebe Lissy«, sagt er ernst. »Einen erwachsenen Mann als süß zu bezeichnen oder ihn damit in Verbindung zu bringen ist nicht unbedingt ein Kompliment.«

Mag sein, denkt sie sich. Dennoch ist Mr. Crunch irgendwie süß. So wie ein geeister Kaiserschmarrn. Am Anfang überraschend kalt, aber wenn man sich erst mal daran gewöhnt, ziemlich lecker, sodass man am Ende mehr davon haben will.

Lissy und Matthias gehen zum Nachtisch über, einem Topfenschmarrn. Sie essen langsam, denn beide wollen nicht, dass ihr gemeinsames Abendessen demnächst endet. Es fühlt sich ein wenig so an, als würde Zartbitterschokolade auf Karamell treffen. Und diese Liaison ist verdammt verführerisch.

»Ich werde meine Bewertung überdenken müssen«, sagt Matthias schließlich und scheint zu bedauern, dass sie ihm nicht zehn Gänge kredenzt hat. »Lieferst du immer selbst?«

»Nein, das war eine Ausnahme. Eine sehr angenehme Ausnahme allerdings«, sagt sie und erhebt sich schwerfällig vom Boden, denn der Wein hat ihre Beine träge gemacht. Sie muss sich jetzt auf den Weg machen. Jelenka hat ihr schon eine SMS mit dem Text *Brennt's im Kummerkasten?* geschickt.

»Danke, Lissy, für den überraschend schönen Abend und das hervorragende Essen.«

»Es freut mich, dass es dir geschmeckt … uns geschmeckt hat«, verbessert sie sich. »Soll ich dir das Geschirr durch das Fenster reichen?«

»Lass es einfach stehen. Das räumt dann schon der Etagenkellner weg.«

Lissy lacht.

»Glaubst du, du könntest in nächster Zeit wieder mal eine Ausnahme machen?«, fragt er, als würde er eine Einladung zu einem weiteren Blind Date aussprechen.

Grinsend zieht sie einen Mundwinkel nach oben. »Ich denke, das werde ich einrichten können. Schreib mir einfach, aber bitte mit viel Gefühl«, sagt sie und geht zum Treppenabgang, wo sie sich noch einmal umdreht und zum Eingang blickt.

»Ich werde es zumindest versuchen. Schönen Abend noch, Lissy!«, ruft er und schließt das Fenster.

»Bis bald, Mr. Crunch«, sagt sie leise und hüpft beschwingt die Treppe hinunter, die sie in nächster Zeit – hoffentlich ganz bald – wieder hinaufschreiten wird.

Kapitel 4

Lissy gähnt und trinkt einen Schluck von ihrem doppelten Espresso, den sie sich in eine zitronengelbe Keramiktasse mit orangefarbenen Schattierungen eingefüllt hat. Es ist ihre Lieblingstasse, sie hat sie einst aus einem unvergesslichen Urlaub aus Andalusien mitgebracht. Die Tasse erinnert sie an einen Sonnenaufgang über dem Meer, und mit jedem Schluck, den Lissy nimmt, tankt sie in Gedanken die spanische Sonne, was in Kombination mit dem gewichtigen Koffein wie ein Turbo auf ihren Geist und Körper wirkt. Kurz vor zwei Uhr morgens sind Jelenka und sie ins Bett gegangen, nach einem Serienmarathon, weshalb Lissy der Einfachheit halber bei ihrer Freundin übernachtet hat. Jelenka hat ein geräumiges Doppelbett und zurzeit ebenso niemanden, mit dem sie es teilt, also hat Lissy den leeren Platz neben ihrer Freundin ausgefüllt. Jelenka ist die ideale Bettseitennachbarin, denn sie schnarcht nicht, schläft wie auf Knopfdruck ein und dreht sich kein einziges Mal um. Als wäre sie ein gefrorener Flossenfisch – die fischige Version von Dornröschen –, den man jahrzehntelang versehentlich im Tiefkühlschrank vergessen hat.

Unter Tränen schneidet Lissy zwei Kilo Zwiebeln klein, die sie später für die Zubereitung eines Zwiebelrostbratens anrösten wird. Schniefend wischt sie sich mit der Armbeuge über die Wangen. Der Rostbraten passt perfekt zu den acht Vorbestellungen, die für heute Mittag eingetrudelt sind. Natürlich schummelt sie mit dem Kummerkasten-Konzept ein wenig, denn es ist unmöglich, genau für jede Empfindung zu kochen; dazu müsste sie unzählige Köche mit Therapeutenausbildung und viele Einkäufer engagieren. Das würde kein Kunde bezahlen wollen. Meistens brauchen ihre Patienten ohnehin nur ein Ventil, um ihre Gefühle rauszulassen, die sie wütend, sentimental oder erfreut in die Tastatur knallen, in Erwartung eines Überraschungsmenüs, das ihnen eine Genugtuung oder einen süßen Nervenkitzel beschert, der samtig-weich wie ein Stück Sachertorte mit Schlag den Gaumen hinuntergleitet.

Sonntags steht Lissy stets allein in der Küche, was gut schaffbar ist, denn es ist der vorhersehbarste Tag der Woche, und die Bestellungen ähneln einander. Die Botschaften in den Texten sind mit vergleichbaren Empfindungen ausgestattet, die sich meist um Ruhe, Entspannung, Genuss und Zeit mit der Familie und den Freunden drehen … oder um ein einsames Loch im Herzen oder im Kopf, das es zu stopfen gilt. Dagegen helfen Rezepte mit lange geschmortem Fleisch mit viel Soße und deftigen Knödeln oder lockeren Spätzle als Beilage. Alternativ zum Zwiebelrostbraten bereitet sie heute einen veganen Braten zu. Auch Max liebt dieses Gericht, obwohl er ohne Fleisch im Normalfall untertourig läuft. Tränenreich schnipselt Lissy die letzte Zwiebel klein und füllt sie zu den restlichen in eine große Glasschüssel. Dann nimmt sie das Rindfleisch aus dem Kühlschrank, schneidet es in zwei Zentimeter breite Scheiben, klopft es sorgfältig mit dem Fleischhammer und würzt es gerade, als plötzlich der leise Glockenton ertönt. Sie wischt sich ihre Hände in ein nasses Tuch und tritt an den Bildschirm.

Hallo, Lissy, guten Morgen!
Bist du schon munter? Wie geht's dir? Also, das fluffige Zeug mit Schokolade war ja noch besser als das fluffige Zeug ohne Schoko. Meinem Papa hat es auch voll geschmeckt, und wir haben richtig viel gelacht, während wir das gegessen haben. Papa hat so coole Witze erzählt. Ich glaub, das lag an der Schokolade. Das war lustig. Danach haben wir noch einen Film geguckt und jede Menge Popcorn verdrückt. Max und die Wilde 7. Kennst du den Film? Der ist echt super! Popcorn passt übrigens voll gut als Nachspeise zu dem fluffigen Zeugs, wollte ich dir noch sagen. Solltest du mal ausprobieren. Was kochst du heute eigentlich? Papa und ich werden Wiener Schnitzel bestellen. Wieder einmal! Aber er bestellt echt gern, das kann er. Das Kochen liegt ihm ja nicht so. Das hat Mama früher immer für uns gemacht. Papa hat so gar keine Ahnung, welche Zutaten zusammenpassen. Der tut sich schon schwer, wenn er was Tiefgefrorenes in der Mikrowelle auftauen muss. Jetzt sitzt er gerade vor seinem Laptop und quatscht Siri voll. Früher hat er das nicht so oft gemacht, schon gar nicht an Sonntagen. Ich glaub, da hat Mama ihn vollgequatscht, und die hätte ihm sicher verboten, mit einer anderen Frau so viel zu quasseln.
Wenn das Wetter hält, gehen wir später in den Park und spielen Volleyball. Was machst du heute noch?
Hast du einen Freund? Oder bist du schon alt und hast einen Ehemann und Kinder?
LG – nein, besser fluffige Grüße – Jennifer

Eine Nachricht vom *kleinen traurigen Herz*, das plötzlich gar nicht mehr so traurig und klein wirkt. Als hätte sie in den vergangenen Tagen ein wenig Sonnenschein abbekommen.

Nachdenklich wäscht sich Lissy die Hände und brät dann das Fleisch in einem Esslöffel Butter an, als ihr plötzlich eine besondere Idee für Jenni in den Sinn kommt. Sie gibt die Zwiebeln und etwas Knoblauch in eine Pfanne und löscht es mit einem guten Rotwein ab. Nie einen billigen Wein nehmen, das ist Lissys Credo. Immer einen wählen, den man gerne dazu trinken würde. Zum Finalisieren gießt sie die hausgemachte Rindersuppe über das Fleisch und lässt es schmoren. Währenddessen schreibt sie dem kleinen traurigen Herz zurück.

Liebe Jennifer,
herzlichen Dank für deine Nachricht. Es freut mich, dass euch mein Überraschungsdessert ein paar schöne, heitere Minuten beschert hat … und dass es euch geschmeckt hat. Max und die wilde 7 kenne ich nicht. Werde ich mir mal ansehen. Danke für den Tipp!
Ich stehe gerade in der Küche und bereite alles für das Mittagsgeschäft vor. Anstatt des Wiener Schnitzels hätte ich eine tolle Idee, vielleicht wollt ihr das mal ausprobieren? Ich schicke euch ein paar Zutaten und das dazu passende Kochrezept per Fahrradkurier. Das könntet ihr heute oder morgen gemeinsam kochen. Das wird euch Spaß machen. Versprochen!
Was mich angeht, ich bin weder alt noch sehr jung, liege wohl irgendwo dazwischen. Einen Partner (oder einen Ehemann, ja, ich bin schon alt genug dafür) habe ich nicht. Stattdessen aber ein paar gute Freunde, mit denen ich gerne meine Zeit verbringe. Und den Pizzakummer-

kasten, mit dem ich sozusagen verheiratet bin. Hast du Freunde, mit denen du Volleyballspielen gehst? Fluffige Grüße (das gefällt mir :-)), Lissy

Ohne Jennifers Antwort abzuwarten, überprüft Lissy, ob sie die Zutaten für eine Quiche Lorraine auf Lager hat. Das Rezept stammt von Pierre und ist unübertrefflich lecker. Zudem ist es ideal, um gemeinsam zu kochen. Im Kühlhaus wird sie fündig und packt alles in eine Tüte. Zum Schluss legt sie das Kochrezept dazu und steckt vorsichtshalber noch eine Tarteform in die Papiertüte. Wer weiß, ob es in einem von einem Mann geführten Haushalt Backformen gibt. Jennifers Vater kann bestimmt gut mit Zahlen umgehen, aber er hat keine Ahnung, wie er die Zutaten addieren muss, damit am Ende etwas Ordentliches auf den Tisch kommt. Sie schmunzelt über Jennifers Satz mit der Mikrowelle und stellt das Radio an. Sonntagvormittag läuft bei ihrem Lieblingssender immer ein Interview mit einer interessanten Persönlichkeit, das sie sich gerne während der Arbeit anhört. Mit neuem Schwung widmet sie sich dem veganen Braten, der in einer halben Stunde in den Ofen wandern soll.

~

Sorgsam drückt Lissy den Spätzleteig durch das Sieb, und die dicken Fäden gleiten sanft ins kochende Wasser. Es dauert nicht lange, da tauchen sie im Schaumgetose wieder an der Oberfläche auf, als wäre es ihnen ein Unbehagen, in den Untiefen des heißen Kochwassers herumzutauchen. In wenigen Minuten wird der Fahrradkurier auftauchen. Lissy schöpft eilig mehrere Portionen Suppe in die Warmhalteboxen, richtet dazu die Einlagen in kleinen Schälchen an und stellt sie zur Seite. Es läutet. Zu früh! Rasch drückt sie auf den Türöffner, gießt die Spätzle ab, brät sie kurz in einer heißen Pfanne an und füllt sie dann in die dafür vorgesehenen Boxen um. Der Fahrradkurier ist mittlerweile in Lissys Küche aufgetaucht und wartet an seinem Platz, denn es ist ihm aus Hygienegründen nicht gestattet, ihr Kochterrain zu betreten. Vorsichtig teilt sie den Zwiebelrostbraten und den veganen Braten in passende Stücke und verteilt sie gerecht in die Warmhalteboxen. In Windeseile hat sie alles verpackt, sodass sie dem Kurier die Tüten mitgeben kann.

Hello, mein Dreamteam, erscheint plötzlich mit dem leisen Glockenton, nachdem Lissy sich erschöpft mit einem gespritzten Apfelsaft und einer Portion Zwiebelrostbraten an den kleinen Tisch neben den Computer gesetzt hat.

> *Die Hanni ist gerade verschwunden. Jetzt erst! Müsst ihr euch mal vorstellen! Mann, das war ein geiles Wochenende! Ich sag's euch. Und euch gilt mein grundehrlicher und aufrichtiger Dank, denn die Hanni hat mir das echt abgekauft, dass ich mich mit der Kocherei so für sie ins Zeug gelegt habe. Sie war entzückt, verblüfft und hat mir danach gleich ein paar heiße Küsse als Dank serviert. Liebe zum Dessert ist halt der beste Nachtisch, den es gibt, muss ich jetzt mal sagen. … Nichts gegen eure genialen Nachspeisen, aber das war schon der Überhammer! Die Hanni wird nächste Woche wieder zu mir kommen. Am Freitag. Tragt mich gleich mal in euren Kalender ein. Vielleicht könnt ihr euer letztes Menü noch toppen? Überlegt schon mal, was euch dafür einfallen würde. Ich will sie ja wieder überraschen.*

Die genaue Bestellung schicke ich euch dann noch.
So ... Ich muss jetzt los, fahr zu Mutti, sie hat für mich gekocht ... Wünsch euch was!
Grüße, Kurt

Lissy lacht und schreibt Don-Juan-Quitte eine knappe Nachricht zurück, in der sie sich für das Lob bedankt. Am liebsten würde sie ihm den Link zum Online-Bewertungstool mitschicken, denn sie brauchen neue, am besten fabelhafte Bewertungen. Gestern hatte Pierre Lissy in einer Pause mit ernstem Gesichtsausdruck zur Seite genommen und ihr eine lange Rede über die Notwendigkeit von stets aktuellen und hervorragenden Online-Rezensionen gehalten. Seitdem spukt sein erhobener Zeigefinger in ihrem Kopf herum.

»Irgendwann wird unsere stümperhafte PR nischt mehr ausreischen«, hat er gesagt und ein verbissenes Gesicht gezogen, als würde er in sein eigenes noch ungezuckertes Grapefruit-Parfait beißen. »Wir müssen das junge Publikum erreischen. Das findet man online. Nischt auf der Straße. Die jungen Leute sind in ihrem Handy zu Hause. Die wohnen da drinnen und schlafen mit Instagram, Facebook und TikTok. Die retweeten und liken auch alles, was gut ist. Alles online!«, hat er gesagt und dreingeguckt, als hätte der Pizzakummerkasten einundvierzig Grad Fieber. »Wir müssen mehr Werbung auf Google machen und Fotos posten. Und Gewinnspiele veranstalten. Oder Kochseminare ... Ständig Content liefern! Co-ntent! Content ist alles«, hat er gerufen und dabei seine Hand auf den Tisch gehauen, als würde er damit ein Wiener Schnitzel flach klopfen. »Wir brauchen eine richtig gute PR, Chef!«, sagte er abschließend und checkte sogleich Max' Facebook-Profil, in der Hoffnung, den besten Marketingprofi schon in der eigenen

Küche vorrätig zu haben. Mit der anderen Hand versenkte er zwei gehäufte Löffel Zucker in seiner Kaffeetasse und wurde durch den Konsum des in Zucker ersoffenen Kaffees nur noch hippeliger. Enttäuscht seufzte Pierre am Ende seiner Recherche, denn Max hat aktuell nur Augen für seine Lena. »Dieser verdammte spitze Pfeil von Amor. Dass der so etwas macht aus diesem armen Kerl!« Einseitig bestückt ist auch Max' Instagram-Account. Schnulzige Bilder von seiner Angebeteten, soweit es sich angenehm hinunterscrollen lässt. Lena ist das perfekte Fotomodell, sie wirft sich in allen erdenklichen Lebenslagen für Max vorbildlich in Pose, als wäre sie ein Vanillekipferlteig, den man in verschiedene Richtungen verbiegen kann. Mal tänzelt Lena mit breitem Grinsen auf einem Springbrunnen herum, dann macht sie einen ehrgeizigen Luftsprung vor dem Rathaus oder sitzt in einer supercoolen balletttauglichen Grätsche vor der Secession, mit verliebtem Blick und bunten Blumen in den Haaren …

Ob Max geeignet wäre, um den – noch nicht vorhandenen – Instagram-Account des Pizzakummerkastens zu übernehmen? »Non!«, hat Pierre gesagt, sein Handy weggelegt und ein letztes Mal mit der Hand auf den Tisch geschlagen, womit das Wiener Schnitzel nun weich geklopft wäre. »Wir brauchen jemanden von der Agentur Cronegg. Das sind die besten der Stadt!«

Lissy hat tief und laut geseufzt. »Und auch die teuersten, da haben wir uns ja schon mal erkundigt! Die verlangen dreihundert Euro in der Stunde! Da gibt es einen Marmorboden im Empfangsbereich … und Kronleuchter. Haben die deshalb Kronleuchter, weil sie Cronegg heißen?«, überlegte sie und schluckte kräftig. Die Agentur Cronegg betreut Haubenlokale in ganz Österreich, die mit ihrer gehobenen, prämierten

Küche punkten. Damit befinden sich die Lokale einige Stockwerke über dem Kummerkasten. Das ist wie bei einer fünfstöckigen Torte. Das bekannte Restaurant im Stadtpark ist die oberste Schicht – cremig, luftig, leicht, teuerste und exklusivste Trüffelschokolade. Der Kummerkasten ist die schokobraune Masse, fundamental, ganz unten und streitet sich mit der restlichen weißen Kuchenmasse um ein paar Zentimeter Platz. Für Werbung in einer der exklusiven Preisklassen hat Lissy kein Budget übrig. Sie ist ohnehin grottenschlecht darin, Dinge richtig und vorausschauend zu berechnen, und ist froh, wenn sie mit ihren Einnahmen die laufenden Kosten abdecken kann. Und das ist derzeit schon eine Herausforderung.

»Willst du erfolgreisch sein oder weiter in dieser Rindssuppe herumdümpeln?«, hat Pierre sie ehrgeizig gefragt, als befände sie sich in einem Bootcamp, in viel zu engen Radlerhosen kopfüber an einer Turnstange hängend, nachdem sie keuchend zehn Kilometer (zu viel) Fahrrad gefahren ist.

Lissy verstummte. Natürlich will sie erfolgreich sein und nicht als unbemerktes Käseschöberl in einer 08-15-Suppe nebst anderen Schöberln oder faden Suppennudeln untergehen. Sie hätte sogar Lust, ein Lokal mit Sitzplätzen aufzumachen, um manche Leute, die ihr seit Anbeginn des Pizzakummerkastens regelmäßig schreiben, zusammenzubringen. Aus den Botschaften liest sie immer wieder den Wunsch nach mehr Verbundenheit und geselligem Essen heraus. Ein virtuelles Treffen oder ein Videochat kann ein gutes Gespräch bei einem schönen Abendessen eben nicht ersetzen. Den meisten Kunden fehlt ein wenig Abenteuer auf geistiger Ebene. Oder eins fürs Herz. Nachdenklich öffnet sie die Online-Bewertungen, wo auch Matthias Hübner sich vor einigen Tagen verewigt hat. Vorsichtshalber hält sie die Luft an, denn sie hasst es, negative

Kritiken – egal, ob neu oder zum wiederholten Male – zu lesen. Nachdem sie sich innerlich dafür gewappnet hat, wieder bei jemandem mit ihrem Konzept in Ungnade gefallen zu sein, und sich prophylaktisch eine Schutzschicht aus gedanklichem Karamell über ihr Herz gezogen hat, wandert ein angenehm warmes Gefühl durch ihren Körper, als sie die erste Zeile liest.

Essen mit persönlicher Note – für alle, die etwas Besonderes suchen und Überraschungen mögen!
Anfänglich dachte ich, der Pizzakummerkasten wäre ein Reinfall, doch schon bald wurde ich vom Gegenteil überzeugt. Ich aß ein perfektes Steak, das trotz des längeren Lieferweges bestens temperiert, zart und saftig bei mir ankam. Die Fritten dazu waren knusprige, breite Steak Fries, die mit einer unvergesslichen und sehr einfallsreichen Soße geliefert wurden. Die Suppe war eine echte Rindssuppe und versetzte mich gedanklich an den Tisch meiner Großmutter zurück. Die Portionen sind groß, sodass man sie auch teilen kann. Nicht muss, denn bei diesen perfekt aufeinander abgestimmten und verarbeiteten Zutaten ist es durchaus eine Herausforderung, etwas davon abzugeben. Mit dem Überraschungsmenü hat die begnadete Köchin absolut meine Empfindungen getroffen.
Übertroffen wurde das Menü von einem einzigartigen Lieferservice, der den Essensgenuss zu einem außergewöhnlichen Erlebnis machte. – Fazit: Essen mit persönlicher Note, das einen das eine oder andere Wehwehchen für einen langen Augenblick vergessen lässt. Für alle, die etwas Besonderes suchen und Überraschungen mögen. –
Matthias H.

Überglücklich strahlt Lissy ihr Handy an und würde Mr. Crunch am liebsten persönlich schreiben, sich für seine Bewertung bedanken und gleich noch einmal mit einem Essenspaket auf seiner Türmatte Platz nehmen. Da sie aber kein 1-Euro-McDonald-Cheeseburger ist, der sich gerne aufdrängt, antwortet sie auf seine Rezension mit einem *Dankeschön, wir freuen uns, dass es Ihnen geschmeckt hat. Bis bald!* – Langweilig und unkreativ, aber angemessen. Mr. Crunchs Feedback ist der Beweis, dass sie vergangenen Samstag das Richtige getan hat, dass ihre Küche und ihre Ideen *richtig* sind. Stolz kopiert sie den Link und schickt ihn in einer Nachricht an Pierre. *Doch kein Crétin,* schreibt sie und hofft, dass Pierre noch nicht bei der Agentur Cronegg auf dem teuren Marmorboden zu Kreuze gekrochen ist und um Rabatt gefleht hat.

Der zarte Glockenton unterbricht Lissys gedanklichen Freudentaumel.

Hallo, du Welt da draußen,
der Tag hätte einzigartig werden sollen. Auf diesen Moment habe ich so lange gewartet! Er hat wundervoll gestartet. Ich bin mit einem Lächeln aufgewacht, obwohl ich vor lauter Aufregung die halbe Nacht nicht schlafen konnte. Voller Energie bin ich aus dem Bett gesprungen, habe mich hübsch angezogen und mir etwas Make-up aufgelegt, genau so, wie er es mag. Danach bin ich in meine nagelneuen roten Schuhe geschlüpft, die ich mir extra für diesen Anlass gekauft habe. Ich wollte, dass alles perfekt wird, wenn wir uns das erste Mal als Paar gegenüberstehen. Sie passen auch so wunderbar zu meinem gepunkteten Kleid, das ich speziell für ihn ausgewählt habe. Wie naiv ich doch war. Wie töricht!

Mit zwei aufeinanderfolgenden unauffälligen Tönen ist eine Nachricht auf meinem Handy eingegangen. Unbedeutend eigentlich. Wie oft habe ich Nachrichten von ihm bekommen. Nur diese eine, die hat alles verändert. »Ich verlasse sie nicht. Sorry«, stand kurz und bündig darin, als wäre ich ein Einkaufszettel, den er schlampig in den Mülleimer wirft, weil er nichts mehr damit anzufangen weiß. Nun sitze ich da und heule. Meine neuen Schuhe liegen verloren in der Ecke, das Kleid hängt ungebügelt am Haken, und das Bügeleisen dampft einsam vor sich hin. Ich werde es heute nicht brauchen, ich werde weder das hübsche Kleid tragen noch die neuen Schuhe … Ich werde stattdessen einfach wieder mein Nachthemd anziehen, mich im Bett verkriechen und meinen Kummer mit Essen betäuben. Haben Sie etwas, was mich glücklich stimmt? Vielleicht ein anderes Leben, das ich ausprobieren könnte?
Emma

Emma. *Bacio-Emma*. Versetzt. Verlassen. Nicht gewollt. Lissy würde am liebsten zum Hörer greifen und ihre neue Patientin anrufen, wie sie es bei einer guten Freundin machen würde. Doch das ist nicht ihre Aufgabe. Ihr Job ist es, zu kochen und nicht zu hinterfragen. Jeder gibt das preis, was er möchte. Lissy ist keine Therapeutin, die das Recht hat, mit dem Löffel in einer Schale herumzustochern, als wollte sie verklumpten Pudding lösen. Nachdenklich klopft sie mit ihren Fingern rhythmisch auf die Arbeitsplatte, auf der sie vorhin die Zwiebeln geschnitten hat. Das sanfte Trommeln spornt ihr Denken an. Zur Wiederholung und um sich besser in ihre Kundin hineinzuversetzen, liest sie die Nachricht erneut und würde am liebsten vor Emmas Tür Platz nehmen und zuhören. Vielleicht ist das alles, was Emma braucht. Eine Zuhörerin. Oder doch ein Bananen-Parfait mit Schokotropfen als Dessert, stellvertretend für die Tränen, die sie nicht weinen soll? Darin steckt jede Menge Tryptophan, das Emma glücklich stimmen wird. Und um diesen Typen aus ihrem Kopf zu bringen – um ihn regelrecht herauszupressen oder gedanklich in die Flucht zu schlagen –, wird sie ihr eine Zitronensuppe als Vorspeise kredenzen. Gewagt ja, aber wirkungsvoll. Zum Hauptgang ein Rote-Bete-Risotto, denn das wärmt von innen. Ein Risotto fühlt sich schon im Mund wie eine Umarmung an. In Windeseile verarbeitet Lissy die frischen Zutaten aus dem Kühlhaus, damit ihre neue Kundin nicht allzu lange warten muss. Ein gebrochenes Herz, dessen Scherben sie in den kommenden Tagen und Wochen mühsam aufsammeln und wieder zusammensetzen soll, braucht schon Geduld genug. Auf der Suche nach der perfekten Draufgabe schlendert sie in den hübschen Vorgarten des Pizzakummerkastens und pflückt eine ausgewählte pinke Rose vom Strauch. Diese legt sie Emma in die Tüte. Stellvertretend für die Blumen, die sie heute nicht bekommen hat.

Nachdem alle Bestellungen rausgegangen sind, setzt sich Lissy an den Tisch und isst ihre Portion vom Zwiebelrostbraten auf. Nebenbei rechnet sie die Einnahmen des heutigen Tages zusammen. Derzeit verlangt sie für einen Hauptgang 11,90 Euro, für zwei Gänge 14,90 und für ein Drei-Gänge-Menü 18,90 Euro. Gibt man eine Order im Online-Formular auf, kann man im Vorfeld die gewünschte Anzahl der Menügänge ankreuzen. Meist wird eine klassische Abfolge von drei Gängen bestellt, was Sinn macht, denn um Leib und Seele zufriedenzustellen, müssen alle sechs Geschmacksrichtungen getroffen werden. Diese Weisheit hat sie aus der ayurvedischen

Küche gezogen. Vor einigen Jahren hat sie bei einem großen Küchenmeister in Indien einen Kochkurs absolviert und nicht nur viele neue Speisenideen und Gewürze mitgenommen, sondern auch hilfreiche Anregungen, um besser im Einklang mit sich selbst zu sein.

Nachdenklich erledigt sie den Abwasch, danach friert sie die noch brauchbaren Essensreste ein. In wenigen Minuten schließt der Kummerkasten. Sie geht an den Computer, um das Bestellsystem zu schließen und den PC hinunterzufahren, als plötzlich noch einmal der leise Glockenton ertönt.

Hey, Lissy,
wir haben das Essen vorhin schon gemacht, und es war voll lustig! Papa hat gesagt, dass er schon lange keinen so großen Spaß mehr hatte. Er war richtig gut drauf!
Außerdem war er ganz froh, nicht wieder beim Gasthaus Schnitzeljagd anrufen zu müssen. Manchmal ist ihm das echt peinlich, dass er dort so oft bestellt. Die schicken ihm jetzt immer Überraschungseier mit, weil er zu ihren treuesten Stammkunden zählt.
Also, das Rezept von dir war gar nicht so einfach, muss ich sagen. Macht ihr immer so komplizierte Sachen?
Der Teig war total schwierig. Papa kocht ja nie, dafür bestellt er voll gut. Aber als er die Zutaten gesehen hat, hat er in die Hände geklatscht, sich eine alte Kochschürze von Mama umgebunden und aus einer Zeitung eine Kochmütze gebastelt, die er sich aufgesetzt hat. Mir hat er einen Müllsack umgehängt, weil er nichts Besseres gefunden hat. Er hat einen auf Rémy aus Ratatouille gemacht. Kennst du den Film? Der ist echt super, den musst du dir mal ansehen! Papas Akzent war auch voll

lustig. Zum Zwiebelschneiden haben wir uns dann die Taucherbrillen aus unserem letzten Urlaub aufgesetzt. Deshalb haben wir auch keine einzige Träne verdrückt. Solltest du unbedingt mal versuchen. Hast du eine Taucherbrille? Schwimmbrille geht natürlich auch. Ich glaub, wir haben dieses Quiche-Zeugs gut hinbekommen. Willst du ein Foto sehen? Ich hab extra eins für dich gemacht. Ich kann dir auch ein Stück vorbeibringen. Wo wohnst du denn?

Lissy schmunzelt und stellt sich die kleine Jennifer mit Plastikschürze und Taucherbrille vor. Braune schulterlange Locken, kastanienbraune Augen, ein neugieriger, forscher Blick und eine rote Brille auf der Nase, die ihr immer ein wenig nach unten rutscht. Zufrieden mustert sie das Bild, das Jenni ihr geschickt hat und nickt, denn die Quiche ist Vater und Tochter durchaus gelungen.

Ich treffe dann später meine Freundin Annika im Park. Das ist meine neue Lieblingsfreundin. Die ist ganz nett zu mir. So viele Freunde habe ich in Wien noch nicht, weil wir ja umgezogen sind. In die Schule kann ich momentan auch nicht gehen. Diese blöde Pandemie, echt! Nachdem Mama in den Himmel gegangen ist, sind wir weggezogen, weil mein Papa in unserem alten Haus immer so traurig war. Ich vermisse mein Zimmer dort, das war voll groß und voll schön, und auch alle meine alten Freunde sind noch in Salzburg. … Und natürlich vermisse ich meine Mama, die am allermeisten. Aber Papa sagt, am Ende wird alles gut, und jetzt hab ich ja Annika, mit der habe ich ganz viel Spaß. Wir werden

sicherlich beste Freundinnen werden. Hast du eine beste Freundin? Also eine allerbeste, die alles von dir weiß und mit der du jedes Geheimnis teilst?
Ach ja, mein Papa lässt fragen, wie viel du dafür bekommst und wohin er das Geld schicken soll.
Fluffige Grüße und bis bald, Lissy!

Beinahe kullert Lissy eine Träne über die Wange. Dass die kleine Jennifer keine Mutter mehr hat, macht ihr das Herz schwer.

Soll sie für etwas Geld verlangen, das nicht bestellt wurde? Pierre würde laut rufen. »Natürlisch, nur nischt kleinlisch sein! Du bist es wert! Und deine Küsche noch viel mehr!« Max würde in einem verruchten Gangsterslang sagen: »Her mit der Marie! Tausend Euro oder einfach alles, was du hast!« Und sie würde antworten: »Schon gut, geht aufs Haus.« Ob es an Sätzen wie diesen liegt, dass sie keine satten Gewinne einfährt?

Das passt schon!, antwortet Lissy mit einem Smiley. Die Zutaten würden ohnehin verderben ... irgendwann bestimmt. *Es freut mich, dass es euch Spaß gemacht hat. Und ja, ich habe eine richtig gute Freundin, mit der ich durch Dick und Dünn gehe.* Und in Notfällen sogar meine Unterhosen teile, denkt sich Lissy, schreibt es aber nicht. Eklig? Nö, sind ja frisch gewaschene Slips, und Jelenka ist wie eine Schwester für sie, mit der sie alles im Leben – bis auf die Männer – teilt. Sie finalisiert die Nachricht, verschickt diese und schließt das Chatprogramm. Danach desinfiziert sie sorgfältig die Küchenflächen und wischt den Boden. Zufrieden schaltet sie überall das Licht aus und zieht sich in der kleinen Garderobe um. Bevor sie geht, blickt sie noch auf die Wand, die mit Lobeshymnen auf den Kummerkasten plakatiert ist, und entdeckt einen neuen Artikel, den

Pierre aufgehängt hat. Sie liest ihn und nascht ein wenig davon, wie von einem flaumigen Marillenknödel. Entspannt verlässt sie das Gebäude, denn für Lissy fängt nun das wohlverdiente Wochenende an.

~

»Hey, nun macht schon! Wo bleibt ihr denn? Ich trink oben mal einen Kaffee und feuere euch an!«, ruft Jelenka, die entspannt auf ihrem bequem gepolsterten Fahrradsattel sitzt und breit grinst, als würde sie die Tour de France ohne einen einzigen Schweißtropfen auf der Stirn gewinnen. Lissy und Angelika blicken neidisch auf Jelenkas Haar, das ebenso schwungvoll, aber um einiges taktvoller, als Jelenka sich meistens ausdrückt, im Wind weht. Einen Helm würde Lenka nie aufsetzen, da es die Statik ihrer Locken verändern würde; dann schon lieber eine Gehirnerschütterung. »Ich will ja nicht mit plattgedrücktem Lockenschädel meinem Traummann begegnen«, kontert sie immer und lacht süß, als wäre es nicht nur ein Satz, den man unüberlegt in die Welt trällert, sondern ihr gut durchdachter Masterplan, eines Tages perfekt gestylt ihrem Traumtypen auf einem Fahrrad in die Arme zu fahren. Dabei streicht sie sich eine Haarsträhne hinter die Ohren, wodurch ihre glitzernden Ohrstecker am linken Ohrläppchen sichtbar werden. Drei dicht an der Haut haftende Creolen unten und dann vier Stecker an der Ohrmuschel mit bunten Steinen, die in allen Farben leuchten, sobald das Licht auf sie trifft. An ihrer rechten Hand trägt sie mehrere silberfarbene Ringe, von denen manche über den Knöcheln sitzen, andere darunter.

»Melange, bitte! Mit Hafermilch«, ruft Angi und keucht, weil der Cobenzl einen Anstieg bereithält, den die im Radeln routinierte Lissy und die angehende Sportskanone Angelika unterschätzt haben. *Sicher, klar, bin dabei! Fahren wir am Sonntag auf den Cobenzl, kein Problem,* meinte Lissy vorgestern am Telefon, als wollten sie mal eben zum Bäcker ums Eck radeln. Nun ist ihre Euphorie wie der Rest eines üppigen Mahls, auf das man sich tagelang gefreut hat, im Abfallzerkleinerer geschreddert worden. Gedanklich hisst Lissy die weiße Flagge, gönnt sich dazu eine leckere Malakofftorte und verpasst ihrer Freundin – ebenso rein gedanklich natürlich – einen Tritt in ihren Allerwertesten. Es war schließlich Jelenkas blöde Idee, mit den Fahrrädern auf einen *Berg* zu fahren. Der Cobenzl hat 382 Höhenmeter und eine Steigung von sieben Prozent zu bieten. Ein Tiroler würde dazu sagen: »Na, bist denn du deppat!? Des is koa Beag, des isch a Hügal!« Doch für Lissy und ihre auf russische Wintertemperatur eingerosteten Waden ist es ein Mount Everest. Hätte ihr jemand davor anschaulich erklärt, wie schmerzhaft diese sportliche Tour ausfallen würde, sie hätte sich präventiv ein Taxi gerufen … oder sich wie Jelenka ein flottes E-Bike ausgeliehen.

»Du schummelst mit deinem Elektroding da, weißt du das eigentlich?! Grrrr! Wenn du dich da oben auf eine Bank wirfst und ohne uns einen Kaffee trinkst, kannst du in Zukunft alleine durch dein Singleleben traben. Von mir aus auch auf diesem blöden Elektrorad!«, droht Angi und steigt ordentlich in die Pedale, doch ihre Kraft reicht nicht aus, um zu Jelenka aufzuholen. Lenka ist auf dem E-Bike im wahrsten Sinne eine Rakete. Elon Musk wäre schwer begeistert.

»Du könntest uns an dein Rad anhängen und nach oben ziehen!«, schlägt Lissy vor, die immer lösungsorientiert denkt und den »Gipfel« ersehnt wie einen dreistöckigen Burger nach tagelanger makrobiotischer Kost. Mittlerweile tropft ihr der

Schweiß in die Augen, und der Fahrradhelm klebt wie ein Deckel auf einem dampfenden Kochtopf an ihrem feuchten Haar fest.

»Mit einem Haargummi? Oder einem Rexgummi für Marmeladengläser?« Lenka lacht heiter, und Lissy schenkt ihr einen giftigen Blick. »Sosehr ich euch schätze, Mädels – eure Selbstüberschätzung allerdings nicht – aber das ist keine Familienkutsche! Hier hat nur eine Lady drauf Platz!« Lenka tätschelt ihr Bike, als wäre es ein verlässliches Pferd, das seinen Reiter ohne Murren ans andere Ende der Welt bringen wird. Dabei lässt sie ihren Blick gelassen über die Stadt schweifen. Mit jedem Meter mehr, den die Ladys erklimmen, wird der Ausblick über Wien eindrucksvoller. Vom Cobenzl aus fließen grüne Weinberge ins Tal, als glitten sie in die grauen, eleganten Fassaden der Häuser hinein, die sich an manchen Stellen imposant in die Höhe schlängeln. Immer mondän, nie überladen, mit ausreichend Platz für grüne Oasen präsentiert sich die City ihren Einwohnern und Besuchern. Mitten durch Wien schiebt sich die breite, blaue Donau, die ihre Arme ausbreitet und mächtig genug ist, die Stadt in mehrere Probierhäppchen zu teilen. Zwischen den beiden Hauptarmen des Flusses befindet sich die Donauinsel, eine üppige Grünzone, beliebt für Freizeitaktivitäten und Festivitäten aller Art. Unter normalen Umständen würde dort bald das Donauinselfest stattfinden, das größte Open-Air-Festival in Europa, und mehr als zweihunderttausend Besucher anlocken. Doch in Corona-Zeiten gibt es nur kostenlose Vogelzwitscherkonzerte unter freiem Himmel für verliebte Pärchen.

»Aus jetzt! Echt!« Angelika steigt von ihrem Drahtesel. »Mir reicht's! Wirklich! Drauf geschissen!«, kapituliert sie und schiebt ihr Fahrrad zur nächsten Bushaltestelle, wo sie sich auf die Bordsteinkante setzt und die Beine ausstreckt. Leidvoll massiert sie ihre schlanken Waden und spricht mit ihnen, als würde sie einen kleinen Schoßhund trösten, der nach dreihundert Metern Sprint vor einer hungrigen Bulldogge zusammengebrochen ist. Lissy steigt ebenso ab und setzt sich zu Angelika auf den warmen Asphalt. Sie nimmt ihren Helm ab und fährt sich durch ihr braunes, blond gesträhntes, schulterlanges Haar, das pandemiebedingt etwas zu lang geworden ist. Im Lockdown muss sie ohne Pep und mit ausgedünnten Haarspitzen herumlaufen.

Die Hälfte des Weges ist geschafft, Zeit, um zum gemütlichen Teil überzugehen und den Bus zu nehmen. Das ist das Gute an einer Stadt, da fährt auch der Linienbus auf einen Berg. Auf dem Land gibt's so was nicht, da ist man seiner Unsportlichkeit – und im schlimmsten Fall einem echten Berg – hilflos ausgeliefert.

»Nicht euer Ernst, oder?«, bemerkt Jelenka spitz, die noch immer auf ihrem bequemen Fahrradsattel thront, in der Hoffnung, dass sich ihre Freundinnen mit wiedergewonnener Motivation erneut auf ihre Räder schwingen. Doch die schütteln angewidert die Köpfe, als hätten sie beschlossen, von nun an nie wieder Sport zu treiben. Ein wenig darüber enttäuscht, dass sie entweder auch auf den Bus warten kann oder alleine weiterradeln darf, steigt Jelenka von ihrem Fahrrad ab und geht zu Lissy und Angi, die gerade hastig ihre Trinkflaschen leeren, als hätten sie einen Triathlon in der Wüste absolviert. Die drei sind eben ein Team. Eine richtig coole und verlässliche Frauenmannschaft, da lässt man niemanden hängen.

»Wie viele Kalorien wir da wohl verbrannt haben?«, sinniert Lenka, setzt sich auf die Bordsteinkante und sieht auf ihrer smarten Sportuhr nach, die eine enttäuschende Zahl preisgibt.

»Du hast maximal fünfzig verbraucht. Wir dafür Tausende. Auf den letzten Metern bin ich so schlank geworden wie Kate Moss«, scherzt Angi, die seit der Pandemie zu sportlichen Höchstleistungen aufgelaufen ist, doch um einen Weinberg wie den Cobenzl zu bezwingen, dauert die Pandemie noch nicht lange genug an.

Nach einer Weile fährt der Bus vor, und die Mädels steigen ein.

»Neunundzwanzig Euro am Tag. Voll der faire Preis für ein E-Bike, und wir wären alle entspannt oben angekommen«, schwärmt Jelenka, als sie ihr Fahrrad an einem Riemen festbindet. Lissy und Angelika wollen es ihr gleichtun, als plötzlich der Chauffeur die Mädels über das Mikrofon auffordert, den Bus wieder zu verlassen. Es sei verboten, die Räder im Autobus mitzunehmen. Angi geht nach vorne und plappert auf den Fahrer ein, erzählt ihre Leidensgeschichte der letzten zwei Stunden. Doch der Bus-Chauffeur mit dem schmucken Fünf-Jahre-Bart bleibt bei seinem Nein. »Vorschrift ist Vorschrift«, sagt er. Aber dann belagert ihn auch noch Lenka, und nun reden beide auf ihn ein. Diesem Tsunami entkommt er nicht.

»Na gut, ausnahmsweise, weil sonst eh niemand im Bus ist. Bindets die Radln aber ordentlich fest!«

»Sie müssen bestimmt immer solche Ausnahmen machen, stimmt's?«, bemerkt Angi.

Der Bus-Chauffeur schüttelt langsam den Kopf. »Nein, meistens überholen mich die Radfahrer noch.« Die Mädels nicken ungläubig, gehen in die Mitte und binden ihre Räder sicher an den Kinderwagenriemen an. Dann setzen sie sich. Der Bus schließt die Türen und fährt los.

Im Nachhinein war der Reinfall zu erwarten. Das wird Lissy klar, als sie ihr Fahrrad von ihrem Platz aus begutachtet. Ein nettes türkises Retrorad mit einem Flechtkorb, das supersüß aussieht, aber nicht für das Vollbringen sportlicher Höchstleistungen gemacht ist. Eher so ein Ding, mit dem man gemütlich neben den Tulpenfeldern in Volendam dahintuckert, während man seinen Blick über die bunten Felder schweifen lässt und mit einem beseelten Grinsen den Duft der Blütenkelche inhaliert.

Bei der Endstation steigen die drei aus, spazieren ein Stück nach vorne und ketten ihre Fahrräder an einer Laterne fest, da am Fahrradständer kein Platz mehr ist.

»Was für eine gute frische Luft … und oh, là, là … nette Ärsche!«, bemerkt Jelenka und sieht einem Rennradfahrer hinterher, der an den Mädels in einem schnellen Tempo vorbeizieht, als hätte er seinen hübschen Hintern irgendwo gestohlen und müsste ihn in Sicherheit bringen. Die Parkplätze sind voll, mehrere Autos fahren im Kreis, um einen freien Platz zu ergattern, und hupen, weil sich ein regelrechter Kampf um die frei werdenden Lücken ergeben hat. Vor der Pandemie gab es diese Szenarien mit viel Gehupe nur auf den Parkplätzen großer Shoppingcenter oder Freizeitparks, nun wird man auch in der Einöde Zeuge von gestressten Autofahrern, die beweisen wollen, dass sie ihre PKWs in die kleinsten Lücken zwängen können. Es wirkt, als befände sich halb Wien bei dem heutigen Schönwetter auf dem Cobenzl. Jede Menge Biker, Wanderer und Familien, die am Nachmittag einen Ausflug machen, die frische Luft genießen wollen und bei einem wolkenlosen Ausblick auf die Stadt ihre Picknickdecken ausbreiten, haben ein Stück Natur für sich reserviert.

Eine Gruppe von Rennradfahrern, männlich und weiblich, kreuzt ihren Weg.

»Wetten, die machen den Cobenzl zum Aufwärmen oder radeln ihn zwei Mal rauf und runter, weil ihnen einmal als

Training nicht reicht? Voll die Masochisten«, bemerkt Jelenka, die kein Verständnis für Leute hat, die ordentlich in die Pedale treten wollen. »Und wo ist jetzt eigentlich dieser berühmte Weinbauer? Gibt's da einen Gemischten Satz to go? Ich hab voll den Durst«, sagt sie und sieht sich hilfesuchend um, bereit, den nächsten beschwipsten Menschen nach dem Weg zum nächstgelegenen Weinfass zu fragen.

»Solltest du nach dem Sport nicht eher Magnesiumwasser trinken?«, wirft Lissy ein und hält Ausschau nach dem Stadtwanderweg, der zum Lebensbaumkreis am Himmel führt.

»Ist doch Powidl ... Ist ja Pandemie«, kontert Jelenka, da sie der Ansicht ist, ein gut durchdachter Alkoholismus könne in Krisenzeiten nicht schaden. In ein, zwei Wochen wird sie sich wieder hingebungsvoll dem Basenfasten widmen, denn bei ihr wechseln Rock'n'Roll und Soft-Pop gerne ab.

Während Angelika und Lissy ihre Handys in den Rucksäcken verstauen, findet Jelenka an einem heißen Rennradfahrer Gefallen, der an den Mädels vorbeizieht, als würde er auf einer Harley sitzen. Ehrgeizig steht der Radfahrer auf und schwingt seinen knackigen Hintern in die Höhe, um ordentlich in die Pedale zu treten. In seiner eng anliegenden Radhose präsentiert er, dass er auch vorne gut ausgestattet ist, und lächelt Jelenka an, als wollte er sie mit seinem Charisma aus dem Verkehr ziehen. Ein paar Sekunden später sind nur noch die Erinnerung und eine Staubwolke von dem vielversprechenden Traummann geblieben. Jelenka seufzt. »Mädels, jetzt weiß ich, was ich tun muss!«

Angi sieht verwirrt von ihrem Handy hoch. »Weniger trinken?«

»Nein, wo denkst du hin?! Ein Rennrad! Ich brauche ein Rennrad, Mädels! Mit Motorantrieb, und dann werde ich – in bester Montur, hauteng und sehr figurbetont natürlich – in so einen Rennradfahrerclub eintreten«, verkündet Jelenka, als hätte sie die Lösung für all ihre Probleme in den unendlichen Weiten ihres Vorstellungsvermögens gefunden. »Ich steh auf Rennradfahrer, das ist mir soeben klar geworden. Wieso ist mir das früher noch nicht aufgefallen? Was haltet ihr von einer grünen Radlerhose? Grün zu meinem olivfarbenen Hautton? Ob mir so was passt? Oder besser in Neongelb, damit ich auffalle …«

Lissy und Angi schütteln die Köpfe.

»Ich sag's euch. Das ist meine Welt! Das sind *meine* Männer!« Jelenka tritt weiter nach vorne auf die Straße, als wolle sie gleich einen Daumen zum Stoppen hochhalten.

»Wetten, wenn du weiter da herumstehst, nimmt dich in Windeseile wer mit? Dann landest du im nächstbesten Krankenhaus«, kommentiert Angi und zieht Lenka wieder von der Straße. »Im wahrsten Sinne des Wortes … Diese Egos bremsen weder für Schildkröten noch für haarige Vierbeiner oder hübsche weibliche Zweibeiner … Da würden sie ja Zeit verlieren!« Entschlossen nimmt Angi beide Freundinnen an der Hand, um sie vor einem schlimmen Schicksal zu bewahren. »Das ist kein Ort für Damen wie uns. Wir sind nicht hier, um Typen aufzureißen! Vor allem keine, die verschwitzt sind und in viel zu engen Radlerhosen feststecken!«

»Aber da sieht man wenigstens, was man einkauft«, bemerkt Lissy professionell, als würde sie über Käsekrainer, Frankfurter oder Debreziner fachsimpeln.

»Niemand von uns will das Wiener Würstchen«, kommentiert Angi.

Ein Kiesweg führt durch ein Waldstück. Vor den Mädels liegt die Unendlichkeit eines blauen Himmels, der sich an diesem Nachmittag wolkenfrei über Wien spannt. Zu ihren Füßen reihen sich die Weinberge, die in einem satten Grün in die Hauptstadt gleiten und der Großstadt eine ländliche Ruhe verleihen. Hier lässt es sich gut durchatmen, stellt Lissy fest, als sie über den unebenen Weg spaziert und sich mit jedem Atemzug, der nach Nadelwald und Frühlingssonne duftet, noch ein bisschen mehr entspannt.

Bald erreichen sie den Himmel am Pfaffenberg, wo sich der bekannte Lebensbaumkreis befindet, ein nachhaltiges Naturdenkmal. Es ist ein Ort der Ruhe und verbindet den Menschen mit der Natur. Das elf Hektar große Areal, auf dem das Denkmal steht, ist in den letzten Jahren stetig gewachsen und besteht mittlerweile aus einem Restaurant, der Sisi-Kapelle, einem Naturspielplatz für Kinder und einem Weingarten. Der Lebensbaumkreis symbolisiert mit seinen vierzig Bäumen den Zeitabschnitt eines ganzen Jahres. Jeder Lebensbaum ist einer gewissen Geburtsdekade zugeschrieben. So können die Besucher ihren persönlichen Baum finden.

Jelenka hält ein Ohr zu einem Laubbaum. »Ist das klassische Musik, die da aus den Bäumen dringt? Oder irre ich mich? … Ja, doch … irgendwas Klassisches.«

»Da steht, dass man sich seinen Lebensbaum aussuchen und mittels eines versteckten Lautsprechers seiner Geschichte lauschen kann«, erklärt Angi, die die Info auf einer Schautafel abliest. »Wie cool ist das denn? Wieso waren wir früher nie da?«

»Weil du deine Zeit davor auf Tanzflächen verbracht hast, wo die laute Musik aus überdimensional großen Boxen kam und du dir passende Männer statt Bäumen zum Anlehnen ausgesucht hast«, amüsiert sich Jelenka und spielt dabei auf

Angelikas Ausgehstehvermögen an. Angi war früher stets die Letzte, die von einer Party verschwand. Meist wurde sie von der Putzbrigade oder von der Security bei viel zu grellem Neonlicht aus den Partyräumlichkeiten eskortiert, und das zu einem Zeitpunkt, wenn die wenig klassische Begleitsinfonie *Paulchen Panther – Wer hat an der Uhr gedreht* aus den Boxen drang. Erklang der Song, bestellte sie sich noch schnell einen Spritzer, den sie dann meistens exen musste, weil die Türsteher mit verschränkten Armen ungeduldig mit den Füßen auf den Boden klopften. Übereilt tanzte sie noch ein paar Takte zu Paulchen Panther und wechselte nach der letzten Solotanzeinlage munter zum nächstbesten Würstelstand, wo sie stets auf weitere Exilanten traf und bei einer Dose Ottakringer Bier versumperte. Gegen fünf Uhr morgens lief Angelika zur Höchstform auf. Sie war die Partybombe und der Partyschreck zugleich, denn lud man die kleine Angi – die gerade mal 1,60 misst – ein, konnte man sichergehen, bis in die frühen Morgenstunden zu feiern. Bei einer Afterparty am Würstelstand lernte sie dann den Spanier Jorge kennen, der an einem Erasmus-Austauschprogramm teilnahm und ebenso keine Lust zum Nachhausegehen hatte. Sie teilten sich eine Eitrige, tranken zum Runterspülen ein paar Marillenschnäpse und landeten schlussendlich auf der klapprigen Wohnzimmercouch in ihrer WG, weil die Anziehungskraft zu groß war, als dass sie die paar weiteren Meter in ihr Zimmer geschafft hätten. Seitdem landen sie regelmäßig auf irgendwelchen Matratzen oder Autositzen, teilen sich ab und an mal eine Eitrige und stehen nie vor zehn Uhr morgens auf.

Lissy setzt sich auf einen der Holzblöcke, die einem Amphitheater nachempfunden sind, und zählt die Bäume. Es sind sechsunddreißig im Außenkreis und vier im Innenkreis. Gegen den Uhrzeigersinn ist jedem Geburtsdatum ein Baum zugeordnet, beginnend und endend mit einem Apfelbaum, liest sie in ihrem Handy. Die Eiche symbolisiert im Innenkreis den März, die Birke den Juni, der Olivenbaum den September und die Buche den Dezember. Der Außenkreis an Bäumen wirkt ein wenig wie der Schutzmantel der vier Innenbäume. Dahinter liegt erhaben die scheinbare Unendlichkeit der Stadt. Begrenzt wird sie von grünen Hügeln, die das Ende der Hauptstadt und den Übergang zu Niederösterreich andeuten. Die breite Donau, die immer mehr grau als blau im Sonnenlicht blitzt, strömt majestätisch durch die City. Ein paar Hochhäuser, die in der Stadt wie seltene Juwelen anmuten, rekeln sich stolz empor, als wollten sie die Lage von oben überblicken. Lissy atmet ein paar Mal tief durch und lässt mit jedem Atemzug den Stress der Arbeitswoche los, der in ihren Händen und Füßen, mehr noch in ihrem Kopf stecken geblieben ist.

»Mein Baum ist die Linde, habe ich soeben herausgefunden«, erklärt Angelika, die eben noch Musik an den Bäumen gehört hat und sich nun neben Lissy setzt. »Deiner ist der Feigenbaum. Passt voll zu dir. … Hier kann man übrigens auch heiraten, hat mir gerade jemand erzählt. Das wär was für Jorge und mich. Mit dieser Aussicht und dieser magischen Energie, bei kaiserlichem Sommerwetter … Das könnte ich mir gut vorstellen.« Dabei blickt sie sehnsüchtig auf ihren Ring am linken Finger, den Jorge ihr vor einem Jahr bei einem romantischen Heiratsantrag auf einer Dachterrasse in Madrid, nach einem laut gekreischten *Jaaaaa unbedingt* angesteckt hat. Jorge und Angelika wollten im Frühjahr heiraten, doch aufgrund der ungewissen Lage – und Jorges Familie, die in Sevilla zu Hause ist – ist es unsicher, wann ein Fest in dieser Größenordnung wieder möglich sein wird. Auf Ibiza wollten sie sich das Ja-

Wort geben, eine große Finca mieten und dort die österreichische und die spanische Familie zusammenbringen. Eine lange, berauschende Feier hätte es werden sollen, mit einem herrlichen Ausblick auf das Meer und einer süßen Meeresbrise, die Angelikas Wange hätte kitzeln sollen, während sie Jorge tief in die Augen blickt und ein verliebtes *Ja – Sí quiero!* In die Welt hinausrufen wollte. Nun ist alles verschoben. Ihre Liebe ein wenig auf *hold* geschaltet. Wie so vieles derzeit eingeschlafen ist. So als würde man die Musik, die läuft, einfach auf stumm schalten oder das lauwarme Wasser, das in einem Topf am Herd steht, nicht zum Kochen bringen. Lissy greift nach Angelikas Hand und schaut ihr mitfühlend in die Augen, denn wenn Lissy eines kann, dann ist es, Trost zu spenden, egal, ob mithilfe von Essen oder Worten. »Du wirst deine Traumhochzeit noch bekommen, und sie wird schöner werden, als du es dir jetzt vorstellen kannst. Sobald das alles vorbei ist, werden wir euch feiern! Es ist vollkommen egal, ob du auf Ibiza, in Wien oder in Tuttendörfel heiratest … obwohl Tuttendörfel dieses großartige Event verdienen würde. Wahrscheinlich würde es sogar in die Geschichte von Tuttendörfel eingehen.«

Angelika lacht, und es bilden sich süße Grübchen, die Angi auf Anhieb sympathisch werden lassen. »Mein Tuttendörfel«, sagt sie, denn Angelika stammt aus dem kleinen Ort vor den Toren Wiens, der aufgrund seines komischen Namens immer für Gelächter sorgt.

Lissy drückt die Hand ihrer Freundin. »Dort, wo ihr beide seid, dort, wo ihr eure Herzen offiziell und mit Unterschriften verbinden werdet, dort wird es magisch und unvergesslich sein. Egal, wo und wann. Egal, ob wir alle physisch oder online dabei sein werden, es wird unvergesslich schön werden. Eure Liebe kennt keine Deadline. Ihr habt da in dieser einen Nacht …

beim Würstelstand etwas ganz Besonderes gefunden«, sagt Lissy und lächelt. Angelika strahlt in Erinnerung an den einen Tag, der alles in ihrem Leben verändert hat. »Glaub mir, wir werden euch feiern. Eure Liebe. Eure Verbindung. Tagelang. Nächtelang. Bis wir vor lauter Spaß und Getanze nicht mehr können und müde in die Betten fallen werden.« Angi treten Tränen in die Augen, und ein paar davon kullern sanft ihre Wangen hinunter. Stürmisch umarmt sie ihre Freundin, und Lissy schließt glücklich die Arme um sie, denn sie ist sich sicher, dass die Liebe zwischen Angi und Jorge wirklich etwas Besonderes ist, das haben sie bewiesen. Sie hatten lange eine Fernbeziehung geführt, dann lag Jorges Mutter mit einer schwerwiegenden Diagnose über ein Jahr im Krankenhaus, weshalb Jorge die meiste Zeit in Spanien war. Doch auch das haben die beiden gemeistert und sind nun auch physisch am selben Ort vereint. Sie haben ein gemeinsames Zuhause im Siebten, dem Künstlerviertel in Wien, gefunden, das zu Pandemiezeiten manchmal viel zu klein erscheint, aber das richtige Zuhause für eine große Liebe ist, denn die Liebe braucht nicht viel Platz, um sich gemütlich einzunisten. Echte Liebe ist anpassungsfähig und trotzt jedem Umstand. Sie passt eben in die kleinste Ecke.

Und genau das, das wünscht sich Lissy auch für sich selbst. So eine kompakte Liebe, die man einpacken kann, die einen begleiten wird, egal, ob man mit der Sonne tanzt, durch tiefe Regenpfützen patscht oder von einem Schneesturm überrascht wird.

»Hey, Mädels! Ich find's ja ganz nett hier, aber langsam wird's echt fad«, sagt Jelenka, die vor Lissy und Angi getreten ist und ihre Stöpsel aus den Ohren nimmt. »Können wir dann mal das Weingut suchen?«, sagt sie und lässt sich neben die Freundinnen plumpsen.

»Hey, du hättest den Bäumen lauschen sollen«, bemerkt Lissy und muss heiter lachen, denn Lenka verschläft immer die Highlights von Sehenswürdigkeiten oder Events.

»Tones and I oder Mozart? Sorry, Amadeus, aber da verlierst du! 1:0 für *Dance Monkey*. Immerhin war da die Welt noch in Ordnung.« Jelenka macht ein paar coole Moves mit ihren Armen, und dann machen sich die Mädels auf den Weg zum Weingut.

Kapitel 5

Ein paar Gewitterwolken sind im ansonsten so sonnigen Pizzakummerkasten aufgezogen. Pierre hat am Wochenende per WhatsApp ein Meeting für Dienstagmorgen einberufen. – Ohne Mohnstriezerl, Melange und Kakao. Ein Krisenmeeting soll es sein, da gibt es maximal Leitungswasser und ein ernstes Gesicht vom Kummerkasten-Sous-Chef, als wären seine Eismarillenknödel beim Tichy ausverkauft. Wahrscheinlich hat er am Wochenende zu wenig Drama abbekommen und muss sich den Nachschlag in Form eines eingeschüchterten Max und einer überraschten Lissy besorgen, die in der ersten Reihe auf Klappstühlen sitzen und auf die signalroten Worte »Desaströse PR!« auf dem einst weißen Flipchartpapier starren, neben denen Pierre als charismatischer Vortragender steht. Er trägt eine dunkelblaue Stoffhose und ein elegantes cremefarbenes Leinenhemd, so, wie es sich für einen großen Redner aus der Normandie gehört. In einer Hand hält er einen Kochlöffel, der ihm als Zeigestab dient, denn unter Zeitdruck konnte er nichts Professionelleres besorgen. Etwas undurchdacht für jemanden, der sogar die Serviettenfarbe auf seine Gerichte abstimmt und darauf besteht, dass es nach jedem Gang eine frische und farblich angepasste Stoffserviette gibt.

Energisch klatscht er mit dem Kochlöffel auf das Wort PR. »Die Zeiten ändern sisch«, sagt er ernst und klingt dabei ein wenig bedrohlich, als wollte er Lissy und Max für ein kleines

Verbrechen abmahnen. »Und zwar so rasant, dass wenn du beginnst, die Crème brûlée zu machen, schon wieder zwei neue Restaurants eröffnet haben, ehe du sie fertiggestellt hast.«

»O-kay«, bemerkt Max und hält sich nachdenklich den Zeigefinger an seine spröde Unterlippe, die vom vielen Küssen mit Lena in Mitleidenschaft gezogen ist. »Aber in dieser Zeit … Da öffnet doch nix. Da schließt höchstens alles. Das klingt für mich mehr nach einer Midlife-Crisis, die er sich da eingefangen hat, findest du nicht, Lissy? Ist das einfach so am Wochenende passiert, Pierre?«

»Isch habe misch am Wochenende nischt bedauert, sondern schlaugemacht und misch durch unzählige Seiten auf Instagram gewühlt. Wie ein Goldgräber habe ich mich da durchgekämpft und in düsterem Schlamm gebadet. Was da alles für Dreck zu finden ist! Terrible!« Er fährt mit dem Handrücken über seine Stirn, um eine imaginäre Schweißperle wegzuwischen und seinem Auftritt den dramaturgischen Höhepunkt zu verleihen. »Auf jeden Fall bin isch fündig geworden. Bei den hervorragenden Restaurants habe isch mir eine Surferpause gegönnt und bin in meiner Lieblingsstadt Paris – dem größten Gourmettempel der Welt, oh ja – auf wahre Schätze gestoßen. Da habe isch vortrefflische Fotos auf Insta gefunden. Unglaublisch gute Fotos!« Zur Veranschaulichung blättert er auf die nächste Seite des Flipcharts, wo einige berühmte Restaurantnamen angeführt sind. In großen Lettern hat er die prämierten Lokalitäten auf dem weißen Papier verewigt. »Bitte nehmt jetzt euer Handy in die Hand und geht auf Instagram oder Facebook. Das ist verknüpft miteinander, müsst ihr wissen. Sehr praktisch.« Max rollt mit den Augen und zieht widerwillig sein Telefon aus der Hosentasche. Pierre pfeffert Lissy und Max die Lokalnamen entgegen, als würde er hingebungsvoll Chiliflocken in ein langweiliges Gulasch werfen. »Scrollt eusch durch! Kostet euch durch diese schönen Bilder! Genießt es! Es ist eine Reise, nein, eine Safari.« Eine kurze Pause entsteht, ehe sich die Ungeduld des Sous-Chefs wieder stark erhitzt. »Und? Was seht ihr da?« Lissy und Max haben kaum Zeit, die Namen zu googeln. »Perfekt, nischt wahr? Die haben alle perfekte Seiten und die perfekte Werbung! … Und nun geht bitte auf die Seite des Pizzakummerkastens. Naaaaaa, was seht ihr jetzt?« Er schließt die Augen, dann öffnet er sie wieder und blickt Lissy und Max ernst an. »Nischts! Gar nischts! Sie ist nämlich nischt existent!«, ruft er und wirft Lissy dabei einen anklagenden Blick zu, als hätte sie sein allerbestes Coq au Vin versalzen. »Was gedenken Sie dagegen zu tun, Chefin?«

»*Angeklagte, was gedenken Sie dagegen zu tun?*, heißt's wohl eher. Kennt man ja aus Filmen«, bemerkt Max mit einer guten Prise Sarkasmus, die Lissy als geheimes Lächeln den Gaumen runtergleitet. Nur nicht laut lachen, das wäre ein Kündigungsgrund für Pierre.

»Das ist wirklisch fürschterlisch«, pflichtet Max in Pierres Tonfall bei. »Die haben ja alle nur die ur-langweiligen Essensbilder auf ihren Seiten. Wen interessiert denn so was? Das schauen sich doch nur die Pierres einer vermeintlich heilen Welt an. Und deren Kunden, die brauchen einen Lottogewinn, um sich das Essen dort leisten zu können.« Max lacht und kriegt sich kaum noch ein, während er virtuell von einem perfekten Soufflé zum nächsten springt.

»No, da läuft dir doch der Mund im Wasser zusammen, wenn du das siehst.«

»Umgekehrt, Pierre«, verbessert ihn Max. »Nö, also mir läuft hier nur die Gänsehaut über den Rücken. Ur-ur-langweilig ist das.« Max klopft mit der Hand auf seinen Oberschenkel, als wollte er dem Krisenmeeting damit ein Ende setzen.

»Und was schlägst du vor?«, fragt Pierre eingeschnappt.

Die Einzige, die ruhig und still dasitzt, beinahe ein wenig unbeteiligt wirkt, ist Lissy. Wie eine Muschel im weiten Pazifik, die unmöglich zu knacken ist und unbekümmert in ihrer verschlossenen Schale den rauen Wellengang verschläft.

»Sex sells. Sex geht immer. Oder TikTok. Da verkauft sich auch alles drauf. Ist ein Selbstläufer.« Max pustet cool über seine Fingernägel, als hätte er die Professionalität und Genialität abwechselnd mit einem Strohhalm inhaliert.

»Soll sisch Lissy etwa in Strapse werfen und auf unserem Essen herumrekeln? Oder im Bikini mit dem vollen Teller in der Hand tanzen und sisch lasziv eine Nudel in den Mund schieben? Oder wir besorgen einen überdimensional großen Kochtopf und Lissy badet in lauwarmem Suppenwasser? Wie stellst du dir das vor?«, bemerkt Pierre. Es schüttelt ihn am ganzen Körper, als hätte er ein paar Stunden im Kühlhaus verbracht. Stirnrunzelnd guckt er Lissy an, die jetzt doch etwas nervös auf ihrem Stuhl herumrutscht.

»Du fragst dich jetzt aber nicht, wie ich in Dessous aussehe?! O-der?«

»Rot oder schwarz? Vielleicht weiß?«, wirft Max ein, und Lissy läuft im Gesicht rot an wie der Inhalt einer Ketchup-Flasche. Fragen sich die beiden gerade ernsthaft, wie sie in heißer Unterwäsche aussieht? Forschend blickt sie erst Pierre, dann Max an. Beide zucken entschuldigend mit den Schultern.

»Igitt, echt! Der Boss in erotischer Unterwäsche? Krass! Das stelle ich mir jetzt mal lieber nicht vor!« Lissys Blick verdunkelt sich und zielt auf ihren Lehrjungen, der aufgrund seiner Phantasie wie ein Häufchen Elend über dem Sessel hängt.

In nächster Zeit wird sie ihm die leckeren Butterkipferl und ihre ansonsten so freundliche Gesellschaft, die ihm zart wie Butter über seine pubertären Flausen streicht, verwehren.

»Ich kann … also, ich könnte ganz bestimmt wunderbar verrucht …«

Pierre winkt ab. »Klassisch. Wir bleiben beim Klassiker. Nur das Essen, das setzen wir in Szene. Ohne Porno. Dafür nehmen wir *Crêpes*. Das funktioniert immer. Die ganze Welt verehrt *Crêpes*. Das ist pures Kamasutra«, schwärmt er und geht eilig in seiner Präsentation voran.

AUFGABEN MAX, steht da in großen Lettern und darunter der Begriff: Fotografieren. »Natürlisch müssen wir auch menschlisch wirken und nischt wie die Vollprofis, die wir eigentlich sind. Max, du wirst ab sofort alles fotografieren, was dir hier unterkommt. Tabu ist nur das Klo. Und die Putzereien, denn da sehe isch immer etwas abgekämpft aus.«

»Iiiiich?«

»Zugegeben, Max, deine Fotos, die isch da auf deinem dauerverliebten Instagram-Account gesehen habe, sind nischt schlescht, und ich vermute, mit ein bisschen Übung wirst du noch professionell werden. Und Lissy …« Er zeigt mit dem Kochlöffel erst auf sie, dann auf den nächsten Punkt. »Du machst keine erotischen Verrenkungen in der Zwiebelsuppe, sondern eröffnest uns einen Instagram-Account … oder deine Freundin Jelenka soll das erledigen, die macht ja viel mit dem Computer.«

»Die ist Controllerin«, bemerkt Lissy, in der Hoffnung, er würde den Hinweis – Marmelade ist kein Kompott – verstehen.

Pierre winkt unbeeindruckt ab. »Computer ist Computer. Lenka wird das schon rischten. Heutzutage haben Fünfjährige schon solche Accounts. Und wie alt ist Jelenka? Vierzig?«

»Zweiunddreißig«, grummelt Lissy. »Sag ihr das ja nicht, sonst püriert sie dich mit ihrem Dildo.«

Pierre winkt ab. »Wir posten Fotos von unserem Essen, von den vielen Rezepten und der Arbeit im Pizzakummerkasten. Darauf stehen die Leute. Dann können sie zu Hause alles nachkochen, was wir hier so machen. Gerade jetzt, wo alles geschlossen hat und die Leute so viel Zeit haben, kochen sie alle wie die Wahnsinnigen. … Und wahnsinnig schlescht. Aber wir können die Welt nun mal nicht retten.«

»Oder bestellen. Die bestellen auch wie die Wahnsinnigen«, wirft Max ein, als würde er in der Schule sitzen und müsste zumindest eine geistreiche Wortmeldung loswerden, um sich mit gutem Gewissen in die Pause zu verdrücken.

Mittlerweile ist Lissy davon überzeugt, dass sie professionelle PR-Hilfe benötigen.

»Nun, wenn keine Fragen mehr offen sind, beende ich das Meeting jetzt offiziell, und wir gehen zur Arbeit über.« Pierre klopft drei Mal mit dem Kochlöffel auf den Tisch neben ihm. Dann blättert er auf die letzte Seite des Flipcharts.

Vielen Dank für eure Aufmerksamkeit. Schönen Tag und gutes Kochen!, steht da, und Pierre verneigt sich, als wäre er ein Tenor auf einer großen Bühne. Statt Applaus gibt es Sesselgerücke.

~

Himmel, herrje, ich sag's euch! Was für ein Wochenstart!
Ich hätte gestern schon euren herrlichen Kaiserschmarrn
gebraucht, um mich von den Strapazen eines Montags
im Homeoffice mit Distance Learning zu erholen.
Mir sind seit Freitag einige Schüler abhandengekommen,

als wären sie vom World Wide Web verschluckt worden. Ich hab sie überall gesucht. Auf Eduvidual, Schoolfox, per Mail ... aber ganz ehrlich, Distance Learning ist eine Farce. Ein wenig geben wir den Schülern damit die Möglichkeit, sich von der Schule und der richtigen Welt zu verabschieden ... Wie schön wäre es, würden sie leibhaftig vor mir sitzen, ich könnte sie in den Himmel loben oder zum Teufel jagen und im Anschluss, in einer netten Pause, mit meinen Kollegen eine Tasse Kaffee trinken und über alles sprechen, was mir am Tag so über die Leber gelaufen ist. Doch so bleibt mir nichts anderes übrig, als mich mit meinem Kaffeehäferl einsam und alleine in einer Pause neben mein Aquarium zu setzen und den stummen Fischen von meinen Stunden im virtuellen Klassenzimmer zu erzählen. Bitte rettet mich zumindest kulinarisch von diesem Desaster, das sich Alltag beziehungsweise gegenwärtiges Leben nennt.
Grüße, Gertrude Kobald

Lissy schmeckt die Vanille-Baileys-Soße ab, die sie vorausschauend für Lady Mon Chéri zubereitet hat, denn an diesem Wochentag trudelt stets zur selben Zeit eine Bestellung von ihr ein. »Oh Gott! Heftig!« Angewidert verzieht Lissy ihr Gesicht. »Danach ist die Gerti sturzbetrunken.« Hilfesuchend dreht sie sich zu ihrem Sous-Chef um, der am Nebenherd steht. »Was meinst du, wie viele Promille hat sie danach?« Lippenkräuselnd taucht sie einen frischen Löffel in die Soße und reicht ihn Pierre zum Kosten. In der Zwischenzeit nimmt sie den kochenden Topf mit den kleinen Knödeln vom Herd und gießt die Erdäpfelknödel mit den unterschiedlichen Füllungen ab.

»Pfuiiii Teufel! Terrible! Ist das Alkohol mit geschmolzener Zuckerwatte? Ma petite Lissy, bist du krank?!« Sorgenvoll legt Pierre seine Hand auf ihre Stirn.

»Boss! Der Kaiserschmarrn, der riecht schon! Ich glaub, der fackelt uns gleich die ganze Bude ab!« Max reißt an der großen schweren Pfanne, als wollte er ein Auto von der falschen Straßenseite lenken.

»Mist!« Lissy sprintet zum Herd. Doch sie kommt zu spät, der Kaiserschmarrn ist an manchen Seiten statt goldbraun schon kastanienbraun mit schwarzen Flecken, als hätte er sich versehentlich in einen Kamin gestürzt. Stöhnend klatscht sie die Hände zusammen und stottert wie ein alter VW Polo auf seinen letzten Kilometern, ehe er verschrottet wird. Das Kaiserschmarrn-Fiasko kann sie Lady Mon Chéri unmöglich schicken. Und die Knödel waren zu lange im heißen Wasser, die sind verquollen. Eine Bestellung nach der anderen floppt, und eine weitere ploppt in der Zwischenzeit mit dem leisen Glockenton auf, dann gleich noch eine.

»Action, das mag ich, wenn halb Wien verhungert ist«, freut sich Pierre und klatscht in die Hände. »Lady Mon Chéri kriegt heute fluffig-leischte Mozartknödel. Den Teig hab isch schon fertig, davon können wir auch welsche einfrieren. Das geht sisch gut aus … Und die Bestellung von Dr. Robinson Crusoe kann isch übernehmen, isch kreiere gefüllte Täschchen. Alles gut, Lissy, atme durch. Noch brennen wir nischt, noch sind wir nicht auf der Titanic!«

Schnell überträgt Lissy Max, der gerade dabei ist, Bananen in kleine Scheiben zu schneiden, einen heiklen Auftrag. Erfreut und wie ein einsatzbereiter Avenger streift er sich die Ärmel seiner Kochjacke hoch und ist bereit, in den Ring zu steigen, wo er mit Butter, Schlag und Kohl um eine gewisse

Perfektion kämpfen wird. Lissy druckt ihm das Rezept für ein Kohlgemüse nach Wiener Art aus, das sie als Beilage zum Selchfleisch benötigt, das gerade im heißen Wasser vor sich hin köchelt.

»Kohlgemüse? Echt jetzt?! Ich dachte, ich müsste einen dreistöckigen Burger zaubern.« Enttäuscht sieht er das Rezept an. »Na, was soll's … Irgendwann werde ich den Mörder-Auftrag abkriegen!« Nach Motivation haschend setzt er sich die Kopfhörer auf, schaltet die Musik auf dem Handy ein und spaziert im Takt der Musik ins Kühlhaus, um die frischen Zutaten zu holen, die er für das Gemüse benötigt.

Beim nächsten leisen Glockenton schaut Lissy auf den Bildschirm.

Liebe Lissy,
gestern bin ich verhungert. Vor allem geistig verhungert. Ich schlich sogar zwei Mal zur Tür, nur um zu sehen, ob vielleicht der Duft deines köstlichen Essens oder deine klangvolle Stimme durch mein Fenster schwappt. Aber nichts. Keine Andeutung der willkommenen Süße eines Topfenschmarrns, keine liebreizende Silbe von deinen Lippen. Nun sitze ich vor einem klassischen Fertigmenü in XL-Ausführung für echte Kerle – ein Grenadiermarsch aus dem Supermarktregal – und ärgere mich darüber, dass ich dir nicht schon früher geschrieben habe. Dann hätte ich das Grenadiermarschdebakel nämlich verhindern können. Mein Gaumen ist seit dem dritten Bissen beleidigt und tritt vermutlich spätestens beim fünften Bissen in den Hungerstreik. Warum ich ihm das antue, fragst du dich? Ich hatte heute einige Termine, bei denen ich mich wie ein geschrotteter Porsche bei einer

TÜV-Überprüfung gefühlt habe. Zu meinem Leidwesen habe ich kein Pickerl mehr bekommen und stehe erst mal für längere Zeit in der Warteschleife einer Werkstatt, nicht wissend, welcher geniale Mechaniker sich meiner annehmen wird, was sich sachgemäß ein wenig so anfühlt, als wäre ich übrig geblieben oder einfach vergessen worden. Das ist der Grund, weshalb ich mich mit einem enttäuschenden Pappkartonmenü und einer nährwertlosen Cola zufriedengeben muss, die außer ein paar übel gelaunten E-Nummern noch nicht mal Zucker enthält.
Du fragst dich jetzt vielleicht, wie so ein mikrowellenerwärmter Grenadiermarsch und mein verwöhnter Steak-Gaumen zusammenpassen. Gar nicht. Und er wäre sehr froh, würde sich eine kulinarisch talentierte Retterin seiner Genussfreude annehmen und den Kochlöffel für ihn schwingen. Liebe Lissy, willst du mich vor diesem schlechten Essen retten? Willst du mir das Seil zuwerfen und mich aus dem Gully ziehen?
Ich hatte wirklich einen fürchterlichen Tag, so einen, den man am liebsten am Krawattl packen würde und mit einem Arschtritt in die nächste Biomülltone zum Recyceln katapultieren möchte. Wäre ich eine Kugel Vanilleeis, ich würde mich freiwillig in den magensaftresistenten Abgrund stürzen.
Der Rest, der von mir übrig geblieben ist, ist heute Abend durchaus gesellschaftsfähig und würde sich über deine Stimme freuen.
Micky-Mouse-lastige Grüße aus dem Neunten (nein, keine Sorge, ich sitze gerade nicht im Pyjama vor dem Laptop),
Matthias (ohne Hübner, MSc).

PS: Eine Flasche Wein ist eingekühlt. Auch ich lerne aus meinen Fehlern.

Lissy schmunzelt und beißt sich auf die Lippen. Eine Nachricht von Mr. Crunch. Himmel! Ihr Herz macht einen untypisch hohen Sprung. Sie liest die Bestellung ein zweites Mal und versucht, all die versteckten Botschaften darin zu entschlüsseln. Drei Gänge hat er angekreuzt. In Gedanken geht sie durch, was vom heutigen Tag übrig geblieben ist. Vorsichtshalber sieht sie im Kühlhaus nach, nicht, dass sich Max in einer hungrigen Viertelstunde mit dicker Daunenjacke im Kühllager verschanzt und das Best-off der ersten Tageshälfte aufgegessen hat. – Alles schon gehabt. Doch dann nickt sie zufrieden, als sie die Reste sieht. Ob sie zusammenpassen, ist allerdings eine andere Frage. Eher nicht. Aber das ist es ja, was Matthias braucht. Und sie wäre ganz froh darüber, dürfte sie wieder auf seiner vietnamesischen Türmatte Platz nehmen oder ihn sogar zu Gesicht bekommen. Immerhin könnten sie wie in einem coolen Bistro dinieren. Der Fenstersims könnte als Theke herhalten.

»Pierre, was ist bei dir heute übrig geblieben?«, will sie wissen und schaut ihrem Sous-Chef über die Schulter, der geschmolzenen Nougat in einer Schüssel verrührt, damit es nicht klumpt. »Nischt viel, isch portioniere rischtisch«, sagt er, denn die perfekte Portionsgröße anzufertigen, ist Pierres Stärke. Lissy macht entweder zu viel oder in seltenen Fällen zu wenig.

»Hmm … sieht das lecker aus!«, kommentiert sie, als der Sous-Chef in einem anderen Topf die Erdbeersoße anrührt, und leckt sich über die Lippen. Es ist ein Wunder, dass Lissy nicht das Doppelte wiegt, denn bei Pierres Gängen könnte sie ständig hemmungslos zuschlagen. Er hat diese besondere Gabe,

Vollkommenheit zu schaffen. Jeder Bissen ist wie eine perfekte Zeile, die man genüsslich liest und am liebsten in seinem Kopf für die Ewigkeit konservieren würde. Die flüssige Schokolade wird er später für die zweite Ration Mozartknödel verwenden, wofür Max bereits in erster Reihe ansteht, damit er welche für Lena und sich abstauben kann. Bei Kerzenschein und Rapperklängen möchte er seiner Süßen heute Abend die Knödel servieren. »Und einen Ring an den Finger stecken?«, fragt Lissy amüsiert und mustert ihn, denn seit Max mit Lena zusammen ist, hat er romantisch blinkende rosarote Herzchen in den Iriden bekommen. Als würden seine Augen ein paar Runden im Riesenrad im Prater drehen.

»Zuerst kriegen wir das Baby, und *dann* kommt der Ring. Wir machen das andersrum. Geht jetzt eh nicht mehr anders«, bemerkt Max und zuckt mit den Schultern, woraufhin Lissy die Erdbeersoße, von der sie soeben gekostet hat, im Halse stecken bleibt. Sie hustet. Ihr Lehrjunge zieht ein ernstes, plötzlich untypisch erwachsenes Gesicht, wie man es eben auftischt, wenn man als Teenager überraschend Vater wird. Ein wenig guckt seine Chefin drein, als würde sie selbst Oma werden. »Ein Scherz, Boss! Bloß ein Scherz! Dir rinnt die Erdbeersoße aus dem Mund!« Max krümmt sich vor Lachen. »Fuck! Das hätte ich jetzt für TikTok filmen sollen!«

»Den Blick *deiner* Mutter würde ich zu gerne sehen, sollte das in nächster Zeit wirklich wahr werden! Mit dem Video landest du sicher einen Superhit.«

»Und kassiere eine Watschn. Dafür würde sie mich bis zum Nordpol hauen.« Max' Mutter würde ihm die rosaroten Herzchen aus den Augen prügeln, so viel ist klar, denn die jugendliche Frau Brettmeiser, die gerne flippige Turnschuhe und lilafarbene Strähnen im Haar trägt, ist sicher auch in zehn Jahren noch nicht bereit, das Ehrenamt der Großmutter zu übernehmen.

Erleichtert lächelt Lissy und stellt sich für die Knödel in die Reihe. »Wie viele kann ich davon haben?«, fragt sie Pierre. Sie möchte heute bei imaginärem Kerzenschein Matthias ein ganz besonderes Dessert servieren.

»Steht auf meiner Kochjacke Pierre Caritas?«

»Dafür kannst du was von meiner Marillenmarmelade haben. Ich hab noch drei Gläser übrig, und im Juli mache ich eine frische, wenn ich die Marillen von meinen Eltern bekomme«, wirft Lissy ein, und Pierre findet, dass das ein gutes Tauschgeschäft ist, denn die Marillenmarmelade von Lissy ist so, als würde einem die Sonne der Wachau auf der Zunge zergehen.

»Gut, isch nehme ein Glas davon! Brauche ich für meine Crêpes. Vielleischt gibst du mir zwei?«

»Eine. Und es heißt Palatschinken«, erwidert Lissy, denn sie findet, in Wien sollte niemand Crêpes oder Pfannkuchen zu Palatschinken sagen.

»Und ich mach dir die nächsten drei Abwasch. Nein vier! Ganz sauber, echt!«, bietet Max an, aus Angst, er könnte gegen die Marillenmarmelade verlieren.

»Ne t'en fais pas. Nischt streiten! … Isch hab genug, ihr bekommt beide was davon ab!«, erklärt Pierre. »Ihr kriegt beide viele Kalorien und noch mehr Genuss.«

~

Nach der abendlichen Sperrstunde radelt Lissy nervös in den Neunten. Emsig tritt sie in die Pedale und rumpelt unbeständig über das Kopfsteinpflaster. Dabei schielt sie immer wieder auf den Flechtkorb, in der Hoffnung, dass der Inhalt der Wärmeboxen die Rumpeltour heil übersteht. Ein paar Grießnockerlgebilde, die sich am Horizont haltlos herumschieben, begleiten sie. Als Lissy vor Mr. Crunchs Wohnhaus ankommt, bleibt sie stehen, steigt ab und kettet ihr Fahrrad an derselben Stelle an wie beim letzten Mal. *Never change a winning team.* Sorgsam, damit keine Soße ausrinnt, hebt sie die Tüte mit den Essensboxen aus dem Flechtkorb und schlendert die paar Meter zu Matthias' Wohnung. Die Sonne steht tief im Westen und läutet das Ende des Tages ein, denn in weniger als einer halben Stunde wird es dunkel sein. Einige Tauben versperren Lissy den Weg und gucken sie beseelt an. Mit ihren Schritten vertreibt sie die Vögel, während sie zielstrebig auf seine Eingangstür zugeht. Träge fliegen sie zur Seite, als hätten sie eine Schweinsbratenscheibe zu viel gegessen.

Auf dem Klingelschild sucht sie seine Türnummer, obwohl sie sich gut erinnern kann, dass seine Glocke die letzte rechts unten ist. Entschlossen klingelt sie bei Matthias Hübner, ohne in Betracht zu ziehen, wieder umzudrehen. Immer schnell klingeln, ehe man Gefahr läuft, den Finger zurückzuziehen.

»Hallo?«, meldet sich seine tiefe Stimme, und der markante Brummton, der auf das Hallo folgt, verleiht dem oft so unbedeutenden Wort eine süße Note. Begleitend dazu macht sich ein aufregendes Ziehen in Lissys Magengegend breit, so angenehm berauschend, dass es ihr einen Augenblick lang die Sprache verschlägt. Soll sie weglaufen? Ganz schnell, als wäre sie nie da gewesen? Genau genommen … also, wenn man ein wenig weiter in der Phantasie ausholt, könnte man ihr Treffen heute Abend auch als Date bezeichnen. Ein Blind-Date, um es beim Namen zu nennen, nur eines ohne die bildliche Auflösung. Immerhin *eine Verabredung*. Bei dem Gedanken beginnt es in ihrem Bauch wunderbar warm zu köcheln. »Hallo?«, fragt er erneut, und seine Stimme klingt bemüht freundlich, als könnte er ahnen, dass es Lissy ein wenig schwerfällt, über seine Türschwelle zu schreiten.

»Guten Abend, Herr … ähm … Hi, Matthias, hier ist Lissy«, sagt sie und versagt vollkommen bei der Absicht, dabei verführerisch zu klingen. Sie ist keine von der verruchten Sorte, keine Femme fatale, die sie in prekären Liebessituationen manchmal gerne wäre. Stattdessen kichert sie verlegen wie ein kleines Mädchen, das heimlich seinen Schwarm anruft und dann gleich wieder auflegt.

»Lissy, wie schön, komm rein! Letzter Stock«, erinnert er sie, als würde er annehmen, ihr Gedächtnis hätte die Lebenszeit einer Mannerschnitte, die in Kinderhände geraten ist.

Mit einem seufzenden Ausatmen und in Begleitung einer intensiven blumigen Duftwolke tritt sie mit dem Summen durch die Tür. Vorhin in der Garderobe hat sie sich extra ein wenig Lipgloss aufgelegt und drei anstatt des einen obligatorischen Spritzers Parfüm aufgetragen, ganz im Sinne von »mehr ist eben auch mehr«. Einen davon platzierte sie perfekt auf das rechte Handgelenk, denn mit dieser Hand wird sie Matthias in wenigen Minuten die Boxen durch das Fenster reichen. In einem guten Tempo, das weder signalisiert, hey, es interessiert mich nicht, dir das Essen vorbeizubringen, noch in einer Ich-kann's-kaum-erwarten-dich-wiederzusehen-Eile schlendert sie am Fahrstuhl vorbei und steigt die Stufen hoch in den letzten Stock.

Seinen Stock. Ihrem privaten Dinner-Stock.

Das Fenster ist einen Spalt weit geöffnet. Zaghaft tritt sie an seine Tür, klingelt und ruft »Restlexpress«, als Begleitung zum klassischen Klingelton, der in diesem Moment schwungvoll durch Matthias' Wohnung gleitet. Lissys Herz pocht laut, sie schielt auf das Schloss. Ein wenig hofft sie, er würde ihr tatsächlich die Tür öffnen.

In dieser spannenden Stille, die sich zwischen die Tür und Lissy drängt, durchbrechen ein paar leise Schritte und seine sonore Stimme die Ungewissheit. »Hey, Lissy!«, ertönt es durch das Fenster, und es schwingt ein klitzekleines Stück weiter auf. Doch mit den Worten ist es besiegelt: Er wird ihr nicht die Tür öffnen.

»Was ist es denn heute? Minnie Maus auf dem Pyjama?«, fragt sie cool, obwohl sie es schade findet, dass sie ihn nicht zu Gesicht bekommt.

»Donald Duck«, antwortet er lässig, und Lissy starrt das Milchglasfenster an, in der Hoffnung, zumindest seinen Fuß oder einen Teil seines Oberkörpers zu erhaschen. Ihre Phantasie hat in den letzten Tagen fleißig gebacken und ein paar nette Matthias-Varianten ausgestochen, die sich allesamt gut verkaufen ließen. In der Version, die Lissy am besten gefällt, trägt Mr. Crunch braune Haare, die ein wenig zerstrubbelt sind und zu seinem Out-of-bed-Look – plumper Weise auch als Pyjama-Look bezeichnet – passen. Nur nicht glatt nach hinten oder zur Seite gegelt, das mag sie an Männern nicht. Dazu trägt er einen erotischen Dreitagebart, der ihm eine gewisse Verwegenheit verleiht und seine wunderschönen weißen Zähne umrahmt, die wie perfekte Traubenzuckerstücke an einer Candy-Kette angeordnet sind. Oh ja … Er muss ein schönes Lächeln haben, darauf verwettet sie ihren Brotbackofen. Eines, das er unter normalen Umständen gerne der Welt zeigt. Wenn er vor dem Laptopbildschirm arbeitet, trägt er eine lässige schwarze Hornbrille, die ihm eine intellektuelle Note verleiht. Die modische Brille passt gut zu den zerstrubbelten Haaren. Neugierig blickt sie durch den Spalt, doch statt der gesuchten männlichen Silhouette erhascht sie nur einen Blick auf den Boden. Feinster dunkler Parkettboden, kaffeefarben, als hätte man literweise Mocca darauf verschüttet.

»Für Donald Duck habe ich Palatschinken – das war, glaub ich, sein Lieblingsgericht, wenn ich mich recht erinnere«, sagt sie und zieht die erste Box aus der Tüte.

»Der isst sowieso alles.« Matthias lacht. »Ist ziemlich gefräßig, mein Kumpel. Soll ich ihn mal fragen, ob er welche haben will? Obwohl –« Er hält inne. »Müssten wir dann teilen?«

»Ja«, beschwichtigt sie, »aber es gibt genug für euch beide.«

Sie stellt sich vor, wie er auf sein Pyjamashirt blickt und seinen Kopf neigt, als wollte er mit Donald quatschen. Leise Geräusche, die sie nicht genauer definieren kann, ertönen. »Ziehst du gerade dein Pyjamashirt aus, damit du den armen Donald in einen Schrank sperren kannst? Nur damit du nicht teilen musst?«, fragt sie amüsiert und überlegt, ob das Grund genug wäre, mit Blaulicht und Sirenengesang in seine Wohnung einzumarschieren.

»Ganz im Gegenteil, mein Kumpel und ich, wir verstehen uns. Er nimmt alle, die du hast, sagt er.«

Sie lacht. »Gut, dann bekommt Matthias Hübner die leckersten Restln des heutigen Tages, serviert in diesen charmanten und farbenfrohen Wärmeboxen, und Donald Duck die Palatschinken mit Marillenmarmelade«, trällert sie fröhlich und zieht eine Box nach der anderen aus ihrer Tüte. Vorsichtig streckt sie ihm die erste – eine honiggelbe Verpackung – durch den Fensterspalt entgegen. Für den mürrischen Mr. Crunch hat sie extra die bunten Boxen gewählt, denn einen farbigen Anblick kann sein Leben vertragen. Was auch immer aktuell bei ihm los ist, er braucht Limettengrün, Zuckerwattenrosa,

Cuveerot, Creme-Caramel-Braun und Vanilleweiß. Matthias streckt seinen Arm durch das Fenster und greift nach der ersten Box.

Während sich seine Finger darum schließen, bemerkt Lissy, dass er gar keinen Pyjama trägt, sondern ein weißes Hemd, das er locker hochgekrempelt hat und das ihm eine legere Note verleiht. Sie reicht ihm eine weitere Box und verfolgt dabei die perfekte Bewegung seiner Hand. Schön und kräftig. Ob er Handwerker ist? Obwohl, dann wäre die Haut nicht so gepflegt, wahrscheinlich viel rauer. Ein angenehmer, holziger Dufthauch, der wie ein feiner Nebel ist und nun ungehalten zu Lissy strömt, lässt sie kurz innehalten. Matthias' Unterarm ist gebräunt, als würde er die Mittagsstunden in der Frühlingssonne verbringen. Auf seinem Handrücken durchbrechen blaue hervorgetretene Adern den karamellfarbenen Teint und verleihen ihm eine Stärke und Männlichkeit, der sie gerne in einem unermüdlichen Rausch erliegen würde. Sie stellt sich vor, wie er mit seiner Hand sanft über ihr Dekolleté streicht und dabei feine Kreise zieht, die für ein paar Sekunden weiße, schier unscheinbare Spuren hinterlassen. Einen Augenblick lang gibt sie sich mit geschlossenen Augen ihrer Vorstellung hin. Irritiert über das aufregende Gefühl, das gerade wie Pfeffer ihre Phantasie weiter anheizt, schlägt sie die Augenlider auf und reicht ihm die nächste Box, die eine Beilage beinhaltet. Sechs Gänge hat sie eingepackt, damit der Abend bei Bedarf später enden kann, auch wenn Restln implizieren, dass alles ganz schnell gehen kann. Doch dagegen hat Lissy vorgesorgt und großzügig portioniert, frei nach dem Motto *Darf's a bissal mehr sein?!*

»Ich verneige mich ehrfürchtig vor dir, auch wenn du es nicht sehen kannst, ich mache es gerade. Das hast du heute alles gekocht?«, fragt er staunend, als sie ihm Box um Box durch das Fenster reicht. Begleitend dazu pfeift er einen anerkennenden langen Ton, womit er ihr mental einen Michelin-Stern verleiht.

»Mit der Hilfe von Pierre und Max. Meinen beiden Männern«, verkündet sie stolz und verneigt sich ebenso ein kleines Stück, als Lob für ihre Küchenmannschaft. Auf dem Schiff, wo sie einst arbeitete, hat sie die elegante Vorwärtsbeuge einmal wöchentlich vollbracht. Jedes Mal beim Kapitänsdinner, wenn der Applaus für das deliziöse Abendessen durch das fein gedeckte Restaurant erschallte, verneigte sie sich mit den anderen Crewmitgliedern vor den Gästen, und purer Stolz überzog sie dabei wie ein üppiger Fondant eine Torte.

»Das klingt, als hättest du einen Harem«, brummt er, und sie hört, wie er die Essensboxen abstellt. Ob er sie auf einen Tisch oder den Boden stellt, kann sie nicht sagen.

»Einen Sous-Chef und einen Lehrling, um es korrekt auszudrücken. Das Wort Harem ist wie der Mohr im Hemd nicht mehr ganz zeitgemäß, Herr Hübner.« Sie reicht ihm die letzte Warmhaltebox.

»Mohr im Hemd hab ich als Kind aber geliebt. Am besten war die warme Schokolade darauf. Wie sagt man heute politisch korrekt dazu?«

»Schoko-Nuss-Kuchen.«

Er pfeift einen langen Ton. »Mainstream. Schmeckt der neue Mohr im Hemd so fad, wie er sich anhört?«

»Ungefähr so langweilig, wie ohne Männer-Harem durchs Leben zu schreiten«, sagt sie knapp, und er lacht darauf. Danach vernimmt sie, wie er eine der Boxen öffnet. Ein anerkennender Brummton ertönt, der ihr angenehm die Wange streichelt. Anscheinend hat er mehrere Arten von Brummtönen auf Lager, die er bei Bedarf gezielt einsetzen kann. Einer ist mürrisch, der andere prickelnd, der nächste stolpert elegant über seine Lippen, ein weiterer signalisiert Zufriedenheit, und dann gibt es noch den, der eine Auszeichnung andeutet, jedoch nur ankündigt, nicht verspricht. Wieder brummt er, und dieses Mal gleicht er Letzterem. Es muss Mr. Crunch so vorkommen, als würde er den Inhalt von Überraschungstüten entdecken. Jene, die man früher in kleinen Drogerie- oder Spielzeugläden um zwanzig Schilling kaufen konnte und in denen sich Kosmetikpröbchen oder die Überreste unverkaufter Spielsachen befanden. Meist war die Enthüllung eine Enttäuschung; Lissy hofft, dass es Matthias anders ergehen wird, denn heute war nicht ihr einfallsreichster Tag in der Küche. Seit sie Mr. Crunch begegnet ist, hinkt ihre Kreativität ein wenig hinterher, als hätte man das LED-Licht in ihrem Kopf ausgeknipst und das Fernlicht in ihrem Herzen, das seitdem einsatzfreudig in den neunten Bezirk strahlt, angeschaltet. Ginge es nach ihrem Professionalitätsanspruch, dann hätte sie sich nach Dienstschluss zwei Extrastunden am Herd verausgabt, um Matthias ein ganz besonderes Menü zu zaubern, doch das hat er nicht bestellt. Genau das da, die Restl des Tages, das war seine Bestellung.

»Halt, stopp!«, ruft sie plötzlich und die Geräusche verstummen. »Die Box, die du zuerst öffnest, die essen wir. Zwecks der Überraschung, du weißt schon …«

»Wer sagt denn, dass ich teile?«, brummt er. Lissy mag die Tonart in seiner Stimme, da sie vertrauensvoll klingt, weich, obwohl die angedeutete Zurückweisung mit einer Tiefe zu ihr schmettert, die ihr Unbehagen verursachen könnte, würde sie ihn nicht schon ein wenig kennen und wissen, dass er zu mürrischen Minuten – und wahrscheinlich auch Stunden – neigt.

Sie hört, wie er sich von der Tür wegbewegt, und an die Stelle der Stille rücken leise Saxophonklänge, die gehaltvoll die Atmosphäre ausfüllen. Zart wie Puderzucker, der auf einen Kuchen gleitet, schwingen sie Lissy entgegen.

»Ich hoffe, du magst Jazz«, ertönt es aus der Ferne. Seine Stimme nähert sich mit dem nächsten Satz. »In einem meiner Lieblingsrestaurants spielen sie auch oft Jazz. Ich hoffe nur, du hast nichts Asiatisches dabei, denn ich würde uns ungern chinesische Musik auflegen, während wir in süßsaures Schweinefleisch beißen.«

»Herr Hübner«, antwortet sie ernst und lehnt sich an seine Tür. »Ich würde mir niemals mehr die Freiheit herausnehmen, Ihnen etwas Asiatisches zu kredenzen, das wäre ja so, als würde man aus unserem Wiedersehen Hackfleisch machen. So eine Art Harakiri ... Stichwort exotischer Salat mit Garnelen im Cornflakesmantel. Ich stürze mich bestimmt kein zweites Mal in den Abgrund.«

Er lacht heiter, und sie wünscht sich, dass es lange anhält, denn sie mag sein Lachen, weil es tief und charmant, sogar dezent erotisch klingt, als hätte er vor, sie damit absichtlich in seinen Bann zu ziehen.

»Dein Lachen ist schön«, sagt sie leise. »Es macht dich real und nahbar, als würden wir nicht vor einer verschlossenen Tür stehen«, fährt sie fort, selbst ein wenig überrascht darüber, ihre geheimen Gedanken preiszugeben.

»Das geht mir genauso.« Seine raue Stimme klingt wehmütig, als würde er sich nach etwas Unerreichbarem sehnen. »Mir gefällt, wie du erst kicherst, ehe du loslachst. Das ist mir das letzte Mal schon aufgefallen.«

Das hat er bemerkt? Diese blöde Marotte, für die sie früher in der Schule gehänselt und ausgelacht wurde? Ihm gefällt das, was alle anderen als störend, ja beinahe als abstoßend empfunden haben?

Eine betretene Stille setzt ein. Eine, die verrät, dass man im Drehbuch nicht so recht weiterweiß. »Magst du denn nun Jazz?«, fragt er und lenkt von der Lautlosigkeit ab, die mehr eine Sympathie ist und die Tür ein Stück aufgemacht hat.

»Ja, wahrscheinlich«, sagt sie schulterzuckend und hört, wie er eine Weinflasche entkorkt. Begleitmusik beim Essen ist für Lissy ein Gefahrgut, mit dem man meist ohne Vollbremsung mit der Nase von der letzten auf die erste Etage knallt. Die Listen, die auf Spotify als Dinnermusik deklariert sind, passen nie zu hundert Prozent zu ihren Gerichten. Irgendein Song stört immer. Auch auf YouTube hat sie bislang keine einzige Playlist gefunden, die sie jemandem zum Essen kredenzen würde. Und sie selbst hat auch noch nie eine perfekte Liste zusammengestellt. Könnte sie es sich aussuchen, dann würde sie zu jedem Gericht bestimmte, sehr klischeehafte Klänge wählen. Beispielsweise bei Fischgängen Meeresrauschen servieren, bei Kaiserschmarrn klassische Klänge von Mozart oder Strauss auftischen, bei cremigen Suppen das sachte Wehen von Wind in den Bäumen nachahmen und die Musik lauter drehen, sobald man den Löffel tief in den Suppenteller taucht, damit ein gewisser dramatischer Höhepunkt beim Zerstören der kunstvollen Suppenoberfläche erreicht wird … Und bei deftigen Fleischgerichten müssten derbe Rockklänge den ersten Bissen anheizen. Ja, so ungefähr würde ihre Musik aussehen, die wiederum nicht jedem gefallen und von Kritikern in der Luft zerrissen würde. Also lässt sie die Idee mit dem Pizzakummerkasten-Soundtrack wieder bleiben.

»Schade! Und ich dachte, ich würde damit voll deinen Geschmack treffen«, sagt Matthias. Sein enttäuschter Tonfall klingt, als hätte er sich stundenlang überlegt, welche Musik er *ihr* kredenzen würde.

»Ich hatte mal Rammstein zu einem Soufflé. Das musst du dir mal vorstellen, Rammstein! Da nimmst du einen vorsichtigen Löffel von einem luftig-lockeren, beinahe samtweichen Soufflé, dessen Existenz nur darauf begründet ist, dass es in einem aufwendigen Prozess mit absoluter Zärtlichkeit hergestellt wurde und so filigran präsent ist wie ein Schmetterling, der gerade aus seinem Kokon geschlüpft ist. Du nimmst also erwartungsvoll diesen ersten Bissen, und dann ertönt laut *Du hast.*«

»Wahnsinn«, sagt er und klingt wahrlich erschüttert.

»Ja, voll.«

»Nein, Wahnsinn, wie du von einem Soufflé sprichst. Da wäre man selbst gerne das geschlagene Eiklar in deinen Händen.«

Lissy lächelt verlegen und streift sich eine Haarsträhne nach hinten, als plötzlich ein Glas Wein durch den Fensterspalt gleitet. Wieder ist da diese schöne, kräftige Hand, die das Glas umschließt, und Lissy wünscht sich, dass es einen Menschen in ihrem Leben gäbe, der sie so sicher hält wie Matthias das Glas, damit sie sich hin und wieder bedenkenlos fallen lassen könnte. »Ich wusste nicht, dass das heute ... Also, ganz ehrlich, hätte ich gewusst, dass du ein elegantes Hemd trägst, und nicht den süßen Pyjama ... und noch dazu so tolle Musik auflegst, ich hätte mir etwas Schöneres angezogen«, bemerkt sie und sieht betreten auf ihr hellgelbes Wickelkleid mit dem zarten Blumenmuster, das sie zu schwarzen Leggins kombiniert hat. Bequem ist das Outfit, so bequem, dass man problemlos mehrere Kilometer mit dem Fahrrad zurücklegen oder ein paar Yogamoves in einer der spärlichen Arbeitspausen in der Garderobe absolvieren kann. Sie hatte nicht damit gerechnet, heute Abend den Lieferservice der besonderen Art zu übernehmen. Nachdenklich nimmt sie das Glas an, obwohl sie es lieber länger in seiner Hand sehen würde, nur um weiter die Geheimnisse auf seinem Handrücken zu entdecken. Gedankenverloren setzt sie sich auf die Türmatte und überlegt, was sie für ihre erste richtige Face-to-Face-Verabredung mit Mr. Crunch anziehen würde.

»In meiner Vorstellung bist du wunderschön«, sagt er vorsichtig, als wüsste er nicht, ob es angebracht ist, seiner Lieferantin ein Kompliment dieser Art zu machen.

»Du hast einen Türspion, damit könntest du alles sehen«, offenbart sie, und ihre Worte überdecken die Röte, die sich auf ihren Wangen breitgemacht hat. Genussvoll riecht sie am Weinglas, schließt ihre Augen und überlegt, welche Weinsorte es sein könnte. Dabei wird sie von Geräuschen – dem Anrichten von Essen auf Tellern – in der Wohnung abgelenkt.

»Hab ich vorsorglich schon mal abgeklebt, nur um der Versuchung zu widerstehen, dich anzustarren. Ich geb's ungern zu, aber ich würde tatsächlich gerne wissen, wie du aussiehst.«

Sie stößt ein Lachen aus und beißt sich auf die Lippen, denn ihr geht es genauso. »Dann öffne doch einfach die Tür.« *Es wäre so einfach.*

»Nein, das würde alles verderben. Hast du mich noch gar nicht gegoogelt?«, fragt er neugierig, beinahe ein wenig tadelnd, als wollte er sie als Spielverderberin entlarven. »Bei einer schlechten Bewertung würde ich ja sofort herausfinden wollen, wer das war, und dann mit Boxhandschuhen und einem Rocky-Balboa-Gesicht vor seiner Haustür stehen und … Obwohl, du würdest dir die Samthandschuhe anziehen und deinen Feind mit einer weichen Feder kitzeln. Hab ich recht?«

»Ja, das würde ich.« Sie kichert. »Und nein, ich habe meinen *allerliebsten Feind* noch nicht gegoogelt.« Zugegeben, des Öfteren hat sie daran gedacht, und Lenka hätte sie beinahe dazu gezwungen, doch nicht immer ist es ratsam, auf Jelenka zu hören, sonst würden sie jetzt gemeinsam auf Sizilien in einer gut gesicherten Burg mit traumhaftem Meerblick leben und im Doppelpack mit einem weltweit gesuchten Mafioso verheiratet sein.

»Das klingt wie eine aufgelegte Lüge«, bemerkt er mit rauer Stimme. Sie hört, wie er das Glas abrupt abstellt.

»Nein, so ist es nicht. Ich mag meine Phantasie, denn sie ist schön und macht Träume wahr.«

»Wirklich?«

»Ja.«

»Dann sollst du weiterhin ausgiebig träumen, liebe Lissy«, sagt er. »Wir schwören also, dass wir einander nicht googeln werden?« Sein Glas erscheint schwebend im Fensterspalt.

Lissy sieht nach oben, streckt ihre Hand aus und prostet ihm zu.

Dann verschwindet das vermeintlich fliegende Glas wieder, und zurück bleibt ein maskuliner Duft nach Bergamotte und Amber mit einer holzigen Sillage, die auf Lissys Kopf tröpfelt und sich wie zarter Morgentau vor ihrer Nase niederlässt. Eine verführerische Kombination, die auf die körperliche und intellektuelle Kraft eines Mannes anspielt.

Im Hintergrund ertönt ein Geräusch, als würde etwas leise gegen Papier klirren. »Mal sehen … Als Vorspeise serviere ich Ihnen … Krautfleckerl?! … Ernsthaft?«

»Bodenständig und klassisch«, bemerkt Lissy. »Gut für Leute, die keine exotischen Salate mögen.«

»Das hab ich nun davon«, brummt er und reicht ihr kurz

darauf den Teller durch den Spalt. Sie streckt ihre Hand aus und nimmt ihn an. Gekonnt balanciert sie ihre Ration nach unten. »Habe ich schon erwähnt, dass ich auf Fleisch abfahre?«, sagt er mit einer pfeffrigen Note in seinem Tonfall.

»Warte ab, bis du zur blauen Box kommst. … Das wird dir gefallen«, verspricht sie.

Wieder brummt er, doch dieses Mal ist es ein zufriedenes Brummen, eines, das Lissy gerne hört. Grinsend schmiegt sie sich mit dem Rücken an seine Tür wie an einen gemütlichen Sessel in einem Restaurant, nimmt die Gabel vom Teller und einen ersten Bissen. … Ein wenig Zucker. Ja, es fehlt eine Prise Zucker. Wieder etwas, was ihr heute nicht richtig gelungen ist.

»Wie wäre es mit ein paar Hinweisen?« Sie hört, wie er mit der Zunge schnalzt, als ob es ihm schmecken würde.

»Wie man die Krautfleckerl am besten isst?«, fragt sie, woraufhin er lacht.

»Ein paar Hinweise zu deinem Aussehen. Wenn wir uns schon nicht gegenseitig im Netz stalken dürfen, sollten wir zumindest ein paar gute Anhaltspunkte bekommen«, sagt er, und sie hört, wie er den nächsten Bissen nimmt. »Sprechen wir doch mal über Grundlegendes … über dein Alter.«

»Ist das denn so wichtig?«, fragt sie.

»Natürlich. Wir wollen ja beide nicht unsere Zeit vergeuden.«

»Stellst du mir sonst ein Honorar für die Pensionistenbetreuung in Rechnung?«

»Mit einem Zuschlag, weil es nach zwanzig Uhr ist? Nein, da wäre ich kulant, aber die Rahmenbedingungen müssen passen. Nicht, dass du eine achtzigjährige Dame bist, die ihre Nachmittage bei Würfelpoker und Cremeschnitten verbringt, zwei Mal unglücklich geschieden ist, glücklich drei Kinder großgezogen hat und nun stolz mit ihren fünf Enkelkindern Legoschlösser baut, weil sie insgeheim noch immer davon träumt, dass eines Tages ein edler Ritter – bedauerlicherweise bereits mit schütterem Haar – angehumpelt kommt und sie auf seinem weißen, alten Schimmel aus ihrer Lebenseinöde befreit, um ein letztes, vielleicht das größte Abenteuer ihres Lebens zu erleben. Oder zu erleiden, wie auch immer man das dann mit achtzig Jahren sehen würde. Stell ich mir in dem Alter ja ziemlich unbequem auf einem Gaul vor.«

Lissy lacht aus voller Kehle, sodass sie sich beinahe an den Krautfleckerln verschluckt. Kurzerhand streckt sie ihren Arm hoch zum Fensterspalt. »Sieht so die Hand einer achtzigjährigen Dame aus?« Sie wedelt mit ihren Fingern in der Luft.

»Nein, eher wie die aus der Pril-Werbung.«

Lissy nickt. »Gut, dass Max meist den Abwasch macht.«

»Deiner Kochkunst nach zu urteilen, müsstest du aber tatsächlich um die achtzig sein – vor allem, wenn du so was wie Krautfleckerl koch…«

»Hey, ich bring dir nie wieder was zum Essen vorbei«, beschwert sie sich, denn Lissy mag Krautfleckerl. Sie sind leicht, gesund und schnell zubereitet. Früher gab's Krautfleckerl immer bei ihrer Oma, und das Gericht weckt Kindheitserinnerungen in ihr, denen sie am liebsten täglich begegnen würde.

Matthias' Gabel klirrt laut gegen den Teller. Ebenso schwungvoll fährt er in seiner detektivischen Ausführung fort. »Deine Stimme klingt jung, dein Tonfall ist stets unbelastet. Würde ich's nicht besser wissen, würde ich sagen, du bist Studentin im fünften Semester, eine, die die Welt ahnungslos betrachtet und irgendwas Schönes, Unverklärtes, nicht negativ Behaftetes studiert. Kunst oder so. Das passt zu dir, denn du trägst einen langen Ärmel mit Blumenmuster – eine Bluse oder ein Kleid, eher ein Kleid, würde ich meinen. Ziemlich romantisch und verträumt bist du, mit einem Sinn für Ästhetik, wie man beim Essen sieht, das passt zu dir, aber ob du nebenbei studierst? Nein, bestimmt nicht. Hast du wahrscheinlich auch nie. Du bist praktisch veranlagt und wahnsinnig kreativ.«

Hätte er den letzten Teil nicht gesagt, dann hätte sie seine Aussage als eine Beleidigung aufgefasst. In der Tat hat sie nie die Lust dazu verspürt zu studieren. Kochen kann man nicht theoretisch erfassen. Lieber arbeitet sie mit ihren Händen und probiert die Dinge aus, als nur über sie zu sinnieren oder Zahlen in einer Excel-Liste wie Feinde herumzuschubsen und sie gegeneinander auszuspielen. Außerdem hat sie eine klassische Lehre in einem renommierten Hotelrestaurant gemacht und sich dann stets in internationalen Häusern weitergebildet. Das ist Studium genug. »Über fünfundvierzig bist du bestimmt nicht, denn so eine frische, coole, innovative Pizzakummerkasten-Idee haben meist Jüngere. Viele würden sich nicht trauen, so was in diesen Zeiten und mit dieser psychologischen Prämisse – die durchaus jugendlich naiv aus dem Boden gestampft wurde – zu eröffnen. Mit deiner Erfahrung, einem eigenen Lieferservice und Angestellten, mit dem du wirtschaftlich gesehen auch überleben kannst, schätze ich dich um die dreißig … Wie wäre es mit einunddreißig?«

Sie schmunzelt, kommentiert aber nicht weiter. »Und du? Bei deiner Scheu, deiner Angewohnheit, dich vor Leuten zu verstecken, und deiner Vorliebe für Pyjama mit Cartoonprint bist du noch nicht mal in der Pubertät.«

»Na, hör mal«, sagt er, und sie stellt sich vor, wie er die Arme in die Flanken stemmt und grinsend schmollt.

Lachend stellt sie ihren Teller auf dem Boden ab und steht auf, denn um nachzudenken und große Reden zu schwingen, muss sie sich bewegen, das lässt ihren Denkfluss Loopings schlagen. Mit energischen Schritten schreitet sie den schwarz-weiß gekachelten Gang ab. »Deinem Titel nach zu urteilen, den du wiederum *nicht* scheu zur Welt stellst, bist du offensichtlich fertig mit deinem Studium. Wahrscheinlich hast du sogar in Mindestzeit studiert, denn für eine längere, entschleunigte Variante würde deine Geduld nicht ausreichen. Bestimmt etwas mit Betriebswirtschaft oder Volkswirtschaft, obwohl auch Jus zu dir passen würde. So ein knallharter Rechtsanwalt, der mich ohne mit der Wimper zu zucken für den Garnelensalat verklagt hätte … Aber das hast du in deiner ursprünglichen Bewertung nicht angedroht. Also bist du kein Jurist.«

Ein tiefer Brummton schmettert durch das Fenster. »Anwalt?! Heftig. Na dann, Prost.«

»Warte, es wird noch besser.« Sie hält grinsend den Zeigefinger in die Luft Richtung Tür, als könnte er sie sehen.

»Hoffentlich auch netter«, knurrt er. »Sonst lade ich dich nie wieder auf meine Türmatte ein. Das hat sie nämlich nicht verdient.«

»Wahrscheinlich warst du auf der Wirtschaftsuniversität. So ein WU-Schnösel, der gebügelte Polo-Shirts trägt, alle drei Wochen zum Friseur geht, sich morgens nach dem Duschen (mit eiskaltem Wasser natürlich) Gel in die Haarspitzen streicht und vor der Pandemie stets auf Segeltörns mit Freunden war, wovon er eine karamellfarbene Bräune als Trophäe mit nach Hause genommen hat. Damit er anderen signalisieren kann, welche Großartigkeit sich unter seinem Polo-Shirt versteckt. Mit deiner Vorliebe für gutes Essen und Jazzmusik bist du bestimmt älter als dreißig und könntest auch älter als vierzig sein, obwohl du es wahrscheinlich nicht bist. Du warst nie verheiratet, stimmt's? Dein Parkettboden ist dunkelbraun, deine

Wohnung vermutlich klassisch-elegant mit edlen Materialien eingerichtet. Du wohnst in dieser schicken Wohngegend. Da müsstest du, um dir das Eigentum leisten zu können, eigentlich schon ziemlich alt sein, fabelhaft verdienen oder was geerbt haben. Oder du zahlst eine horrend hohe – viel zu hohe – Miete. Vielleicht haben auch Mama oder Papa dir die Wohnung gekauft.«

Matthias knurrt, als wollte er widersprechen, doch Lissy lässt sich davon nicht beirren und fährt energischen Schrittes und mit begeisterter Stimmung fort. »Du trägst ja einen Titel der neuen Generation, keinen klassischen Magister, also bist du ganz sicher unter vierzig. Aber wahrscheinlich nur knapp darunter.«

»Zehn Prozent unter der Vierzigermarke«, brummt er.

»Sechsunddreißig also. Doch ein Mathematiker?«

»Auch BWLer müssen rechnen können. WU. Gut geraten. Und *ich* selbst habe mir die Wohnung gekauft. Vor etlichen Jahren schon, als Immobilien noch erschwinglich waren. Und du, welcher Jahrgang steht auf deinem Etikett?«

»1989. Nie studiert und auch nie vorgehabt.«

»Alles andere hätte mich jetzt auch sehr überrascht.«

Lissy nickt, was er nicht sehen kann, dann nimmt sie wieder auf der Türmatte Platz und trinkt einen erpichten Schluck Wein, um die fünfzehn Pferde, die soeben mit ihr durchgegangen sind, zu besänftigen. »Hast du vielleicht auch ein Glas Wasser?«, fragt sie, denn wenn sie ihren Durst weiterhin mit Alkohol löscht, ist sie demnächst betrunken.

»Klar doch! Jahrgang einundzwanzig, Quellwasser, Anbau niederösterreichisch-steirische Alpen. Angenehm?«

»Wunderbar. Bitte einen halben Liter davon.«

Sie hört, wie er aufsteht und davongeht. Nach einer kurzen

Weile kommt er zurück und stellt das Glas mit einem »Hier, bitteschön« auf den Fenstersims ab.

»Kontaktlose Übergabe, wie zeitgemäß«, bemerkt sie nüchtern und greift nach dem Wasserglas. Es ist ein schönes bauchiges und edles Glas einer exklusiven Tiroler Marke. Der Mann hat Geschmack und gibt offensichtlich gerne Geld für ansprechendes Dekor aus. Das bestätigen die elegant geschwungenen, quadratischen anthrazitfarbenen Teller, die mit den farblich abgestimmten Stoffservietten harmonieren. Pierre würde sagen: »Den musst du heiraten!«, und ihn mit einem Gummiband einfangen.

Glücklich streicht sie über den Rand des Tellers, denn es gefällt ihr, wenn ihr Essen würdevoll serviert wird.

»Meinen fünfunddreißigsten hab ich tatsächlich mit Freunden bei einem Segeltörn verbracht. Costa Smeralda. Sardinien.« Leise legt er das Besteck ab, jedoch laut genug, sodass Lissy es hören kann. Ob er gerade darüber nachdenkt? Ob er gedanklich mit seinen Füßen den türkisfarbenen Meerteppich durchschreitet und den Sand zwischen seinen Zehen spüren kann?

»Costa Smeralda. Nett. So richtig viel Understatement.«

Matthias lacht. »Für zu wenig wollte ich nie meine Zeit verschwenden. Obwohl … zu wenig bietet mir mein aktuelles Leben. Rückblickend bin ich froh, dass ich immer das *mehr* wollte und jede gute Gelegenheit, die sich mir geboten hat, genutzt habe. Es musste eben immer *alles* für mich sein. So war es gut. Nur … So war es mal. Leider.« Kurz hält er inne, als müsste er nachdenken. »Mal sehen, was haben wir da noch?« Lissy hört, wie etwas raschelt, dann folgt ein erfreuter Ausruf: »Paprikahuhn mit Nockerl. Na, endlich mal was Vernünftiges!« Den Geräuschen nach zu urteilen, richtet er hastig an. Ehe Lissy sich erheben kann, um den Vorgängerteller auf den

Fenstersims zu stellen, balanciert der Folgeteller mit der zweiten Hauptspeise bereits auf Matthias' Hand. Lissy nimmt im Austausch die nächste Portion an und setzt sich damit auf den Boden.

»Die Schuhgröße, die finde ich bei Frauen auch immer interessant«, sagt Mr. Crunch mit vollem Mund. »Welche hast du?«

»Kommt jetzt gar kein Ratespiel? Willst du nicht vom Paprikahuhn auf meine Füße schließen?« Sie spießt ein Stück Huhn auf ihre Gabel, dazu ein paar Nockerl, und taucht das Gebilde in die Soße. Der üppige Mischmasch schmeichelt ihrem Mund.

»Siebenunddreißig. Du hast zarte Hände.«

Lissy lacht. »Und du hast kräftige, große Hände, das würde dann ja bedeuten, dass du …«

»Komm, sag's ruhig, trau dich! … Das sind gute Vorurteile.« Genüsslich brummt er, als würde er in einer kulinarischen Sphäre schweben, die ihn glücklich von einer Wolke zur nächsten tänzeln lässt.

»Entscheidend ist der Größenunterschied zwischen dem Zeige- und dem Ringfinger, habe ich mal gelesen«, erklärt sie professionell, als wäre sie eine Ärztin, die allgemeingültiges Fachwissen wiedergibt. Dabei starrt sie auf ihre eigenen Finger, ein wenig darüber verwundert, wie schnell man von den Schuhen auf die intimsten Stellen des Körpers schließen kann. »Ich würde ein ziemlich armseliges Zeugnis ausgestellt bekommen.«

»Wie gut, dass du kein Mann bist.« Lissy kichert. »War das eben ernst gemeint? Ich meine, dieses Pseudowissen aus der *Bravo* aus dem Jahr 1999?«, bohrt er nach.

»Natürlich. Über so etwas mache ich keine Scherze.«

Eine lange Pause entsteht, und Lissy ist sich sicher, dass er gerade den Abstand zwischen seinen Fingern misst.

»Dann darf ich verkünden: überdimensional, heldenhaft groß.«

»Augenmaß?«

»Natürlich! Ich besitze eine ausgetüftelte Messtechnik.«

»Und du bist weder kurz- noch weitsichtig?«

»Scharfsichtig.«

»Dann gratulier ich dir zum Ergebnis!«

Matthias lacht aus voller Kehle.

»Gibt's vom Grünen Veltliner noch Nachschub?«, unterbricht Lissy den erotischen Flow und atmet tief aus, denn das war gerade prickelnder als die Römerquelle, die sie sich gerne an heißen Sommertagen einverleibt.

»Braucht die Weinkennerin ein wenig Abkühlung?«, bemerkt er und klingt nicht überrascht darüber, dass sie die Weinsorte erkannt hat.

»Ja«, stöhnt sie und fährt sich mit dem Handrücken über ihre Stirn.

»Wenn du das Weingut errätst, bekommst du die ganze Flasche.«

»Mayer am Pfarrplatz«, sprudelt es aus ihr heraus, denn das ist so klar wie Birnenschnaps.

Anerkennender Applaus ertönt durch das Fenster. »Ich bin beeindruckt, Lissy, wirklich beeindruckt. Nur deine Größenüberlegungen beziehungsweise Hypothesen sind Bullshit. Daran musst du noch arbeiten.« Sie hört, wie er aufsteht und ein paar Schritte macht. Neugierig erhebt sie sich und sieht durch den Fensterspalt, in der Hoffnung, als Trophäe sein Gesicht zu sehen. Doch anstelle eines menschlichen Körpers erspäht sie wieder nur den Boden und die bunten Essensboxen, die darauf verteilt herumstehen. Enttäuscht lehnt sie sich an die Wand und wartet, bis er ihr die Flasche übergibt. Als es so weit ist, greift sie danach und befüllt ihr Glas, ehe sie die Weinflasche mit dem Hinweis »Ich teile gerne« zurückstellt. Er umfasst die Flasche und verharrt lange mit seinen Fingern auf dem Etikett. Absicht? Sie kommt nicht umhin, sehnsüchtig auf seine Hand zu blicken, als würde sie eine, vielleicht auch zwei von seinen Berührungen vermissen.

»Ich weiß, wo du gerade hingesehen und was du dabei gedacht hast«, bemerkt er süffisant, und die raue Stimme, die er zutage fördert, ist verführerisch. »Und? Beeindruckt von der Größe?«

»Willst du mir jetzt noch die Kleidergröße deiner Unterhose verraten?«, fragt sie salopp, setzt sich und nimmt einen Bissen vom Paprikahuhn.

»Wenn du mir deine BH-Größe verrätst.«

»Dazu solltest du unbedingt mal dein Augenmaß nutzen.«

»Verdammt. Blind-Dates sind nichts für mich. … Vielleicht sollten wir jetzt besser über die Größe unserer Füße reden. Sonst kommen wir noch vor dem Dessert auf unsere Lieblingspositionen im Bett zu sprechen«, sagt er lachend und bietet ihr einen Nachschlag vom Paprikahuhn an. Sie bejaht, reicht ihm ihren Teller durch das Fenster und nimmt ihn wenige Sekunden später mit der Draufgabe wieder entgegen. Abermals blickt sie sehnsüchtig zum Fensterspalt. Zu gern würde sie seine Hand ergreifen, nur um zu erfühlen, wie warm sie ist. Sie ist bestimmt trocken-warm, nicht rissig und schon gar nicht feucht, sondern samtig-warm wie gemahlener Sesam auf einem fein gewebten Tuch. Sie würde sich mit Sicherheit gut in ihrer machen, oder andersrum. Ihre Hand hätte die perfekte Größe, um von seiner umschlossen zu werden.

»Ich trage Schuhgröße achtunddreißig. Wie der Durchschnitt. Wie die meisten Frauen.«

»Lissy ...«, sagt er vorsichtig, und sie hört, wie er sich bewegt. »Darf ich dir ein Geheimnis verraten? Gib mal deine Hand her.«

Überrascht guckt sie hoch und rutscht mit ihrem Rücken an der Tür entlang nach oben. Zögerlich streckt sie ihren Arm nach rechts, berührt dabei den Fenstersims und schließt erwartungsvoll die Augen. Plötzlich wird ihre Hand zärtlich von seiner umfasst. Erst kribbelt es ein wenig in ihren Fingern, dann zieht das Gefühl weiter in ihre Bauchgegend, von wo aus es sich wohlig-warm in ihrem ganzen Körper ausbreitet. Wie ein funkelnder Sternenteppich überzieht es ihr Inneres und lässt eine Sehnsucht in ihr erwachen.

»Du bist überhaupt nicht wie *alle* Frauen. Du bist weder Durchschnitt noch wie die meisten. Du bist hinreißend und wunderbar ... eine echte Rarität. Dein Lachen, deine Stimme, deine Hand ... alles ist perfekt. *Du* bist perfekt.«

Verlegen greift sich Lissy mit der anderen Hand auf ihr Herz, da es herrlich aus der Spur geraten ist und so schnell nicht wieder in seine Routine zurückfallen möchte. Das war eines der schönsten Komplimente, die sie jemals bekommen hat ... und es kam so leise, so überraschend und so zärtlich über seine Lippen, dass es sie indirekt auch erschüttert hat. Am liebsten würde sie sich die Worte in eine Box packen, sie dort warm halten und bei Bedarf herausnehmen, um Bissen für Bissen zu genießen. Ihre Hand ruht noch immer in seiner. Sie ist tatsächlich samtig-warm. So perfekt temperiert und auf sie abgestimmt, dass sie sich wünscht, er würde sie auch die nächste Stunde noch halten. Mehrere Tage lang könnte ihre Hand glücklich in seiner liegen.

Doch ehe ihr Wunsch Flügel bekommt, gibt er sie wieder frei. Leere und Sehnsucht umhüllen sie jetzt, wo eben noch eine Weite in ihrem Brustkorb zu spüren war. »Gehen wir zum nächsten Gang über?«, fragt er, und seine Stimme klingt, als würde er sich verlegen am Hinterkopf kratzen. Lissy zieht sich enttäuscht zurück, gleitet an der Tür entlang zu Boden und betrachtet ihre Hand auf der Suche nach einer Spur, einer Andeutung, einem Hauch Matthias, der auf ihrer Haut zurückgeblieben ist. Wie ein kleines Nachbeben zieht das Kribbeln durch ihren Körper. Als sie ihre Augen zum Fensterspalt richtet, überkommt sie ein Bedauern. Sie kann ihn nicht zufällig und schon gar nicht absichtlich berühren, wie man es beim Gefallen des Gegenübers machen könnte … und gerade wünscht sie sich nichts mehr, als ihm gegenüberzutreten und ihm tief in die Augen zu blicken. Um Matthias zu sehen. Um das zu sehen, was von diesem Costa-Smeralda-Mann übrig geblieben ist.

»Kohlgemüse. Oh nein! Verdammt! Wir haben einen neuen Tiefpunkt erreicht!«, brummt er. »Was ist dieser Person Arges widerfahren, dass sie Kohlgemüse verdient hat? Ist sie etwa auch als Schneematsch in den Gully gefallen?«

Lissy lacht. »Kohl ist gesund.«

»Und schmeckt abscheulich.«

»Hast du meinen schon gekostet?«

Sie hört, wie er einen Bissen nimmt, dann entsteht ein längeres, beinahe betretenes Schweigen, so als müsste er alle Geschmacksaromen in einem Dreifachverfahren prüfen, ehe er ein Urteil fällt. »Hm.« Ein unentschlossener Laut. Noch einmal vernimmt sie, wie etwas raschelt und eine Gabel gegen Papier kratzt. Ein knapper Brummton folgt. »Ich geb's ungern zu, Lissy, aber ja, es schmeckt gar nicht wie dreimal gekaut und wieder hochgekommen.«

»Du meinst mit deinem Urteil *nicht schlecht* oder sogar gut?« Sie hält kurz inne, ein wenig aufgeregt, als würde sie auf eine gewichtige Entscheidung warten.

»Meinetwegen gut, aber mehr bin ich nicht bereit zu bieten.«

»Mehr brauche ich auch nicht. Gut ist gut. Das Gemüse hat übrigens Max gemacht, mein Lehrjunge. Ich werd's ihm ausrichten.«

»Kompliment, dass sich ein Jugendlicher dazu überreden lässt, so etwas Altmodisches wie Kohlgemüse zu kochen. Foodporn für Insta ist das ja nicht gerade.« Sie hört, wie er ein wenig auf seinem Teller herumstochert und ist sich sicher, dass er das Kohlgemüse demnächst in die Küche zurückgehen lässt.

»Wir machen keine Foodpornos. Brauchen wir auch nicht.« Lissy lacht.

»Heutzutage ist eigentlich alles pornografisch. Zahnpastawerbung, Slipeinlagen bei Inkontinenz. Ja, sogar sexy dritte Zähne werden erotisch vermarktet, als könnte man damit noch einen dreiundzwanzigsten Frühling erküssen. Sag, gab's zum Kohlgemüse gar nichts dazu? Diät etwa?«

»Nein, natürlich gab's noch was. Selchfleisch und einen Erdäpfelschmarrn.«

Ein scharfer Ton schwingt durch das Fenster wie von einer Waffe, die abgefeuert wurde. »Und wo ist das? In welcher Box? Das kannst du mir doch nicht unterschlagen!« Sie vernimmt, wie er aufgeregt eine Box nach der anderen untersucht, als hätte er etwas verloren.

»Ist leider aus.«

»Was? Warum ist alles Gute in meinem Leben aus?!«, beschwert er sich, und obwohl er es lustig sagt, klingt die Botschaft ernst.

»Ich bin noch da«, bemerkt Lissy leise.

»Das ist mein Glück.« Er verstummt. »Aber ich muss schon sagen, das trifft mich schwer. Ich liebe Selchfleisch nämlich. Habe ich schon erwähnt, dass ich Fleisch mag?«

»*Mögen*? Das muss mir wohl entgangen sein.«

»Es ist eine bedingungslose und kompromisslose Liebe. Man könnte auch von einer Fleischeslust sprechen.«

»Nun, von dieser kann ich à la minute jede Menge produzieren. Sofort und nachhaltig.«

»Verlockend«, raunt er, und sie schluckt das verlegene Lachen, das aus ihr treten möchte. Von ungestillter Fleischeslust könnte sie ganze (Koch-)Bücher schreiben. Lissy zuckt bedauernd mit den Schultern und nimmt einen Schluck vom Grünen Veltliner, denn *ihre* Fleischeslust wurde schon lange nicht mehr gestillt. Dabei könnte es leicht gehen, würde er nur die Tür öffnen. »Ich kann dir ja … also beim nächsten Mal kann ich deine Fleischeslust ja …«, sie sucht nach dem passenden, unaufdringlichsten Wort, das aber noch einen gewissen Sinn ergibt und ein vielversprechendes Abenteuer mit attraktiven Langzeitfolgen in Aussicht stellt. »Besänftigen«, sagt sie charmant.

Ein erotisches Knurren dringt aus Matthias' Kehle, das noch einmal wie ein Katalysator auf ihre vibrierenden Gedanken wirkt. »Was für ein unwiderstehliches Angebot!«, ruft er, und sie stellt sich vor, wie er dabei verschmitzt grinst.

»Du musst nur die richtigen Worte finden und die passende Bestellung abgeben«, bemerkt sie, und dieses Mal klingt sie verführerisch, wie eine Frau, die feminin ist und weiß, was sie will. Würden sie sich jetzt gegenüberstehen, könnte der Abend anders enden. Doch statt einer echten Berührung von seinen warmen Händen fühlt sie nur das harte Holz der Tür an ihrem

Rücken. Seufzend schließt sie die Augen und spürt die Verschlossenheit, wie sie bleiern gegen ihre Schultern drückt.

»Lissy?«, fragt er nach einer Weile, da es still geworden ist. Kein Aufzug, keine Menschenseele, noch nicht einmal leise Geräusche von der Straße sind zu hören, die durch das gekippte Fenster in den Flur fallen.

»Ja?«

»Ich hatte diesbezüglich gerade sehr schöne Gedanken.«

»Ich auch«, bestätigt sie und seufzt.

»Vielleicht ...«, raunt er.

»Ja?«, fragt sie in Erwartung, dass er ihr die Tür öffnen wird, damit sie einander sehen können, damit sie feststellen kann, ob das, was sie sich erträumt, überhaupt möglich ist.

»Vielleicht gehen wir jetzt zum letzten Gang über«, sagt er und beendet damit ihr Hoffen.

»Mozartknödel«, flüstert sie, das Ende in Form von Bröseln und Marzipannougat. Was für ein Schlussakkord. Wie unbefriedigend. Enttäuscht nimmt sie den letzten Schluck vom Wein und stellt lustlos das Glas ab. Die Mozartknödel läuten das Finale einer Sinfonie ein. Plötzlich hat sie das Gefühl, entweder die Tür zu ihm aufstoßen oder davonlaufen zu müssen. Himmel, was macht sie hier? Was macht er mit ihr? Er ist doch nur ein Unbekannter, ein Wagnis, ein großes Fragezeichen in ihrem Leben ... Er könnte Warzen im Gesicht haben, ein unbeugsamer Fan eines schlecht singenden Schlagerstars sein, statt Donald Duck Donald Trump auf seinem T-Shirt tragen und ständig Grenadiermarsch aus dem Supermarktregal essen, weil er liebend gerne E-Nummern konsumiert. Er ist jemand, den sie nicht kennt, den sie zwar kennenlernen will, aber vielleicht nicht soll, denn er trägt Geröll mit sich herum. Schwere und gewichtige Felsbrocken, die er vermutlich nicht so schnell abschütteln wird. … Die auch Lissy mit ihrer Unbekümmertheit nicht zum Einsturz bringen wird. … Und wer weiß, vielleicht ist er ganz anders als in ihrer Vorstellung. Eben der Typ mit Donald Trump auf dem T-Shirt.

Durch den Fensterspalt reicht er ihr den Teller, und sie hört, wie er sich auf den Boden setzt und zu essen beginnt. Ihr ist gerade nicht danach, das Loch in ihrem Inneren mit einem Knödel zu stopfen, auch wenn sie das ihren Patienten als bestes Medikament verschreibt.

»Mmh … sehr lecker«, sagt er, und sie hört, wie etwas vorsichtig gegen den Teller klirrt, als würde er die Gabel und den Löffel ganz behutsam führen.

Lissy nickt. »Die sind von Pierre. Meinem Sous-Chef. Er ist Franzose, aber er macht die besten Mozartknödel der Welt. Er liebt Mozart, und immer, wenn er diese kocht, schaltet er *Le nozze di Figaro* ein und summt laut mit, während er mit dem Kochlöffel das siedende Wasser dirigiert. Der Erdbeerspiegel ist seine Geheimwaffe und unterstreicht die Füllung. Es ist dann wie eine Explosion auf der Zunge in A-Dur.«

Mr. Crunch summt. »Du hast recht, mit etwas Phantasie kann ich auch Mozart hören«, bemerkt er, und seine Begeisterung schwingt auf Lissy zu wie eine perfekte Strophe eines Songs. Sie stellt sich vor, wie Matthias den Bissen mit geschlossenen Augen auf seiner Zunge zergehen lässt und ihn genießt. Wie er an einem Spätsommertag auf einer Terrasse sitzt, in den Sonnenuntergang blickt und die Aussicht genießt. Wie er einen Schluck Wein verkostet und den einmaligen Geschmack genießt. Wie er eine Handvoll Worte liest und die außergewöhnliche Komposition genießt. … Wie er jeden Atemzug genießt. … Wie er ihre Hand nimmt, sie anblickt und genießt. »Es ist einzigartig hier mit dir, Lissy«, sagt er, woraufhin sie stumm nickt. »Wie gut, dass dir der Fehler mit dem Garnelensalat passiert ist, sonst würde ich ganz unromantisch an einem Tisch sitzen und alleine essen. Die zweite Schachtel Grenardiermarsch hätte ich wahrscheinlich gerade in die Mikrowelle gestellt und würde mir in ein paar Minuten die Zunge beim ersten Bissen verbrennen, weil die Mikro kläglich daran scheitert, das Gericht an allen Stellen gleichermaßen zu erwärmen.«

Wieso ganz alleine?, würde sie am liebsten fragen. Und warum bestraft er sich mit Fertigmenüs, wo er doch gutes Essen schätzt und das Leben viel zu kurz für Pappkartonmenüs ist? »Kochst du nicht für dich selbst?« Ihre Frage klingt wie ein Vorwurf.

Er stößt ein knappes Lachen aus, das mehr wie ein Seufzen durch den Gang schwingt. »Früher ja. Früher habe ich auch für Freunde oder meine Ex-Verlobte gekocht. Aber damit habe ich aufgehört. Wie mit so vielem anderen auch.« Nun klingt er wieder wie der braune Schneematsch, der in den Gully getreten wurde.

»Öffne doch mal die blaue Box, darin findest du etwas, was dir guttun wird.«

Sie hört, wie er aufsteht, und dann vernimmt sie das bekannte Rascheln, das ihr mittlerweile vertraut ist. »Volltreffer!«, ruft er. »Lissy, du hast soeben den Elfmeter versenkt.« – *Oh ja, das war das richtige Seil, das sie ihm zugeworfen hat.*

In der blauen Box befindet sich Lissys berühmtes Kesselgulasch, das genau genommen kein Restl des heutigen Tages, sondern das Restl eines anderen Tages, eines anderen Patienten ist und gefroren in der Kühltruhe auf den nächsten Einsatz wartete. Doch als sie die Nachricht von Matthias las, wusste sie, dass sie Gulasch für ihn brauchen würde. Deshalb hat sie es sorgsam aufgewärmt und ein wenig aufgepeppt, denn ein frisches hätte sie in der knappen Zeit nicht zubereiten können.

»Für wen habt ihr das heute gemacht? Also, welche Zeilen hat diese Person geschrieben? Das interessiert mich brennend. Wie verdient man sich bei dir ein Gulasch?«, fragt er. »Oh, warte kurz, ich hol uns neue Teller.«

»Gulasch auf süße Knödel? Das ist verrückt.«

Er hält inne. »Gewagt. Aber Gulasch geht doch immer. Man lebt nur einmal, Lissy.« Nun klingt er, als würde sein altes Ich sprechen. »Lassen wir uns diesen überraschenden Moment, der uns vielleicht vollkommen aus der Bahn werfen wird, nicht entgehen!«

Vollkommen aus der Bahn werfen, das ist gut.

Sie hört, wie er sich eilig davonbewegt, doch es dauert nicht lange, dann ist er an seiner Seite der Tür zurück. Den Geräuschen nach zu urteilen, richtet er an. Durch den Fensterspalt reicht er ihr eine Portion, die bereits ihren wohltuenden Duft entfaltet.

Lissy braucht jetzt aber erst mal eine Pause und stellt den Teller auf dem Boden ab.

»Los, raus mit der Sprache! Für welche Empfindungen hast du das gekocht?«

Lissy überlegt kurz, ehe sie spricht. Langsam und behutsam, als würde sie die richtigen Zutaten für einen Gang auswählen. »Das ist für jemanden, der vom Leben geschrottet wurde. Für jemanden, dessen Leben ein paar Kratzer abbekommen hat und der sich nicht sicher ist, ob das wieder hingebogen werden kann. Für den ein wenig Motoröl und ein bisschen Schraubendrehen nicht ausreicht, um wieder ordentlich zu funktionieren. Ich glaube, dieser Jemand ist derzeit sehr traurig und einsam. Er fühlt sich im Stich gelassen, er fühlt sich übersehen, er fühlt sich von seinem Schicksal …«

»Verarscht«, beendet Matthias leise ihren Satz, und in seiner ruhigen Stimme schwingt eine zarte Melancholie mit, die von Zorn und Wut ummantelt ist. Könnte Lissy das weite Becken sein, das all seine Verbitterung auffängt? Könnte sie ihm die Zuversicht schenken, damit er wieder in einen schönen Alltag zurückfindet? Am liebsten würde sie seine Wut und Trauer wie ein Müllzerkleinerer schlucken und zu Brei machen oder sie ihm mit dem besten, geschmackvollsten Bissen nehmen, den sie zustande bringt. Doch weder kennt sie die Ursache seines Leids, noch ist sie die gute Fee, die mit Essen heilen kann. Sie ist in diesem Fall nicht von großer Bedeutung, nur eine Begleiterin, keine Heilerin. Sie kann seine Gegenwart nicht verändern. Sie kann Geschehenes nicht ungeschehen machen. Sie ist noch nicht mal eine richtige Therapeutin.

Nur dasitzen. Das kann sie. Und ihn mit Worten umarmen.

»Was ist dir passiert, Matthias?«, fragt sie vorsichtig und legt ihre Handfläche an die Tür. Sie stellt sich vor, seine zu berühren.

Eine zartbittere Stille umhüllt sie. »Das Leben, Lissy, das Leben ist mir passiert«, seufzt er dann schwer. »Und eine Zukunft, die niemand haben will.«

Kapitel 6

Betreff: Eine bittersüße Katastrophe
Ich bin ja, wie ihr wisst, eine klare Verfechterin und Befürworterin eines hemmungslosen, mehrmals wöchentlich einstudierten und perfektionierten Konsums eures lecker-lockeren Kaiserschmarrns und würde mich ohne Zweifel als Lobbyistin im Parlament dafür starkmachen, dass die österreichische Staatsbürgerschaft damit verknüpft wird, dass man mindestens einmal in der Woche einen Kaiserschmarrn vernascht … Immerhin ist das etwas, wonach sich jeder sehnen sollte. Doch nun bin ich hin und her gerissen. Seit ich gestern diese wilden, hemmungslos üppig gefüllten Knödel, die beinahe barbarisch mit ihrem Auftreten meinen Gaumen erobert haben, gekostet habe und die meine Geschmacksnerven zum Tangotanzen verleitet haben, ist eine neue Leidenschaft in mir entfacht. Kann man zwei Süßspeisen gleich stark lieben? Ist eine Polygamie diesbezüglich angebracht? Oder müsste man die Monogamie wählen? Wie auch immer in dieser Sache zu entscheiden ist, ich möchte mein größtes Lob für den oder die begnadete KöchIn dieser gelungenen Mozartknödel aussprechen, die ein Gourmetfeuer auf meiner Zunge heraufbeschworen haben, das wie ein Knallkörper in meinem Herzen explodiert ist und mich

jugendlich, frisch und vollkommen entzückt zurückgelassen hat.
Herzlichst, eure Gertrude Kobald

»Pierre! Das musst du unbedingt lesen. Komm mal her!«, ruft Lissy und lenkt ihren Sous-Chef davon ab, weiter mit Max inszenierte Fotos von den Gerichten zu schießen, die demnächst mit einer elektronischen Beispielmenükarte an die Kunden verschickt werden sollen. Foodporn, fällt Lissy dazu ein, und sie schmunzelt über Matthias' Worte. Wieder war es ein gelungener und schöner Abend mit Mr. Crunch, den sie gerne länger ausgedehnt hätte. Doch mit ihrer letzten Frage hat sie das Dinner unabsichtlich beendet. Er kann nicht darüber sprechen, vielleicht noch nicht. Pierre tritt hinter Lissy und luchst über ihre Schulter. Mit einem Lächeln studiert er die Nachricht von Lady Mon Chéri. Am Ende haben seine Wangen feine Schattierungen von burgenländischen roten Spitzpaprika angenommen.

»Entzückend! Polygamie ist sischerlisch die beste Wahl, wenn es ums Essen geht. Wie sieht diese Gertrude Kobald überhaupt aus?«, fragt er und zückt sein Handy. In Windeseile hat er ihren Namen eingegeben. Feuerrotes Haar, ein unbezähmbares Lächeln und silbergrüne, efeufarbene Augen blicken Pierre von einem Bild aus an. Das Foto ist von einer Schulwebsite, unter der Rubrik *Lehrerteam*. »Ist sie das? Was meinst du?« Er hält Lissy sein Handy vor die Nase.

Überrascht über seine Geschwindigkeit, gedankenlos einen Namen ins Internet einzutippen, um herauszufinden, wie das Gegenüber, das man bislang nur aus den Nachrichten zu kennen glaubt, aussieht, betrachtet sie die Porträtaufnahme. Diese Unbedarftheit hätte sie nicht, denn ein Foto, das sozusagen das Abbild der Realität ist, kann alle Träume und die schönsten Vorstellungen in Windeseile kaputt machen.

Pierre und Lissy mustern das Bild von Lady Mon Chéri, das ihre wilde, feminine Seele widerspiegelt. Das feuerrote Haar, das Gefahr und Leidenschaft signalisiert und ihr in unbezähmbaren Wellen über die Schultern läuft, scheint Pierre zu gefallen. »Oh oui, sehr hübsch! … Ich finde, sie hat eine schöne Nase. Keine Stupsnase, sondern eine präsente, aber weiblische Nase. Etwas auffällig und prägnant … Wahrscheinlisch aber gerade deshalb so attraktiv …«, sinniert er, als würde er im Kunstmuseum vor einem unbekannten Gemälde stehen.

»Sag, hast du damals auch den Matthias Hübner gegoogelt?«, will Lissy wissen und verschränkt nachdenklich die Arme vor der Brust.

»Diesen Crétin, der uns negativ bewertet hat?« Gleichgültig gestikuliert er. »Natürlisch. Isch muss doch wissen, wie der Idiot aussieht, der unser Essen nischt zu würdigen weiß.«

»Und?«

»Was, und? Isch bin nischt zu ihm gefahren und habe ihn beschimpft, wenn du das meinst.«

»Nein, wie sieht er aus?«, bohrt sie nach, denn Matthias hat ihr nur verboten, und sie hat zugestimmt, dass sie einander nicht googeln werden. Doch es war keine Rede davon, dass es nicht jemand anderes für sie tun darf. Vor allem dann nicht, wenn es längst vor der gestrigen Abmachung passiert ist.

»Merde!«

»So schlimm?«, fragt sie unsicher.

»Nein, die Tarte ist noch im Ofen!« Pierre hastet zum Backrohr und rettet den Zwiebelkuchen vor dem Verbrennungstod. »Das war knapp!« Pierre atmet erleichtert aus. »Sieht gut aus. Mehr als gut sogar.«

»Die Tarte oder der Hübner?«, fragt Lissy, die ihm gefolgt ist, und nimmt den Zwiebelkuchen in Augenschein.

»Der Volltrottel mit dem Garnelensalat. Meine Tarte sieht exquisit aus!«

»*Gut*«, wiederholt sie unzufrieden. »Das ist jetzt ungefähr so, wie wenn ich dir sage, dass deine Crème brûlée gut ist. Ist das zufriedenstellend?«, fragt sie und quetscht ihn weiter aus, als wollte sie eine unreife Orange auspressen. Er könnte ihr problemlos alle Hardfacts auftischen: Größe, Statur, Haarfarbe, Augenfarbe, Lippengröße, Lippenfarbe, Falten – wo, wie tief, wie viele, wie sexy? Augenbrauenfarbe, Dicke der Augenbrauen, Muttermale, Sommersprossen, Bizepsgröße, Bauchumfang, Zähne! Natürlich, ganz wichtig sind die Zähne!

Pierre schnaubt. »Er sieht gut aus. Klassisch gut. Als Frau würde isch misch nach ihm umdrehen.«

»Welche Haarfarbe hat er?«

»Braun. So eine Mischung aus Cognac und Röstkaffee. Mehr Cognac als Kaffee, wenn du es genau wissen willst. Exklusiver Cognac!« Lissy schmunzelt, denn das gefällt ihr. Noch einmal guckt Pierre auf das Foto von Gertrude Kobald und inspiziert es, als würde er überlegen, die Zutat, die er so lange betrachtet, einzukaufen. »Isch finde, die Dame hat Klasse. Diese feinen Falten um ihre Augen machen sie ziemlisch attraktiv. Findest du nischt? Sie ist schon etwas älter, so ein wenig wie gut gereifter Roquefort.«

»Würde bestimmt mit einem intensiven, reifen Portwein wie dir harmonieren«, ergänzt Lissy, denn Frau Kobald dürfte Feuer im Popo haben und die Gabe besitzen, Pierres schockgefrorenes Herz jeden Tag aufs Neue zu entflammen. Sie würde ihm das Drama aus seinem Leben vertreiben.

»Lady Mon Chéri ist ab sofort deine Kundin. Ich übergeb

sie dir! Glückwunsch!«, sagt sie. Ja, Gertrude Kobald ist wunderbar in Pierres Händen aufgehoben, der sich vermutlich recht eigennützig – zum Komplimentefang – ins Zeug legen wird. Vielleicht sollte er ihr die Mozartknödel persönlich liefern? Ob sie auch so eine nette vietnamesische Türmatte hat, auf der er es sich gemütlich machen kann?

~

Zwecks Ablenkung und um die Neuausrichtung der PR des Kummerkastens zu professionalisieren, widmet sich Lissy intensiv dem Thema Online-Werbung. Seit Tagen hat sie nichts von Mr. Crunch gehört. Nicht mal ein »Hi, alles klar? Gut nach Hause gekommen?«. Vielleicht ist sie am Ende mit ihrer Fragerei zu weit gegangen. Zu gerne würde sie eine neue Bestellung von Matthias erhalten, denn sie kann es kaum erwarten, wieder zu ihm zu radeln. Nachdenklich sieht sie sich die Fotos auf ihrem Handy an, die Pierre ihr gestern als Vorschläge geschickt hat. Ein enttäuschter Seufzer entfährt ihr. Gut, dass sie gleich das Gespräch mit einem PR-Profi hat. Sie sollten einen Fotografen beauftragen oder die Sache mit dem Foodporn besser wieder lassen, denn die Gerichte sehen, obwohl sie liebevoll und besonders angerichtet sind, auf den Bildern so aus, als hätte man ihnen mit dem Fotografieren ihre Persönlichkeit genommen.

Aufgeregt und mit einem neuen Headset ausgestattet, sitzt Lissy vor ihrem Laptop. In wenigen Minuten beginnt ihr unverbindliches Skype-Gespräch mit Frau Rögner, einer PR-Mitarbeiterin der Agentur Reichweite. Die Agentur steht im Wiener Werbeagenturen-Ranking auf Platz sieben und scheint leistbar für Lissy zu sein. Wucherhonorare stellen sie keine aus, nur mit Kummerkasten-Menüs lassen sie sich aber leider auch nicht bezahlen. Für die Beratung und Umsetzung muss Lissy schon ordentlich in die Tasche greifen. Frau Rögner erscheint auf dem Bildschirm, beinahe faltenfrei, als hätte sie zweihundert Prozent Weichzeichner für die Live-Übertragung eingestellt. Eine auffällige Dame ist sie, mit einem platinblonden Bob, Sunset-Rouge auf ihren Wangen und roten, viel zu stark gepolsterten Lippen. Die PR-Lady trägt eine ebenso knallrote Brille auf ihrer Nase, was ihren Too-much-Look uncharmant unterstreicht. In Lissys Augen ist der Anblick so störend wie grelles Neonlicht.

»Ich grüße Sie, Frau Tobisch!«

»Hallo, Frau Rögner. Schön, dass Sie sich Zeit nehmen, um meine Fragen zu beantworten.«

»Kein Thema, dazu bin ich ja da! Wir werden das Pizzading schon schaukeln.«

Sie betreiben ein wenig Small Talk und kommen auf die aktuelle Lage des Pizzakummerkastens zu sprechen. Lissy erklärt die Vorzüge und Herausforderungen des Bestellsystems, damit sich Frau Rögner ein Bild machen kann. »Verstehe, verstehe. Sehr innovativ!«, sagt die PR-Dame geschäftig und stupst sich ihre rote Hornbrille zurecht. »Das heißt, ihr Lieferservice läuft solide, aber sie benötigen noch eine ordentliche und professionelle Ausrichtung und Positionierung. ... Und mehr Kunden. Mehr Kunden kann man doch immer brauchen«, lacht sie und bläst sich eine imaginäre Strähne aus dem Gesicht, was ein wenig so aussieht, als würde sie eine Zigarette rauchen.

»Wir möchten unsere Onlinepräsenz und den Werbeauftritt ausbauen. Oder überhaupt erst einrichten.« Nun lacht Lissy als Antwort auf Frau Rögners ernsten Gesichtsausdruck. »Wir wollen uns langfristig als gehobener Lieferservice in Wien positionieren und unsere Kunden behalten … und natürlich auch weitere dazugewinnen. Aber nicht unzählige Neue, denn das würden wir gar nicht schaffen.« Schlaflose Nächte kommen bei Lissy hin und wieder vor, da sie ständig auf einem hohen kreativen Niveau performen muss. Das erfordert viel Energie, und nicht selten nimmt sie die Nachrichten ihrer Kunden gedanklich mit ins Bett. Sie versiegelt dann die Probleme wie eine Konservierungsmaschine, was sich oft so anfühlt, als wäre sie ein Mülleimer, der nur schluckt, ohne jemals ausgeleert zu werden. Pierre würde Frau Rögner sagen: *Wir wollen als die Besten der Besten dargestellt werden,* und sich dabei elegant über die Fingernägel pusten. Am liebsten wäre es ihm, als erster Lieferservice einen Michelin-Stern verliehen zu bekommen. Doch für Lissy kann alles so bleiben, wie es ist. Außer dem Lockdown. Der muss natürlich weg, aber das kann Frau Rögner wohl nicht bewerkstelligen. »Wichtig ist für uns, dass wir auch nach dem Lockdown und nach der Pandemie noch genügend Bestellungen haben. Dass wir nicht eine Eintagsfliege sind, die situationsbedingt mehrere Monate überlebt hat und schließen muss, sobald alles wieder der Normalität entspricht.«

»Ich verstehe. Das ist ein großes Ziel, denn sie profitieren aktuell ja sehr von der bedauerlichen Lage, in der wir uns alle befinden. Lassen Sie mich mal überlegen«, sagt die Rögner und klingt ein wenig medizinerhaft, als würde der Kummerkasten kränkeln. »Nun ja, eigentlich ist es ganz simpel«, erklärt sie ruhig, als wäre das Anliegen reine Routine, eine lästige Warze und kein Karzinom, das sie entfernen muss. Lissy rückt gespannt ein Stück nach vorne, sodass das Abbild ihres Gesichts unvorteilhaft groß und der Wunsch nach einer Nasenverkleinerung noch viel größer wird. Himmel, würde sie öfters skypen, dann müsste sie ein paar chirurgische Eingriffe und Botoxbehandlungen vornehmen lassen. Wie gut, dass sie Matthias nicht online kennengelernt hat. Frau Rögner verzieht, obwohl sie nachdenkt, keine einzige Falte. »Was Sie brauchen, ist eine professionell gestaltete Website. Ich habe mir Ihre angesehen, und die ist zu wenig ausgereift. Ja, natürlich funktioniert das Bestellsystem, aber da fehlen professionelle Fotos, die Gusto machen, professionelle Texte und ein professionelles Logo. Professionalität eben. Die fehlt Ihnen durch und durch in der PR. Verstehen Sie? Ihr gesamter Werbeauftritt ist amateurhaft. Die ganzen Presseartikel, die müssen verlinkt auf Ihre Website eingestellt werden. Dann natürlich Visitenkarten, Sie brauchen Visitenkarten im Corporate Design. *Alles* muss der Corporate Identity entsprechen. Das sagt Ihnen doch was, oder?« Lissy nickt, obwohl es ihr so viel sagt wie die Überlebenschancen von Krokodilen in lauwarmer Milch. »In jede Essenstüte müssen zwei Visitenkarten kommen, die von Ihren Kunden auch an Freunde verteilt werden können. Profile und Content auf LinkedIn, Xing, Facebook, Instagram … F-a-b-e-l-h-a-f-t, ja, das brauchen Sie. Content! Überall!«

»Ist Facebook nicht schon out? Und Xing? Wozu Xing? Soll ich meine Kunden auf Xing akquirieren?«, fragt Lissy zögerlich und schluckt zugleich ihre Unsicherheit hinunter. Himmel, wer soll das alles machen? Da wäre sie dann nur noch online und könnte nicht mehr kochen.

»Nein, natürlich tummeln sich auf Facebook nach wie vor potenzielle Kunden. *Ihre* Kunden. Jeder Kanal ist wichtig! Dann brauchen Sie auch noch einen Blog. Ein Podcast wäre natürlich auch ganz fein. Hat jetzt sowieso jeder seit der Pandemie. Ein Podcast mit Kochrezepten, ja, fabelhaft. Daneben noch Newsletter, Pinterest-Pinnwand und Freebies.«

»Freebies?«, fragt Lissy und denkt an Frisbeescheiben, die man in der Luft wie Bierdeckel herumwerfen kann.

»Ja, Freebies sind eine feine Sache. Und wie wäre es mit einem Kochbuch?« Frau Rögner grinst und dürfte sich nach dem Gespräch selbst eine Medaille für ihre *fabelhaften* Einfälle verleihen. »Ein Pizzakummerkasten-Kochbuch. Mmh ... Was halten Sie davon? Vorerst mal als E-Book, kostenlos natürlich. Das kann man dann von Ihrer Website downloaden, und später können Sie es auch gegen Gebühr in diversen Online-Shops anbieten. Das ist vielversprechend. Kochen tut gerade jeder. Das wär doch schön. Eventuell finden Sie dafür auch noch einen Verlag. *Das Corona-Kochbuch.* Verkauft sich sicher! ... Ich sehe den Titel schon vor mir! Wir haben bestimmt Kontakte. So ... was sagen Sie dazu? Das ist ein richtig schönes rundes Paket. Finden Sie nicht? Klingt das nicht alles fabelhaft?«

Das war der Hammerschlag. Das war die Dinosaurierkeule, die soeben auf Lissys Haupt niedergegangen ist. »Wer zum Teufel soll das alles leisten? Wer?«, ruft sie plötzlich, und ihr Augenlid beginnt nervös zu zucken. Eine nervige Angewohnheit, als würde ein Bildschirm zu flimmern beginnen, weil er überfordert ist.

»Nun, entweder wir liefern Ihnen das gesamte Package, das kostet natürlich extra, oder Sie buchen Teile des Packages und Teile des Contents. Wir betreuen gerne Ihren gesamten Online-Auftritt, was natürlich Sinn machen würde, da wir die Profis sind. Was auch immer wir vereinbaren und je nachdem, wie hoch ihr Budget ist, *alles* ist möglich. Es ist nur eine Frage des Geldes, Sie wissen schon. Wir machen auch Podcasts für unsere Klienten in unserem *hauseigenen* Tonstudio. Das haben wir seit der Pandemie neu im Keller.«

»Und ein paar unterbezahlte Studenten mit betörenden

Stimmen hocken vor Mikrofonen und produzieren glorreiche Texte?«

»Ähm … Wir können auch hochprofessionelle Bilder mit unserem Starfotografen machen, der zu Ihnen ins Kochstudio fährt. Der hatte schon Lugner und Co. vor der Linse, müssen Sie wissen. Nicht nur Schnitzel.« Frau Rögner lacht übertrieben, als wäre es ein wahnsinnig toller Witz, der ihr da über die Lippen gekommen ist.

Beunruhigt beißt Lissy auf einem Fingernagel herum. »Wir sind ein einfaches Kochstudio und kein Multi-Millionen-Konzern.«

»Nun, wollen Sie ein Millionen-Konzern werden? Mit Filialen, Franchising und dem ganzen Pipapo?«

Lissy verschlägt es die Sprache, denn das ist nicht ihr Ziel.

»Frau Tobisch, keine Sorge, wir fangen klein an, nur nichts überstürzen, damit Sie sich langsam und in aller Ruhe an den großen Erfolg gewöhnen können. Wie wären fürs Erste richtig hübsche Fotos vom Team auf der Website? Hochprofessionelle Bilder wie für eine Sedcard.«

Lissy nickt zögerlich.

»Da wird die Klum aber neidisch werden!« Frau Rögner zwinkert so auffällig, dass sie damit jedes Lebewesen in die Flucht schlagen könnte.

Lissy zieht verlegen einen Mundwinkel nach oben.

»Sooooo … Nun haben Sie einige Ideen von mir bekommen. Dass Sie die Betreuung und Erstellung all dieser wichtigen Gadgets selbst übernehmen, davon rate ich ab. Ich meine, Sie haben ja vermutlich nicht die Kompetenz dazu. Sie können kochen, alles andere machen wir. Das ist unser Business.«

Da ist etwas Wahres dran, denn eine größenwahnsinnige PR-Kompetenz hat Lissy tatsächlich nicht. Sie hat aber die

Kompetenz, das Gespräch zu beenden. Jetzt. »Verehrte Frau Rögner, ich schätze es, dass Sie so vor Ideen übersprudeln, doch daran verbrennen wir uns nur die Finger. Das ist zu viel für den Kummerkasten.« *Vollkommen übertrieben.* »Finanziell gesehen und vom Arbeitsaufwand her, meine ich. Das bewerkstelligen wir nicht. Vielleicht buchen wir ein, zwei Sachen davon. Ich werde mir das noch überlegen und melde mich gegebenenfalls.« Lissy möchte die rote Taste drücken und das Gespräch beenden.

»Wenn Sie erfolgreich sein wollen, gibt es kein Zuviel. Da muss man vorab schon ein paar Tausender und etliche Arbeitsstunden lockermachen.« Wieder bläst sich Frau Rögner eine imaginäre Strähne aus dem Gesicht. »Es kostet nun mal das, was es wert ist.«

»Uns geht es vorrangig um unsere Kunden, wir wollen sie verwöhnen, wir wollen ihnen zuhören und ein auf ihre Wünsche hin maßgeschneidertes Menü kochen. Wir wollen unsere Ressourcen nicht für eine aufgeblasene PR verschwenden. Besser wäre es wohl, ich würde um die paar Tausender einen neuen Mitarbeiter einstellen. Das würde mehr Sinn machen. Schicken Sie mir eine Rechnung für dieses Gespräch.« Mit diesem Satz beendet Lissy das Skype-Meeting, atmet einmal tief durch und lässt sich von ihrer Stuhllehne auffangen.

~

»Sorry für die Verspätung«, ruft Jelenka, als sie nach Atem ringend bei der Ankeruhr am Hohen Markt eintrifft. Die letzten Meter von der Straßenbahnhaltestelle zum Treffpunkt ist sie gelaufen. Ihre goldenen Armreifen, die sie über ihrer smaragdgrünen Seidenbluse trägt, klacken aneinander. Eilig streift sie sich eine Locke aus dem Gesicht und nimmt die Umgebung ins Visier. Zarte Sonnenstrahlen treffen auf den grauen Asphalt, der an manchen Stellen rissig ist. Eine Ruhe entfaltet sich, die sich sanft wie Morgentau über die Straßen und Gassen der Innenstadt legt. Einzig die Tauben laufen geschäftig und in Gruppen auf dem warmen Beton herum, als probten sie den Aufstand. Plötzlich hebt Lenka ihre Arme in die Luft und schlägt die Hände vor der Brust zusammen, während sie mit einem schmerzvollen Blick in die Ferne sieht, der etwas Tragisches verspricht. »U-n-g-l-a-u-b-l-i-c-h! Wirklich!« Eine dramatische Pause entsteht, die bedeuten könnte, dass das Haus gegenüber in Flammen steht, dass Lissys Oberteil durchsichtig ist und sie ihren Büstenhalter vergessen hat oder dass ein Überfall auf einen bekannten Juwelier gerade live vonstattengeht und die beiden Zeuginnen eines gut durchgeplanten Raubüberfalls werden – nicht ausgeschlossen, dass sie auch noch entführt werden. »Also echt … Das ist wirklich unglaublich!« Jelenkas dramatische Mimik und die in Falten gelegte Stirn setzen dem zartbitteren Cupcake das Sahnehäubchen drauf. Während Lissy den Atem anhält, bereit, in der nächsten Sekunde zur Seite zu springen, um von keinem Panzer überrollt zu werden, gleiten Lenkas Arme mit einem Seufzen nach unten. »Das ist ja unglaublich … leer! Die Innenstadt ist nicht nur ausgestorben. Die ist *ver*storben!«, sagt sie, als wäre die Leere, die Lissy und sie umgibt, ein tiefes Loch, das die Freundinnen in Sekundenschnelle verschlingen wird. Lissys Atmung stellt sich wieder auf Normaltempo ein, sie schüttelt den Kopf. Bei Jelenka weiß man nie, ob nun etwas Schlimmes passiert ist oder sie aus einer gähnenden Langeweile heraus mal wieder mordsmäßig übertreibt. In gewisser Weise ist der überraschte Ausdruck – mit 500 Gramm weniger Dramadosierung – durchaus angebracht, denn normalerweise tummeln sich bei der Ankeruhr unzählige Touristen, um das beeindruckende Werk des Jugendstils zu besichtigen. Aktuell gehört der Anblick der berühmten Uhr nur den beiden alleine. 1911 wurde die Ankeruhr von der Versicherungsanstalt »Der Anker« geplant und mit Verspätung aufgrund des Ersten Weltkrieges 1914 mit Tausenden Zusehern in Betrieb genommen. Die Ankeruhr ist eine brückenartige Verbindung zwischen zwei Gebäudeteilen mit einer Spannweite von zehn Metern. Franz von Matsch hat die bekannte Uhr konzipiert und eine Auswahl an berühmten Persönlichkeiten getroffen, die als Figuren auf der Ankeruhr verewigt wurden, da sie einst besonderen Einfluss auf die Geschichte Wiens genommen haben. Täglich um zwölf Uhr ziehen die Figuren begleitet von einem zeitgenössischen Musikstück vorbei. Es beginnt mit Marc Aurel und der Römerzeit und endet mit dem bekannten Komponisten Joseph Haydn.

»Was hältst du von Kaffee? Holen wir uns einen?«, fragt Lissy, die eine Dosis Koffein bitter nötig hat, denn schon seit Tagen schleppt sie eine Müdigkeit mit sich herum, die nur mittels Megadosen an Koffein beseitigt werden kann.

Jelenka nickt, nie abgeneigt, ein Papptässchen Kaffee zu trinken. Die beiden marschieren los. Lenkas Faltenrock umspielt ihre braun gebräunten Beine, die sie in den vergangenen Tagen auf ihrer Terrasse in den Mittagsstunden strandtauglich vorgebräunt hat. Die Mittagspausen im Homeoffice hat sie dafür genutzt, sich in den Bikini zu werfen, einen gesunden Ananas-Kokos-Smoothie mit Schirmchen zu trinken, und ihren Körper auf eine Sonnenliege gebettet, um gedanklich Luftmeilen entfernt auf Ibiza zu verweilen.

»Warum hast du dich heute eigentlich so schick gemacht?«, fragt Lissy. Lenka lächelt verwegen, als wäre sie eine große

Diva, die eine ihrer Weisheiten mit knallroten Lippen in die Welt hinausposaunt.

»Für dich, Darling. Für mich. Für alle, die mir heute so über den Weg laufen. Ich muss schließlich jeden Spaziergang nutzen, um mich in Schale zu werfen. Mit dem Schlabberlook bin ich durch! Seit Sonntag sitze ich in Seidenbluse und geschminkt vor dem Fernseher. Das ist um Welten besser.« Lissy nickt verhalten, wie man halt nickt, wenn man denkt, dass die beste Freundin einen klitzekleinen Dachschaden hat, der Gefahr läuft, im Laufe der kommenden Jahre das gesamte Haus zum Einsturz zu bringen. »Ich hab mir auch ein paar Designer-Jogginganzüge bestellt. Waren fast alle vergriffen. Ich hatte echt Glück, noch welche zu ergattern.« Früher war Lenka mindestens einmal wöchentlich shoppen. Einen Jogginganzug als große Errungenschaft zu bezeichnen wäre ihr nie in den Sinn gekommen. Kaufhäuser waren für sie wie ein gutes Glas Aperol-Spritz, das man sich an einem Tag in der Woche gönnen muss. Jetzt hat sie das Online-Shopping inklusive Dutzender nicht umweltkonformer Rücksendungspakete für sich entdeckt. »Wir suchen dir heute noch was Hübsches zum Anziehen! Eine neue Frühlingsgarderobe«, erklärt Lenka und hakt sich bei Lissys Arm unter.

Entspannt schlendern die Freundinnen über den Hohen Markt in die ansonsten so quirlige Rotenturmstraße und bleiben bei einigen Schaufenstern der geschlossenen Bekleidungsgeschäfte stehen. Mittlerweile haben fast alle Geschäfte ihren Online-Auftritt perfektioniert. Jelenka tippt mit ihrem Zeigefinger auf eine Schaufensterpuppe, die eine dunkelblaue Bluse aus Chiffonstoff trägt. »Damit fühlst du dich gleich viel besser. Weiblicher, erotischer … Das verändert deine Stimme *und* deine Stimmung! Das ist die volle Ladung an Sinnlichkeit.

Wenn du wieder vor Mr. Crunchs Tür sitzt, versprühst du damit die absolute Wirkung. Selbst wenn er dich – was ich für sehr unwahrscheinlich halte – nicht sehen kann, wird ihn die Energie akustisch verzaubern!«

Lissy nickt aufgrund der tragenden Argumente. Kurzerhand bestellt sie zwei neue Blusen in ihrer Größe, weil sie ansonsten nur bequeme Wickelkleider tragen würde. Sie hat sich viel zu lange nichts Edles gegönnt. »Meinst du wirklich, dass er bereits weiß, wie ich aussehe?«, fragt sie und überlegt, ob er sie tatsächlich schon im Internet gesucht hat. Es wäre kein schwieriges Unterfangen, immerhin steht ihr voller Name auf der Website des Pizzakummerkastens. Die Bestätigungsmail ihrer Bestellung ploppt auf dem Handydisplay auf.

»Na, logo! Hey, jeder weiß heute, wie sein Gegenüber aussieht. Wahrscheinlich hat er schon einen neuen Freundschaftsvorschlag auf Facebook bekommen … oder eine Werbeeinschaltung vom Kummerkasten mit einem Bild von dir. Heutzutage ist ja nichts mehr geheim. Google und Apple hören mit. Die wissen auch, wie oft du aufs Klo gehst und wie oft du davon kackst«, erklärt Lenka fachkundig und lässt ihre goldenen Armreifen melodiös aneinanderklingeln. »An deiner Stelle würde ich mir diesen Hübner längst mal im Netz ansehen. Oder kaufst du gern die Katze im Sack? Vielleicht versteckt er sich ja deshalb, weil er potthässlich oder entstellt ist.«

Erschrocken sieht Lissy zu Lenka, schüttelt dann aber ihren Kopf. »Ein Mann mit dieser erotischen Stimme kann unmöglich hässlich sein.«

Jelenka zuckt mit den Schultern. »Ich würde keine Zeit verschwenden. Ist doch absoluter Blödsinn. So viele Wochen oder Monate haben wir auch nicht mehr, um den Richtigen zu finden … Wir werden ja nicht jünger. Das da war früher mal ein richtig knackiger Granny Smith. Jetzt ist daraus Vanillepudding geworden!« Mit einem kräftigen Klaps haut sich Lenka auf ihren Popo, sodass sich ein älteres Pärchen mit einem unsicheren Augenbrauenheben nach Jelenka umdreht.

Lissy lacht, und sie spazieren die Rotenturmstraße hinauf zum Stephansdom. Der Steffl reckt sich nach oben, als wollte er das Meer an Wolken mit seinem Südturm durchbrechen. Ein wenig müde sieht er aus und gähnt, als vermisste er die zahlreichen Leute, die normalerweise täglich in seinen Bauch hineingehen und wieder hinausspazieren. An normalen Tagen werden um die dreitausend Kerzen in der Kirche angezündet, die wertvollen Altäre staunend besichtigt und der Pummerin bei ihrem bekannten Glockenläuten gelauscht. Mit seinen üblichen Tausenden Besuchern, die der Steffl an herkömmlichen Tagen als seine Gäste verbucht, ist er eine der meistbesuchten Sehenswürdigkeiten in Österreich. Lissy und Lenka machen ein Selfie vor dem Stephansdom, denn erstmalig versperren keine Menschenhorden die Sicht auf die Kirche. Nach Koffein lechzend schlendern sie weiter.

»Wie wär's, wenn wir uns beim Fenster Café einen Coffee-to-go schnappen?«, schlägt Lissy vor und überlegt schon, wie sie am schnellsten in die Griechengasse kommen.

»Ja, gute Idee, ich hab voll Lust auf einen Oreo-Latte … Oder einen Marshmallowccino … oder nein, auf einen Cornettoccino!« Lissy lächelt, denn sie kennt Jelenkas Schwäche für innovative Kaffees, da kommt ein Cappuccino, der in einem mit dunkler Schokolade ausgekleidetem Stanitzel serviert wird, gerade recht.

Vor dem auffälligen Fenster des Hauses mit den hübschen dunkelgrünen Holzbalken und den Graffiti an den Wänden hat sich eine kleine Warteschlange gebildet. Das Take-away-Café offeriert Kaffees in allen Variationen, deren Bohnen in der hauseigenen Rösterei gemahlen werden. Die Freundinnen stellen sich an, und es dauert eine Weile, bis Lissy ihren Espresso und Jelenka ihren Cornettoccino in Händen halten. Zufrieden lassen sich sie auf einer nahe gelegenen Parkbank nieder.

»Wie lecker! Ich könnte dafür zehn Mal sterben!«, seufzt Lenka und schlürft genüsslich von ihrem Cornettoccino, ehe sie von der Waffel abbeißt. »Bist du mit deiner mageren Ausbeute wirklich glücklich?«, fragt sie und schielt desinteressiert auf Lissys Espresso, den sie auch für eine hohe Prämie nicht runterwürgen würde.

»Total. Die Röstaromen sind perfekt.« Lissy mag die Zutaten am liebsten pur, nur für andere vermischt sie sie gerne. Für sich selbst bevorzugt sie den unverfälschten Geschmack.

»Wenn ich die Leute so betrachte, kommt es mir vor, als würde mein Leben derzeit an mir vorbeiziehen, so wie die Schritte dieser Menschen. Als würden unzählige Schritte passieren, nur nicht meine eigenen. Weißt du, was ich meine?«, fragt Lenka und sieht nachdenklich zum Boden, wo sie einen Kieselstein nach dem anderen mit ihren Schuhsohlen umsortiert.

Lissy nickt, denn bis vor Kurzem ging es ihr genauso. Doch dann kam die Bestellung von Mr. Crunch, und plötzlich hat ihr Alltag einen neuen Glanz bekommen. Die Stunden bei ihm waren die Schokoglasur auf ihrem Lebenskuchen und die Minuten so süß wie kleine Zuckerdekoherzen, sodass sie am liebsten herzhaft hinein- und sich auch ein wenig darin verbeißen würde. »Ich weiß, was du meinst. Aber aus Mausgrau wird wieder Pink werden!« Lissy nimmt die Hand von Jelenka und drückt sie fest. »Und nun hab ich eine coole Idee«, verkündet sie, steht energisch auf und wirft den Kaffeebecher in einen

Mülleimer. »In meinem Rucksack hab ich ein paar Postkarten. Wie früher. Weißt du noch?«

Lenka nickt, denn sie ahnt, was gleich kommen wird. Nun ist der perfekte Zeitpunkt gekommen, um die Mission aus ihrer Kindheit fortzuführen. »Dann suchen wir uns ein paar Häuser aus. Wie viele Karten hast du dabei?«

»Zehn Stück.«

»Zehn nette Grüße also. Sehr cool.«

Lissy packt die Postkarten aus, überreicht Jelenka einen violetten Stift und behält sich selbst den orangefarbenen. Sie schreiben ein paar nette, humorvolle oder poetische Zeilen auf die Karten und signieren sie mit »L + J. Freundinnen fürs Leben«. Mit dieser kitschigen Signatur haben sie schon als Kinder die Postkarten unterzeichnet, sie dann an Luftballone gehängt und in den Himmel schweben lassen. Jetzt, in Lockdownzeiten, wollen sie fremden Menschen ihren Alltag versüßen, indem sie die Grußkarten in ausgewählte Postkästen werfen. Lenka zeigt Lissy lachend ihre letzte Karte. *Oh, ich vermisse dich so sehr, mein Schatz! Hoffe, wir sehen uns bald wieder! Kuss L.*

»Wehe, du machst das! Das kann eine Ehekrise heraufbeschwören«, droht Lissy und versucht, Lenka die Postkarte wegzunehmen. Jelenka kichert, als wäre sie sechzehn. Doch dann überkommt sie die Vernunft, und sie gibt die Karte her.

»Du solltest sie Mr. Crunch schicken.« Lenka radiert die Sätze aus und schreibt darüber: *Hoffe, wir sehen uns endlich mal von Angesicht zu Angesicht. In Liebe + Kuss L.*

»Wo wohnt er?« Jelenka wedelt mit der Karte in der Luft herum.

»In Sydney.«

~

Innerhalb von rekordverdächtigen eineinhalb Stunden hat Lissy ihre gesamte Wohnung geputzt. Badezimmer und Toilette glänzen, sodass man vom Boden essen könnte, die Regalflächen in ihrem kleinen Wohnzimmer, die hinter der Couch als Raumtrenner dienen, sind von allen Staubkörnchen befreit worden. Entspannt setzt sie sich mit einer Tasse Tee auf ihr Sofa, von dem aus man verträumt in den wild verwachsenen Pawlatschenhof blicken kann, der mehr an einen vergessenen Garten aus Dornröschen zur Zeit ihres einhundertjährigen Schlafes erinnert. Entlang der Fassade verbindet eine Art Balkon mit schmiedeeisernem Gitter alle Wohneinheiten des jeweiligen Stockwerks miteinander und ist mit Kletterpflanzen überwachsen. Die Efeuranken schlängeln sich an den Hausmauern empor, als wollten sie fremdes Terrain besetzen. Tritt man an das Wohnzimmerfenster, hat man vom dritten Stock aus einen Ausblick auf den gigantischen Bergahorn, der sich Jahr für Jahr mit jedem seiner Atemzüge weiter ausbreitet und dem Innenhof einen angenehmen Schatten an schwülen Sommertagen spendet. In den nächsten Jahren wird er mit seinen schweren Ästen die Häuserfassaden erreichen, und dann wird jemand von der Stadtverwaltung kommen müssen, um dem Baum ein neues Styling zu verpassen. Lissy beugt sich nach vorne zum Glastisch und verrückt die edle Tischvase mit Gustav Klimts Bild *Der Kuss* um gute zwei Zentimeter, sodass sie perfekt in der Mitte steht. Sie entsorgt die Tulpen, die welk sind. Morgen wird sie auf dem Markt frische besorgen, denn sie mag es, wenn ein schöner Blumenstrauß ihre Wohnung veredelt. Allein bei dem Anblick, wenn sie frühmorgens schlaftrunken in die Küche tapst, um sich einen Kaffee in ihrer kleinen Espressokanne am Herd zu machen, und die ersten Sonnenstrahlen auf ihre Sitzecke mit den Blumen treffen, kann der

Tag wolkenfrei beginnen. *Hat das Blümchen einen Knick, war der Schmetterling zu dick.* Lissy schmunzelt, als sie an den Satz denkt, den Lenka auf eine der Postkarten geschrieben und einer gewissen Frau Hannelore Mair in den Briefkastenschlitz geworfen hat. Lissy hatte ernst gemeinte, liebevolle Botschaften verfasst, Lenka die heiteren. Wie schon früher. Vielleicht sollten sie überall in Wien Grußkarten mit netten Nachrichten verteilen und sie mit »Der Pizzakummerkasten« unterzeichnen. Frau Rögner wäre stolz auf sie und würde ihr für diesen genialen Marketingschachzug einen unbezahlten Praktikumsplatz im Kellergeschoss anbieten.

Aus dem Kühlschrank nimmt sie die Butterdose, die sie benötigt, um später ihr Abendessen zu richten, und stellt sie auf die Arbeitsplatte, damit die Butter darin auf Zimmertemperatur erwärmt. In der Zwischenzeit tritt sie hinaus auf ihren kleinen Balkon, auf dem sie frische Kräuter in bunten Töpfen angesetzt hat, und atmet die klare Frühlingsluft ein. Zwei Quadratmeter misst ihr Tor ins Freie und fällt schon von der Straße aufgrund der vielen farbenfrohen Kräutertöpfe auf, die sie auf das Gitter gehängt hat. Ein wenig duftet es wie in einem Kräuterladen, und manchmal steht Lissy einfach so da und schnuppert die gute Luft, die sie umgibt und so gar nicht an eine Großstadt erinnert. Vorsichtig schneidet sie ein wenig vom Schnittlauch ab, so als würde sie ihm die Spitzen schneiden wollen. Damit wird sie später ihr Butterbrot bestreuen, eine feine Straße an Himalaya-Salzkristallen dazu skizzieren und sich dann mit dem ersten Bissen wie ein kleines Kind fühlen, das am Familienesstisch Platz genommen hat.

Kurz bevor das Online-Workout auf ihrem Laptop startet und Lissy bereits in einem hippen Sportoutfit erste Dehnübungen macht, um die Müdigkeit zu verscheuchen, die sie lieber zwei Meter weiter auf die Couch schicken würde, ploppt eine Nachricht in ihrem Posteingang auf.

Hallo, Lissy,
schläfst du schon? Nein, oder? So alt bist du noch nicht, oder?
Weißt du, ich hab mich heute mit Annika gestritten. Die ist so doof. Echt! Aber jetzt find ich's auch blöd, dass wir uns gestritten haben. Und gestern in der Nacht hat mein Papa so viel geweint. Er dachte, ich würde schon schlafen und das nicht hören. Aber sein Zimmer ist ja gleich neben meinem, und da habe ich alles gehört.
Er glaubt, ich krieg das nicht mit, wenn er nachts auf seinem Bett sitzt und traurig ist. Deshalb hab ich einfach durch das Schlüsselloch geguckt. Ich weiß, das darf man nicht machen, weil Erwachsene ja auch so geheime Sachen haben, aber ich hab deshalb nachgesehen, weil ich Mamas Stimme gehört habe. Doch sie war es nicht. Er hat sich nur auf seinem Handy alte Sprachnachrichten von ihr angehört. Und dann hab ich auch zugehört. Ich hab mich vor seine Tür gesetzt, meine Augen geschlossen und Mama gehört. Das war voll schön. Wie früher, als sie noch an meinem Bett gesessen hat und mir Geschichten zum Einschlafen erzählt hat. Mama konnte nämlich so tolle Märchen erfinden. Sie hat sich immer welche für mich einfallen lassen. Papa kann das leider nicht so gut.
Und morgen hat Mama Geburtstag, musst du wissen.
Ich will aber gar nicht schlafen gehen, denn wenn ich aufstehe, ist sie wieder nicht da. Früher hab ich mich immer auf unsere Geburtstage gefreut, aber jetzt nicht mehr. Das sind immer so traurige Tage. Ich glaub sogar,

dass Papa Mama manchmal mehr vermisst als ich. Ich glaube, das tut ihm richtig weh. Kannst du ihm helfen? Gibt's dagegen irgendein Rezept?
Fluffige Grüße, Jennifer

Lissy kullern einige Tränen über die Wangen, die sie mit dem Ärmel ihrer Joggingjacke trocknet. Dabei schnieft sie laut. In Gedanken trauert sie mit der kleinen Jennifer und ihrem Vater. Gegen die Trauer hat sie leider kein Rezept. Dagegen würde kein Essen der Welt helfen. Ob diese Leere jemals heilt? Ob dieser Krater des Verlusts jemals geschlossen wird?

Liebe Jennifer,
das tut mir unendlich leid für euch. Ich verstehe, dass du deine Mama so sehr vermisst, dass es ungeheuerlich schmerzt. Ich habe dafür leider kein Rezept, denn kein Essen der Welt kann euch euren Kummer nehmen, kein Essen der Welt kann dir die Nähe und den Trost spenden, die dir deine Mama gegeben hat. Kein Essen der Welt kann so tolle Geschichten erzählen, wie es deine Mama konnte. Aber vielleicht darf ich erfahren, was das Lieblingsessen deiner Mama war?
Fluffige und liebe Grüße, Lissy

PS: Du musst noch nicht schlafen gehen. Ich bin da.

Lissy macht den Reißverschluss ihrer Joggingjacke zu und schließt die Website des Fitnessstudios, denn heute hat sie keine Lust auf ein Online-Workout. Hatte sie schon den ganzen Abend nicht. Nun wartet sie vor ihrem Laptop auf eine Antwort vom kleinen traurigen Herz.

Cannelloni mit ganz viel Käse. Die hat sie immer auswärts bei unserem Lieblingsitaliener bestellt. Und Schokofondue. Oh ja, Mama hat Schokofondue mit frischen Früchten geliebt. Das hat sie immer zu den Geburtstagen als Nachtisch für uns gemacht. Das war richtig lecker.
Jennifer

Lissy streunt ein wenig ratlos in der Wohnung herum, stellvertretend für ihre Gedanken, die gerade in ihrem Kopf herumrasen. Cannelloni? Macht sie normalerweise nicht. Dafür geht sie selbst zu ihrem Lieblingsitaliener, der hervorragende Nudeln macht. Sie recherchiert ein paar Rezepte für Cannelloni, schreibt sich Notizen und schläft dann irgendwann in ihrem Bett ein.

Kapitel 7

Die Kaffeemaschine rattert emsig im Pizzakummerkasten. Nach einem leckeren Butterkipferl und einem zweiten Mokka schreibt Lissy die Einkaufsliste für Max zusammen, der demnächst mit seinem Roller ausschwärmen wird, um frische Zutaten für den Kummerkasten zu besorgen. In alle Ecken Wiens wird er ausstreunen, denn Mitte der Woche steht der Großeinkauf an. Mit einem überdimensional großen Rucksack, der, wenn er gefüllt ist, mitunter die Power hätte, ihn rücklings auf seinen Popo zu katapultieren, und einem blitzblauen Helm auf seinem Kopf, den er nur trägt, weil es Lissys öde Vorschrift ist, steht er da und tätschelt seinen Roller, als wäre der ein Rennpferd, das demnächst einige Kilometer laufen muss. »Dijonsenf! Oui! Den aus dem Glas. Nischt aus der Tube. Ganz wischtisch!«, erklärt Pierre, als hätte er eine kleine französische Erleuchtung, und tippt auf die lange Einkaufsliste. »Und Weißweinessig. Rebsorte Chardonnay. Das ist das wesentlische Detail, Max! Keine andere Rebe! Nur Chardonnay! Am besten aus Frankreisch.« Energisch klopft sein Zeigefinger auf das Papier, als wollte er die Botschaft morsen.

»Soll ich den Hubschrauber nehmen?«, witzelt Max, der bereits ungeduldig in den Startlöchern steht. Einige der frischen Zutaten sollten vor elf Uhr im Kummerkasten eintreffen, ansonsten können manche Bestellungen nicht zeitgerecht zugestellt werden. Außerdem wird er zweimal ausfahren müssen, denn die schwere Last würden seine jugendlichen Schultern, die zwar gut trainiert sind, aber keine Dwayne-Johnson-Dimensionen angenommen haben, nicht ertragen. Ein leiser Glockenton ertönt, als Lissy ihrem Lehrling das Go für seinen Einkaufsmarathon gibt. Mit dem glänzenden Helm, einem siegessicheren Lächeln und den eng sitzenden schwarzen Skinny-Jeans, die seine Oma immer als Hochwasser-Hosen bezeichnet, fährt Max mit einer knappen, perfekt einstudierten Grußbewegung los.

Liebes Fräulein Lieselotte,
heute kommt es mir so vor, als hätte ich einen wundervollen klaren Waldspaziergang gemacht, der mein Herz geöffnet hat. Ich höre die Vögel singen, und ein wenig ist es, als würden sie Vivaldi, die Vier Jahreszeiten, pfeifen. Wunderschön, nicht wahr? Mögen Sie Vivaldi? Vielleicht bin ich deshalb so aufgeregt, weil ich morgen Besuch bekomme. Einen vielversprechenden Besuch, müssen Sie wissen. Herrenbesuch. Ich kenne den Herrn Stadler zwar schon ein wenig, aber bei Gott nicht gut. Wir begegnen uns häufig, wenn wir am Friedhof auf den Familiengräbern die Blumen gießen, und dann sprechen wir immer ein paar nette Worte miteinander. Zur Begrüßung zieht er stets seinen schicken Hut mit der weißen Feder vor mir, was mir jedes Mal die Röte auf die Wangen treibt, als wäre ich ein junges Mädchen, das noch nicht die Reife eines guten Glases Veuve Clicquot erreicht hat. Doch ich liebe dieses berauschende Gefühl, das mich an meine Jugend erinnert und meine greisen Eingeweide wieder zum Leben erweckt. Dass mir das als alte Schachtel noch passiert, ist eine gute Übertreibung

des Schicksals. Herr Stadler ist ebenso wie ich verwitwet und einem netten Gespräch nie abgeneigt, weshalb ich ihn morgen auf ein gediegenes Mittagessen auf meine Terrasse eingeladen habe. Das derzeitige Kaiserwetter erinnert doch sehr an einen sommerlichen Tag in Bad Ischl, finden Sie nicht? Ich hoffe, das Wetter hält weiterhin seine Versprechungen. Wie Sie wissen, sind meine Kochfertigkeiten nicht mal für Haftinsassen zuträglich, und ich würde mich dem Herrn Stadler ungern von meiner schlechtesten Seite zeigen. Können Sie mir ein vorzügliches Menü kredenzen, an das er sich mit einem Wohlwollen erinnern wird? Etwas, was uns gedanklich an einen fein gedeckten Tisch ins Salzkammergut, an den Hallstätter See mit Blick auf den atemberaubenden Dachstein, versetzt? Morgen Mittag um 12 Uhr?
Es grüßt Sie in freudiger Erwartung auf Ihre Kreativität, Frau Siebenstern

Die Grande Dame. Mrs. Sunshine-Reggae. Einmal in der Woche bestellt sie im Kummerkasten, das ist so sicher wie Pierres Seufzen, wenn jemand den Unterschied zwischen Quiche und Tarte nicht erschmeckt. Lissy schmunzelt, denn sie vergönnt Frau Siebenstern ein paar romantische Minuten und vielleicht sogar Stunden mit diesem ominösen Herrn Stadler. Das süße Flattern des Herzens und das aufgeregte Stolpern, als würde es aufgrund des besonderen Gegenübers ratlos aus dem Takt geraten. Ein wenig beneidet sie Mrs. Sunshine-Reggae, da sie bei jedem leisen Glockenton auf eine Nachricht von Mr. Crunch hofft, der schon seit Tagen nichts von sich hören lässt. Ob ihm das letzte Essen nicht geschmeckt hat, oder noch schlimmer, ist er nun wirklich in den Gully gefallen? Gut möglich, dass er Lissy gegoogelt und erkannt hat, dass sie nicht seinen Geschmack trifft. Vielleicht meldet er sich nie wieder bei ihr. Der letzte Gedanke versetzt Lissys Herzen einen Stich. Wo vor wenigen Minuten noch eine schöne Weite war, klafft jetzt ein kleines Loch. Sicherheitshalber lenkt sie sich ab und überlegt, was sie Frau Siebenstern zubereiten wird. Fisch. Mrs. Sunshine-Reggae liebt Fisch in allen Variationen, und zum Salzkammergut passt ein feiner Saibling oder eine knusprig gebratene Forelle. Lecker! Eilig schnappt sie sich das passende Rezeptbuch aus dem Holzregal, das trotz großer Robustheit und hoher Belastungstoleranz mit dem Berg an Kochbüchern, die auf ihm stehen und quer verstreut herumliegen, demnächst seine Kündigung als Lagerfläche einreichen wird. Unzählige Bücher mit Kochrezepten hat Lissy gesammelt, wie andere Münzen oder Steine sammeln. Aus jeder Region der Welt, die sie besucht hat, hat sie Fachbücher mitgenommen, mitunter in Sprachen, die sie nicht versteht, doch die Abbildungen genügen als Quelle der Inspiration. Suchend blättert sie in einem großen österreichischen Kochbuch herum, das nach Gegenden unterteilt ist, und hat schon bald ein klares Bild der Speisen für Mrs. Sunshine-Reggae im Kopf: Als Vorspeise ein Saibling-Avocado-Tartar, danach ein Hirschgulasch, wobei, wo würde sie frisches Hirschfleisch in dieser kurzen Zeit herbekommen? Lissy entscheidet sich der Einfachheit halber für den Spinat-Backhenderl-Salat, und als Dessert wird sie Frau Siebenstern und Herrn Stadler köstliche Dukatenbuchteln auf hausgemachter Vanillesoße kredenzen, in der sich manche Kunden laut Bewertungen sogar baden könnten. Von den Buchteln wird sie ein großes Blech machen, denn mit Sicherheit passt die Nachspeise auch für andere Bestellungen. Zufrieden klappt sie das Buch zu und schreibt eine neue Einkaufsliste zusammen.

Der leise Glockenton unterbricht Lissys Denkfluss.

Help! Suche vergeblich die Notizen aus dem letzten Meeting mit meinem Chef. Habe gleich ein Zoom-Meeting mit einem Kunden, danach noch eines mit meinem Team. Dazwischen eine Mittagspause. Schickt mir was, damit ich in der Arbeit nicht untergehe. MFG Gerhard Waller.

Der Bitter-Lemon-Mann. Seine Nachrichten sind nicht nur Hilfeschreie, sondern so leer, dass man annehmen könnte, er wäre in seinen Gefühlen ertrunken. Laut traditioneller chinesischer Medizin braucht er kühlende Lebensmittel. Auf keinen Fall Fleisch, denn das würde die Hitze in ihm nur vergrößern. Eine kalte Suppe als Vorspeise. Vielleicht eine Gurkenkaltschale, die würde ihn erfrischen und ihm genügend Flüssigkeit zuführen. Bei seinem Arbeitstempo vergisst er bestimmt das Trinken. Wenn er den ganzen Tag vor dem Computer sitzt und kaum Außentermine wahrnimmt, sollte er einen leichten Hauptgang verspeisen, der nicht beschwert. Vitaminreich soll das Essen für ihn sein, denn durch die stressige Tätigkeit verbraucht er bestimmt seine ganzen Lagerbestände. Eventuell versteckt sie ihm in der Speise auch ein paar überraschende Gewürze, um ihn ein wenig abzulenken. Mit großer Wahrscheinlichkeit isst der Bitter-Lemon-Mann vor dem Computer, darauf würde Lissy sogar ihren Kummerkasten verwetten. Eine Quinoa-Pfanne mit Gemüse und mit aufbauenden frischen Kräutern, das wär's. Darüber ein wenig Schafkäse gestreut, das tut seinem hitzigen, gestressten Gemüt gut. Den Dessertwunsch hat er nicht angekreuzt. Also macht sie zwei Gänge. Sie wird gleich im Kühlhaus nachsehen, ob alle Zutaten dafür vorrätig sind. Pierre ist unterdessen mit drei anderen Bestellungen beschäftigt, zu denen er französische Chansons hört. An manchen Stellen singt er laut mit. Warum ist er nur so gut gelaunt? Lissy guckt ihm über die Schulter. Mille-feuille mit Beeren.

»Für wen ist das?«, fragt sie neugierig und streckt ihre Hand aus, um nach einem Löffel zu greifen. Die Crème-Chantilly-Häubchen aus weißer Schokolade sehen köstlich aus. Wie zuckersüße Schneehauben, fein geschlichtet auf zarten Blätterteigblättchen.

»Non, Finger weg! Das ist für Lady Mon Chéri«, ruft er und konzentriert sich auf die perfekte Zentrierung einer halbierten Erdbeere auf dem letzten Drittel des Blätterteigrandes. »Et voilà … Optimal, nischt wahr?«, lobt er sich selbst und hebt das fertige Mille-feuille auf dem schwarzen Teller präsentierend in die Luft, als würde er das Baby Simba dem Volk präsentieren.

»Ich glaub, Lady Mon Chéri hat dir ein wenig den Kopf verdreht?!«, neckt sie ihn und zwinkert, als hätte sie den absoluten Durchblick. Dabei vernebelt ihre eigene Sicht auf die Liebe gerade ihre Gedanken.

»Vielleischt.« Pierre zieht eine Schnute.

Schmunzelnd klopft sie ihm auf die Schulter, murmelt ein »Dann nur weiter so, mein Sous-Chef« und wendet sich grinsend von ihm ab. Am Nachmittag ruft Lissy bei Giovanni, ihrem Lieblingsitaliener, an und fragt nach seinem Spinat-Ricotta-Cannelloni-Rezept. Er ziert sich, schlägt ihr vor, zwei Portionen in den Pizzakummerkasten oder an eine andere Adresse zu liefern, doch sie verneint und lässt nicht locker. Am

Ende vereinbaren sie einen Deal. Im Austausch für ihr Zwiebelrostbratenrezept bekommt Lissy die Anleitung für die Cannelloni mit Ricotta-Spinat-Fülle. Zufrieden schreibt sie seine exakten Anweisungen in ein Notizbuch und gibt im Anschluss ihr eigenes Rezept weiter.

Rasch, weil noch andere Menüs in der Warteschleife stehen, macht sie sich an die Arbeit und bereitet das Überraschungsmenü für das kleine traurige Herz zu. Max schneidet unterdessen das Obst für das Schokofondue klein. In eineinhalb Stunden wird sie die selbst gemachten Cannelloni und das Schokofondue mit den vielen frischen Früchten an Jennifers Adresse schicken, in der Hoffnung, dass sie zu Hause sein werden.

Pierre wird sie davon nichts erzählen, denn wieder einmal verlangt sie keinen Cent dafür. Wie auch? Für etwas, das nicht bestellt wurde, kann sie wohl kaum etwas verlangen. Abermals ertönt der leise Glockenton. Abgelenkt, weil sie gerade die Füllung in einer großen Schüssel verrührt, guckt Lissy mit einem Auge auf den Bildschirm. Vor lauter Schreck, der sich schon bald in ein angenehmes Ziehen in ihrem Bauchraum verwandelt, fällt ihr der Schneebesen in die Ricottafüllung.

Hey, Lissy,
vermisst du manchmal auch das Abenteuer? Nicht das leise, das auf Zehenspitzen um die Ecke kommt und dich sachte verführt, sondern das laute, das mit einem Knall über dich kommt und dich kopfüber nach unten wirft. Bei dem du schreist, lachst, weinst – vor Glück oder Angst –, bei dem du das fabelhafte Gefühl hast, etwas Wahnsinniges, komplett Irrsinniges und Waghalsiges zu erleben. Wo du das Leben er-lebst und nicht nur be-lebst. Ich habe derzeit nichts von alldem und fühle mich wie

die ausgepresste Zitrone, die vor sich hin altert, während andere irgendwo auf dieser Welt zitronengelb und prall strahlen. Den Saft noch intus, immer volle Kraft voraus.
Stattdessen bin ich das Blatt im Wind, das sich vorsichtig, ein oder zwei Meter vom Boden erhebt, und nicht der Basejumper, der sich schulterzuckend mit ausgebreiteten Armen jauchzend aus dem Heli stürzt. Ich fahre mit einem Elektroroller durch die Gegend, statt mit einer 300-PS-starken Maschine über den heißen Asphalt zu donnern, in Begleitung von AC/DC, deren Bässe haltlos an meine Ohren trommeln. Auf meinen Schultern hängt ein schwerer Rucksack, während ich auf den Semmering spaziere, anstatt mit Nervenkitzel und leichtem Gebäck den Himalaya zu erklimmen. Ich esse Tiefkühlfisch, anstatt mir selbst welchen auf rauer See, unter tosendem Gewitter, zu fangen – oder zumindest zuzusehen, wie es ein anderer Held für mich tut – immer mit dem Blick auf den Bug des Bootes gerichtet, mit der Aufregung im Herzen, demnächst zu kentern. Ich sehe mir Hip-Hop-Konzerte in Schlabberhosen im Fernsehen an, anstatt in albernen Baggyhosen aus grauer Vorzeit springend Bier auf einer Tanzfläche zu verschütten und mich dabei so unbesiegbar zu fühlen, dass das Morgen nur eine Fata Morgana ist. Ich fahre meine Runden in einem Kinderkarussell auf einem braunen süßen Pony, anstatt in einer neongelben Achterbahn mit waghalsigen Loopings durch die Luft geschleudert zu werden.
Ich träume, anstatt zu leben.
Grau in grau.
Farblos.

Fast ein wenig lieblos.
Wollen wir gemeinsam ein Abenteuer erleben?
Matthias

~

Hinter ihrem Kopf wölbt sich die untergehende Sonne. Vor einem australischen Pub in der Wiener Innenstadt, das einen Take-away anbietet, kettet Lissy ihr Fahrrad an und holt bei der Tür ihre Bestellung ab, die sie vorhin per Telefon durchgegeben hat. Sie stellt die Box und die zwei Dosen des Biers der Marke Tooheys zu den anderen Warmhalteboxen, die sie aus dem Pizzakummerkasten mitgenommen hat, in den Flechtkorb und schwingt sich auf ihr Rad. Eilig radelt sie den Ring entlang, vorbei an den vielen noblen Hotels, die gelangweilt gähnen, und biegt dann in den Neunten ein, wo sie wenige Minuten später in der Servitengasse ankommt.

Bedächtig steigt sie vom Rad, checkt ihr Make-up und den Sitz ihrer Haare in einem Taschenspiegel und tupft sich noch rasch ein wenig roséfarbenen Gloss auf die Lippen, der perfekt zu ihren sandfarben lackierten Fingernägeln passt, die sie sich extra für Mr. Crunch von Angi – die dank YouTube zu einer Do-it-yourself-Performerin geworden ist – hat machen lassen. Schellack, der lange hält und nicht splittert. Normalerweise trägt Lissy keinen Lack, denn das ist ein Hygienegebot der Küche, doch weil sie schon seit Tagen hofft, wieder auf Matthias' Türmatte Platz zu nehmen, und Eindruck dabei hinterlassen möchte, lud sie die Freundin zur Maniküre in ihre Wohnung ein.

Sie nimmt einen tiefen Atemzug, tritt an seine Tür und läutet. Es dauert eine Weile, bevor der bekannte Brummton ertönt, den Lissy bereits ersehnt hat.

»Jaa?« Zwei Silben und ein Fragezeichen, wenig und doch so viel, dass es ihr ein flatterhaftes Gefühl in ihrem Bauchraum beschert, als würde Popcorn darin explodieren.

»Ihr Abenteuerexpress«, ruft sie mit liebreizender Stimme, und dieses Mal klingt sie wirklich verführerisch. Die Worte schwingen schwungvoll, sexy und ein wenig so wie von Dita von Teese gehaucht an die Gegensprechanlage, als würde sie sich dabei halb nackt in einem überdimensional großen Glas rekeln.

»Abenteuer also? Gerne, komm hoch.« Tief und bestimmend. Worte, die eine Einladung sind und keine Zweifel offen lassen. Er hat sie erwartet. Wahrscheinlich hat er keine Sekunde daran gezweifelt, dass sie kommen würde.

Der Türsummer ertönt, und sie tritt ein. In beiden Händen hält sie die volle Tüte mit den Boxen und den Dosen Bier, die dieses Mal zusammen ein beträchtliches Gewicht haben. Kein Wunder, denn ihr sind einige Gaumenabenteuer für Mr. Crunch eingefallen. Eilig steigt sie die Stufen hoch, bleibt im vorletzten Stock stehen, damit sie nicht keuchend vor seiner Tür ankommt, und streicht sich ihre neue hübsche Bluse zurecht, die ein paar Falten bekommen hat. Zum eleganten Oberteil hat sie eine lässige schwarze Dreiviertelhose kombiniert und einen Gürtel mit einer silbernen, runden Schnalle. Die Hose sitzt knapp an ihren Hüften und verleiht ihrem Po die passende Rundung. Auch wenn Mr. Crunch sie nicht sehen kann, ist es ein gutes Gefühl, sich sexy zu fühlen. Diesbezüglich hatte Lenka recht.

Langsam steigt sie die letzten Stufen hoch und staunt, als sie in den Gang blickt. Beinahe gleitet ihr das Essenspaket aus den Händen, so erschrocken, nein, verzaubert ist sie von dieser Geste, die *Willkommen* ruft. Ein schön gedeckter Tisch mit einem weißen Tischtuch und einer Orchidee, die sich in einer geschwungenen silbernen Vase befindet, und ein schwarzer

Lederstuhl stehen knapp vor Mr. Crunch's Eingangstür. Ein einladendes Plätzchen, das er neben seinem Fenster für sie eingerichtet hat. Sie fragt sich, ob er sich eine ähnliche Ecke auf seiner Seite der Tür gemacht hat.

»Hey, Lissy, schön, dass du da bist«, ertönt Matthias' Stimme durch den Fensterspalt. Sie schwingt sanft und freundlich zu ihr wie eine kleine Wolke über einen blauen Horizont. Sie blickt in seine Richtung, würde ihn am liebsten für diese einladende Geste umarmen, doch stattdessen nickt sie nur. »Schön, dass du mir geschrieben hast«, antwortet sie und geht langsam auf den Tisch zu. Ihre Hand streicht sanft über den weißen Stoff, der perfekt auf dem Holztisch aufliegt. »Du hast gewusst, dass ich komme.«

»Mir war klar, dass du meinem Hilferuf Folge leisten wirst. Dein Herz, Lissy, das kann nicht anders, da war ich mir sicher.«

Sie lächelt, denn mit seiner Nachricht hat er etwas in ihr berührt, eine willkommene Sehnsucht nach mehr geweckt. Er könnte der Sand unter ihren Fußsohlen sein, der sie leichtsinnig kitzelt, oder die Sahnehaube auf ihrem Brombeereis, das sie so gerne vernascht. Er könnte der Tropfen Regen auf ihrer Fensterscheibe sein, wenn es mal wieder zu heiß ist. Er könnte so viel sein. So viel jetzt und bald noch viel mehr. »Ich bringe dir, wie gewünscht, ein wenig Abenteuer.«

»Die gute Fee, wieder einmal.«

»Du hast ja keine Ahnung, in welche Abenteuer ich dich stürzen werde.« Sie lacht, und ihr Lachen klingt teuflisch, als hätte sie vor, mit ihm ein paar Etagen tiefer ins Fegefeuer zu gleiten.

»Die böse Fee. Das gefällt mir sogar noch besser«, bemerkt er rau. Seine Stimme klingt wie das pure Abenteuer, in das sie fallen möchte.

»Sehr hübsch gedeckt, muss ich sagen …« Elegant nimmt sie am Tisch Platz und sieht sich erwartungsvoll um, als würde sie demnächst bei einem Ober ihre Bestellung aufgeben wollen.

»Soll ich mir eine Rüstung anlegen? Zwecks der Abenteuer?«, fragt er, und sie stellt sich vor, wie er seinen muskulösen Rücken durchstreckt und aufrecht dasteht, bereit, sich in ein unheilvolles Wagnis zu stürzen.

»Hast du denn eine?«

»Ja. Ist das seltsam?«

»Nein. Ich begegne täglich Männern in glänzenden Rüstungen.« Sie lacht und lehnt sich entspannt im Sessel zurück.

»Dann habe ich unerwartet viel Konkurrenz. Ich dachte, die wahren Helden wären aus?«

»In meiner Geschichte nicht. Wie kommst du zu der Rüstung? War es die Queen?«

»Die erteilt doch den Ritterschlag. Einer meiner besten Freunde hat letzten Sommer geheiratet, und wir verkleideten ihn als Ritter und verteilten Schnaps. Er hat ein episches Gemüt, musst du wissen. Mittlerweile ist er wieder geschieden. Vor diesem Schicksal konnten unsere Schwerter ihn leider nicht bewahren.«

»Wie traurig.«

»Das sieht er zum Glück nicht so. Er ist wieder verlobt. Ein Dauerbrenner sozusagen. Der braucht das. Verlieben und sich wieder entlieben, das ist *sein* Abenteuer.«

»Oh. Dafür bekommt er aber keinen Ritterschlag. Und als was geht ihr beim nächsten Junggesellenabschied? Astronauten, die mit ihm ins Weltall einer unendlichen Liebe fliegen?«

»Als Leichengräber. Heiraten, finde ich, sollte man nur einmal. Die oder den Richtigen.« Er sagt es, als würde er keinen Einwand dulden und Fakten über das Leben präsentieren.

»Und wenn er schon bei der letzten Frau gedacht hat, sie wäre die Richtige?« Lissy kramt nachdenklich die erste Essensbox aus der Tüte.

»Dann hat er nicht gut hingehört.«

»Schwerhörig?« Sie stellt die Box auf den Fenstersims. Wie praktisch, nun kann Lissy direkt aus dem Sitzen zum Fenster greifen. Mit ihren Fingern stützt sie den Behälter.

»Und blind.« Mr. Crunch streckt seine Hand aus.

»Das ist Abenteuer Nummer eins. Ich hoffe, deine Rüstung sitzt gut.« Zufällig berühren sich ihre Finger, was wie ein prickelndes Funkensprühen ausgehend von ihrer Hand zu ihrem Herzen wandert. Er senkt seine Hand und belässt seine auf ihrer. Ein herrliches Sommergewitter zieht auf. Eine Sinfonie ertönt, die erst leise beginnt, doch je länger die Berührung andauert, lauter und gewaltiger wird, als würde sie jede Ritze, selbst die letzte Ecke in Lissys Körper erreichen. Wärme durchläuft ihren Bauchraum, und eine unendliche Woge der Zärtlichkeit überflutet sie. Sein Zeigefinger streicht vorsichtig über ihren Handrücken, als wollte er ertasten, wie sich ihre Haut an seiner anfühlt. Ein gekonntes Attentat auf ihr Herz. Damit hat er sie. Noch vor dem ersten Bissen.

Sie räuspert sich verlegen, und als er seine Finger von ihrer Hand nimmt, zieht sie ihre verwirrt zurück. Die Box verschwindet vom Fenstersims. Alles, was bleibt, ist eine Leere, die plötzlich kein Gewicht mehr hat, weil das, was nachwirkt, wie ein zuckersüßes Flattern in ihrem Herzen ist, das jegliche Einsamkeit und Schwere der letzten Monate vertreibt.

Sie vernimmt, wie er die Box öffnet, dann ertönt ein lautes Stöhnen. Eine Lautäußerung, die sie erwartet hat. »Da brauche ich keine Rüstung, sondern eine Toilette«, verkündet er, und sie hört, wie er die Box wieder schließt. »Echt jetzt? Lissy.«

Ihr Name klingt tadelnd, als hätte sie ihm bei Wahrheit oder Pflicht einen nassen Kuss verpasst.

»Ja. Echt jetzt. Das meine ich todernst.«

»Hoffentlich sind die Dinger da drinnen tot. … Ich teile verdammt gerne, das weißt du?!«

»Ja, leider. Wie bedauerlich, dass du kein Egoist bist.« Ein Kichern stolpert über ihre Lippen, denn das, was gleich kommen wird, ist ein wahres kulinarisches Abenteuer. Durch den Fensterspalt schiebt sie ihm eine Dose Bier zu. Die wird er zum Nachspülen brauchen. »Wir können beide lügen und vorgeben, es zu essen. Wir sehen einander ja nicht.«

»Vorspiegelung falscher Tatsachen? Nein, auf dieses Abenteuer lassen wir uns gemeinsam ein. Also, Lissy, Augen zu und durch. Einfach draufbeißen. Wie schlimm kann's schon werden?!« Sie hört wieder, wie etwas raschelt, dann das Klirren von Geschirr und Besteck. Plötzlich balanciert der Teller wie von unsichtbarer Hand durch den Fensterspalt. »Bon appétit. Eine sehr leckere Wahl, Lissy«, witzelt er. »Wir zählen. Auf drei.«

Lissy nickt und nimmt den Teller entgegen. Igitt!, denkt sie sich, als sie die krossen Heuschrecken darauf sieht, und hofft, dass sie nichts davon anspringen wird. Doch die Viecher sind längst tot – hoffentlich. Voller Ekel schnappt sie eine frittierte Heuschrecke mit den Fingerspitzen, als würde sie einen ekelhaften Fussel vom Boden aufheben, und wartet auf das unheilversprechende Startsignal. »Eins, zwei« – eine längere Pause entsteht, »… drei!«, ruft Matthias, und sie stellt sich vor, wie er ihre Hand nimmt und sie gemeinsam ins tiefe Meer springen, in die wilden Wellen eines Ozeans. Mit geschlossenen Augen legt sie die Heuschrecke auf ihre Zunge, ekelt sich mit Gänsehaut darüber und beißt einmal darauf, ehe sie das Insekt mit ihren Zähnen in zwei Hälften teilt. Ohne den Geschmack erahnen zu wollen, würgt sie die Teile hinunter. »Poah! Ist das eklig!«, ruft sie, den salzigen Nachgeschmack im Mund, obwohl sie gar nicht abstoßend schmecken. Aber das Wissen, was da auf ihrer Zunge gelegen hat und gerade im Schneckentempo in ihren Magen hinunterwandert, ist grausam.

»Hm«, ertönt Matthias' Brummstimme. »Interessant. Ich nehme noch eine. Und du? Willst du Nachschub?«

»Nein danke, gehört alles dir. Ich bin heute ziemlich großzügig und teile nur zu gerne. Prost übrigens!« Lissy öffnet eine Dose Bier und nimmt einen kräftigen Schluck davon.

»Prost, auf dich und deine genialen … mitunter abartigen … Einfälle. Hast du die selbst gemacht?«

»Oh Gott, nein, wo denkst du hin! Diese Geschmacklosigkeit steckt nicht in mir.« Lissy mag keine exotischen Krabbeltiere, die auf ihrem Gaumen oder in ihrer Küche Unheil stiften. In dieser Angelegenheit ist sie klassisch europäisch orientiert. Krabbeltiere vernichtet sie, wenn es sein muss, mit Spray, aber niemals mit ihrem Mund. Sie hört, wie wieder etwas raschelt, und dann folgen laute Mmh- und studierende Hm-Laute.

»Igitt! Isst du wirklich noch eine?«

»Die sollen nicht umsonst ihr Leben gegeben haben.«

»Das klingt, als wärst du fix angestellt bei Greenpeace!«

Matthias lacht herzhaft. »Ich mag deine Gesellschaft, Lissy. Wirklich.«

Angeekelt nimmt sie einen weiteren Schluck Bier, denn die Gänsehaut besetzt noch immer ihren Körper. »Ich deine auch. Aber eine Warnung: Küssen fällt heute leider flach.« Erst klingt der Satz wie eine Drohung, dann wie eine naive Peinlichkeit, die ihr versehentlich über die Lippen gestolpert ist. »Shit!«, flucht sie laut und verteufelt sich dafür, dass sie zu oft spricht, bevor sie denkt. Ein herzhaftes Lachen folgt von Mr. Crunch, der den Augenblick und die kleine Offenbarung zu genießen scheint.

»Wie großzügig wäre der Kuss denn portioniert gewesen? Nur damit ich weiß, was ich versäume.«

Lissy überlegt kurz, ehe sie antwortet. »In der Größenordnung und dem Einfallsreichtum eines Sechs-Gänge-Menüs. Mindestens.«

»Das klingt sehr verlockend und echt verführerisch. Sechs Gänge an Küssen? Das kriegt nicht jeder«, raunt er, und sie fragt sich, ob er bereut, ihr nicht die Tür geöffnet zu haben. Erwartungsvoll guckt sie zur Türklinke, ersehnt eine kleine Bewegung. Doch nichts, *gar* nichts geschieht.

»Zu spät.« Lapidar zuckt sie mit den Schultern, obwohl seine Aussage sie verzückt, aber lieber hält sie ihre Sehnsucht unter Verschluss. Vorerst. Betont gelassen und mit einer eleganten Geschmeidigkeit überkreuzt sie ihre Beine und lehnt sich zurück, als würde sie ein Gegenüber verzücken wollen. Das Besteck ist einwandfrei poliert, die Serviette edel drapiert, und das Weinglas glänzt selbst im ruppigen Ganglicht. »Sehr schmeichelhaft übrigens.«

»Die Bemerkung mit dem Kuss?«

»Dass ich einen schön gedeckten Tisch mit Blumen von dir bekomme.« Sie beugt sich zur Vase und schnuppert an der Orchidee, die angenehm duftet.

»Irgendwie war ich mir sicher, dass du Orchideen magst. Doch noch mal zurück zum essenziellen Punkt, bevor wir hier in belangloses Geplapper über Blumen abdriften. *Du* hättest mir einen Kuss gegeben?«

»Das habe ich nie behauptet.« Sie fährt mit einer Hand über die Tischdecke, als wollte sie eine Falte glätten. »Ich meinte Küssen im Allgemeinen. Egal, mit wem. Einfach nur küssen.«

»Egal, mit wem?«

»Ähm. Jaaaa?« Verunsichert nimmt sie einen hastigen Schluck aus der Bierdose und spült eine kleine Menge im Mund herum, als könnte sie ihre Verunsicherung damit besser runterschlucken.

»Lissy, Lissy, Lissy«, seufzt er laut, und sie vernimmt ein Geräusch, als würde er mit seinem Oberkörper an der Tür nach unten gleiten. »Du machst es mir nicht gerade leicht. Ich habe dir soeben – um es in deinen Worten zu sagen – das Salz, nein, sogar das Chilisalz, gereicht und dich ein wenig dazu eingeladen, dem Abend eine andere Wendung zu geben. Du hättest ordentlich nachwürzen können! Willst du mir damit sagen, dass es aussichtslos ist, weil du danach und morgen, vielleicht auch übermorgen, *egal wen* küsst?«

Sie lacht verhalten. Einerseits gefällt es ihr, dass sie den Anschein erweckt, sie könnte unzählige Männer daten, andererseits verleiht es ihr einen uncharmanten Touch, als würde sie eine Verabredung nach der anderen mit *egal wem* führen, um *egal wen* zu küssen, und das zu Unrecht, denn sie hatte nie viele Männerbekanntschaften. Mit Tinder wurde sie nie so recht warm. Bumble hat sie erst seit Kurzem auf ihrem Handy installiert, und glaubt man ihren Tagträumen, lernt sie ihren Traummann ohnehin im Supermarkt kennen, da es der Zufall so will und sie beide nach derselben reifen Feige greifen und sich ihre Finger ineinander verhaken, weil sich diese zuerst ineinander verliebt haben … Dann kommt die Hochzeit, es folgen zwei Kinder, die sie unsagbar schnell und komplikationslos in die Welt pressen wird, und ein Leben in einem wunderschönen Haus mit einem einladenden Garten auf dem Land, in der

Nähe der Stadt. Inklusive drei Apfelbäumen. Zwei Marillenbäumen. Großer Kräutergarten. Ja, genau so sieht das Lissy-Märchen aus, in dem sie gefangen ist.

»Lissy, das sollte keine Beleidigung sein«, stellt er richtig. Die Stille scheint ihm nicht zu gefallen.

»Alles okay. Ich hab's nicht falsch verstanden.«

»Ein Okay ist nie gut. Ich möchte nicht riskieren, dass du wieder verschwindest, dazu hab ich zu lange an meinem Text gefeilt.«

Eine nervenaufreibende Stille dehnt sich aus, wie ein Kaugummi, der den Boden verklebt.

»Dann öffne doch einfach die Tür«, schlägt sie vor, denn das würde sämtliche Fragen beantworten und eine ganz besonders schöne Wendung einleiten … Oder alles in Windeseile beenden. Zumindest würde es Klarheit schaffen.

»Das mit uns, das, was vor und hinter dieser verschlossenen Tür abläuft, ist genial, etwas, mit dem man nicht rechnen konnte und das so überraschend anders ist wie eine Schneeballschlacht im Sommer. Wir können nicht die Tür öffnen, dann schmilzt der Schnee, dann ist alles vorbei. Und das kann ich nicht zulassen, denn das mit dir hier ist … ist einfach zauberhaft«, setzt er nach, und die Worte kommen mit einer Süße und einem Gewicht daher, dass sie Lissys Herz stürmisch erobern.

»Dann habe ich wohl keine Wahl. Ich werde warten.«

»Das klingt bitter.«

»Ich mag Zartbitterschokolade.«

»Wenn das so ist, dann hätte ich noch so einiges auf Lager. Darf's ein Schluck Wein dazu sein? Heute wäre er perfekt temperiert.«

»Nein danke, ich bleib beim Bier.«

»Glas dazu?«

»Flaschenkind … Aber mach die Flasche Wein ruhig auf, vielleicht wird der Abend länger dauern.«

»Diese Aussicht gefällt mir.«

Irgendwie hat Mr. Crunch recht. Das, was sie hier teilen, und damit meint sie nicht das Essen, ist besonders. Am liebsten würde sie mit ihm durchmachen, mitunter vor seiner Tür schlafen, um am kommenden Morgen gemeinsam zu frühstücken und den Sonnenaufgang zu betrachten, der fahl durch die verschmierte Fensterscheibe auf den Boden fallen würde. Aus ihrer Tüte nimmt sie den zweiten Gang und stellt die lauwarme Box präsentierend auf den Fenstersims. »Bereit für das nächste Abenteuer?« Mit einer Hand stützt sie den Behälter, damit er nicht fällt. Hoffnungsvoll schließt sie die Augen, denn sie ersehnt einen weiteren flüchtigen, zärtlichen Moment, wie ein kalter Wintertag die Sonne.

Doch dieses Mal geschieht nichts. Er greift nach der Box, ohne dass er ihren Handrücken oder die Finger streift. Der Behälter ist weg, ihr Körper unbefriedigt. Andere drängen auf Küsse, leidenschaftliche Umarmungen oder wilde Ineinanderverkettungen von nackten Körpern. Sie ersehnt nur eine sanfte Berührung eines Mannes, von dem sie kaum etwas weiß, außer, dass er Abenteuer vermisst, sich manchmal wie brauner Schneematsch fühlt, hin und wieder in den Gully fällt und in einer Dachgeschosswohnung hinter einem Fensterspalt lebt. Nicht gerade eine aussichtsreiche Beschreibung … Und doch kommt es ihr so vor, als würde sie ihn gut kennen, und sie möchte viel mehr kennenlernen als nur seine Stimme. Er ist ihr vertraut, zumindest seit seiner zweiten Bestellung, die mit dem leisen Glockenton im Pizzakummerkasten eingetroffen ist. Enttäuscht nimmt sie auf ihrem Stuhl Platz, denn vom

Sessel aus kann sie ebenso gut die rechte Hand zur Seite strecken und den Teller annehmen, den er ihr demnächst reichen wird.

»Heilige Scheiße!«, donnert es durch den Fensterspalt.

Lissy lacht, denn sie weiß selbst noch nicht, ob sie den nächsten Gang lieben oder hassen wird.

»Was ist das?«

»Krokodilschnitzel«, sagt sie messerscharf, als würde sie das Fleisch in der Box, die sie in Händen hält, in zwei Teile schneiden.

»Hast du das eigenständig erlegt und gekocht?«

»Natürlich nicht selbst erlegt, ich bin ja keine Lara Croft, die sich in den australischen Sumpf verirrt hat. Könnte ich auch gar nicht. Wir befinden uns ja in einem Lockdown.«

»Ich glaub, der Tiergarten in Schönbrunn hätte auch Krokodile.«

»Hat geschlossen.«

»Oh.«

»Wenn wir weiterhin durch den australischen Busch reisen, was kommt dann als Nächstes? Stechmücken?«

»Nein, die kratzen zu sehr am Gaumen.« Sie vernimmt das Rascheln und Klirren von Geschirr. Bestimmt richtet er das Essen an. Mittlerweile kennt sie die Geräuschkulissen für das Aufreißen von Boxen, das Wegräumen von Porzellan und das Anrichten von Mahlzeiten. Jeden dieser Handgriffe kann sie an der Klangfolge festmachen.

Als die Geräusche verebben, schielt sie zum Teller, der auf seiner Hand in der Luft balanciert. Sie möchte danach greifen, als ein scharfes »Stopp!« sie in der Bewegung innehalten lässt. »Hast du Krokodil schon mal gegessen?«

»Nein«, sie schüttelt den Kopf.

»Dann machen wir das jetzt gemeinsam. Gib mir mal deine Hand«, sagt er, stellt den Teller auf den Fenstersims ab und streckt ihr seine Hand entgegen. Vorsichtig greift sie danach, und als er seine Finger zärtlich um sie schließt, ist es, als ob sich eine samtene Rüstung um ihre Haut legt. »Stell dir vor, wir stehen auf der Absprungrampe eines Flugzeuges«, sagt er. »Es geht kilometerweit hinab. Unter uns verschwommene Landschaftsskizzen. Das Meer liegt wie ein Teppich vor uns. Wir wissen weder, wie tief es ist, noch, wo wir aufprallen werden. Doch wir halten aneinander fest und nehmen den ersten Bissen. Das ist unser Abenteuer, Lissy. Okay?« Sie kichert und konzentriert sich auf die Gefühle, die gerade durch ihren Körper jagen. Sie mag es, wie sich ihre Hand in seiner anfühlt, wie bestimmend und zärtlich sein Griff ist. Seine Haut ist warm, an manchen Stellen weich und zart, an der Oberfläche merklich rau. Mit geschlossenen Augen genießt sie den Moment. Wieder liegt ihre Hand perfekt in seiner, und sie könnte sich keinen anderen Partner vorstellen, um zu springen … oder um den ersten exotischen Bissen zu probieren. Auf dem Teller liegt eine Gabel, auf die er ein Stück Fleisch aufgespießt hat. Der Plan ist gemacht. Sie muss nur die Gabel in die linke Hand nehmen, während die andere sicher in seiner ruht. Geschützt. Geborgen. Vertraut. Kraftvoll ist sein Griff, als wollte er sie nie mehr loslassen. Vielleicht sollte sie warten, nicht weil sie Angst vor dem Geschmack hat, sondern um den Moment der Zärtlichkeit und der Nähe auszukosten, die er ihr schenkt und die wie ein sanfter Blütenregen über sie gekommen ist. Um herauszufinden, wie lange es sich so gut anfühlt. So vertraut. Als würde er nicht zum ersten Mal ihre Hand ergreifen. Sie steht neben dem Fenster an der Tür und stellt sich vor, wie er auf der anderen Seite der Holztür lehnt, wie sich ihre rechte und seine linke Körperseite berühren, Schulter an Schulter. Wie sein Atem sich mit ihrem verbindet und zärtlich ihren rechten Oberarm streift. Sie stellt sich vor, wie es wäre, Seite an Seite zu gehen, in ein richtiges Abenteuer. In das gemeinsame Abenteuer eines verbundenen Lebens.

Und dann nehmen sie den ersten Bissen.

»Wie abartig … Schmeckt wie Hühnchen, das in einen Fischtopf gefallen ist«, resümiert er, lockert seinen Griff und lässt sie los. »Wie findest du's?«

»Bedauerlich.« Damit meint sie das Loslassen ihrer Hand. »Nein, ist auch nicht meins. Zu fest, das Fleisch.« Enttäuscht darüber, dass der schöne Moment vorbei ist, setzt sie sich an den Tisch und schiebt den Teller von sich weg.

»Was hast du noch?«, fragt er, während Lissy überlegt, bei welchen Gefühlen sie Krokodilfleisch servieren würde.

»Etwas richtig Heftiges. Das ist nicht harmlos.«

»Puh, so gefährlich, meine wilde Lissy?«

»Ja, das wurde mit einhundertprozentiger Gefahrengarantie hergestellt. Und? Hast du schon Herzklopfen?«

Er lacht. »Ja, schon längst … aber nicht aus diesem Grund.«

Lissys Herz legt aufgeregt ein paar Takte zu, als wollte es ein kleines Freudentänzchen aufführen.

»So viel sei verraten: Nur wenige Köche auf der Welt können so etwas Tückisches zubereiten.« Sie nimmt die passende Box aus der Tüte und balanciert den kleinen, unscheinbaren Karton wie eine Bombe in ihren Händen zum Fensterspalt. Sie reicht ihm die Box und schubst das Wort »Kugelfisch« nach, als würde sie den Fisch im Ganzen durch das Fenster werfen. Hauptsache, weit weg von ihr.

»Wow! Damit überraschst du mich jetzt aber«, stößt er aus, und sie hört, wie er hastig die Box öffnet, wie ein kleines Kind, das das beste Weihnachtsgeschenk der Welt ersehnt.

»Das war der Plan«, versichert sie und grinst geheimnisvoll.

Ein Rascheln ertönt, doch dieses Mal ist es hektischer, als würden aufgeregte Hände, die den Inhalt kaum erwarten können, die Box öffnen. »Wahnsinn. Daran könnten wir sogar sterben! *Das* ist ein Abenteuer, Lissy. Das meinte ich!«

»Presst du die Box gerade an dein Herz? Hoffentlich bist du nicht so ein Irrer, der auf Gefahr steht wie andere auf Kaiserschmarrn. Muss ich Abstand von dir halten?«

»Nur wenn du auf ein langweiliges Leben abfährst«, sagt er gelassen und klingt wie James Bond, der mit einem Augenzwinkern in seinen Aston Martin steigt und mit zweihundert Sachen davonbraust.

Dieser Mr. Crunch gefällt Lissy. »Soll ich dir vorlesen, was im Internet dazu steht?« Sie schielt auf ihr Handy.

»Das klingt, als würdest du mir die Warnung auf einem Überraschungsei vortragen wollen, à la ... Nicht für Erwachsene unter neunzig geeignet. Der Verzehr könnte tödlich sein«, erklärt er.

Sie kichert, obwohl sie Themen um den Tod nur selten zum Lachen bringen. Kurzerhand öffnet sie den Internetexplorer und die Seite, die sie am Nachmittag studiert hat, und liest laut vor. »Der Fugu ist ein berüchtigter und *sehr hässlicher* Kugelfisch, dessen Fleisch von Kennern als ganz besondere Delikatesse gelobt wird. Die Leber und die Eierstöcke eines ausgewachsenen Fisches enthalten tödliches und schnell wirksames Gift, das bis zu *zweiunddreißig* Erwachsene umbringen kann. Zweiunddreißig, stell dir das mal vor, Matthias!«

Mr. Crunch pfeift einen langen Ton. »Was für eine Verschwendung, dass wir nur zu zweit sind.«

Lissy schmunzelt, denn sie mag seinen Humor, der sich erst leise anschleicht und dann überraschend laut um die Ecke poltert wie ein Schlitten, der losgelassen wird und mit voller Wucht den Berg hinunterrast. »Ein Fugu-Meister kann die Innereien wie ein Chirurg präzise heraustrennen und die Giftquellen entfernen. Die hohe Kunst liegt allerdings darin«, sie erhebt einen Zeigefinger, als stünde sie warnend vor ihm, »die Innereien anzuschneiden und gerade so viel Gift in das Fischfilet eindringen zu lassen, dass beim Verzehr die Zungenspitze gelähmt wird. Das ist die Kunst und der pure Nervenkitzel.«

»Klingt nach einer hohen Trefferquote. Das muss man den kleinen Tierchen lassen.«

»Für einen sicheren und schnellen Tod sind die wirklich bestens geeignet«, resümiert Lissy, als wäre sie eine Ärztin, die eine treffsichere Diagnose stellt. Langsam legt sie ihr Handy auf den Tisch ab und lehnt sich nachdenklich zurück.

»Ginge es denn wirklich schnell?«, fragt er, und sie überlegt, ob diese Art zu sterben erstrebenswert wäre. Würde man so abtreten wollen?

»Würde irgendein Mensch auf diese Weise sterben wollen?«

»Irgendein Idiot ganz bestimmt.«

»Wir können es gerne ausprobieren, ich hätte ordentlich geplant.«

»Liebste Lissy«, seufzt er. »Hätte ich gewusst, dass du die Verrückte bist, die mir den Tod bringt, ich hätte dir nicht mein Fenster geöffnet.«

»Immerhin hältst du die Tür nach wie vor verschlossen. Das ist sehr clever von dir.«

»Das verdanke ich meinem Mastertitel – wie noch so einigem mehr in meinem Leben. Zum Beispiel deine perfekt formulierte Antwort, an Herrn Hübner, MSc – fett markiert – die mich direkt beeindruckt hat. Sie war so höflich, ja fast unterwürfig geschrieben, wäre da nicht die fettgedruckte Anrede gewesen, die wie eine subtile Ohrfeige aus meinem Bildschirm sprang und mich eiskalt erwischte.« Mr. Crunch stößt ein Lachen aus. »Übrigens, hätte ich gewusst, dass du mich heute mit deinem abenteuerlichen Essen tötest, ich hätte mir die schönsten Unterhosen angezogen, die mein Kleiderschrank zu bieten hat. Nagelneue natürlich.«

»Für mich? Wie großzügig.«

»Nein, für den Leichenbestatter. Wir sehen einander ja nicht.«

Ein Kichern perlt aus ihrem Mund, während sie sich Mr. Crunch in Boxershorts vorstellt. Muskulöse Beine in schwarzen, edlen Boxershorts. Dazu ein nackter Oberkörper. Gut gebaut natürlich, passend zu den ansehnlichen, gut gebräunten Beinen. »Hat deine Mutter gesagt, dass du immer saubere Unterwäsche tragen musst, nur für den Fall, dass es zu einem Unfall kommt und du ins Krankenhaus musst?«

»Jepp.«

»Trägst du Boxershorts oder Slips?«

»Du bist ja gar nicht neugierig, Lissy!«

»Wir sterben bald! Ich muss dich ein wenig kennenlernen, wenn ich dich schon nicht sehen kann! Ich will wissen, was ich für den Rest meines Lebens … oder für die Ewigkeit versäume.«

Mr. Crunch brummt, was zutiefst erotisch auf Lissy wirkt, und sie fragt sich, wie es wäre, mit ihm gemeinsam in seinem Vorraum zu stehen, auf dem dunklen Parkettboden, nackt, und ihn stürmisch zu küssen. Nichts ausgeschlossen, was danach kommen könnte. Lissy räuspert sich und grinst verlegen. Vorsichtig richtet sie ihre Wirbelsäule auf, als könnte sie damit ihre Gedanken straffen. Ihr Kopfkino ist im Begriff, sie umzuhauen.

Matthias' tiefes Lachen, das nachhallt, ist wie ein zarter Funken, der auf Lissy übergeht und ihr weiter einheizt.

»Der Tod wird kalt. Wir sollten uns beeilen, damit er uns noch rechtzeitig erwischen kann«, fährt er fort, nicht willig, das Päckchen länger belanglos zu halten. »Aber, Lissy, bist *du* eigentlich gut vorbereitet?«, fragt er, und der letzte Teil klingt, als wollte er sie mit seinen Worten ausziehen.

»Meinst du die Unterwäsche oder mein Testament?«

»Ersteres natürlich. Vom Letzten hätte ich ja nichts.«

»Ich trage *immer* saubere Unterwäsche. Das ist so sicher wie meine zwei Mokka am Morgen«, erklärt sie und beißt sich auf die Unterlippe, in Vorbereitung auf den Vorschlag, den sie ihm gleich unterbreiten wird. »Wollen wir einander die Hände reichen, während wir versuchen zu sterben?«, fragt sie vorsichtshalber, denn das ist vielleicht die letzte Möglichkeit, ihn anzufassen. Obwohl es ein Unding ist, ihm nur die Hand zu reichen. So unbefriedigt kann sie nicht abtreten. Das wäre, als hätte man den Kuchen, den man stundenlang liebevoll zubereitet hat, vergessen zu backen.

Er stöhnt, als würde eine Last auf ihm liegen. »Bitte verrate mir, bevor unser Schicksal mit Elan in diesen äußerst tragischen Umstand schlittert, welche Unterwäsche du trägst. Ich könnte nicht sterben, ohne das zu wissen«, sagt er, und seine Tonlage ist bassig, als würde ein rauchiger Whisky auf seiner Zunge zerfließen.

»Andere wollen ihre Liebsten anrufen, um sich zu verabschieden, und du willst wissen, welche Unterwäsche ein Mädchen trägt, das du noch nicht einmal gesehen hast?«, fragt sie.

»Ich sehe dich in meiner Vorstellung, Lissy. Und ich will wissen, was ich in der Realität versäume.«

»Spitze. Edle Spitze.« Das könnte auch gelogen sein, denn sie weiß nicht, was sie heute am Morgen in der Eile angezogen hat. Vorsichtig schiebt sie ihr Kleid an der Schulter ein Stück nach unten und schielt auf den BH-Träger. Satin. Auch nicht schlecht.

Er knurrt lustvoll, was Lissy ein angenehmes Ziehen im Unterleib beschert. »Und die Farbe?«

»Zeig ich dir, wenn wir im Himmel sind.«

»Herrje, du machst es mir nicht gerade einfach. Und was, wenn wir in der Hölle landen?«

»Dann hätten wir bestimmt noch mehr Spaß. … Hey, wie lange willst du das Unaufhaltsame eigentlich noch hinauszögern? Knickst du ein?«, fragt sie nach einer Weile. Ob ihm das Kopfkino gerade zu schaffen macht? Ob er überlegt, ihr lieber die Tür zu öffnen, als zu sterben?

»Nein, ich will nur wissen, wie hoch unsere Überlebenschancen sind … Hast *du* den Fisch zubereitet?«

Sie lacht, als wäre die Frage absurd. »Oh Gott, nein. Das musste ich auslagern.«

»Hoffentlich nicht an deinen Lehrling!«

Ein weiteres Lachen stolpert über ihre Lippen, und sie genießt die Heiterkeit, die sich in diesen abenteuerlichen Minuten vor dem ersten gewagten Bissen aufgetan hat. »Nein, natürlich nicht. An einen bekannten Fugu-Koch. Ich bin ja nicht selbstmordgefährdet.«

»Aus Japan«, stellt er fest und klingt dabei, als würde er ein bombensicheres Gutachten erstellen, das keinerlei Zweifel offen lässt.

»Nö, der ist gleich in der Nähe des Kummerkastens. So viel Zeit hatte ich auch nicht. Deine Nachricht kam recht spät.«

»Super, dann ist's der Chinese ums Eck«, ruft er und

klatscht die Hände zusammen, als müsste er eine gewisse Anspannung aus seinem Körper schleudern. »Lissy, ein wenig naiv bist du wirklich – dieses Mal ohne das Süß vor dem Naiv.«

»Der Koch ist bekannt für Fugu. Steht zumindest auf seiner Website.«

»Heilige Scheiße, du vertraust den Worten auf einer Homepage? Würde man den Worten auf deiner Website glauben, könnte ein Vanillepudding ganze Armeen in die Knie zwingen. Die heilbringende Lissy reitet auf ihrem Zauberkochlöffel durch Nordkorea und vertreibt das Böse ... Dieses Fugu-Dilemma wird uns eine grandiose Schlagzeile in der Österreichzeitung bescheren: Romeo und Julia im Neunten! – Naiver Selbstmord im Servitenviertel. Zwei dumme Mittdreißiger haben einen Kugelfisch vom asiatischen Lieferservice – aus österreichischer Hand – bestellt und sind daran gestorben.«

Sie winkt ab, als handle es sich bloß um eine Zitrone, in die sie gleich beißen werden.

»Ein Kamikazeflug, Lissy. Nichts anderes ist das.« Er seufzt. »Gut, Abflug. Lass uns ins Flugzeug steigen. Anschnallen müssen wir uns ja nicht mehr.« Sie hört, wie er den Deckel von der Box nimmt, dann noch einmal seufzt, dieses Mal schwerer, beinahe bleiern, als würde er dem Feind mitten ins Gesicht starren und sich seinem Schicksal ergeben. Es folgen die bekannten Geräusche von Geschirr und Besteck. »Hier, bitteschön, deine Ration.« Matthias reicht Lissy ihren Teller durch den Fensterspalt, den sie vorsichtig wie etwas Unheilvolles annimmt und auf den Tisch abstellt.

»Romeo?«

»Ja?«

Stille tritt ein, ehe Lissy ihren rechten Arm durch das Fenster streckt und »Halt meine Hand. Bitte« sagt.

»Gerne, Julia.«

Dann greift er nach ihr und legt seine Hand schützend um ihre. Ihre Hand fügt sich perfekt in seine. Regungslos bleibt sie stehen, den Blick auf seine Hand gerichtet, auf der Adern sichtbar sind, die eine große Stärke und Unbezwingbarkeit ausstrahlen, die unerschütterlich wirken, als könnte er sie damit vor jedem unheilvollen Schicksal bewahren. Genau das braucht sie. Diese Hände. Diese Wärme. Verbunden mit diesen vertrauten, vielversprechenden Augenblicken. Mit unzähligen Momenten der Zusammengehörigkeit und dem Gefühl, dass die Zweisamkeit nie enden wird.

»Wir zählen wieder«, sagt er und setzt ein »Okay?« nach, das klingt, als wollte er ein lautes Nein von ihr hören. Doch stattdessen lächelt sie sanft, greift nach der Gabel, zerteilt den Fisch und sticht einen Bissen auf. Noch ehe er mit dem Zählen beginnt, nimmt sie das Stück vom Fischfilet in den Mund und lässt es sich auf der Zunge zergehen. Der Fisch hat ein weiches Fleisch und zerfällt auf ihrem Gaumen. Unterdessen zählt Matthias, und sie hört, wie bei drei seine Gabel gegen den Teller klirrt. Vorsichtig und zögerlich. Dann spürt sie, wie er ihre Hand fest drückt.

Lissy schluckt den Bissen.

Außer ihrem leisen Schluckgeräusch erklingt kein Ton. Nichts. Es wirkt, als würden beide gebannt darauf warten, was passiert. Ihr Kopf lehnt an der Mauer, die Augen sind geschlossen.

»Deine Hand ist ganz warm. Das ist ein gutes Zeichen«, sagt er nach einer Weile und fährt zärtlich mit der Daumenspitze über ihren Handrücken.

»Und deine fürsorglich«, bemerkt sie. »Das ist auch ein gutes Zeichen.«

Er bestätigt mit einem Brummen. »Lissy, soll ich dir die Wahrheit verraten?«, fragt er und streicht weiterhin behutsam über ihre Hand.

»Ja?« Sie ersehnt ein Geständnis, leise oder laut, ein Zugeständnis.

»Das war kein Kugelfisch. Ich weiß, wie der schmeckt. Den Geschmack werde ich nie vergessen. Der Fisch auf unseren Tellern war keiner, die haben dich beim Chinesen ums Eck verarscht.«

Sie grinst, denn das hat sie längst gewusst. »Und ich dachte, du kaufst mir das ab! Wo hast du das gefährliche Zeug denn gegessen?«

»In Japan. Mit Geschäftskunden. Das war ein bombastisches Szenario mit einem größenwahnsinnigen Koch, der sich für einen Gott hielt, mit kreischenden, applaudierenden Kollegen, die sich aufführten, als wären sie Groupies des Küchenchefs. Und jeder Menge Shōchō – dem japanischen Branntwein. Zum Schluss gab's eine satte Rechnung, bei der *ich* am Ende gekreischt hab. Unter dreihundert Euro gibt's nämlich keine Portion Fugu.«

Lissy nickt. Zu gerne würde sie mal einen Kugelfisch probieren, nur um zu wissen, wie er schmeckt, aber diesbezüglich hat sie kein Vertrauen in andere Köche. Ihr Schicksal legt sie ungern in fremde, manchmal viel zu sorglose Hände. Sie wollte Mr. Crunch bloß einen süßen Nervenkitzel bescheren.

»Das Abenteuer ist dir gelungen. Ich danke dir dafür.« Seine Stimme klingt verführerisch. Unbeschwert lässt sie sich in den Klang fallen.

»Das habe ich gerne für dich getan«, sagt sie und nimmt ihre Hand aus seiner, obwohl sie ihm lieber die andere reichen würde, damit er beide halten kann. Doch die Stimme der Vernunft in ihr pocht auf Abstand. Wo soll das enden? Noch stehen sie am Anfang. Würde sie weiterhin vor seiner Tür Platz nehmen, werden sie immer nur am Anfang stehen bleiben und nie weiterkommen?

»Gehen wir zum Dessert über? Ich hab exotische Schokoladen von Zotter dabei, und du kannst raten, welche Zutaten da drinnen sind«, erklärt sie und setzt sich wieder auf den Sessel. Mit der rechten Hand greift sie zur Dose Bier, um einen Schluck zu nehmen. Den Fisch ignoriert sie. Der ist mittlerweile kalt geworden. Aus ihrem Rucksack nimmt sie ein paar kleine Tafeln Zotter-Schokolade, die sie öffnet und kunstvoll auf einem Pappteller mit einem Blumenmuster arrangiert, den sie ebenso aus ihrer Tasche gezogen hat.

»Wie ist eigentlich deine Pickerlbegutachtung ausgegangen?«, fragt sie, während sie sich bemüht, die Blütenblätter mit den Schokoladenstücken auszulegen. »Hast du das Pickerl bekommen?« Sie ist fertig und reicht ihm den Teller durch den Fensterspalt.

Er lacht, doch es erstickt in seinem Mund. »Wahrscheinlich muss ich geschrottet werden.« Sie streckt ihm den Teller entgegen, er nimmt ihn an und murmelt ein »Danke«. Dann lehnt sich Lissy in ihrem Stuhl zurück und nascht ein wenig von der Hanfnougatschokolade, die sie am liebsten hat. »Das hört sich nicht gut an. Totalschaden?«, fragt sie, während das Schokoladenstück sanft auf ihrer Zunge schmilzt.

»Ja, und das ohne Vollkasko.«

»Oh. Das tut mir leid. Aber vielleicht lässt es sich ja noch reparieren … irgendwann einmal? Oder mit dem passenden Werkzeug?«, bemerkt sie hastig.

Sein Brummen endet in einem tiefen Seufzen, als wäre ihm erneut bewusst geworden, wie schlimm der Schaden ist.

»Ich weiß ja nicht, um was es geht, aber oft messen wir den Problemen einfach zu viel Gewicht bei. Das ist wie beim Fleisch, oder? Kocht man es richtig durch, schrumpft es auf eine kleinere Größe und entfaltet erst dann seinen echten Geschmack. Davor ist es roh und ungenießbar. So ist es doch manchmal auch mit unseren Problemen«, sagt sie und möchte ihm damit Mut zusprechen, denn sie mag den Kummer nicht, der durch den Fensterspalt in ihre Richtung tröpfelt. Wie ein schrecklicher Duft, den sie nicht aushalten kann. Warum sie Negativität immer beseitigen muss wie ein Scheibenwischer den Regen?

Sie hört, wie sich Mr. Crunch erhebt, und vernimmt Schritte auf der anderen Seite der Tür. »Lissy, ich mag deine schöne Sicht auf die Dinge, ich mag es wirklich, mit welch kindlich-verträumten Augen du die Welt betrachtest, und höre dir gern dabei zu, wenn du mit vollem Einsatz und Elan erklärst, wie wundervoll und vollkommen alles ist … oder mit welch träumerischer Haltung du die Probleme der Menschen einfach wegkochen möchtest. Aber manchmal haben wir ein T-Bone-Steak in der Pfanne, das nicht schrumpft und rare, maximal medium-rare verzehrt werden kann.«

Lissy nickt. Er hat recht. Oft wiegen die Dinge das, was sie wiegen. Nicht mehr und nicht weniger. Da kann man nicht tricksen.

»Was ist das eigentlich für eine Schokolade?«, fragt er. »Schmeckt irgendwie seltsam. … Aber auch gut.«

»Grammelschokolade«, erklärt sie, als wäre es selbstverständlich, dass Schweinespeckwürfel in Haselnussnougat abgetaucht sind. Genüsslich nimmt sie einen Bissen davon.

»Wie kommt man denn auf so was?« Er schnalzt mit der Zunge.

»Es tut mir leid, Matthias, vielleicht sind meine Ratschläge fehlplatziert, ich wollte mich nicht in etwas einmischen, wovon ich keine Ahnung hab. Ich weiß ja nicht, was dich belastet. Ich würde es gerne wissen, um dir zu helfen, aber wahrscheinlich kann ich das gar nicht, und ich verstehe natürlich, wenn du das für dich behalten willst. Immerhin kennen wir uns noch nicht lange.« Er scheint ihre Gesellschaft zu mögen, weil sie unbelastet ist, weil sie die Wahrheit und seine bittere Realität nicht sehen kann. »Ich hoffe wirklich für dich, dass am Ende alles gut wird«, sagt sie und würde ihn am liebsten umarmen, damit er das Gefühl hat, mit seinen Problemen nicht allein zu sein. Oder ihm einen Kuss auf die Stirn hauchen, der die Gabe hat, alle Stolpersteine wegzuschubsen. Ein wenig Magie, wie man sie aus guten Geschichten kennt. Nachdenklich dreht sie den Teller mit der Schokolade im Kreis. Was es auch ist, das ihn belastet, es hängt zentnerschwer auf seinen Schultern. Öffnet er ihr deswegen nicht die Tür? Verschanzt er sich deshalb in seiner Wohnung, um dem richtigen Leben nicht mehr zu begegnen? Oder hat er Angst, sich mit Corona anzustecken? Obwohl … hätte er ihr dann die Hand gegeben? Kein Geräusch ertönt. Kein einziger Laut durchbricht die Stille, die schwer die Atmosphäre ausfüllt. Vielleicht sollte sie gehen, ihn in Ruhe lassen, seinem Kummer überlassen. In die Lautlosigkeit zwängen sich hallende Schritte ein paar Stockwerke tiefer, dann fällt eine Tür geräuschvoll ins Schloss und unterbricht die unbehagliche Ruhe, die sich zwischen Matthias und sie gezwängt hat. Ein unbekanntes Schweigen, das unerträglich laut wütet.

»Ich hab MS, Lissy. Multiple Sklerose. Das ist es, das ist mein T-Bone-Steak.« Eine Pause entsteht, die sich wie ein schriller Ton ausdehnt, der unangenehm durch eine Halle dröhnt. »Die Diagnose habe ich vor exakt drei Wochen und vier Tagen bekommen. Das war der Wendepunkt. Mein absoluter Tiefpunkt.«

»Drei Wochen und vier Tage … MS«, wiederholt sie leise, denn sie kann nicht glauben, was sie hört.

»Seitdem liegt mein Leben blank vor mir. Farblos. Ziellos. Gehaltlos. Leer. Alles hat sich verändert. Es ist, als wäre ich ins Bodenlose gefallen und würde noch immer fallen … Und weißt du, Lissy, eigentlich sollte ich damit umgehen können, denn Probleme zu beseitigen ist oder war mein täglicher Job. Ich reparierte Unternehmen, ich verbesserte und optimierte, ich deckte Schwachstellen in Konzernen auf und machte selbst die kränksten Bereiche wieder gesund. Ich amputierte, ich veränderte und musste mich dabei immer auf die positiven Aspekte konzentrieren. Am Ende stand immer der Erfolg. Alles lief glatt. Ständig. Weißt du, man hört manchmal von diesen tragischen Schicksalen, aber nie hätte ich auch nur eine Sekunde gedacht, dass es mich erwischen könnte. In meinem Leben hat doch alles immer reibungslos funktioniert. Und es hat so viel Spaß gemacht!« Matthias seufzt. »Mann, mein Leben hat mir einmal so viel Freude bereitet! Und jetzt stehe ich da. Vollkommen aus der Bahn geworfen vor den Trümmern meines eigenen Lebens und weiß nicht, welchen Stein ich in diesem Chaos zuerst aufheben soll. Es macht alles keinen Sinn. MS ist unheilbar.«

Lissy hat es die Sprache verschlagen, es ist, als wäre ihr die Luft im Halse stecken geblieben. Am liebsten würde sie sich für die schwachen Ideen und ihre naiven Gedanken ohrfeigen, die sie in Anbetracht seiner Lage offeriert hat, wie ein Blatt Salat mit ein paar mickrigen Garnelen, obwohl man Heißhunger auf etwas Gehaltvolles hat. Ihre Argumente waren so fehlplatziert wie eine Schokoladenglasur auf einem Essiggurkerl.

Langsam erhebt sie sich, steht auf und blickt durch das Fenster, in Erwartung, ihn zu sehen. Doch nur ein schwaches Licht und der Blick auf seinen dunklen Holzboden zeigen sich ihr. Vorsichtig streckt sie ihre Hand durch den Fensterspalt in der Hoffnung, er würde sie nehmen.

Sie wartet.

Nichts passiert.

Sie beschließt zu warten, bis er so weit ist.

Eine Weile verharrt sie in dieser Ungewissheit, in dieser Reglosigkeit und Hoffnung, ehe sich seine Hand zögerlich in ihre legt. Nun ist es Lissy, die ihre fest um seine schließt, ehe er einen Rückzieher machen kann.

»Ich bin da. Ich hör dir zu«, flüstert sie in die Stille.

»Das ist es ja, was so schlimm ist. Es könnte alles anders sein. Es *sollte* alles anders sein. Ach, Lissy!«, seufzt er. »Wären wir uns in meiner alten Welt begegnet, es würde alles ganz anders verlaufen. Dann wäre unsere Gegenwart besonders, und wir hätten eine gemeinsame Zukunft. So jedoch …«

»Aber das haben wir doch«, unterbricht sie ihn. »Wir haben diese besondere Gegenwart. Ich hab mich noch nie so wohl vor einer Tür gefühlt. Ich hab mich wahnsinnig auf deine Einladung gefreut. Ich finde, die Zeit mit dir, das, was wir hier haben, ist einzigartig und so besonders! Und was die Zukunft angeht, das werden wir sehen. Vielleicht machen sie in der Forschung Fortschritte. Ganz bestimmt. Sieht man doch an der aktuellen Lage, wie schnell sich die Dinge ändern können. Und die Zukunft, die ist doch so weit entfernt.«

»Nein, meine ist leider ganz nah.«

Fest drückt sie seine Hand, wie einen kostbaren Schatz aus einem gekenterten Boot, der in die Tiefen eines Ozeans abdriften will.

»Ich wünschte, du hättest recht, Lissy. Aber meine Krankheit wird voranschreiten. Irgendwann werde ich nicht mehr gehen können, dann sitze ich im Rollstuhl … und damit komme ich nicht zurecht. Das ist mein allerschlimmster Albtraum! Zu der MS-Erkrankung kommen noch viele andere Krankheiten dazu. Weitere Autoimmunerkrankungen und erst meine Psyche. Wie lange werde ich das aushalten können? Wie lange *will* ich damit leben? Es ist eine tickende Bombe, die mir entgegengeschleudert wurde und die alles abfackeln wird, was einst Stabilität hatte. Alles, bis auf die Grundmauern. Und selbst die werden irgendwann zusammenbrechen.«

»Das ist … ach«, sie senkt ihren Blick. »Ich kann dir gar nicht sagen, wie leid mir das tut«, bemerkt sie, immer noch auf der Suche nach den richtigen Worten. »Wie hat es denn angefangen?«, fragt sie leise und spürt sein Herz in seiner Hand pochen.

»Mit Koordinationsstörungen. Das waren die ersten Anzeichen. Das Gefühl, als würden Ameisen über meinen Körper laufen. Vor allem in den Armen und Händen, ab und an auch in den Beinen hab ich es gespürt. Deswegen hab ich auf einen Bandscheibenvorfall getippt. Doch bei der Untersuchung kam nichts raus. Hin und wieder hab ich Sehstörungen. Also dachte ich, ich wäre überarbeitet. Ich hatte ziemlich viel Stress, viel zu viele Aufträge, aber das war's dann auch nicht. Ich ging erst zum Orthopäden, danach zum Augenarzt, aber die schlauen Ärzte fanden nichts. *Zum Glück,* hat mein Vater damals gesagt. Na ja, und dann, irgendwann, nach unzähligen anderen Weißkittel-Besuchen, landete ich bei einem sehr cleveren Neurologen, und der stellte nach einigen Tests die Diagnose. *Eine tragische Diagnose,* wie er es nannte. Und seitdem ist nichts mehr, wie es war. Ich bin im Anfangsstadium. Die Krankheit verläuft in Schüben, haben sie mir gesagt. Noch sieht man mir nichts an. Noch kann ich draußen herumlaufen, und niemand bemerkt es. Noch guckt mich keiner voller Bedauern an. Ich seh aus wie der alte Hübner. Und doch bin ich es nicht. Von außen betrachtet, ist alles normal. Aber in mir drinnen sieht es ganz anders aus. Innen wird es immer dunkler.«

Lissy schließt die Augen, denn Tränen rollen über ihre Wangen. Eines Tages wacht man auf, und nichts ist mehr, wie es war. Gegen ihren Willen schluchzt sie auf.

»Hey, nicht weinen«, sagt er und fährt ihr tröstend über den Handrücken.

»Das ist so traurig.«

»Bitte, hör auf.«

»Ich könnte dir noch mehr davon bieten«, schluchzt sie, im Versuch, einen kleinen Scherz zu machen.

»Hoffentlich keinen Garnelensalat.« Bittersüßer Sarkasmus schwingt durch den Fensterspalt, woraufhin sie leise lachen muss und sich die Tränen mit dem Handrücken aus dem Gesicht wischt.

»Oh Gott, wie dämlich von mir. Einem MS-Kranken einen Garnelensalat zu schicken, in der Annahme, er hätte nur schlecht geschlafen.«

»Wirklich dämlich. Aber du kannst ja keine Gedanken lesen. Was gut ist, denn sonst wäre ich jetzt ziemlich nackt. Du bist zauberhaft, Lissy, und ich danke dir für deine Gesellschaft in diesen absurden Stunden, in denen ich nicht weiß, wer ich bin und irgendwann einmal sein werde … Oder ob ich aushalten kann, was noch kommen wird. Trotzdem ist es jetzt besser, du gehst. Es ist spät.«

»Natürlich, du musst müde sein. … Aber ich kann jederzeit wieder vor deiner Tür Platz nehmen und bei dir sein. Wann immer du mich brauchst. Ich bin da, versprochen.«

Zärtlich streicht sie ihm mit ihrem Daumen über den Handrücken und fordert ihn auf, seine Augen zu schließen. »Einen Moment nur, Matthias. Mach sie zu.«

Sie beugt ihren Kopf und atmet seinen Geruch ein. Amber und Moschus duellieren sich, ehe sie in eine sinnliche, harmonische Komposition übergehen. Mit einem vorsichtigen Kuss liebkost sie seine Haut, berührt sie sanft an einer einzigen Stelle und verharrt dort, als wollte sie Schmetterlinge über seinen Handrücken tänzeln lassen. Zarte Flügelschläge eines Schmetterlings, die seine kalte Haut erwärmen sollen.

Er seufzt, als würde er sich diesem Hauch von Kuss ergeben.

»Ich wünschte, wir würden uns in einer anderen Realität treffen, dann hätte das alles hier eine Zukunft«, erwidert er und zieht seine Hand zurück.

»Das kann es haben, Matthias, wirklich! Du musst nur die Tür öffnen, und ich werde da sein!«

»Gute Nacht, Lissy«, sagt er. Sie stellt sich vor, wie er versucht zu lächeln, in der Hoffnung, er hätte es nie verlernt.

»Gute Nacht.« Sie muss ihn für heute Abend verlassen. »Aber bis bald … bitte«, ergänzt sie, und der erste Teil klingt wie eine Frage, auf die er nicht antwortet. Sie fährt mit der Hand über ihren Mund, der eben noch seinen Handrücken liebkost hat, und spürt der Wärme seiner Haut auf ihren Lippen nach. Was bleibt, ist das wohlige Gefühl, das sie mit sich tragen wird, so vertraut und vollendet stimmig, dass es ihren Körper ausfüllt. Und die Frage, ob er jemals die Tür und sein Herz für sie öffnen wird.

Kapitel 8

Breite Nebelschwaden ziehen in Lissys Kopf umher, als hätte jemand vergessen, die Herdplatten in einer Großküche auszuschalten und die Töpfe wegzustellen. »Sie haben beträchtliche Ausgaben, viel höhere als geplant – insofern man das überhaupt als Planung bezeichnen kann.« Der Steuerberater, der eineinhalb Meter in sicherer Distanz von Lissy entfernt sitzt, rümpft die Nase und stupst sich die blaue Brille zurecht, die ihm nach vorne gerutscht ist. Mit seinen nach hinten gegelten Haaren und dem dunkelblauen Markenanzug sieht er aus, als hätte er Ahnung davon, zumindest mehr als Lissy, die ihm in ihrer Küchenmontur mit peinlich berührtem Gesichtsausdruck gegenübersitzt, als hätte man sie bei etwas ertappt. »Haben Sie denn überhaupt eine ordentliche Einnahmen- und Ausgabenrechnung geführt? Eine, die am Letztstand ist?«, fragt er, und Lissy erinnert sich an eine schreckliche Prüfungssituation in der Schule zurück, bei der sie vollkommen versagt und sich dabei in die Hose gepinkelt hat. So fühlt es sich im Augenblick an, nur erwachsener – und ohne Pipi im Slip.

»Ich hab jedenfalls alle Belege über die Einkäufe da, die noch in der Liste fehlen.« Sie steht auf und fischt unzählige zusammengefaltete Rechnungen aus einer bunten Keramikvase, die sie von den Einkäufen der letzten drei Wochen in ihrem Versteck aufbewahrt hat. Das Sammeln von wichtigen Dingen in Gefäßen hat sie von ihrer Großmutter abgeschaut, die es wiederum von ihrer dementen Mutter abgeguckt hatte, die ihre besten Slips vor den Nazis in wertlosen Blechdosen versteckt hat. Bislang ist Lissy noch nicht dazu gekommen, die letzten Belege in ihr Einnahmen- und Aufgabenheft einzutragen. Sie findet auch das Heft nicht mehr, das sie irgendwo in ihrem kleinen Chaos verlegt hat. Immerhin besitzt es nicht den Wert und Schutzstatus von Kochrezepten, die sie alle fein säuberlich in einer Mappe zusammenhält. »Fräulein Tobisch, Ihre Lage ist durchaus ernst. Ich bin mir sicher, dass Ihre Ausgaben weit über den Einnahmen liegen, und das ist, auf Dauer gesehen, der Tod eines jeden Unternehmens. Das müssen Sie unter Kontrolle bringen!« Beiläufig schiebt er sich die Brille zurecht.

Lissy schluckt kräftig. Pierre würde in das Nicken des Steuerberaters miteinstimmen und Alarmstufe »Bordeauxrot!« rufen und sich wieder mal für eine Preiserhöhung starkmachen, die Lissy bislang abgelehnt hat. In einem schwachen Moment hatte er angedeutet, sich mit Kostproben auf die Straße stellen zu wollen, um weitere Kunden zu akquirieren, womit sie auch schon beim nächsten Thema sind. »Sie haben sehr hohe Personalkosten. Ihr Sous-Chef verdient eine stattliche Summe, wenn ich das so sagen darf. Diese Kosten müssen Sie mit Mehreinnahmen decken, sonst sehe ich für die kommenden Monate schwarz … oder eher rot. Die Pacht in dieser Lage ist ja auch nicht gerade ein Schnäppchen.« Der Steuerberater mustert die Kontoauszüge, als wäre er beim Graben nach Ungereimtheiten auf glänzendes Gold gestoßen.

»Mein Sous-Chef ist gut. Richtig gut sogar. Das Gehalt steht ihm zu«, bemerkt Lissy überzeugt, denn eine gerechte Entlohnung ist ihr wichtig. Viel zu oft musste sie früher für mickrige Löhne arbeiten. Das will sie ihrem Personal ersparen. Selbst Max bekommt eine Prämie, wenn er seine Ziele erreicht – bei seiner nächsten Zielerreichung winkt ihm sogar ein eigener Herd, und das ist Ansporn genug, dass er sein Bestes gibt. Für Lissy bleibt aktuell wenig vom Kuchen übrig, doch sobald der Kummerkasten besser läuft, kann sie sich auch ein größeres Stück mit richtig viel Schokolade und Streuseln genehmigen.

Der Steuerberater nimmt den Knäuel an Zetteln und entwirrt sie wie Haare aus einem verstopften Abfluss. Er seufzt und stöhnt, während er die Belege der letzten drei Wochen in eine Excelliste eingibt. Ob er im Bett auch so unattraktive Laute von sich gibt?, fragt sich Lissy und guckt auf seinen Ehering. Eine Weile später dreht er ihr den Laptop zu, sodass eine gelb hinterlegte negative Zahl Lissy unbarmherzig anstarrt.

»Das ist … das ist ja –«

»Ein richtig mieses Ergebnis.« Der Steuerberater nimmt seine Brille ab und schwingt sie theatralisch in der Luft. »Nun, das sind die Fakten, Frau Tobisch. Zumindest bleibt Ihnen eine hohe Steuerlast erspart, das ist der Vorteil an so einem negativen Resultat. Kein Nachteil ohne Vorteil«, sagt er und lacht wie ein begnadeter Kabarettist, der auf einer Bühne einen Witz zum Besten gibt. Als sein kurzer Moment der Heiterkeit verebbt, speichert er die Datei auf seinem Laptop, vermerkt etwas Unbarmherziges in einem Notizbuch und klappt seine Ledermappe zu. »Ich würde Kontakt mit einem Unternehmensberater aufnehmen, wenn Sie das nicht selbst schaffen. Lieber heut als morgen. Die wissen so was immer besser. Die sind geschult auf problematische Angelegenheiten.«

Lissy merkt, wie es ihr Herz zusammenzieht. Es steht nicht gut um den Pizzakummerkasten.

»Eventuell setzen Sie sich mit Ihrem Sous-Chef zusammen und berechnen die Menüpreise neu. Das hilft wahrscheinlich schon. Bei seinem hohen Entgelt müsste er Ihnen eine Umsatzprognose für die nächsten sechs Monate aus dem Effeff erstellen können.« Er setzt sich die Brille wieder auf, nachdem er sie prophylaktisch mit einem samtweichen Tuch geputzt hat, und sieht Lissy freundlich an. »Erhöhen Sie die Preise kräftig. Sie sind ja nicht die VinziRast. Die Kunden bekommen ja was dafür. Derzeit erlebt man sowieso nur einen Flohzirkus, wenn überhaupt.«

~

Hey, Lissy,
wie geht's dir heute? Die Schule war wie immer doof, aber da muss ich durch, sagt Papa. Wenigstens versteh ich mich jetzt wieder mit Annika, und wir skypen die meiste Zeit. Ohne sie war es echt fad. Eigentlich schreibe ich dir ja, um dir zu sagen, dass Papa und ich einen echt tollen Abend miteinander hatten. Ich glaube, Schokofondue haben wir zuletzt gegessen, als Mama noch da war. So gesehen, war es echt eine Überraschung, als es plötzlich geklingelt hat und jemand mit dem leckeren Essen vor der Tür stand. Andernfalls hätten wir Acht Schätze vom Chinesen gehabt und als Nachtisch Mamas Lieblingskuchen, den Papa aus ihrer Lieblingsbäckerei in Salzburg bestellt hat. Am Wochenende fahren wir sie besuchen, und ich hab mir schon überlegt, welche Blumen ich ihr schenken werde. Ich glaub, so einen richtig bunten Frühlingsstrauß werde ich für sie bestellen. Was meinst du? Passt das? Gerade fällt mir ein, dass ich dich ja noch was ganz anderes fragen wollte. Ich hab gehört, dass man ein Praktikum in einem Restaurant machen kann. Geht

das bei einem Lieferservice auch? Ich würde gerne das lernen, was du kannst. Also, Leute glücklich machen. Das, finde ich, ist der beste Job der Welt. Kann ich bei dir mithelfen? Ein wenig kochen kann ich schon. Ich sehe mir immer YouTube-Videos an und koche die Sachen dann nach. Von euch hab ich übrigens kein Tutorial im Internet gefunden, was ich schade finde, denn du kannst echt leckeres Essen machen. Du solltest unbedingt mal was hochladen, ist wirklich kinderleicht. Ich kann's dir zeigen, wenn ich zu dir komme. Bitte, sag Ja! Zahlen musst du mir nichts. Papa hat genug Geld … glaube ich halt.
Fluffige Grüße, Jennifer

Lissy grinst und liest die Nachricht ein zweites Mal. Eine Praktikantin könnte sie gut gebrauchen, vor allem eine wie Jenni, die mit Elan und Einfallsreichtum dabei wäre, aber da macht ihr das Gesetz einen Strich durch die Rechnung.

Liebe Jennifer,
es freut mich, dass euch mein Überraschungsmenü geschmeckt hat. Dass Schule manchmal doof ist, das weiß ich noch. Ging mir auch oft so. Aber du solltest wirklich gut aufpassen und fleißig lernen, damit aus dir später das wird, was du dir wünschst, denn mit einer guten Ausbildung stehen dir alle Wege offen. … Aber bestimmt hat dir dein Papa das schon gesagt.
Ich würde dich liebend gerne als neue Praktikantin aufnehmen, aber leider bist du noch zu jung dafür. Das verbietet mir das Gesetz. Du müsstest mindestens fünfzehn Jahre alt sein, und schummeln kann man da leider

nicht. Magst du dich noch mal melden, wenn du alt genug bist?
Fluffige Grüße aus dem Pizzakummerkasten,
Lissy

»Merde!«, ruft Pierre plötzlich und zieht eine entsetzte Schnute, als würden ihm sieben Tage Regenwetter in seinem Sommerurlaub bevorstehen. Die Sauce Béarnaise ist ihm im Topf angebrannt.

»Ruhe in Frieden, liebe Soße«, bemerkt Max, faltet die Hände vor der Brust, bekreuzigt sich, obwohl er mit Jesus so viel am Hut hat wie mit Taktgefühl, und schält munter weiter die Kartoffeln.

»Bist du betrunken?«, fragt Lissy amüsiert, da bei Pierre sonst – außer der Liebe – nie etwas anbrennt. Behutsam formt sie mit einem Löffel Nockerl und lässt sie ins heiße Wasser gleiten.

»Natürlisch nischt! Ich trinke nischt im Dienst, oberstes Gebot!«, betont er kopfschüttelnd. »Isch hab schlescht geschlafen. Sehr schlescht. Schuld war der Eierlikör gestern.«

Beim Wort Eierlikör spitzt Lissy ihre Ohren. »Seit wann trinkst du Eierlikör? Der ist ja voll süß und ein Mädchengetränk, hast du mal gesagt«, bemerkt sie, denn Pierre hasst süße alkoholische Getränke, vor allem solche, die mit tausend Kalorien in den Magen rutschen und in zu hohen Dosen ein paar uncharmante Schwimmreifen auf seine Hüften zaubern könnten.

»An dieser Eskapade war nischt isch schuld. Eigentlisch du, Lissy, denn isch hab deine Empfehlung befolgt und bin zu Lady Mon Chéri gefahren, um ihr persönlich die Mozartknödel zu übergeben. Kunstvoll verpackt hab isch sie, mit gepunkteter hellgelber Schleife, weil sie ja Kunstlehrerin ist«, erzählt

Pierre und wirft den Topf mit der Soße angewidert in die Spüle. »Isch hab geklingelt, ihr mein Päckschen überreischt und gesagt, isch bin der Koch, hoffentlich schmeckt es Ihnen, wenn nicht, dann kann isch nischts machen. So ist das eben. Daraufhin hab isch ein wenig hilflos und noch mehr arrogant die Schultern gezuckt, und sie hat gegrinst, so, wie man grinst, wenn man den attraktiven Jean Reno – in seinen jungen Jahren, wo er noch rischtisch stattlisch und gut aussehend war – gegenübersteht. Sie hat misch dann auf ein Stamperl Eierlikör in ihr Atelier eingeladen. Da konnte isch natürlisch keinen Rückzieher machen. Oh, là, là … Aus dem einen Stamperl ist ein Viertelliter geworden, sodass mir der Mund danach zusammengeklebt ist. Igitt! Aber stell dir vor, das Atelier von ihr ist größer als meine Wohnung. Es hat zwei Stockwerke, mit ganz viel Glas. Da sieht man auf die Secession. Und der Boden ist aus kunstvoll …«

»Pierre, was interessiert mich der Boden?! Das ist genauso interessant, wie dass jemand in Abu Dhabi gerade aufs Klo geht«, unterbricht Lissy ihren Sous-Chef, der nach dem unwahrscheinlichen Scheitern seiner Kochkarriere als Immobilienmakler überleben könnte, und formt das letzte Nockerl mit dem Löffel, das sie zu den anderen in das heiße Salzwasser gleiten lässt.

»Groß oder klein? Also, der in Abu Dhabi.«

»Pierre!« Lissy hüpft aufgeregt herum. »Was war zwischen Lady Mon Chéri und dir? Unmengen an Eierlikör? Verheißungsvolles Grinsen? Zutritt in ihr Atelier … Komm schon, da war doch was! Erzähl es mir! Alles!« Sie bleibt vor ihm stehen und guckt ihn an, als wäre er Hans Christian Andersen, der der erwachsenen Lissy ein wunderschönes Märchen persönlich vorlesen wird.

»Na gut, wenn du so neugierig bist, hier noch ein Detail: Sie hat misch gezeischnet. Hemmungslos gezeischnet. Diese Frau hat eine Gewalt, die ist wie ein Wirbelsturm über Frankreisch, das hat misch umgehaut.«

Lissys Mund klappt staunend auf und formt ein Donut-O. »Erzähl mir mehr … obwohl, vielleicht will ich gar nicht alles wissen«, bemerkt sie und schwingt sich auf die Arbeitsplatte neben Pierre. Ihre Beine baumeln aufgeregt in der Luft herum.

»Non, das verrate isch nischt! Was bei dem Bild herausgekommen ist, bleibt mein Geheimnis und das von Gerti. Das muss isch selbst erst verdauen. Das liegt mir wie Trüffel im Magen, und noch weiß isch nischt, ob isch die Qualität gut oder abscheulisch finde. Ist nämlisch ein ziemlisch ungewöhnlischer Trüffel, musst du wissen.« Pierre nimmt einen weiteren Topf aus dem Kasten, auf dessen Oberfläche Lissy sitzt, und beginnt, die Sauce Béarnaise neu zu machen.

»Sie hat dich also nackt gezeichnet?« Lissy klatscht aufgeregt in die Hände. »Ich wusste ja, dass du für einen gewissen sehr eindeutigen Spaß zu haben bist, auch wenn du dich immer so zugeknöpft gibst. Die hat dich ausgezogen! Du warst voll nackt, oder?«

»Lissy, was fragst du misch da?« Er zieht eine Schnute. »Na, halbe Sachen sind mir ein Graus. Isch bin Franzose! Aber isch hab misch selbst entkleidet. Wo wären wir dahin gekommen? In Teufels Küsche?«

»Feuerrotes Haar, ein wildes Temperament und eine Vorliebe für vorzügliche Süßspeisen? Ich finde, das klingt wie Hell's Kitchen. Passt ja wie die Liebesfaust aufs verheulte Auge. Noch dazu ist sie kreativ, was du auch bist. Der Koch und die Künstlerin.« Sie schwingt präsentierend ihre Hand in der Luft, als würde sie eine Headline in den Himmel skizzieren. »Eine Liebe fürs Leben und für die Ewigkeit.«

»Großer Gott, wie schmalzisch! Typisch Lissy! Überlegst du gerade, welschen Anzug isch zum großen Tag tragen werde?«

Lissy nickt eifrig.

»Perfekt, dann heiraten wir morgen. Ruf sie doch gleich mal an und unterbreite ihr diesen charmanten Vorschlag! Sie reschnet bestimmt schon damit.«

»Morgen ist aber zu spät«, mischt sich Max ein. »Am besten, du legst ihr gleich die Handschellen um, damit sie dich heiratet.«

»Willst du etwa behaupten, dass sie misch nischt heiraten würde?« Pierre funkelt Max wütend an, und wenn Blicke töten könnten, würde der Lehrjunge nun in Pierres Eisenpfanne scharf angebraten. Lissy springt mit hochgezogener Braue von der Arbeitsplatte, geht an ihren Herd und seiht die Nockerl ab. »Dann hab ich mal keine weiteren Fragen.«

»Die Wahrheit ist«, ergänzt Max und sieht Pierre an, als wäre er ein Mitarbeiter des Arbeitsvermittlungsservices und der Sous-Chef ein knapp vor der Pension stehender Arbeitsloser, der unvermittelbar ist. »Du bist schon ziemlich reif, Chef, und bislang hat sich noch keine gefunden, die auf das abgelaufene Angebot abfährt«, erklärt er geflissentlich und offenbart eine These, die Pierre innerlich brodeln lässt. »Wie gut, dass du mich kennst, denn ich kann dir meine absoluten, hammermäßigen, todsicheren, unvergleichlichen Maxito-Liebes-Tipps verraten, da läuft dir keine Frau mehr davon. Egal, wie alt du bist.«

Angstvoll guckt Pierre den Lehrjungen an. »Nie wieder davonlaufen?« Kurz denkt er nach. »Aber das will isch auf keinen Fall.«

»Mit meinen Tipps kannst du jede Frau um den Finger wickeln, egal, wie lange du sie behalten willst. Du entscheidest, wann sie wieder gehen soll.«

»Hey, wir sind hier nicht am Viehmarkt!«, mischt sich Lissy ein, nachdem sie die Nockerl abgeseiht hat, denn dieses Machogehabe hat im Kummerkasten nichts verloren. Das verbannt Königin Lieselotte sofort aus ihrem Reich.

»Auch Brigitte Bardot?«, will Pierre wissen.

»Hä? Wer ist das?«, fragt Max und schnappt sich sein Handy.

»Deine französische Oma«, bemerkt Lissy, woraufhin Pierre lacht, obwohl ihm Witze über Brigitte nicht gefallen. Brigitte ist für ihn Cleopatra, auch wenn sie mittlerweile die Reife eines prallen Gala-Apfels angenommen hat und in einer wunderschönen Villa in Saint-Tropez weiter vor sich hin reift. Noch immer besitzt er ein Poster aus seinen Jugendtagen von ihr, das einst der kahlen Wand in seinem Kinderzimmer in Deauville Glanz und Glamour verliehen hat.

Max sieht auf ein aktuelles Foto von Brigitte Bardot, das er im Internet gefunden hat. »Episch, die ist ja uralt! Aber immerhin kann sie dir in dem Alter nicht mehr davonlaufen.« Er mustert das Bild ausgiebig. »Die war mal der Männertraum? Was für ein Glück, dass ich in der Neuzeit geboren wurde … und kein Franzose bin.«

»Madame Bardot ist die große Liebe meiner träumerischen Jugend, aber davon hast du keine Ahnung, weil ihr auf Instagram-Stars steht, die Porno-Brüste und Entenlippen tragen, die man bis nach Grenoble sehen kann. Brigitte Bardot hat Klasse wie wenige Frauen heutzutage. Sie war Inspiration und Vorgabe für die Liebe meines Lebens.«

»Was erklärt, weshalb du in deinem Alter noch Junggeselle bist.«

»Max«, tadelt Lissy, denn ihr entgeht Pierres verletzter Blick nicht. »Die Kartoffeln geben demnächst eine Suchanzeige auf. In zwanzig Minuten müssen sie fertig geschnitten sein. In feine Scheiben, wie besprochen, sonst können wir nicht rechtzeitig liefern.« Mit einem Augenbrauenheben ermahnt sie Max und geht dann in ihrem Rezept voran.

Der Lehrjunge seufzt laut, zu gerne hätte er seine ultimativen Maxito-Tipps verraten. »Hey, Pierre!« Er klopft ihm kumpelhaft auf die Schulter. »Bis zur Hochzeit wird alles wieder gut, sagt meine Oma immer. Und wenn du meine Geheimtipps doch noch haben willst, sag Bescheid!«, flüstert er ihm ins Ohr, als wäre er ein Dealer, der einen grandiosen Stoff verticken möchte. Lässig marschiert er zu seinem Platz zurück, wo unzählige Kartoffeln aufs Schälen warten, und setzt sich seine Kopfhörer auf, damit seine Hände in den passenden Rhythmus zurückfinden.

Der leise Glockenton ertönt.

Hallo, Frau Tobisch,
ich schreibe Ihnen, um mich für das köstliche Überraschungsmenü zu bedanken. Meine Tochter Jennifer und ich haben den Abend mit Cannelloni und Schokoladenfondue sehr genossen. Es ist schwer für Jennifer, ohne Mutter zu sein, und für mich, ohne meine Ehefrau den Alltag zu bewältigen. Sie haben uns für ein paar Stunden die Nähe zu meiner Frau und Jennifers Mutter wiedergebracht. Ich danke Ihnen für diese heiteren Minuten, in denen wir uns dank Ihres Einfalls und Ihrer Initiative wieder mit ihr verbunden gefühlt haben. Ich möchte Ihnen gerne das oder besser die Essen bezahlen. Welchen Betrag darf ich Ihnen überweisen?

Freundliche Grüße
Daniel Kainz
PS: Bitte auch um Bekanntgabe Ihrer Bankdaten.

Eine hohe Summe, eine, die ihr schlechtes Wirtschaften der vergangenen Wochen wettmacht. Das passt schon, würde sie am liebsten schreiben, das habe ich gerne getan, doch der minimale Anteil in ihr, der endlich verstanden hat, dass sie nicht im Kälteauto der Caritas sitzt, hat erkannt, dass es ums nackte Überleben geht. Sie tippt ein paar nette Worte und eine passende Summe, die sie in Windeseile im Kopf errechnet hat, als Antwort. Der Steuerberater wäre stolz auf sie. Währenddessen piept ihr Handy, und eine neue Nachricht von Lenka taucht im Gruppenchat der Mädels auf.

All I Need is MÄDELSABEND! Lust? Heute um 19 Uhr in der Casa Lenka. PS: Komm als deine 2. Persönlichkeit. Mit Verkleidung!!!! Ansonsten kein Einlass.

Ich wollte heute Pilates machen!, schreibt Angi, *und nicht meine zweite Persönlichkeit, die mein Therapeut in unzähligen produktiven Sitzungen verscheucht hat, wieder hervorholen.* 🤔.

Sport gibt dir zwar das Gefühl, nackt besser auszusehen, aber Aperol Spritz schafft das auch. – Lenka

Party also?, schreibt Lissy, denn eine Feier könnte sie gut gebrauchen.

Nö, nur wir drei. Pandemie, Lissy! Mir ist sooooo lang-

weilig, will nicht schon wieder am Abend alleine zu Hause hocken und netflixen. Bin frisch getestet. – Lenka

Passt, bin natürlich dabei und bring ein paar Reste mit … und meine zweite Persönlichkeit, die sich freut, euch kennenzulernen. – xx Lissy

Sie lacht und überlegt, welche Verkleidung sie heute Abend hervorkramen soll. Sie könnte als Hexe oder Nonne gehen oder noch besser als Dr. Ruth, die gehypte Instagram-Beziehungsexpertin mit dem exzentrischen pinken Haarschopf, die weiß, wie guter Sex geht.

Scheiß Gruppenzwang. Dann eben kein Pilates. Ich komm mit meiner antiquierten Hälfte, die ich nur euch zeige. – Angelika

Da bin ich aber gespannt, dachte nicht, dass du so was hast. – Lenka

Sie ist neu. Nagelneu. Muss sich erst noch in der realen Welt zurechtfinden. Ich glaub, ihr werdet sie mögen. – Angi

Soll ich besser einen Psychiater mitbringen?, fragt Lissy.

Das schaffen gute Freundinnen und Gras auch. – Angi. Woher kriegt man Marihuana im Lockdown?

Dort, wo du es vorher bekommen hast. Die haben ja nicht zu! – Lenka

Nicht?

Mann, Angi! Sicher nicht. Oder zahlen die Steuern und kriegen Förderungen? – Lenka

Lissy, hast du einen guten Lieferanten?, schreibt Angi.

Nicht für so was. 😁

Und ich dachte, du machst Leute glücklich?!

Nicht mit Gras. Anders eben. Mit Essen.

Haschbrownies?! 🤦‍♀️

Kompliziert. Okay, ich schau mal, was ich auf der menschenleeren Straße so auftreiben kann. Bis später. Besito, Angi

~

»My dear! Honey, bitte drück mich nicht zu fest. Meine megaüppigen Brüste brauchen ihren Bewegungsfreiraum.« Lissy umarmt Angi.

»Sind das Luftballone da drin?« Lissy greift ungeniert auf Angelikas Busen, als wäre sie eine Schaufensterpuppe.

»Nein, Wasserbomben, aber ohne Wasser.« Angi kichert und bläst sich eine imaginäre Strähne aus ihrem Gesicht. Sie trägt ein hautenges Etuikleid mit roten, auffälligen Kusslippen. Eine blonde Perücke versteckt ihren schwarzen Bob. Das breit skizzierte Rouge klebt auf ihren Wangen, als hätte sie sich versehentlich mit Erdbeersoße eingerieben. Goldene Ohrringe hängen wie schwerer Christbaumschmuck an ihren Ohrläppchen.

»Trägst du dein Bankkonto jetzt an den Ohren?«, fragt Lissy amüsiert. Angis Augenbrauen, die sie auf Lissys Andeutung hin künstlerisch nach oben zieht, sind dunkel nachgemalt, was ihrem Gesicht einen verruchten Ausdruck verleiht und dem Too-much-Look noch eine weitere Zutat hinzufügt. »Zwei Euro am Flohmarkt, sag ich nur. Und du? Du hast deine Dita-Seite hervorgeholt? Nice!« Elegant gestikuliert sie mit ihrer Hand, in der sie eine lange Zigarette hält, die nicht brennt.

»Dita Von Teese, angenehm.« Lissy legt eine Hand auf ihre Hüfte, drückt ihren Rücken durch, sodass sich ihre Brust in dem feinen schwarzen Spitzenstoff – einem extravaganten Haute-Couture-Abendkleid – nach vorne wölbt, und lächelt erhaben. Lissys ausgeflippte Tante mütterlicherseits, die selten am Herd steht und noch seltener etwas isst, hat ihr das Kleid seinerzeit zur Meisterprüfung geschenkt, mit dem Hinweis, sie könne es in der Küche tragen, um ihrem Küchenalltag ein wenig Glamour zu verleihen. Bislang hat sie in dieser Robe nur zu privaten Anlässen ein paar Frustrationsmenüs gekocht. Immer dann, wenn sie von einem vielversprechenden Typen versetzt wurde und sich ein Kummerkasten-Menü der Extraklasse verschrieben hat.

Angi positioniert ihren rot lackierten Zeigefinger auf der Türklingel und läutet.

»Oh mein Gott! I love it!«, kreischt Jelenka, die vom zweiten Stockwerk runtergelaufen kommt und ihren Freundinnen die Haustür öffnet. »Divenabend!!!« Lenkas Körper steckt in einem hautengen feuerroten Latexkleid, das nach recycelt aussieht. Um ihren Hals baumelt eine lange Boa, gefertigt aus unzähligen gedruckten Hundert-Euro-Scheinen.

»Mega! Wer bist du? Das Million-Dollar-Baby?«, wirft Lissy ein und mustert ihre Freundin, während sie ihr über die alte Steintreppe nach oben in die Wohnung folgen. »Ich bin beeindruckt!« Vermutlich hat Lenka den ganzen Nachmittag lang im Homeoffice Geldscheine gedruckt und dann sorgfältig einen Schein nach dem anderen auf eine Schnur aufgefädelt. Früher wollte sie mal Designerin werden (nach dem Schauspielwunsch und nach dem Wunsch, Inhaberin einer Schwulenbar zu werden), doch ihre Eltern erstickten den Designer-Traum im Keim und schlugen vor, dass Jelenka einen Job erlernt, der mit leckeren vierzehn Gehältern aufwartet und mit schmackhaften fünfundzwanzig Urlaubstagen überzogen ist, die sie nach individuellem Bedarf verkosten kann. Ohne die dringende Notwendigkeit, beim Magistrat der Stadt Wien vorstellig zu werden, um Mindestsicherung zu beantragen.

»Mein Name ist Gaga. Lady Gaga«, betont sie mit rauchiger Stimme, als sie in ihre Wohnung gehen, und schlägt die Augenlider mit den falschen Wimpern nieder. Mit einer präsentierenden Handbewegung deutet sie in die Wohnküche. »Aufgeräumt und sauber. Extra für euch. Meine dritte Persönlichkeit – die Putzfrau – hat sich voll ins Zeug gelegt. Und die vierte, die Inhaberin einer angesagten Cocktailbar, hat Drinks für euch gemixt.«

Lissy wird von einem künstlichen Vanille-Duft empfangen, der ihr unangenehm in der Nase kitzelt. Als Köchin ist sie bei laborgemachten Duftkreationen wählerisch geworden. Lieber riecht sie den Braten im Ofen, dessen natürlicher Essensduft sich harmonisch in einem Wohnraum ausdehnt und erst nach zwei Stunden seinen Charme verliert, woraufhin man die Duftreste besser aus der Wohnung schmeißt und die Sperrstunde verkündet. Auf Lenkas Frühstückstheke drängeln sich unzählige bunte Karaffen wie Groupies, die motiviert vor einer Rockband stehen. »Sicher, dass da heute niemand mehr kommt?«

»Nur unsere Großartigkeiten.«

Lissy kichert. »Hast du die Drinks vorab verkostet?« Ihr ist nicht entgangen, dass Lenka bereits einen Damenspitz hat.

»Natürlich. Probierst du dein Essen nicht, bevor du es rausschickst?« Lenkas Blick ist überrascht, dezent arrogant, beinahe ein wenig herrisch – Lady Gaga eben.

»Aber es macht einen Unterschied, ob man dadurch Jahre später vom vielen Probieren übergewichtig oder zur Alkoholikerin geworden ist.«

»Ach was. Ist beides nicht gerade vorteilhaft.« Lenka zuckt die Schultern, als handele es sich um einen nichtigen kosmetischen Fehler, und schaltet die Musik ein. Dancemusik tritt laut aus den Boxen, die den Raum auflädt. Eine kleine Diskokugel, die im Einfall des Lichts glänzt, baumelt von einem Lampenschirm über der Tanzfläche, die Lenka provisorisch zwischen Sofa und Bücherregalen frei gemacht hat. »Ihr habt die Wahl. Sucht euch euren Lieblingscocktail aus, einschenken könnt ihr euch selbst. Funktioniert nämlich wie in der Mensa – einfach bedienen. Gläser stehen am Tisch, Knabberzeug dahinter«, erklärt Lenka das System, als müsste sie Hunderte Gäste abfertigen.

»Ich hab noch ein paar Tapas dabei.« Lissy fischt eine Box aus ihrem Rucksack und stellt sie auf die Theke.

»Was wärst du ohne Essensbox«, seufzt Angi, und die Mädels bedienen sich an den Cocktailkaraffen und den Häppchen. Jelenka startet mit Cosmopolitan, Angi stilgetreu mit Manhattan, und Lissy wählt einen Mojito. Sie setzen sich auf die Couch, machen es sich gemütlich, quatschen, lachen, und irgendwann erzählt Lissy, dass sie wieder auf Matthias' Stimme getroffen ist.

»Und du weißt noch immer nicht, wie er aussieht? Das ist ja voll der Beschiss. Wie bei so einem Überraschungsei. Da weißt du auch nicht, ob du die tolle Spielzeugfigur oder das x-te langweilige Monster bekommst.«

»Pierre meint, er sieht gut aus. Richtig gut, hat er gesagt. Und immerhin kenne ich Matthias' Stimme und seine Art, und die Kombi ist ziemlich attraktiv. Und er hat so eine schöne Hand!« Lissy nippt an ihrem Cocktail.

»Du hast seinen Namen? Na dann?! Wo liegt das Problem?« Rasch kramt Angi ihr Handy aus ihrer knallroten Handtasche. »Wie heißt er?«

»Mr. Crunch«, erklärt Lissy knapp, denn Angelika könnte kein Geheimnis für sich behalten.

Lenka kichert, und Angi sucht im Internet. »Grantsch?! Matthias Grantsch? Ein Bauer aus der Oststeiermark?«

Lissy schüttelt belustigt den Kopf.

»Mann … Da finde ich aber nichts in Wien! Gibt's doch gar nicht. Schreibt man den mit G-R-A… Sicher, dass er nicht der Bauer ist?«

»Angi! Mr. Crunch … das ist bloß der Spitzname! Du kennst sie ja.« Lenka überdreht die Augen.

»Du immer mit deinen blöden Kosenamen!«, giftet Angi und schmollt ein wenig.

»Was zählt das Aussehen? Die inneren Werte müssen passen, sagt meine Oma immer. Mit denen bist du schließlich langfristig verheiratet. Alles andere runzelt über die Jahre dahin. Vor allem das Ding in der Hose«, ergänzt Lenka, als hätte sie die Dating-Weisheiten mit dem Suppenlöffel gegessen, wofür sie ein Augenbrauenheben von Angi kassiert.

»Das glaubst du doch selbst nicht. Wer von uns hat denn dem letzten heißen Typen eine Absage erteilt, nur weil er zu dichte und dicke Augenbrauen hatte? Die hätte man locker zupfen oder rasieren können.«

»Das waren Buschen an Augenbrauen. Man hätte zwei Augenpaare damit ausstatten können.« Lenka seufzt. »So einfach ist es halt nicht, den Mann fürs Leben zu finden. Du bist ihm beim Würstelstand in die Arme gefallen. Lissy hat schon mal die Stimme fürs Leben gefunden … Und ich? Nichts. Prost.«

Kurz nach 21.30 Uhr, als sie gerade zu Billy Eilish ausgelassen tanzen, vibriert Lissys Handy in der Hosentasche. Abwesend guckt sie darauf, im Begriff, es gleich wieder wegzulegen. Doch dann sieht sie die Nachricht einer unbekannten Nummer.

Hey, Lissy,
ich trinke gerade ein Glas Wein. Alleine. Obwohl das nicht ganz richtig ist. Also Ersteres. Es ist mittlerweile schon mein drittes Glas Rotwein. … Bedauerlicherweise habe ich alleine gestartet und möchte nicht alleine aufhören, um den Abend nicht vollkommen zu bedauern. Alleine zu trinken ist ein schlechtes Handicap. Kann ich noch eine Bestellung abgeben? Oder ist es bereits zu spät?
Ich erwarte kein komplettes Menü, nur den wichtigsten Gang. Dich. Ist das zu viel verlangt? Woher ich deine Nummer habe? Stand im Firmenbuch.
Grüße, Matthias, ohne MSc.

Vor lauter Überraschung fliegt Lissy beinahe das Handy zu Boden. Gerade noch rechtzeitig aufgefangen, drückt sie es an ihre Brust und atmet schnell durch. Ihr Brustkorb hebt und senkt sich, als hätte sie mehrere Dosen Red Bull getankt.

»Mr. Crunch hat dir geschrieben, richtig?!«, ruft Lenka, die in Lissys Gesicht jede Regung ablesen kann und nun im Begriff ist zu applaudieren.

»Jaaaa!«, kreischt Lissy und springt ein paar Mal auf und ab, was zum Rhythmus des nächsten Songs von Liquido passt.

»Megacool!« Angi stimmt in das Gehüpfe mit ein. Lenka ebenso. Nun springen alle drei, sodass die Wände erzittern.

»Er will, dass ich zu ihm fahre«, kreischt Lissy, als sie wieder erdende Bodenhaftung bekommen hat, und beißt sich nervös auf die Unterlippe. Die Mädels lesen die SMS und reden durcheinander, ehe Lenka ein paar Machtworte spricht.

»Du musst zu ihm fahren! Wetten, der macht dir heute die Tür auf? Das geht doch klar aus seiner Nachricht hervor! Wir starten gleich mal das Notfallprogramm. Mach, wir müssen uns beeilen, nicht, dass er noch einschläft oder seine Meinung ändert!«, ruft Jelenka und zieht Lissy in ihr Bad, das ein Highlight ihres Apartments ist. Das Badezimmer ist Lenkas private Wellnessoase und der beste Rückzugsort, um die Welt da draußen zu vergessen. Stattliche fünfzehn Quadratmeter misst die Beauty-Oase, worin sich eine große Wanne, eine Dusche und ein Waschtisch aus glänzendem schwarzen Marmor – die teuerste Anschaffung in Jelenkas Leben – befinden. Es duftet herrlich nach Lavendel aus der Provence, und frische Blumen stehen auf einem kleinen Tisch vor dem großen Spiegel, der einen Teil der Wand bekleidet. Neben der weißen, breiten Badewanne liegt ein Stapel Hochglanzmagazine, mit denen man stundenlang Inspirationen tanken kann, während man seinen

Körper in Mandelöl badet. Lissy kam schon einige Male nur so zu Lenka, um es sich für ein, zwei Stunden in ihrem Badezimmer gemütlich zu machen.

Auf einem bequemen Stuhl nimmt Lissy Platz und guckt ihre Freundinnen an, die vor ihr stehen und sie wie ein gerupftes Huhn mustern. »Wir werden alles auffrischen und verbessern. Rundumerneuerung natürlich, damit man ihr die harte Arbeit der letzten Wochen nicht ansieht. Meinst du, das kriegen wir hin?!« – Jelenka.

»Hey, ich sitze vor euch!«

»Das volle Paket, klar!«, antwortet Angi und gestikuliert mit ihrer Hand vor Lissys Gesicht, als wäre sie eine weiße Wand, die man mit bunter Farbe bemalen wird. »Die Perücke kommt natürlich runter. Dann machen wir Haare und Make-up. Ich starte mit der Frisur, und du übernimmst die Schminke«, ergänzt sie.

»Er sieht mich aber nicht, das wisst ihr, oder?«, erinnert Lissy überzeugt.

»Das würde ich nicht sagen. Die Nachricht klingt wirklich so, als würde er dir heute Abend die Tür öffnen«, erwidert Angi und hält Lissys Haare ein wenig hoch, während sie ihr Gesicht mustert, und einzelne Haarsträhnen mit Haarnadeln fixiert.

Unterdessen tupft Lenka ein pinkes Rouge auf ihre Wangen, in einer Mini-Dosierung, sodass ihre Wangenknochen strahlend zur Geltung kommen.

»Und mit Sicherheit kann er dich riechen!« Jelenka sprüht sie großflächig mit einem blumigen Duft ein, den sie ihrem Duftportfolio in dem kleinen Schrank oberhalb des Waschtisches entnommen hat. »Floral mit einem Hauch Amber, das passt zu dir«, sagt sie professionell, als wäre sie eine Drogeriemarktverkäuferin. »Fehlt nur noch der Kajal.«

»Nein, nicht!«, warnt Lissy, denn das macht ihre Augenpartie finster.

»Doch. Eine dunkelblaue Linie, keine schwarze, damit deine Augenfarbe optimal hervorgehoben wird«, ist sich Angi sicher und sucht in Lenkas Schminktäschchen nach dem passenden Farbton. Es dauert eine Weile, bis sich Jelenka und Angelika über die richtige Nuance einig sind.

»Hey, Mädels wirklich, das ist unnötig, wir werden uns nicht sehen«, beteuert Lissy, als Lenka ihr ein wenig Highlighter auf das obere Drittel ihrer Wangenknochen streicht. Angi steckt die letzte Nadel in ihre Haare, damit alles fest sitzt. »Wer weiß, in welchen leidenschaftlichen Armen du in den nächsten Stunden landen wirst ... das muss halten.«

»Der macht dir heute Abend die Tür auf! Ja, sonst schreibt man ja nicht so eine Nachricht um die Zeit. Also, willst du dann gut aussehen, wenn du ihm gegenübertrittst? Richtig gut, meine ich«, sagt Lenka, und Lissy guckt sie daraufhin entsetzt an, als hätte sie ihr eine radikale Nulldiät vorgeschlagen. »Ich bin heute Abend Dita. Die sieht doch immer gut aus. Selbst wenn sie einem ungeschminkt und zerzaust am Morgen die Tür öffnet.«

»Die macht einem aber vor dreizehn Uhr nicht die Tür auf. Und Schätzchen, du wirst ihm nicht als Fräulein Von Teese, sondern als Lissy vom Pizzakummerkasten gegenübertreten. Noch eine süße Schleife ins Haar, was meinst du?«

Lissy reißt abwehrend die Hände in die Luft. »Ja nicht! Nur Haarnadeln, ich bin ja keine Puppe!«

»Klar, das wäre ein Tick too much.«

Ein paar Handgriffe später ist Lissy frisch gestylt, mit einem Hauch Gloss auf den Lippen, einer perfekt gezeichneten dunkelblauen Linie auf dem oberen Wimpernrand, schwarz getuschten Wimpern und einem Hauch Rouge, das mit dem dezenten Highlighter auf den Wangen harmoniert. Und sie duftet, als hätte sie in einer Blumenwiese gebadet.

»Du siehst sooooo hübsch aus, als würdest du auf einen Ball gehen und über den roten Teppich schreiten. Oh, ich bin so stolz auf dich … und auf uns.« Lenka faltet zufrieden ihre Hände vor der Brust und seufzt. »Wir sind deine guten Feen, und du bist …«

»Aschenputtel, das gleich auf einem kalten Stiegenhausboden Platz nehmen wird?«, fragt Lissy und steht auf. Vorsichtig streicht sie an ihrem Kleid entlang und tritt vor den Spiegel. Als sie ihr Spiegelbild betrachtet, lächelt sie. »Oh, wow, und ich dachte, Dita würde schon gut aussehen!«, säuselt sie. Mit dem Kleid, der Hochsteckfrisur und dem perfekten Make-up könnte sie als VIP-Gast bei einer großen Gala durchgehen. Keine Frage, die Fotografen würden sich um sie reißen.

»Und nun, beeil dich! Er wartet bestimmt schon auf dich. Dein Pferd steht unten für dich bereit.«

»Ihr habt mir eine Kutsche gebu…«

»Ein Taxi! Oh Mann, so verrückt sind wir auch nicht!«, kichert Lenka, als wäre es absurd, auf diese Idee zu kommen. Dabei sind sie an Lissys letztem Geburtstag in einem Fiaker durch die Innenstadt gefahren, haben darin gespeist und getrunken und ihren Untertanen königlich zugewinkt. Manchmal tut es eben gut, sich wie eine Prinzessin zu fühlen.

»Mit dem Fahrrad kannst du nicht durch die Nacht galoppieren. Wer weiß, was der Helm und der Wind aus deinen Haaren machen würden. Nicht auszudenken!«, erklärt Angi und haucht ihr einen Glückskuss über die Schultern. So machen das die Freundinnen immer, wenn eine ein wenig Glück benötigt. Sie hauchen sich Küsse über die Schultern, die zart und weit fliegen, sodass sie die Göttin Fortuna erreichen können.

»Hätte ich ihm antworten sollen?«, wirft Lissy ein, als sie sich bei der Tür verabschieden und sie in Lenkas hochhackige rote Schuhe steigt.

»Er weiß, dass du kommst. Bestimmt wartet er schon«, sagt Jelenka und umarmt sie. »Viel Glück, Süße! Und ruf mich später an! Unbedingt. Vergiss das nicht. Egal, wie spät es ist!«

~

Die Nacht hängt sternenklar über Wien. Die Gestirne bohren sich in die dunkle Schokoladenglasur am Himmel, als wollten sie sich ein Stück Ewigkeit erstrahlen. In der Mitte des Horizonts liegt der sichelförmige Mond und dirigiert die funkelnde Versammlung, sodass sie sich zu unvergesslichen Sternenbildern formieren. Gemächlich hält das Taxi vor Mr. Crunch's Wohnhaus, so als hätte es keine Eile, dabei rast Lissys Herz, als wäre es getrieben auf einer Autobahn der Versuchung. Aufgeregt steigt sie aus den Wagen, hält den Saum ihres Kleides hoch und tritt mit vorsichtigen Schritten an Mr. Crunch's Hauseingang. Suchend neigt sie ihren Kopf ein Stück nach hinten und guckt ins Dachgeschoss zu den Glasfronten, die von heruntergelassenen Rollläden verdeckt sind. An einer Fensterseite kann sie eine dumpfe Lichtquelle ausmachen, wo die Rollos ein Stück hochgefahren sind.

»Wir machen das gemeinsam«, sagt sie in Anlehnung an Matthias und flüstert sich selbst Mut zu. Eins, zwei … drei!, denkt sie, tritt knapp an die Tür und positioniert ihren Finger an seiner Klingel. Mit dem nächsten Ausatmen läutet sie. Nervös zappelt sie von einem Bein auf das andere. Das Zappeln wird intensiver, als nicht gleich eine Antwort kommt, und endet in völliger Erleichterung, als der bekannte Brummton ertönt.

»Lissy?«

Ihr Name, weich und erfreut ausgesprochen. So voller Erwartung. Seine Stimme verdrängt die angstvollen Gedanken und Zweifel in ihrem Kopf. Möglich, dass ihr Vorhaben verhängnisvoll, aussichtslos und zum Herzbrechen ist. Möglich, dass es der größte Blödsinn in Lissys (Liebes-)Geschichte ist. Möglich, dass dieses Treffen ganz anders verlaufen wird, als sie es sich erträumt. Möglich, dass sie bald mit hängenden Schultern nach Hause fahren wird. Aber vielleicht ist es auch die lang ersehnte Möglichkeit, eine bezaubernde Verbindung zwischen zwei Menschen entstehen zu lassen, die weit mehr als ein flüchtiges Sternenfunkeln an einem dunklen Horizont ist.

»Kann ich hochkommen?«

»Ich bitte darum«, sagt er, und sie spürt die Vertrautheit, die wie eine sanfte Welle zu ihr schwappt.

Mit dem Summen der Tür tritt sie ein. Langsam schreitet sie das Entree entlang zur Treppe. Sie hebt das Kleid ein Stück, damit sie nicht stolpert, und steigt die Stufen hoch. Plötzlich sorgt sie sich darüber, dass ihr Outfit übertrieben sein könnte. Dann lässt sie die Unsicherheit los, denn für eine Abänderung ist es zu spät. Die Tür wird verschlossen sein. Ganz bestimmt. Und was, wenn nicht?

Als sie in seinem Stockwerk ankommt, durchfährt sie Enttäuschung. Irgendwie hatte sie doch gehofft, die Tür würde geöffnet sein. Ihr Blick schweift zum Eingang. Aufgeregt faltet sie die Hände vor der Brust, und ein dezentes Gefühl der Erleichterung erreicht sie. Vielleicht ist es besser so.

Wie in einer stilvollen Bar befindet sich ein Stehtisch mit Glasplatte vor seiner Tür. Darauf flackert eine breite Kerze in einem bauchigen Glas, und eine rote langstielige Rose klettert in einer eleganten schmalen schwarzen Vase nach oben. Neben dem Tisch, angrenzend zum Fenster, steht ein cognacfarbener Lederhocker mit einer gemütlichen Sitzfläche, den man eher in einem Zigarrenclub vermuten würde. Das Licht am Gang ist gedimmt. Hat er etwa die Glühbirne ausgetauscht?

»Schön, dass du da bist, Lissy.« Die Worte fliegen ihr sanft entgegen und streicheln ihre Wangen. Zart, wie ein Lüftchen in ihrem Nacken an einem heißen Sommertag.

»Ich war ziemlich überrascht über deine SMS«, sagt sie und fährt mit der Handfläche über das kühle Leder des Barhockers. Es fühlt sich gut an.

»Sorry, ich wollte dich nicht so überrumpeln, aber der Wein hat nicht nur meine Zunge, sondern auch meine Finger gelockert … Ich musste dir einfach schreiben«, raunt er, und seine Stimme klingt heiser, so als hätte er Scotch statt Wein getrunken.

Sie fragt sich, was er noch so alles mit seinen Fingern anstellen könnte, und bei dem Gedanken kribbelt es angenehm in ihrem Körper. Behutsam schließt sie die Augen und fährt weiter mit der Hand über das Leder, denn das Kino in ihrem Kopf ist verlockend.

»Wahrscheinlich hast du mich gerettet«, sagt sie. »Ich war auf einer langweiligen Party, und Dita hatte schon genug davon.« Eine glatte Lüge, denn Treffen mit Lenka und Angi sind nie fad. Aber die Wahrheit wäre zu schmeichelhaft für ihn und würde so einiges über Lissys zuckerwattenrosarote Gefühlslage verraten.

»Party? … Dita? Eine Freundin?« Sie hört, wie er eine Flasche entkorkt.

»Dita Von Teese ... Und es war nur eine kleine Party.«

»Die Burlesque-Tänzerin?«, fragt er ungläubig.

»Es war eine Verkleidungsparty, man musste als seine zweite Persönlichkeit erscheinen, und ich hab mich für die in mir eher unterrepräsentierte, aber sehr ausgehfreudige Dita Von Teese entschieden. Deshalb trage ich auch ein ziemlich heißes Kleid.«

»Verdammt.« Sein Fluchen klingt wie ein Akt der Verzweiflung.

»Öffnest du mir jetzt die Tür?«, fragt sie schmunzelnd.

»Nein.«

»Hast du Angst?« Sie setzt sich und lehnt sich mit dem Kopf an die Tür.

»Ich fühle gerade so einiges, Dita, aber Angst ist nicht dabei.«

»Wegen der Party trage ich das heiße Kleid. Es ist nur zufällig auch für dich, aber vielleicht möchtest du es sehen?«

»Netter Versuch ... wirklich. Das klingt wie etwas, was ich beachten und mit den Fingern erkunden sollte. Fuck.« Eine Pause entsteht, die vibriert. »Wie sieht es aus?« Sie hört, wie er sich gegen die Tür lehnt. Vermutlich gerade seinen Kopf an das Holz legt und die Augen schließt. Ob sie Kopf an Kopf lehnen?

»Schwarze Spitze über bordeauxroter Seide.«

Ein Keuchen tritt leise durch den Fensterspalt.

Plötzlich vernimmt sie Schritte an seiner Seite der Tür. »Guck ja nicht durch den Spion!«, ermahnt sie ihn, steht auf und stellt sich dicht an die Wand neben der Tür, damit er sie im Falle eines Schummelversuchs nicht sehen kann.

»Ich stehe zu meinen Versprechungen! Musste mir nur kurz die Aufregung aus den Beinen treten. Apropos ... Lust auf ein Glas Wein? Das könnte uns jetzt helfen.«

»Deshalb bin ich ja gekommen.«

Kurz darauf reicht er ihr ein gut gefülltes Glas Rotwein durch den Fensterspalt. Dieses Mal gibt es eine flüchtige Berührung, die allerdings zu oberflächlich ist, als dass sie als solche wahrgenommen würde. »Können wir das noch mal machen? Nur intensiver?«, fragt sie.

»Was?«

»Die Weinübergabe … die Berührung.«

Er lacht. »Beim nächsten Mal mach ich's besser. Versprochen.«

Lissy hält mit Daumen und Zeigefinger elegant das Glas am Stiel, mit der anderen greift sie den Bauch an, als wollte sie die Temperatur an der Stirn eines Kindes erfühlen. Ja, perfekt temperiert. Zufrieden stellt sie das Rotweinglas auf den Tisch ab und setzt sich. »Ich mag das.«

»Meine Hand?«, fragt er mit tiefer, erotischer Stimme.

»Ja.« Ein Hauch von zwei Buchstaben. Sie bestätigt, obwohl sie noch viel mehr damit meint. Die Situation, die Lage, in der sie sich befindet, die kurzen blinden Momente, die sie miteinander teilen. Sein Lachen. Den Brummton in seiner Stimme, der äußerst erotisch klingt, wenn er tief aus seiner Kehle rollt. Die Witze, die leise durch den Fensterspalt stolpern, als hätten sie sich verirrt, und sanft an ihren Kopf knallen. Seine Adern an den Unterarmen, die Kraft und Dominanz signalisieren, als wäre er unerschütterlich und kein verdammtes Schicksal der Welt wäre imstande, ihn zu brechen. Dieses Haus. Selbst den kalten Boden, auf dem sie bei ihren ersten beiden Treffen saß, mag sie.

»Was genau gefällt dir daran?«, fragt er. Seine bassige Stimme ist wie ein Tenor mit einem dunklen Timbre, das zu einem Echo in ihrem Inneren wird und angenehm nachhallt.

Lissy greift nach ihrem Glas, nippt vom Wein und rollt den

Schluck im Mund gekonnt herum. Samtig und weich ist er. Wie ein Seidentuch legt sich der edle Tropfen über ihren Gaumen. Nachdenklich neigt sie den Kopf und senkt die Lider, um seine Berührung nachzufühlen, um alle Berührungen nachzufühlen, die sie bislang von ihm bekommen hat. »Ich mag es, wie du erst zärtlich, dann kräftig deine Hand um meine schließt, als wäre sie ein kostbarer Schatz, den du nicht mehr loslassen willst. Ich ersehne die Wärme, die sie mir gibt, wie ein Brunnen aus Vertrautheit, aus dem man unendlich schöpfen kann ... und den man genau dann findet, wenn man ihn am dringendsten braucht. Ich mag die Dauer, wie lange du sie hältst, als hättest du keine Eile, sie loszulassen. Die Ruhe, die du mir gibst, ist schön, als hätten wir ewig füreinander Zeit.«

»Vielleicht haben wir das auch«, sagt er vorsichtig und spricht aus, was sie sich wünscht, konträr zu dem, was er bei ihrem letzten Treffen angedeutet hat.

»Ich mag die kleinen Hügel auf deinem Handrücken und die Rillen, die sich auf deinen Fingern eingegraben haben, als wären es Zeichen, die eingraviert wurden. Sie erzählen deine ganz persönliche Geschichte, die noch niemand kennt. Der Karamellteint auf deiner Hand, der ist attraktiv. Der erzählt von Matthias Hübner im letzten Jahr, von etlichen Tagen im Freien, mit Grillen und Segeln, mit Spaziergängen am Meer und Klettern in den Bergen, stimmt's? Ja, der Teint erinnert an Aktivität und Abenteuer. Auch wenn du derzeit deiner Passivität erliegst, die Vergangenheit ist präsent. Und dann ist da noch die stille Seite, deine Handinnenfläche, die weich und verletzlich ist. Sie mag Berührungen und eine andere Hand, die sich mit ihr verbindet. Sie sucht Halt, jenen, den sie auch selbst geben will. Schützend darüber liegen die starken Adern auf deinem Handrücken, die repräsentativ für deinen Geist sind, der kämpferisch und unnachgiebig sein kann und der nicht aufgeben will. Der weitermachen wird. Das alles, das mag ich.«

Er brummt, und eine Stille dehnt sich zwischen den beiden aus, die sich vor ihren Worten verneigt. Wahrscheinlich muss er die Schmeicheleien sacken lassen, die Lissy ihm wie ein kleines Geschenk überreicht hat.

»Lissy?«

»Ja?« Sie öffnet die Augen und sieht zur Tür, die noch immer verschlossen ist.

»Das war wohl das Schönste, was jemals jemand über meine Hand gesagt hat. Danke.«

»Und du? Was magst du an meiner Hand? Du kennst hauptsächlich meine rechte. Wie findest du sie?«, fragt sie.

Er atmet schwer aus, und sie stellt sich vor, wie er die Augen schließt und dem Gefühl nachspürt, das sie mit ihrer Berührung in ihm ausgelöst hat.

»Ich mag deine zarte Haut, Lissy, sie fühlt sich wie Seide auf meiner an, wie ein Seidentuch, das sich zärtlich über mich spannt. Deine langen Finger haben die perfekte Form, um sich mit meinen zu verschränken. Wir ergeben dann ein widerstandsfähiges Fischgrätenmuster, mustergültig ineinander verkeilt. Ich erinnere mich an den Geruch deiner Haut, am Pulsgelenk, das hat mich vereinnahmt. Sie riecht nach Kirschblüten, die vom Wind über das Meer getragen werden und sanft auf die salzigen Wellen gleiten, von denen sie endlos weit davongespült werden. Mit dir davongespült zu werden … Das würde ich wollen. Deine Worte verströmen eine Süße, die du mit der Gestik deiner Hand unterstreichst. Selbst dann noch, wenn sie von meiner umschlossen wird, als könnte sie niemals zum Stillhalten gezwungen werden. Eine Ungeduld pocht in deiner

Hand, denn auch wenn du dich nach außen hin ruhig und besonnen gibst, zappelst du innerlich wie ein kleines Kind, das nicht auf etwas Größeres warten will, weil es erkannt hat, dass die Gegenwart schon Größe genug hat. Das ist auch das, was in deinem Essen mitschwingt. Vermutlich bist du nur dann ruhig und entspannt, wenn du ein neues Gericht in deiner Küche kreierst. Dann dürftest du die ruhige Hand eines Chirurgen haben.«

Sie kichert.

»Und deine Fingernägel. Oh ja, die sind perfekt. Du hast ein schönes Nagelbett und eine ganz besondere Form, und sie sehen sehr natürlich aus. Deine Haut, selbst am Handrücken, ist weich, und würde ich es nicht besser wissen, ich würde sagen, dass du die ganze Zeit Samthandschuhe trägst und maximal Grenadiermärsche aus dem Pappkarton in der Mikrowelle erwärmst.«

Lissy lacht und hält sich eine Hand auf die linke Brust. »Ertappt, Matthias. Manchmal mache ich das auch.« Lissy guckt auf ihr elegantes Kleid, den edlen Spitzenstoff und das dunkle rote Unterkleid, das durch die Spitze leuchtet. Zu schade, dass er sie nicht sehen kann. Zu schade, dass er das schöne Make-up und ihre tolle Frisur nicht bemerkt. »In Wahrheit bin ich eine Prinzessin mit Samthandschuhen, musst du wissen. Würdest du mich sehen, würdest du das bestätigen.«

»Das habe ich längst erkannt. Aber du bist eine Prinzessin mit einem märchenhaften Update. Du wärst die Prinzessin, die den Prinzen rettet.« Ob er sich gerade vorstellt, wie sich Lissy in Stiefeln auf ihren grauen Schimmel schwingt und mit Blaulicht im Kopf zu ihm reitet? Ob er sich allerdings von ihr retten ließe, ist eine andere Frage.

»Die Prinzessin mit der Erbse aus dem Schlaraffenland, die

den Prinzen aus seinem hundertjährigen Schlaf mit einem Kuss – oder einem fabelhaft gebratenen Steak – erweckt.«

Wieder kichert sie. »Emanzipation hat auch ihre guten Seiten«, wirft sie ein. »Aber ich lasse mich auch gerne auf Händen tragen.«

Verlegen räuspert er sich. »Das würden meine kräftigen Hände schaffen. Die Adern darauf könnten ganze Berge schleppen, glaubt man deinen Erzählungen. Auch wenn du vermutlich das Leichtgewicht eines Eichhörnchens hast.«

»Du vergleichst mich mit einem Eichhörnchen?«

»Niedlich, oder?«

Lissy denkt nach. Es hätte sie schlimmer treffen können. Taube, Ratte, Schlange, Ameisenbär, Schildkröte oder Stinktier hätten fallen können. »Ja, meinetwegen, ist irgendwie süß. Dann einigen wir uns auf folgendes Drehbuch: Ich bin das Eichhörnchen, das sich durch einen Kuss des Prinzen in eine kämpferische Prinzessin verwandelt. Der Prinz wird von seinem Schicksal entführt. Ich rette dich aus dem Turm, und dafür trägst du mich auf Händen durchs restliche Leben. Und sie lebten glücklich und zufrieden bis ans Ende ihrer Tage. Einverstanden?«

»Das restliche Leben kann aber ganz schön lang sein«, brummt er. Lissy schüttelt akribisch den Kopf, als wollte sie seine Rationalität verteufeln.

»Auf ein Viertel- oder Achtelleben lasse ich mich bestimmt nicht ein. Schon vergessen, wir befinden uns hier in einem Märchen! Außerdem habe ich schon ein Drittel verbraucht. Bleiben nur noch zwei Drittel von einer möglichst berauschend schönen Zukunft übrig.«

»Berauschend schön klingt gut, damit bin ich einverstanden. Darf ich dir zum Wein was anbieten, Prinzessin? Vielleicht ein paar Salzstangen ohne Salz oder Nachos ohne Dip. Chips mit Balsamico-Vinaigrette, die mehrere Partys ungeöffnet überstanden haben, wären auch noch da. Oder ein Glas Weißwein?«

»Ich werde später den Weißwein nehmen. Momentan bin ich glücklich.«

»Glücklich«, sinniert er. »Ein verheißungsvolles Wort. Doch das Glück ist unberechenbar, Lissy.« Lissy sieht zur Tür, die sich hinter ihrem Rücken befindet, und guckt tadelnd das Holz an.

»Wenn man bereit dafür ist und es zulässt, ist es immer und überall. Flüchtig ja und manchmal nur einen Augenblick lang gegenwärtig, aber es ist da. Immer und überall, das ist wie ein riesengroßer Topf Suppe, aus dem man schöpfen kann.«

»Jede Suppe geht mal aus, Süße. Ach, meine verträumte Lissy. Ich würde gern die Welt durch deine Augen betrachten. Aber dafür fehlt mir der Übermut. ... Darf's ein wenig Musik sein?«

»Warum nicht.« Dieses Mal vernimmt sie keine Schritte, stattdessen ertönt Norah Jones' Stimme. Vermutlich steuert er die Musik mit dem Tablet oder seinem Handy.

»Jazz.«

»Schuldig. Ich kann nicht ohne.« Die Töne schwingen sanft von der Wohnung in den Flur, als wären sie Blätter, die in der Luft schweben.

»Darf ich dich um einen Tanz bitten, Prinzessin? Ich bin dir schon ein paar Gläser voraus und würde gerne mit dir tanzen ... nur um mir die Beine zu vertreten und dir nahe sein zu können.«

Sie lacht. »Wie soll das bitte schön gehen? Ich sitze da, du verbarrikadierst dich da drinnen wie ein Terrorist oder als wäre ich hochansteckend und ...«

»Doch, das funktioniert. Du musst nur aufstehen und zur Mitte gehen. Und wenn du dort bist, schließ die Augen. Den Rest überlass mir.« Hastig nippt sie vom Weinglas und kichert wie ein junges Mädchen, das bei einem Ball vom beliebtesten Jungen der ganzen Schule zum Tanz aufgefordert wird. Zögerlich erhebt sie sich und schlendert in die Mitte des Stockwerks.

»Was, wenn jemand gegenüber die Tür öffnet? Das ist doch peinlich«, bemerkt sie und sieht zum Eingang, der sich vis-à-vis von Matthias' befindet.

»Die sind auf dem Land. Schon seit Wochen. Vielleicht auch gestorben. Wer weiß das schon. Hast du die Augen geschlossen?«

»Ja.« Unter einer dumpfen Lichtquelle steht sie und ist sich mittlerweile sicher, dass Mr. Crunch die Glühbirne ausgetauscht hat, denn bei ihren vorhergehenden Besuchen war das Licht auf diesem Stockwerk heller, fast zu grell. Es scheint, als ob Matthias Hübner, MSc nichts dem Zufall überlassen würde. Aufgeregt senkt sie ihre Lider.

»Wir befinden uns in einem wunderschönen Ballsaal mit goldenen Kronleuchtern, die von den Decken hängen und den Raum in ein mattes Licht hüllen. Du hakst dich mit deinem Arm bei mir unter, und wir setzen einen Schritt vor den anderen, sodass wir in die Mitte der Tanzfläche gelangen, wo wir stehen bleiben. Der mahagonifarbene Parkettboden knarrt, als wir darüber laufen. Wir sind ganz allein. Die bodentiefen Fenster, die von den schweren roten Vorhängen umrandet werden, geben die Sicht auf die hell erleuchtete Stadt frei. Durch das Glasdach über uns kann man die Sterne und einen vollen Mond sehen, die still auf uns hinunterleuchten. Ich ergreife deine Hand – die rechte – und deute eine kleine Vorwärtsverbeugung an. Innig ist mein Blick, während ich meinen Oberkörper senke. Zärtlich hauche ich dir einen Kuss auf den Handrücken. Du lächelst, und deine Augen strahlen. … Nun strecke ich dir meine linke Hand entgegen. Du erfasst sie, und ich umschließe sie sicher. Oh, wie gut sich diese Hand in meiner anfühlt … Die andere lege ich sanft an deinen unteren Rücken, um dich ein Stück weiter zu mir zu ziehen. Mit meiner rechten Hand führe ich deine behutsam nach oben. Du kannst dich an mich schmiegen, gut so?«

»Ja. Das fühlt sich wunderschön an.« Sie lächelt, und ihre Hand gleitet in die Höhe. Dabei bewegt sie ihre Finger, als würde sie seine Silhouette nachzeichnen. Aufregung und Glücksgefühl ziehen abwechselnd durch ihren Körper und hinterlassen eine angenehme Straße der Wärme. Sie spürt ihre Hand in seiner. Wohlwollend. Vertraut. Als läge ihre tatsächlich in seiner.

»Ich beuge meinen Kopf nach unten und vernehme den Duft deiner Haare. Honig, Mandel und ein Hauch feiner Vanille. Mmh …« Ein Knurren perlt über seine Lippen.

Lissy lehnt sich ein Stück nach vorne, als würde sie sich in eine Umarmung fallen lassen, und versucht, seinen Geruch wahrzunehmen. Ein aromatisch-holziger Duft mit Ambra- und Moschusnoten hüllt ihn ein. Herbe Zedernnoten verleihen ihm warme Sinnlichkeit und spiegeln einen Mann, der für Abenteuer geschaffen ist.

»Ich ziehe dich eng an mich und hebe dein Kinn an. Du siehst mir dabei tief in die Augen.«

»Welche Farbe?«

»Braun. Wie Lauensteiner-Schokolade, die in ein Glas Whiskey gefallen ist. Feinste Sorte, vortrefflich gereift.«

»Und was trägst du?«

»Einen schwarzen Smoking. Maßgeschneidert«, raunt er. »Dazu ein schickes weißes Hemd.«

»Hm … Das gefällt mir.« Sie stellt sich vor, wie er erwartungsvoll vor ihr steht und sie mustert, als wäre sie eine Antwort auf eine Frage, mit der er nicht gerechnet hat. Er hält ihre Hand fest in seiner. Die andere streicht zärtlich an ihrem unteren Rücken entlang und fühlt sich warm und unendlich vertraut an.

»Nun kommt ein langsamer Walzer«, sagt er, und in der nächsten Sekunde ertönt Norah Jones mit »Come away with me« aus seiner Wohnung. Die Töne schlängeln sich durch das gesamte Stockwerk, als wollten sie alle zu einem Tänzchen verführen. Sie stellt sich vor, wie sie alleine im Ballsaal stehen, sich innig ansehen und bereit sind, die ersten gemeinsamen Schritte zu tun.

»Dein linker Fuß geht gerade zurück, dein rechter diagonal nach hinten«, flüstert er, was sich anfühlt, als würde sein Atem ihr Ohrläppchen streifen. »Linken Fuß seitlich ranschließen. Rechter Fuß gerade nach vorne, linker Fuß diagonal nach vorne, rechten Fuß ranschließen … Ich halte dich, keine Sorge. Entspann dich, Lissy, lass dich fallen.« Leichtfüßig tänzelt sie unter seiner Anleitung über den Fliesenboden, der in ihrer Vorstellung ein mahagonifarbener Parkettboden mit Fischgrätenmuster ist. Das Klacken ihrer hochhackigen Schuhe hallt durch den Ballsaal. In Matthias' Wohnung sind ebenso Schritte zu hören … und bald ertönt eine wunderbare Sinfonie des Gleichklangs. Linken Fuß gerade zurück, rechten diagonal nach hinten … und nun eine kleine Drehung. »Spürst du es?«, fragt er zärtlich, und die Worte fühlen sich an, als würde er mit dem Daumen über ihre Wange streicheln.

»Ja.« Mit geschlossenen Augen tanzt sie über das Stockwerk und spürt die Klänge in jeder Zelle ihres Körpers. Sie achtet auf die Schritte auf der anderen Seite der Tür, damit sie den Gleichklang nicht verliert, und es kommt ihr so vor, als wäre er nah bei ihr und würde sie halten.

»Und nun eine Drehung.« Mit seinen Worten wendet sie sich einmal im Kreis.

»Hui, das war eine wilde Drehung«, sagt sie lächelnd und spürt seine Finger, wie sie ein paar Zentimeter tiefer sinken. Nun ruhen sie sanft in der leichten Krümmung ihrer Lendenwirbelsäule und vergrößern ihr Verlangen nach ihm. Sie wird von einem heftigen Begehren überschwemmt, das mit solcher Intensität über sie geht, dass es sie innehalten lässt. Gedanklich legt sie ihren Kopf an seine Brust und vergräbt eine Wange an seinem Hemd, an der Stelle, wo sein Herz ist. Sie hört es pochen, laut und stark, als könnte ihn kein verdammtes Schicksal aus der Bahn werfen können. Er führt sie mit sanften Worten nach rechts, sie drehen sich im Kreis, ehe sie wieder nach links tanzen … Unzählige Herzschläge lang gleiten sie in die Nacht, in der der helle Mond am dunklen Himmel hängt wie ein strahlendes Licht über einem tintenfarbenen Ozean, und werden mit jedem Schritt geeint. Jeder einzelne Schritt bringt sie näher zueinander. Mehr und immer mehr. Bis der Tanz von den letzten Tönen davongetragen und von der Stille beendet wird, die sich in den Schatten des Liedes zwängt.

Atemlos bleibt sie stehen.

Lissys Puls verlangsamt sich allmählich, die Melodie wird zu einer bloßen Erinnerung in ihrem Kopf.

Sie ist noch nicht bereit, ihre Augen wieder zu öffnen und den Traum loszulassen, in dem sie soeben getanzt haben.

»Es soll noch nicht enden«, fleht sie und bleibt in der Mitte des Ganges stehen, die Augen geschlossen.

Er brummt. »Dann stell dir vor, wie ich vor dir stehe, meinen Kopf neige und meine Lippen auf deine lege. Sie sind warm. Begierig. Sie verweilen auf deinen, und wir halten die Zeit an.« Ein warmes Kribbeln durchfährt ihren ganzen Körper. Keuchend öffnet sie die Augen, übermannt von den Gefühlen, die soeben wie ein heftiges Gewitter an einem schwülen Augusttag über sie gekommen sind. Sehnsuchtsvoll sieht sie zu seiner Tür und hört, wie ein Schlüssel raschelt. Sie überlegt, darauf zuzulaufen, die Klinke nach unten zu drücken und in seine Wohnung zu stürmen wie ein Einsatzkommando der WEGA – wie ein Einsatzkommando an Leidenschaft –, um ihn zu küssen und stürmisch in seinen Armen zu versinken, um das zu tun, was er ihr mit seinen Worten versprochen hat. Öffnet er sie? Vielleicht überlässt er längst ihr die Entscheidung. Vielleicht muss sie nur … Entschlossen bewegt sie sich auf die Tür zu, visiert die Türschnalle an und greift hastig danach. Sie nimmt einen tiefen Atemzug, ehe sie die Türklinke nach unten drückt.

Nichts. Sie drückt gegen das Holz.

Wieder nichts.

Die Tür öffnet sich keinen Millimeter.

Lissy flucht. Laut. Untypisch klar. Unverfroren wild, als würde man ihr etwas verwehren, das ihr zusteht.

Sehnsucht.

Verlangen.

Echte Berührungen.

Mehr. Sie will mehr. Viel mehr. Sie will alles … ihn … Ihn körperlich spüren. Sie will gegen seinen Körper knallen und von ihm umarmt werden. Sie will gehalten und geliebt werden.

»Ich küsse dich auf die Hand, Lissy. Danke für den Tanz.« Hat er soeben die Tür noch einmal versperrt? Doppelt versperrt?

»Nein! Auf die Lippen, Matthias. Auf meine Lippen. Ich will nicht, dass du mich nur auf die Hand küsst und dass alles reine Fiktion in meinem Kopf bleibt. Und ich küsse dich zurück. Tausend Mal. Wild, leidenschaftlich, als hätten uns Jahre und ganze Kontinente voneinander getrennt.« Ja, genau so. So fühlt es sich an. Als würden sie ganze Kontinente trennen. »Einfach so. Weil mir … weil uns danach ist. Wir küssen uns stundenlang, tagelang … wir lieben uns. Wir versinken in einer Endlosschleife an Zärtlichkeiten. Weil wir uns das schuldig sind. Weil …«, keucht sie, fährt sich unwirsch durchs Haar, zerzaust damit ihre Frisur und rutscht zerstört an der Tür entlang zu Boden. Ein gekränktes Mädchen mit einer verletzten Seele sitzt auf einer Matte vor einer Tür, die sich vielleicht nie öffnen wird.

»Lissy, ich kann das nicht! Du wirst wahrscheinlich auch in zwanzig Jahren noch tanzen. Oder herumspringen und das Leben lieben. Ich nicht. Nicht mehr!«, ruft er.

»Aber vielleicht kommt es nicht so, vielleicht stimmen die Prognosen nicht. Vielleicht kann es anders verlaufen. Vielleicht gibt es bis dahin ein Medikament dagegen und …«

»Statistiken irren nicht. Es ist zu spät. Lass uns …«

»Nein! Du hast mir gerade so viel in Aussicht gestellt. Du hast mich hierher bestellt. Wir haben getanzt. Wir haben uns in irgendeiner schrägen, absurden Phantasie berührt. Es war so schön, dass ich jetzt mehr will. Ich gehe nicht. Ich bleibe, verdammt noch mal! … Meinetwegen essen wir jetzt diese verdammten Salzstangen ohne Salz und die Chips mit Essig, die keiner will.« Trotzig ballt sie ihre Hände zu Fäusten.

Plötzlich ertönt Gelächter.

»Warum lachst du?«

»Weil mir diese Lissy gefällt.«

»Scheiße. Du hast echt ein Problem, Herr Hübner.« Sie schüttelt den Kopf und lässt ihn in ihre Hände plumpsen.

»Verdammte Scheiße.« Sein Lachen verebbt. »Hast du als Kind mit den Beinen in den Boden gestampft, wenn du was haben wolltest und es nicht bekommen hast?«

»Nein«, sagt sie trotzig. »Ich hab mich hysterisch auf den Boden geworfen und geschrien.«

Mr. Crunchs Lachen hallt glücklich durch das gesamte Haus.

»Ich bin aber mittlerweile erwachsen geworden«, grummelt sie und zieht eine Schnute.

»Vernünftig erwachsen?«

»Ja.«

»Schade, ich hätte gerne das volle Programm der kleinen Lissy erlebt.«

»Öffne mir nur weiterhin nicht die Tür, dann wirst du alles live abbekommen«, droht sie. »Und noch viel mehr!«

»Dann machen wir so weiter.« Sie hört, wie er aufsteht und davongeht.

Mit einem Seufzen winkelt Lissy ihre Beine an und stützt ihre Arme auf den Knien ab. Vielleicht hat er recht, und es ist deshalb so besonders, weil sie sich nicht gegenübertreten und in einer Blase tanzen. In einer Blase, in der man nicht verletzt werden kann, in der sie die Realität für wenige Augenblicke … zumindest für ein paar Stunden … aussperren können. Und doch befindet sie sich gefühlt im Film *Ghost, Nachricht von …* Matthias.

»Ich hab noch Salami und Käse im Kühlschrank gefunden. Nicht viel, aber perfekt zu den mickrigen Salzstangen und den Chips. Ich hatte ja keinen Besuch erwartet … also nicht, bevor ich zu trinken begonnen habe.« Sie hört, wie eine Tüte raschelt und etwas in eine Schüssel gefüllt wird.

»Du solltest für solche Fälle eine Warnung auf deiner Türmatte stehen haben: Vorsicht, hier lebt ein Geist, Sie werden ihn nie zu Gesicht bekommen!«

Er räuspert sich. »Ruhestand. Besuch wird ab sofort nicht mehr entgegengenommen, hab ich mir schon mal in einem heiteren Anflug überlegt.«

»Heiter? Wie wär's mit: Ob du wirklich richtig stehst, siehst du, wenn die Tür aufgeht.«

Mr. Crunch lacht.

»Oder nein, pass auf … noch schlimmer«, sagt sie. »Ob du die Richtige bist, siehst du, wenn die Tür aufgeht.«

»Würde das draufstehen, Lissy, dann würde ich die Tür für dich sperrangelweit öffnen. Und ein großes Transparent mit den neongelben Lettern WELCOME würde ich nur für dich vor dem Eingang aufhängen.«

Eine nette Vorstellung, denkt sie und stellt sich Matthias in einem Smoking vor, wie er Konfetti für sie streut und sie mit einer Tröte begrüßt. Durch den Fensterspalt reicht er ihr eine Schüssel, in der sich das exquisite Arrangement an Knabberzeug befindet.

»Game over. Das Leben findet ab sofort woanders statt. Das würde noch besser passen«, bemerkt er sarkastisch, als er ihr noch einen Teller mit Salami und Käsestücken nachreicht.

Lissy lacht verhalten, doch das Lachen verebbt sogleich, denn bei weiterem Nachdenken findet sie die Botschaft nicht witzig. Wegen Krankheit geschlossen, wäre noch treffender.

»Was wirst du jetzt machen?«, fragt sie und nascht ein wenig vom Käse und der Salami.

»Wie meinst du?«

»Na, deine Arbeit und deine Zukunft. Die kannst du doch nicht sausen lassen. Ich meine, du kannst doch nicht einfach aufgeben und diese beschissene Schicksalskarte ausspielen.« Sie nippt beunruhigt an dem Glas Wein, denn die Vorstellung, er könnte sich nur noch in seiner Wohnung verschanzen, stimmt sie traurig.

»Ich war heute schon auf einen Spaziergang draußen. Mit meiner Schwester, falls du das meinst. Sie hat mir mit Worten in den Arsch getreten und zugleich meinen Arsch gerettet, indem sie gesagt hat, ich müsse mal unter Bäume, sonst würde sie mich zusammenpacken, in einen Einkaufswagen stecken und mich durch den Neunten rollen. Wie früher.«

Lissy grinst und knabbert die Enden einer Salzstange ab, bis nur noch ein kleines Mittelstück übrig ist. »Wie früher? Hattest du denn keinen Kinderwagen und deine Eltern mussten dich im Einkaufswagerl durch die Gegend rollen?«, scherzt sie.

»Nein, wo denkst du hin. Da war ich schon aus dem Kinderwagenalter draußen und brauchte dringend Ersatz. Das Lieblingsspiel meiner Schwester und mir war es, im Einkaufswagen durch die Grazer Innenstadt zu flitzen. Beim Schieben wechselten wir uns ab. Irgendwann bekam unsere Lieblingsbeschäftigung allerdings eine Diebstahlsicherung verpasst, und wir konnten keine Wagerlrennen mehr veranstalten. Die Technologie war unser Feind.«

»Andere haben mit Puppen und mit Lego gespielt und du mit Metall auf vier Rädern?! Oje. Bist du ein Kind aus *Gangs of New York*?«

Er lacht, und sie hört, wie er sich eine Dose Bier öffnet. »Möchtest du ein Bier zu den Chips?«

»Danke nein, ich bleib beim Wein. Gibt's noch mehr davon?« Lissy sieht auf das Glas, das beinahe leer ist.

»Fünf weitere Flaschen. Ich hab nicht vor, dich so schnell gehen zu lassen. Das ist ein Überfall auf deine Nüchternheit«, bemerkt er.

»Nach fünf Flaschen müsstest du mich allerdings unter der Erde begraben. Da könnte ich dich nicht mehr betrunken angrinsen.«

»Dann trinkst du besser nur so viel, dass du davon sachte im Bett landest.«

»In deinem?«, fragt sie keck und beißt sich auf die Unterlippe.

»Du meinst, ob ich dir versehentlich die Tür öffnen werde? Das kommt drauf an, wie viel ich von den Weinflaschen trinke. Würdest du das denn überhaupt wollen?«, setzt er nach einer kurzen Pause fort.

»Ich bin inoffiziell Bettentesterin, offiziell hetero, sitze bereits das dritte Mal vor deiner Tür und finde deine Stimme sehr attraktiv. Also durchaus möglich, dass wir … dass ich es ganz reizvoll fände, deine Matratze zu testen.« Durch den Fensterspalt reicht er ihr die Weinflasche und wartet, bis sie ihre Finger darum schließt. Ehe sie ihre Hand zurückziehen kann, streicht er sanft über ihren Handrücken und kreist mit seinen Fingerkuppen in der Kuhle zwischen ihrem Daumen und dem Zeigefinger. »Ich denke, das würde uns beiden gefallen. Aber noch sind die Weinflaschen voll.«

»Ein Cabernet Sauvignon«, sagt sie, als sie die Flasche zur Gänze übernimmt und auf das Etikett blickt.

»Ich lenke jetzt mal bewusst vom Thema ab, denn das würde dort enden, wo wir noch nicht beginnen dürfen. Der Wein ist von meinem Lieblingsweingut im Burgenland.«

Der Name des Winzers ist Lissy bekannt, da er in jedem Supermarktregal zu finden ist und viele Auszeichnungen bekommen hat. »Wir können da ja mal hinfahren, wenn alles wieder offen hat. Haben die bequeme Betten?«, fragt sie.

»Puh … gute Frage. Das kann ich nach den vielen Verkostungen gar nicht valide beantworten.«

Lissy überlegt, wie es dort wäre, und kommt zum Schluss, dass es das beste Date der Welt werden könnte. Ein Wochenende auf einem Weingut mit dem Mann mit der erotischen Stimme und der sinnlichen Hand. Inklusive gutem Essen, viel Wein und einem integrierten Spa-Bereich, der einen Outdoor-Pool zu bieten hat, von dem aus man in die Weinberge blicken kann. Sie würde mit Mr. Crunch in einer gemütlichen Doppelbettliege kuscheln, Händchen halten und in den Sonnenuntergang gucken. Geht's noch kitschiger? Nein, aber genau diese schmalzige Version von achtundvierzig Stunden trauter Zweisamkeit wäre ihr aktueller Top-eins-Hit.

»Vielleicht, Lissy, vielleicht testen wir die Betten dort mal gemeinsam aus.«

Sie kichert und kratzt sich nervös an der Stirn. Das wird wohl nie passieren. »Du bist also aus Graz?«, knüpft sie an ihrem letzten Thema an und ärgert sich darüber, dass er ihr immer so viel in Aussicht stellt und nichts davon wahrmachen wird.

»Themenwechsel, bevor es zu heiß wird?«

»Jepp.« Bevor es zu ernüchternd wird. Lissy pustet sich einen imaginären Fussel von ihrem Arm. »Ich fasse mal zusammen: Du bist ein Straßenkind aus Graz und hast als Kind illegale Straßenrennen durch die City veranstaltet. Machst du so was in der Art noch immer?«

»Meine Kindheit habe ich tatsächlich hinter Gittern verbracht. Sehr behütet und goldig. Mein Vater ist Rechtsanwalt, meine Mutter war Lehrerin. Sie ist älter als er und bereits in

Pension, was sie dazu veranlasst, ihren Hund Dicki, wie er nun heißt, weil er schon ein kleines Wohlstandsbäuchlein hat, zu unterrichten. Ich vermute, bei ihrem engagierten Einsatz kann er in einem Jahr Algebra rechnen.«

»Armer Dicki«, lacht Lissy.

»Sie haben mich gut erzogen, ich war immer ein braves Kind. Keine komisch gefärbten Haare oder Schnüffeln an Klebstoff. Das Ärgste, was ich angestellt habe, war, eine Tulpe aus einem Blumenbeet bei einem Friedhofsgrab auszugraben, weil ich die Pflanze meiner Mutter zum vierzigsten Geburtstag schenken wollte. Und das eigentliche Drama daran ist nicht der versuchte Diebstahl vom Besitz eines Toten, bei dem ich erwischt wurde, sondern dass ich ihr zum runden Geburtstag nur eine mickrige Blume überreichen wollte. Meine Eltern besitzen übrigens ein Haus in Graz mit ganz vielen schönen Tulpen im Vorgarten, so gesehen, war die vom Grab ziemlich überflüssig. So viel zum Thema Straßenkind aus New York. Meine Schwester und ich sind aus der Gang dann mit achtzehn beziehungsweise zwanzig ausgetreten und gemeinsam nach Wien übergesiedelt – nicht im Einkaufswagen, sondern im Zug.«

Lissy grinst. »Ist sie die ältere oder jüngere?«

»Die Jüngere, aber Reifere. In den ersten zwei Jahren haben wir zusammen gewohnt, dann ist sie in eine Mädels-WG und ich in eine echte Männer-WG gezogen, zwecks der Aufrisse, die wir so mitgebracht haben und die uns dann irgendwann voreinander peinlich wurden. Sie hat Design studiert, ich internationale Betriebswirtschaft.«

»Was erklärt, weshalb sie dir einen Micky-Maus-Pyjama geschenkt hat«, wirft Lissy ein.

»Sie hat eben Geschmack.«

»Und nach BWL, was kam dann? Die Freundin, aus der in bilderbuchmäßiger Abfolge eine Verlobte wurde, und ein Student namens Matthias, der sich in einen megaerfolgreichen Herrn Hübner, MSc transformierte? Wie Peter Parker in Spiderman?«

»Gut kombiniert. Meine Freundin und spätere Verlobte und noch spätere Ex-Verlobte habe ich tatsächlich in der Arbeit kennengelernt. Irgendwie bedauerlich, dass ich mir dort so viel Ballast angehäuft habe, bis ich fast daran erstickt wäre. Meine Ex-Freundin, Schrägstrich Ex-Verlobte, hieß – oder heißt vermutlich noch immer – Carina, mit C, darauf legte sie immer viel Wert. Ja, nicht mit K, dafür hätte sie einen geohrfeigt. Sie hatte reichlich Liebe zu geben, leider hat sie den Großteil davon selbst in Anspruch genommen. Irgendwann dann hat mein Ego beschlossen, sich nicht mehr mit der Nebenrolle zufriedenzugeben. Sie war die Empfangsdame in dem großen amerikanischen Konzern, in dem ich nach dem Studium gearbeitet hab. Sie hatte immer auffällig rot lackierte Fingernägel und die perfekte Föhnwelle, mit der sie die Leute täglich lächelnd in Empfang genommen hat. Nur zu Hause, da lachte sie nicht so gerne, außer, sie kaufte sich einen neuen Fummel im Goldenen Quartier, den sie sich eigentlich nicht leisten konnte.«

»Wieso hast du ihr einen Ring an den Finger gesteckt?«

»Geblendet von der Föhnwelle vermutlich … Keine Ahnung.« Sie hört, wie er die Dose Bier abstellt.

»Wie ging's weiter?«

»Irgendwann stieg ich aus dem Konzern aus. Ich trennte mich so schnell wie möglich von der Konzernpolitik und den Fesseln einer Nummernpolitik, in der keine Persönlichkeiten, sondern Ergebnisse die Hauptrolle spielten, und zog mein eigenes Ding auf, das ich schon lange geplant hatte. Carina nahm ich fälschlicherweise als Empfangs- und Herzensdame mit. Ich machte mich selbstständig und habe es – bis auf die Fehlbesetzung der Verlobten und der fehlplatzierten Empfangsdame – nie bereut. Ich arbeite als Unternehmensberater und habe mittlerweile eine Filiale in Graz mit Aussicht auf eine weitere in Innsbruck, die ich gerade mit einem Partner plane, wobei die Pläne aufgrund der Pandemie und meiner Diagnose gerade auf Eis liegen. Normalerweise pendle ich zwischen den Städten hin und her. Ein paar Tage Wien, Graz, und zukünftig hätte ich Innsbruck im Programm gehabt. Derzeit surfe ich nur virtuell. Wenn überhaupt, denn außerdem schwanke ich zwischen schlechter und mittlerer Laune hin und her, was dir nicht entgangen sein dürfte.«

»Du bist Unternehmensberater?« Lissy bleibt der Mund offen stehen, denn das ist, als wäre eine Flasche Wasser bei einem kräftezehrenden Wüstenspaziergang vom Himmel gefallen. »Beeindruckend, was du dir alles aufgebaut hast!«

»Danke«, sagt er, und sie hört, wie er seine Bierdose abstellt.

»Und diese Carina arbeitet noch immer als deine Empfangsdame?«

»Gott, nein, wo denkst du hin? Die arbeitet jetzt vermutlich nirgendwo, das war immer ihr beruflicher Traum. Einfach nirgendwo zu arbeiten. Nicht mal im eigenen Haushalt, denn das ist ihr zu anstrengend und schadet den manikürten roten Fingernägeln. Sie hat kurz nach unserer Trennung schon einen Neuen gehabt, wobei er eher ein alter Neuer ist. Von ihm hat sie ein Baby. Ich denke, die beiden hatten schon länger was am Laufen, sonst wäre der nahtlose Übergang von mir zu ihm nicht so perfekt geglückt. Wahrscheinlich sind sie auch schon verheiratet, und sie hat sich ihren Traum vom Nirgendwoarbeiten und In-einem-Traumhaus-Leben erfüllt. Obwohl … schwanger hätte sie nie geheiratet. Mit Sicherheit nicht. Sie konnte es nicht ausstehen, dick auszusehen, sich dick zu fühlen, als dick wahrgenommen zu werden oder in der Liebe dick im Geschäft zu sein. Ich hoff ja nur, ihr Kind bekommt die ganz dicke Liebe von ihr ab, sonst sieht die Zukunft der Kleinen nicht gerade rosig aus. Sie haben ein Mädchen bekommen. Sie haben mir sogar ein Foto geschickt … per WhatsApp, was so viel heißt, wie, sieh mal, was ich aus meinem Leben Tolles während Corona gemacht habe. Und, wo bist du gelandet? … In einem Krankenhaus, habe ich ihr gedanklich geantwortet. Das Foto habe ich nämlich an meinem Diagnosetag bekommen. Bitter, was?«

Lissy verzieht das Gesicht. »Bitter, ja. Furchtbar bitter sogar. … Aber bitter ist nicht immer schlecht.«

»Sprechen wir noch immer über das Leben oder bereits über Radicchio? Ich glaube, du solltest noch was trinken, Lissy, sonst hast du keinen klaren Blick auf die Tatsachen. Darf ich dir einen Gin Tonic anbieten, damit wir besser über meine Altlasten sprechen können? Gin Tonic soll ein guter Therapeut sein, hab ich mal gehört.«

»Gerne, ich nehme eine Therapiestunde. Aber, warte mal, es scheint kein Fehler gewesen zu sein, sie loszuwerden. Das ist zumindest nicht bitter.«

»Nein, das war der Lottosechser, auch wenn es sich am Anfang nicht so angefühlt hat. Die Trennungsphase war ziemlich scheiße, immerhin planten wir ja eine gemeinsame Zukunft.« Sie hört, wie er aufsteht und davongeht. Lissy erhebt sich leise von ihrem Hocker und geht an das Fenster, in der Hoffnung, einen Blick auf seine Rückenansicht zu erhaschen. Vorsichtig öffnet sie das Fenster einen größeren Spalt. Dumpfes Licht, einen dunklen Holzboden und eine schicke weiße Kommode kann sie sehen. Neben der schwarzen Holzkommode befindet sich ein bodentiefer Spiegel, der die andere Seite des Zimmers zeigt. Mehrere Kleiderhaken, auf denen eine Lederjacke, eine Sportjacke und ein Helm hängen. Ob er Motorrad fährt? »Mit Zitrone oder Gurke?«, ruft er. Sie erschrickt und zieht das Fenster schnell wieder ein Stück zu.

»Gurke, bitte«, antwortet sie und setzt sich zurück auf den Stuhl.

Es dauert nicht lange, da streckt er ihr das Longdrink-Glas durch den Fensterspalt.

»Sag, kannst du mir vielleicht zum Knabberzeug und der Salami noch was anderes anbieten?«, fragt sie und fährt unsicher mit ihrem Zeigefinger am Glasrand entlang, sodass ein zarter Ton entsteht.

»Was hättest du denn gerne?«, antwortet er mit tiefer Stimme, und sie hört, wie er sein Glas auf den Boden abstellt.

»Nun, wie soll ich sagen … Der Pizzakummerkasten läuft gut, von der Anzahl der Bestellungen her gesehen, aber irgendwie kriege ich die Kosten nicht ganz hin. Ich bin sogar grottenschlecht darin, eine richtige Einnahmen-Ausgaben-Rechnung zu führen. Ich weiß … wir reden hier noch nicht mal über eine Bilanz. Aber so ist es eben. Aktuell bin ich mehr im Minus als im Plus, sagt zumindest mein Steuerberater, der mir mal vorausschauend die Steuer für das aktuelle Jahr berechnet hat … Ich kann kochen, ich kann einkaufen, ich kann mit dem freien Auge erkennen, welche Marille reif und welche noch sauer ist, also, welche man besser nicht kaufen sollte. Aber ich bringe einfach keine ordentlichen Berechnungen zustande, das ist, als müsste ich einen Marathon laufen und würde schon nach den ersten Metern keuchend zu Boden fallen. Ich bräuchte jemanden, der für mich rennt und mir sagt, welche Preise ich verlangen muss und wie teuer meine Einkäufe sein dürfen, damit ich langfristig schwarze Zahlen schreibe … quasi ins Ziel einlaufe … und das Jahr überlebe.«

Er räuspert sich, und sie hört, wie eine Tüte raschelt. »Das ist vermutlich ganz simpel. Hast du die Zahlen dabei?«

»Natürlich nicht.«

»Handy?! Ich schätze, dafür würden wir nicht lange brauchen. Schick mir einfach deine Zahlen, und ich rechne es dir durch. Die fixen und die variablen Kosten brauche ich dazu.«

»Fixe und variable. Ist das nicht dasselbe?«, fragt sie und ohrfeigt sich mental dafür, dass sie im Betriebsgründerkurs nicht besser aufgepasst hat.

»Nein, und genau dieser Unterschied ist essenziell für die Planung.« Sie hört, wie er aufsteht und im Vorzimmer auf und ab schreitet. »Fixe Kosten sind Posten, die sich nicht verändern, variable Kosten ändern sich mit der Produktion. Der Wareneinsatz zum Beispiel, also deine ganzen Lebensmittel, sind variable Kosten. Je mehr Aufträge du hast, desto mehr Lebensmittel musst du einkaufen, also steigen die Kosten. Die Pacht ist eine fixe Kostenart, denn die bleibt das ganze Jahr lang gleich, egal, wie viel Umsatz du machst. Verkaufst du mehr Menüs, erhöhen sich deine variablen Kosten, während die fixen immer gleich bleiben … Du musst also versuchen, erst mal die variablen Kosten zu senken.« Mr. Crunch gibt ihr einen umfangreichen Überblick über Kostenstrukturen und Einsparungsmöglichkeiten, sodass Lissy laut aufstöhnt, weil es ihr für diese Uhrzeit zu viel Theorie ist. Doch auch ausgeschlafen und vollkommen nüchtern würde sie seufzen. Matthias bemerkt es und hört auf, den Boden mit seinen Schritten zu malträtieren.

»Wie gesagt, schick mir einfach deine Daten, und ich sag dir dann, wie es um deinen Lieferservice steht … und was du machen kannst, sollte eine schlechte Prognose dabei rauskommen.«

»Und was verlangst du dafür?«

»Hm … Das wird ziemlich teuer. Mein Stundenhonorar liegt bei zweihundertfünfzig.«

Sie pfeift einen langen Ton, bei dem ihr am Ende die Luft ausgeht. »Das ist ja noch viel teurer als mein Steuerberater. Und zu Mittag isst du vermutlich im *Steirereck.*«

»Eher zu Abend. Mit Kunden.«

Das *Steirereck* ist die absolute A-Liga und eines der besten Restaurants der Welt, mitten im Herzen des Stadtparks gelegen.

»Weißt du, was, Lissy?«, seine Stimme ist ein Flüstern.

»Ja?«

»Dein Steak ist besser als das im *Steirereck.*«

Lissy grinst, als hätte sie eine wichtige Auszeichnung erhalten.

»Lass mich mal überlegen, was ich von dir haben will. Mmh …« Sie stellt sich vor, wie er einen Finger an seine Unterlippe legt. »Ein paar weitere Türmattensprüche, viele Stunden Gesellschaft an mehreren Abenden in der Woche, um mit dir die anderen fünf Weinflaschen leer zu trinken, die wir vermutlich heute nicht ganz schaffen werden. Zuzüglich zwei, drei innige Tänzchen, bei denen wir uns sehr nahe kommen werden. Deine Freundin Dita in einem weiteren heißen Kleid, ruhig etwas kürzer, damit du mehr Bein zeigst, denn in meiner Vorstellung hast du wunderschöne Beine. … Und dein schönstes Lachen, das sich immer sehr vielversprechend anhört. Ach ja, beinahe hätte ich das Wichtigste vergessen: das beste und gefühlvollste Essen der Stadt, das du in deiner genialen Küche mit deinen zärtlichen Händen zauberst.«

Lissy grinst so breit, dass man die Enden an den Wänden festmachen könnte. »Ich glaub, das kann ich bewerkstelligen«, sagt sie und klatscht aufgeregt in die Hände, als hätte sie etwas gewonnen.

»Und ich das andere. Ich rette deinen Kummerkasten, insofern er überhaupt eine Rettung benötigt.«

Und ich rette dich, denkt sie und erhebt sich, denn es ist schon nach Mitternacht. »Apropos Rettung. Ich muss ins Bett, Herr Hübner. Und da ich nicht in deines darf, muss ich wohl in meines. Morgen hab ich einen anstrengenden Tag. Wir haben ein Fotoshooting, und mittwochs gibt's immer viele Bestellungen.«

»Ein Fotoshooting?«

»Ja, wir bauen unseren Online-Auftritt aus. Lissy in Action, sozusagen.«

»Dann sag ich Danke und viel Spaß morgen bei der Action. Die Fotos würde ich gerne sehen.«

»Wenn du mir die Tür öffnest, könntest du mich live in Action sehen. Manchmal ist es wirklich ganz simpel …«

Er lacht. »Es war schön mit dir. Wieder einmal.«

Verträumt schließt sie die Augen und lehnt ihren Kopf an die Wand. Dabei streckt sie ihre Hand durch den Fensterspalt in der Hoffnung, er würde sie ergreifen.

Und genau das tut er.

Seine Finger streichen sanft über ihren Handrücken. Es folgt der zarte Hauch eines Kusses, so behutsam am Anfang und so vollendet zum Schluss, dass es Lissy auf eine Art und Weise beflügelt, die sie verträumt seufzen lässt. Seine Lippen verweilen auf ihrem Handrücken und liebkosen ihn. Drei

Küsse, versetzt hintereinander, schenkt er ihr. Inniger, als sie das letzte Mal bereit war zu geben. Ihr Herz pocht laut, regungslos bleibt sie stehen, um die Nähe zu ihm zu genießen, um diese eine Berührung wahrzunehmen, die auf Zehenspitzen über ihren Handrücken trippelt und gefühlsmäßig einen Wirbelsturm in ihrem Inneren auslöst. Sie fragt sich, wie sie mit all der Aufregung und dem Chaos in ihrem Kopf nun schlafen gehen soll.

»Komm gut heim und träum was Schönes. Ich ruf dir ein Taxi«, verabschiedet er sie, lässt ihre Hand los und schließt das Fenster.

Regungslos verzaubert steht sie da. Mit so vielen Fragen im Kopf und noch mehr Wünschen im Herzen.

Als sie geht, blickt sie zurück. Sie grinst. Heute Abend hat sie unverhofft einiges gewonnen: Intimität. Einen klaren Blick. Einen Tanz. Drei Küsse. Zuneigung. … Und eine vielversprechende Abmachung: sich wiederzuhören.

Kapitel 9

Unauffällig und grau ist das Gebäude, in dem sich der Pizzakummerkasten befindet, und reiht sich, ohne großes Aufsehen zu erregen, an die anderen Häuser, die sich präzise aneinandergefädelt in einer Seitengasse im Zweiten befinden. Auffällig ist nur der Duft, der ab zehn Uhr morgens bis kurz nach zwanzig Uhr elegant aus den geöffneten Fenstern dringt. Meist ist es ein einflussreiches Gemisch, das wie eine groteske Schönheit auf einer ungeschmückten Bühne erscheint und die Blicke auf sich und ein sehnsuchtsvolles Magenknurren nach sich zieht, das einen in Erwartung auf die kommende Essenszeit begierig auf die Uhr schielen lässt. An einigen Tagen wird der Geruch von einer sanften französischen Melodie davongetragen, die den Duft in die passende Richtung lenkt und in seltenen, aber leider unvermeidbaren Situationen von Rapperklängen erschlagen wird. Heute begleitet Norah Jones den Geruch von Topfennockerl und Blunzenstrudel, und Lissy tanzt im Geiste all die Momente mit Mr. Crunch nach, obwohl sie gestern Abend mehr in der Phantasie als in der Realität getanzt hat. Die Müdigkeit klebt an ihren Augenlidern wie eine viel zu süße Vanillesoße und möchte sie dazu verführen, sich ein paar Minuten auf den bequemen Sessel in die Umkleide zu setzen, um auszuruhen und sich dem verlockenden Teig aus Romantik, Sehnsucht und Begierde zu ergeben, den ihr Herz geknetet hat.

Einige Lieferungen trudeln im Laufe des Vormittages ein. Max hat sich dafür in sein supercooles Sportoutfit geworfen, als würde er in den hippsten Fitnessclub der Stadt pilgern. Das Entgegennehmen von unzähligen Kartons sieht er als beinhartes Training an. Alex, sein bester Kumpel und Hobbyfotograf, Schrägstrich Insta-Fotograf, wird von der Kummerkasten-Crew Fotos schießen, während sie die frischen Warenlieferungen annehmen. Die süße Lena hat extra ihr kleines Make-up-Köfferchen mitgebracht, mit dem sie an Wochenenden gerne ihre Freundinnen schminkt, um dieses Mal Pierres und Lissys Gesichter mit viel Farbe und ordentlich viel Puder in Szene zu setzen.

»Wer nimmt denn mit rosaroten Bäckchen und knallroten Kusslippen Spargellieferungen an? Das schrammt mit hundertachtzig an der Realität vorbei«, bemerkt Lissy, als Lena freudvoll in die Hände klatscht und ihr Kunstwerk mit mächtig viel Gloss vollendet. Dagegen waren die Make-up-Verrichtungen von Angi und Lenka ja beinahe unsichtbar! Pierre bekommt eine filmtaugliche Grundierung verpasst, unter der er problemlos dampfgegart werden könnte.

»Content für Insta. Let's go«, ruft Max, als wäre er ein bedeutender Filmproduzent aus Hollywood, und setzt sich seine Kappe mit dem coolen Print – einer noch cooleren Baseballmannschaft aus den USA – schräg auf. »Jepp, Boss. Genau so!«

Lissy seufzt und versucht, erfreut zu lächeln, während sie die Kiste mit dem frischen Spargel entgegennimmt. »Hey, Lady, stellen Sie sich vor, Sie nehmen ein paar neue Gucci-Treter in Empfang. Bitte mehr strahlen! Und gleich noch mal«, ruft Alex und macht mit seiner Kamera unzählige Fotos. Richtig breit grinsen würde Lissy, wenn sie ein nagelneues Messerset entgegennehmen würde. Als Draufgabe riecht sie genüsslich am Spargel, wie eine verruchte Lady, die für das exklusive Fotoshooting für ihre noch exklusivere Website pilzige Moschusnoten inhaliert. Pierre soll unterdessen so tun, als wäre es das Leichteste der Welt, eine Kiste mit drei Kilogramm Obst auf seinen filigranen französischen Schultern zu balancieren und dabei verheißungsvoll zu lächeln, wie einst der Cola-Light-Mann in der Fernsehwerbung. Bedauerlicherweise hat sich Lady Mon Chéri nicht bei ihm gemeldet, weshalb Pierre heute Morgen schon mit hängenden Mundwinkeln in den Tag gestartet ist und seine Einsatzfreude vorsorglich auf Eis gelegt hat. Nun badet er in einem Whirlpool, gefüllt mit literweise Rührseligkeit. »Isch kann das gerade nischt. Isch fühle misch wie Napoleon, der angepisst war, als er achtzehnfünfzehn bei Waterloo eine Niederlage erdulden musste.«

»Das war aber das Ende von Napoleon«, bemerkt Lena ernst, die anscheinend nicht nur Beautyzeugs, sondern auch ein paar Geschichtsseiten im Kopf hat.

Pierre rümpft die Nase. »Danach war's das mit Napoleon? Der war dann fini?«

»Jaaaa?! Danach kam nur noch die Verbannung. Und aus war's mit dem kleinen Mann.«

»Großer Gott. Ein fürschterlisches Ende«, ruft er und denkt vermutlich mehr an das Finale seiner noch nicht vorhandenen Beziehung zu Lady Mon Chéri. »Vielleischt geht sie fremd und kauft ihre Mozartknödel jetzt bei ... oh Gott, vielleischt kauft sie Tiefkühlware beim Diskonter«, äußert er und seufzt aus tiefster Kehle, da er Mitleid mit Gertrudes Gaumen hat.

»Vielleicht hat sie aber auch einfach viel zu tun oder ist verreist«, bemerkt Lissy, denn sie rechnet – konträr zu Pierre – nicht gleich mit dem Schlimmsten.

»Im Lockdown? Da reist man maximal in den Innenhof oder aufs Klo.«

Lissy lacht und zuckt mit den Schultern. »Sie meldet sich, ganz sicher«, sagt sie und tätschelt Pierre liebevoll die Schultern, auf denen eben noch drei Kilogramm Obst in einer Kiste gelegen haben. Tatsächlich sieht es Lady Mon Chéri nicht ähnlich, sich nicht zu melden, denn normalerweise bestellt sie wöchentlich mindestens einmal, wenn nicht zweimal bei ihnen, da der Kaiserschmarrn ihre Luft zum Atmen ist oder der Ersatz für die zwei täglichen Achterl Rotwein, die sie sich seit einiger Zeit erfolgreich versagt. Vielleicht hat sie den Wechsel auf die Mozartknödel auch nicht vertragen, überlegt Lissy, während sie eine Palette mit frischem Bio-Gemüse in die Hand nimmt.

»Lächeln! Und jetzt mal ordentlich, bitte!«, ruft Alex, der sich für den perfekten Fotowinkel auf die Knie wirft, als wäre er ein bekannter Paparazzo, der die echte, halb nackte Dita Von Teese vor der Linse hat. »Mach mal eine coole Pose«, beordert er mit einem Unterton und wundert sich mit Lena, dass die ältere Generation überhaupt keine Ahnung vom richtigen Posen hat.

»Wie stümperhaft, Lissy!«, witzelt Pierre und lacht. Eine seltene Heiterkeit, auf die sich der Sous-Chef großzügig einlässt. »Für junge Leute ist das wie Zähneputzen. Die Posen schon beim Aufstehen in Erwartung einer Kamera«, erklärt er, als er sein Lachen abwürgt. Gedanklich hängt er einer Epoche nach, in der es noch Fotokameras und keine Smartphones mit hochauflösender Bildqualität gab.

»Nice! Da machen wir einen richtig freshen Post draus!«, erklärt Max, als er die Fotos seines Freundes auf dem Laptop sichtet. Bei dem Wort *fresh* fragt sich Lissy, ob er damit das

Gemüse meint, das sie vorhin modelmäßig auf Händen getragen und in die Stellagen des Kühlhauses verräumt hat. »Können wir noch ein Foto von Ihnen machen? Sie drehen sich ein wenig seitlich zu mir, stemmen einen Arm in Ihre Seite, und mit dem anderen legen Sie irgendein sexy Gemüse oder Obst auf das Regal. … Und recken den Po ein wenig nach hinten … ganz natürlich, sexy halt. Das sieht dann von der Seite viel kurviger aus … nicht so flach«, bemerkt Alex und wartet darauf, dass Lissy sich wie eine angehende Influencerin auf seinem Schulhof verhält, die sich für ein Megapic vor alle möglichen Wände und Hintergründe werfen würde. »Hey, Digga, gib ihr doch mal die Banane. Banane ist sexy«, ruft Alexander Max zu.

»Jungs, wir machen hier aber keine pornografischen Ich-lecke-über-die-Banane-und-lechze-dabei-Fotos«, sagt Lissy und schnaubt verächtlich.

»Nicht lecken, nur betatschen!«, stellt Max klar, als würde der Boss gar nichts verstehen.

»Wir verkaufen hier Essen und keinen Orgasmus«, kontert Lissy, denn sie will mit ihrer Website nicht auf Pornhub landen.

»Na ja, einen kulinarischen Orgasmus verkaufen wir schon«, bemerkt Pierre mit hochgezogener Augenbraue und spielt damit auf seine Crème brûlée an, bei der man, sobald der erste Bissen auf der Zunge zergeht, ekstatisch stöhnen muss und spätestens beim zweiten alles rundherum vergisst. Da kann ein Mensch nur noch eins machen: begierig nach mehr lechzen. Und das bei jedem verdammten Bissen.

»Die kann so was nischt! Die ist keine Brigitte!«

»Sicher kann ich das! Dann betatsche ich eben mal das sexy Obst … ganz sexy natürlich«, imitiert Lissy, als würde sie eine explizite Szene für ein Hörbuch einsprechen. Genussvoll nimmt sie die Banane in die Hand, drückt ihren Rücken durch, lächelt verschmitzt und spitzt ihre Lippen zu einem Kussmund, als wollte sie die Banane abknutschen. So was Absurdes hat sie noch nie gemacht. Nun aber, jetzt zeigt sie es allen. Sie hat's voll drauf!

»Too much, Boss!«, ruft Max, der sich als Regisseur in die erste Reihe gestellt hat und lässig seine Arme vor der Brust verschränkt.

Lissy nimmt ein wenig Tempo aus ihrem Ehrgeiz, der nächste aufstrebende Pornostar im Pizzakummerkasten zu werden, und schlichtet die Banane mit einem dezenten Hauch Erotik auf das Regal, obwohl die Obstsorte gar nicht gekühlt werden muss. Ein Drehbuchfehler. Wie dämlich, denkt sie sich.

Währenddessen fließt der Morgen, ohne großes Aufsehen zu erregen, in den Vormittag.

Der leise Glockenton ertönt und reiht sich an die anderen in die Warteschleife, die während der Fotosession im Kummerkasten eingegangen sind. Während die Fotocrew Spiegeleier mit Speck verdrückt und das Fotomaterial – über einhundert Bilder – sichtet, hat Lissy Zeit, die Bestellungen zu sichten. Sie tritt an den Computer und verschafft sich einen Überblick über die Eingänge und deren Dringlichkeit.

Liebes Fräulein Lieselotte,
ich danke Ihnen von ganzem Herzen. Was Sie sich wieder Gutes für mich haben einfallen lassen!
Das brachte mich doch tatsächlich in äußerst netter Gesellschaft gedanklich und kulinarisch an den Hallstätter See. Es wird Sie heute ein kleiner Gruß von mir erreichen, denn Sie haben mein Rendezvous zu unvergesslichen, genussvollen Stunden werden lassen.

Herr Stadler – Josef – und ich haben nach dem Essen auf meiner Terrasse G'stanzl aus dem Salzkammergut gesungen, ein wenig Spritzwein getrunken und getanzt. Das ging bis in den späten Abend so. Holladaridio, ich fühle ich mich so leichtfüßig, als wäre ich süße dreiundzwanzig und gerade in der Blüte meines – späten – Lebens.
Frühlingshafte, flatterhafte Grüße, Ihre Frau Siebenstern

Lissy schmunzelt und möchte zur nächsten Nachricht übergehen, als es plötzlich an der Tür klingelt. Auffordernd sieht sie zu Max, um ihn mit einem Blick und einem kurzen Nicken zur Tür zu schicken. Doch Max hat wieder seine Kopfhörer auf und sichtet noch immer Bilder. Alex und Lena haben sich vorhin verabschiedet. Lissy seufzt. Sie sollte ihm verbieten, die Kopfhörer bei der Arbeit zu tragen – insofern man das überhaupt als Arbeit bezeichnen kann –, doch dann würden Pierre und sie in ein musikalisches Unwetter stürzen, was sie definitiv nicht aushalten würden. Der Sous-Chef ist mit dem meditativen Kneten eines Teiges beschäftigt, summt dabei hochkonzentriert, als wäre er ein Schlangenbeschwörer, und verweilt im Geiste in einer anderen Welt.

Lissy schreitet eilig zur Tür. Als sie diese öffnet, steht ein junges Mädchen mit honigblonden kinnlangen Locken vor ihr und lächelt sie breit an, als wäre sie ein Überraschungspaket, auf das Lissy lange gewartet hat. Das Mädchen trägt eine kirschrote Jacke mit silbergrauen Streifen an den Ärmeln, einen kurzen Jeansrock und blickdichte Strumpfhosen mit goldenen Farfallenudeln darauf.

»Ja, bitte?«, fragt Lissy neugierig und mustert die Nudeln auf der Strumpfhose.

»Ich bin's!«, ruft das Mädchen, als wunderte sie sich darüber, dass Lissy sie nicht erkennt. »Jennifer! Mit den fluffigen Grüßen und dem Apfelstrudel … und dem Schokozeugs, du weißt schon.«

Lissy guckt überrascht drein.

»Zu Hause ist es so langweilig geworden! Ja, ich weiß, du hast gesagt, dass ich nicht bei dir arbeiten kann, weil ja sonst die Polizei kommt und so … Aber der Online-Unterricht, der nervt echt so gewaltig. Und heute hab ich schon aus. Also dachte ich mir, ich schau mal bei dir vorbei … nur um zu schauen«, erklärt sie. Erst schiebt sie ihren Kopf links, dann rechts an Lissy vorbei und luchst in die Küche des Kummerkastens. »Ach, so sieht's bei dir aus! Hm. Irgendwie hab ich mir das anders vorgestellt.« Sie legt einen Finger auf ihre Lippen. »Bunter und so. Ja, viel bunter!«

Lissy begutachtet das Mädchen staunend, nicht wissend, wie sie auf ihr Erscheinen reagieren soll.

»Kann ich reinkommen?«, fragt Jenni und hüpft aufgeregt von einem Bein auf das andere. »Ach, und die, die hab ich dir mitgebracht.« Hastig wühlt Jennifer in ihrer Tasche, auf der jede Menge Eisbecher mit Glitterapplikationen aufgestickt sind, herum. »Als Geschenk und als Dankeschön, weil du mir so leckere Sachen geschickt hast. Ich dachte mir, die passen zu dir. Hab ich selbst designt. Dann sind wir im Partnerlook. Ich glaub, jede Chefköchin auf dieser Welt findet Leggins mit Nudeln cool.« Jenni zieht ein kleines Päckchen, um das eine pinke Schleife drapiert ist, aus ihrer Tasche und hält es Lissy hin.

Perplex nimmt Lissy das Geschenk entgegen. »Danke! … Es ist wirklich schön, Jenni, dass du da bist und dass wir uns endlich mal sehen! Aber wie ich dir ja geschrieben hab … Du bist zu jung für eine Praktikantin.« Und leisten kann ich es mir auch nicht, denkt sie im Stillen.

»Ich weiß«, sagt Jenni und sieht sie mit großen blauen Kulleraugen an. Dann zuckt sie mit den Schultern und grinst. »Ich seh das ja so … Ich bin deine Freundin, und Freunde helfen einander in der Not. Und weil du so viel zu tun hast, bist du ja ständig in einer Notlage, oder? Also springe ich ein. Nur mal so nebenbei. Ich kann täglich kommen, wenn du willst. Du musst mir auch nichts zahlen. Außerdem hat mir Papa mal erzählt, dass man jemanden auch schwarzarbeiten lassen kann. Ein Klient von ihm macht das immer so. Ach bitte, Lissy! … Papa hat nur gesagt, dass ich nicht nach neunzehn Uhr nach Hause kommen darf, und wenn wir Schularbeit oder Test haben, dann darf ich vorher auch nicht bei euch mithelfen.«

Lissy guckt wie ein Linzerradl drein, in das versehentlich viel zu große Augen geschnitten wurden. »Ich weiß nicht, ob das eine gute Idee ist, also …«

»Sicher doch! Ich kann Nudeln kochen, Kartoffeln waschen, sie schälen und sogar schneiden, ohne dass ich mich dabei verletze. Wirklich! Sieh mal meine Hände … Ich kann alles abwaschen, das mach ich zu Hause auch immer, weil unser Geschirrspüler kaputt ist und gerade kein Geschäft offen hat. Ich kann auch Rechnungen sortieren und kassieren. Ich kann gut rechnen, sagt meine Mathelehrerin immer … Und verkosten kann ich natürlich auch und dir sagen, was gut und was schlecht schmeckt.« Während sie all ihre Fähigkeiten wie den Inhalt eines gut gehüteten Tagebuchs offenlegt, guckt Jennifer nach oben, als suchte sie etwas in der hintersten Hirnfestplatte. »Ach ja, und ich kann den Müll rausbringen. Das mach ich zwar nicht gern, aber ich kann's … Für dich würd ich's tun. Und dann kann ich auch noch …« Jenni überlegt angestrengt, sodass eine kleine blaue Ader auf ihrer Stirn sichtbar wird.

»Schon gut, komm mal rein. Vorerst auf eine heiße Schokolade«, erklärt Lissy und lässt sie reinspazieren. Just in dem Moment, als sie die Tür schließen möchte, taucht ein Kurier mit einem Blumenstrauß auf. »Lieselotte Tobisch?«, fragt er, und als sie nickt, überreicht er ihr den Strauß.

Wunderschöne orangefarbene Taglilien. In dem Blumenstrauß steckt eine Karte, die sie herausfischt und mit einem Auge liest, während sie sich bei dem Boten bedankt und ihm ein Trinkgeld gibt. Mit ihrem rechten Fuß stößt sie die Tür zu. *Was wäre mein Gaumen ohne Sie! Frühlingshafte Grüße und ein großes Dankeschön, Ihre Frau Siebenstern.*

»Ein Verehrer?«, fragt Jenni und guckt auf den Strauß.

»Eine Verehrerin«, korrigiert Lissy, und sie gehen in die Küche, wo sie den Blumenstrauß einfrischt.

»Echt? Dann stehst du also auf Frauen?«

Lissy lacht. »Nein, eine Verehrerin meiner Küche.«

»Ach so, alles klar. Hab verstanden. … Obwohl es mir egal wäre, wenn du eine Frau zur Frau hast. Eine Freundin meiner Mama ist nämlich auch lesbisch, und der geht's total gut. Die ist jetzt sogar verheiratet.«

Lissy lacht abermals, denn gerade hängt ihr Herz an einem Mann mit tiefem Brummton fest, dem sie noch nie von Angesicht zu Angesicht begegnet ist.

Jennifer, die gerade wie der Inbegriff an Fröhlichkeit auftritt, spaziert gut gelaunt durch den Kummerkasten und begutachtet alle Gerätschaften, als stünde sie das erste Mal in einer Küche.

»Wer ist das?«, will Pierre wissen, nachdem er mit dem Teig

fertig und wieder im irdischen Leben angekommen ist. Er rümpft die Nase.

»Jennifer«, flüstert Lissy, und Max, der das Mädchen nun auch auf seinem Radar entdeckt hat, verfolgt Jenni mit abschätzendem Blick.

»Ist es ihr erstes Mal?«

»Ich denke schon«, bemerkt Lissy.

»Und was hat sie hier verloren? Wieso ist sie da?«

»Sie wird die neue Sous-Chefin«, erwidert Lissy ernst. Pierre macht eine Handbewegung, als wäre diese Behauptung so absurd wie ein Meteoriteneinschlag in den Pizzakummerkasten in den nächsten zehn Sekunden. Dann steht Jenni auch schon wieder vor Lissy.

»Irgendwie hatte ich mir das ja ganz anders vorgestellt. Echt viel bunter und so …«

»Ma chère amie, die Spielzeugabteilung befindet sich drei Straßen weiter«, erklärt Pierre abweisend, woraufhin Lissy ihm einen Seitenhieb gibt.

»Hey, sei netter zu ihr! Oder du darfst demnächst Puppenküchen im Laden drei Straßen weiter verkaufen. … So, Jenni, was machen wir nun mit dir?«, überlegt Lissy. »Wir brauchen erst mal eine Kochjacke für dich und ein Haarnetz für deinen Kopf, sonst kannst du hier nicht bleiben. Und desinfizieren. Du musst natürlich deine Hände desinfizieren. Komm mal mit.« Lissy marschiert schnurstracks in die Umkleide, und Jennifer folgt ihr kommentarlos. Mitten in der Garderobe bleibt sie anerkennend stehen. »Das kenne ich von meiner Oma. Die hat das auch immer gemacht. Meine Mutter war Klavierspielerin, musst du wissen, und Oma hat mit all ihren Auftritten, von denen in den Zeitungen berichtet wurde, ihr Kinderzimmer tapeziert. Jedes Mal, wenn ich in Mamas altem Zimmer liege, habe ich das Gefühl, von einer Tageszeitung zugedeckt zu sein.«

Lissy grinst und reicht Jennifer ein Mittel zum Desinfizieren der Hände und einen Nasenbohrertest, den sie schon aus der Schule kennt. »Ist das nicht schon zu spät? Wir hatten ja schon Kontakt«, belehrt das junge Mädchen Lissy und steckt sich routiniert das Stäbchen in die Nase.

»Spielst du auch Klavier?«, fragt Lissy und sucht eine alte Kochjacke von Max für Jenni aus einem Garderobenschrank. Dann stülpt sie ihr ein Haarnetz über die blonden Locken und überreicht ihr die Jacke.

»Ja, meine Mama hat's mir beigebracht.« Jenni verrührt das Stäbchen mit der Flüssigkeit und gibt ein paar Tropfen davon in die Kassette. Bedrückt sieht sie hoch und zuckt mit den Schultern. »Aber jetzt will ich nicht mehr spielen. Das ist nicht das Gleiche. Da fehlt sie mir dann nämlich noch viel mehr. Papa hat den Flügel nach Wien mitgenommen, weil er ihn nicht weggeben konnte. Dabei hätte er echt viel Geld dafür bekommen. Es wäre wirklich besser gewesen, er hätte ihn verkauft. Jetzt steht das Ding bei uns im Wohnzimmer herum, und niemand traut sich, es anzusehen. Wir machen einen weiten Bogen um Mamas Piano.«

Lissy setzt einen Schritt nach vorne und knöpft Jennifer die Jacke zu. »Weißt du, Jenni, irgendwann wird es wieder besser. Es wird weniger wehtun. Dann bleiben dir die schönen Erinnerungen an deine Mutter. Und dann wirst du auch das Klavier mit schönen Erinnerungen verbinden und es wieder gern ansehen. Du wirst dich daran erinnern, wie ihr daran gesessen und gespielt habt. Wie sie dir das Spielen beigebracht hat. Und wer weiß, vielleicht spielst du eines Tages selbst wieder. Ihre Lieblingslieder. So, das passt, die Jacke sitzt.« Lissy rollt Jenni die Ärmel hoch, als plötzlich Tränen über Jennifers Wangen kullern. Mitfühlend streicht Lissy über ihren Kopf, woraufhin das Mädchen sie stürmisch umarmt. Als Antwort schließt Lissy die Arme um das kleine traurige Herz. »Es wird besser werden. Eines Tages, ganz bestimmt.« Jenni nickt und wischt sich eine dicke Träne von der Wange.

»Praktisch, so ein langer Ärmel, da braucht man gar kein Taschentuch mehr, echt«, kommentiert sie und schnieft hinein, ehe Lissy laut Halt rufen kann, denn wenn einer dieser vollgerotzten Jackenärmel im Essen landet, kann sie den Menügang wegwerfen.

»Wollen wir wieder in die Küche gehen?«, fragt Lissy nach einer Weile und schmunzelt, als sie Jennifer in der viel zu großen Jacke mustert. Diese nickt. »Du trinkst jetzt erst mal nur eine heiße Schokolade und siehst zu. Und dann überlegen wir uns was. Aber warte kurz.« Sie stoppt Jenni, die bereits zum Gehen ansetzt, und fixiert die Jackenärmel mit Broschennadeln. »So ist es besser. Viel besser. Gefahr gebannt, ab ins Chaos!«

~

Nach einem intensiven Mittagsgeschäft und etlichen Vorbereitungen für die Abendrunde ist der späte Nachmittag klanglos in den Kummerkasten eingetrudelt. Jennifer wäscht und schält Kartoffeln, Max schneidet sie mustergültig und kommentiert jeden seiner Schritte, wobei er sich fühlt wie der große Paul Bocuse. Zufrieden nickt Lissy und tritt an den Computer, um die eingegangenen Bestellungen zu checken.

Liebe Lissy,
wow! Ich habe es überlebt und die Tour durch deinen

Zahlenstrudel in Bestzeit befahren. Nachdem du mir deine tristen Unterlagen zum Kummerkasten geschickt hast, die nicht im Geringsten den Charme deines Essens versprühen, begab ich mich auf offene, raue See und schwamm in diesem monsterlastigen Zahlensumpf herum. Dabei kämpfte ich ums nackte Überleben. (Nein, ich bin nicht nackt vor dem Laptop gesessen, falls du dir das jetzt mit viel Phantasie ausmalst).
Zugegeben, da waren einige Bestien in den Untiefen deiner Zahlensuppe versteckt, aber ich konnte sie alle rausziehen. Jede einzelne davon habe ich erlegt. Danach bin ich noch ein wenig herumgetaucht und habe Perle um Perle aus den vielversprechenden Muscheln befreit und aneinandergereiht, um eine lupenreine Kette zu basteln. Darf ich dir diese wunderschöne Perlenkette überreichen und dir eine weniger entzückende Frage dabei stellen? Führst du eine Puppenküche? Zahlt man bei dir mit Spielgeld? Es würde mich nicht wundern, wenn dein Steuerberater nach Sichtung deiner Dokumente hysterisch davongelaufen ist. Keine Sorge, ich laufe nicht weg, verlaufe mich höchstens in deinem Chaos und finde dann doch liebend gern wieder zurück zu dir. Ich habe alles ordentlich aufgeräumt, den Dreck weggewischt und ein paar vielversprechende kleine Pflänzchen im Kummerkasten-Chaos aufgestellt. Die schwarzen Zahlen bekommen jetzt endlich wieder Luft, Licht und massig Liebe, wodurch sie sich frei und lebendig fühlen können … (Die roten Nummern radieren wir noch aus, versprochen.) Und das Beste daran: Es gibt viel Entwicklungspotenzial nach oben. Aus dem Sumpfgebiet wird wieder eine Oase des Wachstums werden!

Du musst dir unbedingt ansehen, wie sich die positiven Zahlen über die Perspektiven, die ich ihnen offeriert habe, freuen. Ist wie ein Kinofilm, nur ohne Kino und mit schwarz-weißem Stummfilm, der wenig mit Retro, aber dafür mit viel Aktualität und erfolgversprechenden Zukunftsaussichten aufwarten kann. Willst du zur Premiere kommen? Heute Abend? Bitte bring zur besseren Verdauung etwas sehr Starkes mit, ansonsten wirst du meine Ideen nicht runterschlucken können.
Mustergültige Grüße
Matthias Hübner, MSc (ein letztes Mal noch, weil's so schön war)
Hübner & Lehner Consulting

Kapitel 10

In einem schicken Kostüm, das sie seit der Hochzeit ihrer Cousine nicht mehr anhatte, tritt Lissy an Mr. Crunchs Tür. Der Zweiteiler besteht aus einem violett-weißen Sakko und einem Bleistiftrock in einem leuchtenden Violettton. Dazu hat sie ein cremefarbenes Seidentop kombiniert, das sie locker in den Rock gesteckt hat. Eine silberfarbene Kette, die um ihren Hals baumelt, betont die nackte Haut ihres Dekolletés. Auf den hohen Absätzen ihrer nudefarbenen Pumps schreitet sie elegant an Mr. Crunchs Haustür. Perfekt für ein Businessmeeting. Violett steht in der Kirche für Wandlung und Übergang, somit ist das Farbstatement passend für die Situation, in der sie sich gerade befindet.

Sie läutet, und sogleich ertönt der lange, sonore Klingelton, der ihren Besuch ankündigt.

»Ihr Termin, Herr Hübner«, ruft sie locker, als der bekannte Brummton und ein fragendes »Ja?« durch die Gegensprechanlage schwingen. Am liebsten hätte sie »Ihr heißer Termin« gerufen, aber für die erste Interpretationsmöglichkeit fehlt ihr das warme Essen, für die zweite der Mut.

»Pünktlich ... perfekt«, erwähnt er, obwohl sie keine Zeit ausgemacht haben, und dann lacht er sein tiefes Lachen, das so vereinnahmend auf Lissy wirkt. Sie stimmt erleichtert mit ein. Zeitgleich ertönt das Summen der Tür. Entschlossen marschiert sie durch die Eingangshalle zum Treppenaufgang, vom

Nachhallen ihrer klackernden Absätze auf dem Steinboden begleitet. Wie unpassend laut sie doch angekündigt wird! In einer Hand hält sie ein duftendes Päckchen, in der anderen eine Flasche Rum. Etwas besseres Starkes konnte sie in der kurzen Zeit nicht auftreiben. Immerhin kann man mit Rum wunderbar flambieren und backen – also bestimmt auch Ideen hervorbringen.

Andächtig steigt sie die Treppen hoch. Welches Setting sie wohl heute erwarten wird? Konferenztisch mit nur einem Stuhl?

»Wie schön, dass Sie Zeit finden konnten«, ertönt es durch den Fensterspalt, als sie im Dachgeschoss ankommt. Das Hallen ihrer Stöckelschuhe hat sie angekündigt. Wieder vernimmt sie nur seine Stimme durch das geöffnete Fenster. Ob er erwartungsvoll durch das Fenster geguckt hat, als er sie auf dem Treppenaufgang gehört hat? Ob er schon irgendetwas von ihr gesehen hat? Vielleicht die Haare oder ihre Rückenansicht? Es scheint ein Ding der Unmöglichkeit zu sein, so viel Contenance zu bewahren und nicht durch den Türspion zu gucken, der ihn jedes Mal dazu verlocken dürfte, einen Blick zu riskieren. Einen Blick in die Realität. Wahrscheinlich steht er in dieser Sekunde neben dem Fensterrahmen, den Kopf an die Wand gelehnt, mit einer gewissen Aufregung in der Brust, die ihn lebendig macht. Schnell wird er sich wieder beruhigen. Sein Puls wird allmählich in seinen Gleichklang zurückfinden – ruhig und verlässlich, stellvertretend für seine Arbeitsweise, die er während des Auslöffelns ihrer Zahlensuppe an den Tisch gelegt haben muss. Sie ist sich sicher, dass er in jeder beruflichen Situation einen kühlen Kopf bewahrt und mit Stärke und Selbstsicherheit alle wirtschaftlichen Unebenheiten aus dem Weg räumt, die sich als Hindernisse vor seinen Fähigkeiten aufbauen. Warum nur wendet er das alles nicht bei sich selbst an? Vielleicht braucht er einfach noch Zeit, um zu dieser Stärke zurückzufinden.

»Ich bin ja schon sehr auf deine Vorschläge gespannt. Der Filmtrailer klang sehr vielversprechend.« Lissy streckt die Papiertüte mit dem Essen und die Flasche Rum durch den Fensterspalt. Er übernimmt ihre Lieferung und brummt seinen bekannten Ton, der Lissy wieder einmal ein angenehmes Ziehen in ihrem Bauchraum beschert. Der Brummton, der am Ende in einem verheißungsvollen Knurren zerfließt, klingt, als würde er sie im nächsten Moment auf eine Matratze drücken und ungestüm küssen wollen. Sie würde den Kuss erwidern und darin wie ein Tropfen auf einem heißen Stein zergehen. Sie würde die Hitze auskosten, bis sie Gefahr läuft, darin zu verbrennen. Sekunden, Minuten, Stunden. Sie würde nicht wieder aufhören wollen. So viel ist mittlerweile klar. Und doch so vieles unsicher.

Etwas raschelt hinter der Tür, wahrscheinlich zieht er die Flasche aus der Tüte. »Rum?! Wie abartig! Welchen Gefühlsbeschreibungen verdanke ich dieses Geschenk?«, fragt er zynisch, und sie hört, wie er die Rumflasche abstellt.

»Das liegt wohl mehr an meinen Gefühlen«, gibt sie kleinlaut zu und zuckt bedauernd mit den Schultern.

»Dann geht's dir sehr … beschissen? Wer trinkt denn so was heutzutage noch? Lissy, kann ich dir irgendwie helfen?«

Sie lacht. »Kuchen und Früchte lieben den Rum … Und Kubaner natürlich, die stehen auf das Zeugs«, ergänzt Lissy mit voller Überzeugung und setzt sich auf den gemütlichen Hocker, der sich vor dem Stehtisch befindet.

»Ein Vorurteil … Die Präferenz, die du ihnen zuschreibst, liegt wohl mehr an der Planwirtschaft, die in diesem Land jahrzehntelang herrschte – inoffiziell übrigens noch immer herrscht –, und dem daraus resultierenden nicht vorhandenen Zugang zu guten, internationalen Spirituosen. Ich bin mir sicher, die würden ein paar Liter Gin aus Holland und Wodka aus Russland toll finden. Sind ja auch nur Menschen.«

Schmunzelnd streicht Lissy mit ihrer Hand über das Tischtuch. »Vermutlich, ja.« Das Setting von gestern Abend hat sich nur minimal verändert. Die Blume und die Kerze fehlen, stattdessen liegt eine schwarze edle Ledermappe mit dem Aufdruck *Hübner & Lehner Consulting* auf dem Tisch. Dazu ein nicht minder teurer schwarz glänzender Kugelschreiber, der dem Träger eine gewisse Professionalität verleiht, als besäße man Intelligenz und Bildung genug, um das Schreibgerät in Würde zwischen Daumen und Zeigefinger zu halten. Sie greift nach dem Stift und dreht ihn in ihren Fingern, um die ideale Liegeposition ausfindig zu machen. »Edel, sehr edel«, stellt sie fest und probiert das neue Schreibwerk auf einem Blatt Papier aus. Ja, ihr Schriftzug wirkt gleich um einiges eleganter.

»Ich hab mir übrigens euren neuen Instagram-Account angesehen. Der ist gut geworden. Sehr unterhaltsam. Vor allem das eine Foto von dir, wie du die Banane mit erotischer Präzision in das Regal schlichtest, gefällt mir. Damit sprichst du eine ganz andere Zielgruppe an.« Eine gewisse Ironie schwingt durch das Fenster mit, es klingt, als würde er ein Lachen unterdrücken. Ihre Wangen werden heiß. Bestimmt laufen sie gerade rot an. Wie gut, dass Lissy nur Fotos von ihrer Rückenansicht und dieses eine von der Seite hat posten lassen.

»Dann stalkst du mich also?«

»Das machen Unternehmensberater so.«

Lissy entfährt ein Lachen. »Wir wollten mal die Porno-Gourmet-Szene etwas aufmischen und mich als sexy-hammergeile Köchin positionieren, die weiß, was ihre Kunden wollen.« Sie imitiert eine rauchige, tiefe Stimme, woraufhin er einen begeisterten Laut von sich gibt.

»Zu schade, dass man dich auf keinem der Bilder von vorne sieht. Und zu schade, dass ich dich jetzt nicht sehe.«

»Es wäre ganz einfach.«

»Ich weiß. Aber lass es doch noch ein wenig kompliziert sein. Der Moment wird kommen. Früher oder später, und dann wird er alles verändern.«

Sie hört, wie Matthias das Paket öffnet. Ein langes Pfeifen ertönt. »Das entschädigt definitiv für den Rum.« Sie vernimmt verschiedene Geräusche und vermutet, dass er das Essen anrichtet. Kurz darauf stellt er einen Teller und ein Glas Rotwein auf den Fenstersims. Erwartungsvoll streckt sie ihre Hand aus, ersehnt eine Berührung. Doch dieses Mal geschieht nichts, als hätte er einfach vergessen, sie zu berühren. Sein Geschäftsstil ist distanzierter und kühler, was vielleicht auch einfach so sein muss. Trotzdem etwas enttäuscht, nimmt sie das Weinglas und den Teller vom Sims.

»Das war Absicht«, sagt er.

»Was meinst du?«, fragt sie und setzt sich auf den Barhocker. Dann nimmt sie Messer und Gabel in die Hand, die auf dem Stehtisch auf einer gefalteten Serviette liegen, und schneidet ein Stück vom Schweinemedaillon ab, das sie in die Pfefferrahmsoße tunkt. Sie nimmt den Bissen in den Mund. Als Draufgabe folgt ein Abschnitt der Bandnudeln, die al dente gekocht als Beilage dienen.

»Das Nicht-Berühren, das war kein Zufall. Angesichts dessen, dass wir ein Businessmeeting haben, möchte ich ungern aktiv zu me-too beitragen. Sich passiv für einige Männer zu schämen, reicht ja schon.«

»Sexuelle Belästigung am Arbeitsplatz?« Über was sich Mr. Crunch Gedanken macht … »Sehr korrekt, Herr Hübner. Das werde ich Ihnen zugutehalten oder eigentlich zu ungute, denn ich hätte kein Problem damit, würden Sie meine Hand unsittlich berühren. Eine gewisse Annäherung eben, die auf dem Einverständnis beider Parteien beruht. Das wäre dann ja us-too und durchaus akzeptabel, oder nicht?« Sie nimmt einen Schluck vom Wasserglas, das vor ihr steht.

»Einverständnis beider Parteien«, resümiert er. »Clever. Mein Einverständnis dazu hast du. Aber erst erledigen wir das Geschäftliche, dann kümmern wir uns um das us-too. Okay?«

»Du stellst ziemlich viel in Aussicht, was du vermutlich nicht halten kannst.«

Er stöhnt, als hätte sie ihn durchschaut.

»Essen wir erst mal«, schlägt sie vor, denn sie hat einen mordsmäßigen Kohldampf, aufgrund dessen ihr der Dampf zum Stiegensteigen beinahe ausgegangen wäre. Genussvoll nimmt sie den nächsten Bissen in den Mund und seufzt.

»Oh, genau das, das liebe ich«, sagt er, woraufhin sie beim dritten Bissen noch intensiver seufzt.

»Verdammt, ist das heiß! Ich stelle mir gerade vor, wie du die Banane in das Regal schlichtest und dabei genau in dieser Tonlage stöhnst«, bemerkt er, und sie klatscht die Hände zusammen. »Du bist wie die kleinen Jungs!«, ruft sie und hört, wie sein Besteck gegen den Teller klirrt. Wahrscheinlich muss er kurz innehalten, um seine Phantasie zu verdauen, die ihm nun schwer im Kopf liegt.

»Wir werden das Foto besser wieder löschen. Wer weiß, wer sich beim Anblick meiner Schrägseite und der Banane noch so ergötzt. Das hält ja keine Banane aus!«

»Mach das, gute Idee, sonst bekommst du noch lustvolle Auftragsbeschreibungen der besonderen Art zugeschickt. A la … fühle mich einsam, suche nicht nur kulinarische Befriedigung … Können Sie mir das Essen persönlich vorbeibringen? Bitte einmal Orgasmus mit allem! … Telefonsex wär aufgrund der aktuellen Gegebenheiten voll okay. Echt.«

Lissy lacht und schickt sogleich Max, der den Instagram-Account verwaltet, eine Nachricht, mit der Bitte, das Bananenfoto zu löschen. Und dann fällt ihr ein … »Hey, nun weißt du ja, wie ich von der Seite aussehe. Da ist es nur fair, wenn ich dich auch google.« Auf ihrem Handy öffnet sie den Internet-Explorer. Auf ein Freizeichen dieser Art hat sie gewartet.

»Stopp!«, ruft er, »nicht so schnell!«, und hält sie mit den scharf ausgesprochenen Worten davon ab, seinen Namen in die Suchleiste einzugeben.

»Ich kenne nur deine Rücken- beziehungsweise Seitenansicht, Lissy.«

Oh, sie mag es, wie er ihren Namen ausspricht. Wie eine Schneeflocke, die sanft zur Erde schwebt. Über alle Kontinente der Welt lässt er sie fliegen.

»Gut, ich weiß jetzt, wie lang deine Haare sind und welche Farbe sie haben und dass du nicht dick bist.«

»Dick? Hast du das etwa erwartet?« Die Gabel fliegt Lissy aus der Hand und landet auf dem Boden. Sie steht auf, um sie aufzuheben.

»Ist das nicht das klassische Vorurteil, dass alle Köche dick sind?«, bemerkt er uncharmant.

»Wie einfallslos und unkreativ deine Vorurteile doch sind. Da ist meins mit den Kubanern ja um einiges besser.« Sie wischt die Gabel mit der Serviette ab und setzt sich wieder.

»Dafür bekämen wir beide die goldene Himbeere.«

»Immerhin eine Auszeichnung.« Bedachtsam rollt Lissy eine Bandnudel auf, sodass sich die Nudel perfekt an die Soße schmiegt.

»So leichtfüßig, wie du meine Treppen rauf- und wieder runterspringst, hatte ich nie angenommen, dass du einige Kilo zu viel mit dir herumträgst … Und wenn, wär's mir auch egal. Meine Letzte hatte zu wenig, nun will ich nie mehr zu wenig haben. Zu wenig im Leben zu bekommen ist doch echt beschissen. Außerdem hast du schlanke Unterarme und zarte Hände. Das hat so einiges über deine Statur verraten. Und einmal, da klebte ein hellbraunes Haar auf deinem Blusenärmel. Ich hab es noch …«

»O-kay, ich glaub, ich sollte dann gehen. Hast du es gerahmt?«

»Natürlich. In einem goldenen Rahmen wird's von mir verehrt. Das hat bereits mein Großvater so gemacht.«

»Und der war zufälligerweise Serienkiller?«

»Ein verliebter Trottel.«

Lissy schluckt kräftig.

»Das war natürlich ein Scherz. Mein Staubsauger kümmert sich um alle Haare, die in dieser Wohnung so herumschwirren.«

»Da bin ich aber beruhigt.«

»Ich auch.«

»Aber all das, verehrter Herr Hübner, MSc, ändert nichts daran, dass mir deine Hintenansicht zusteht.« Entschlossen tippt sie seinen Vornamen in ihr Handy. »Die schuldest du mir.«

»Wie du willst, Lissy.« Dieses Mal spricht er ihren Namen hart aus, als schleudere er einen Baseball durch die Luft. Als sie gerade Matthias und den ersten Buchstaben seines Nachnamens eintippt, kommt Bewegung auf die andere Seite der Tür, und das Fenster geht weit auf. Erschrocken sieht sie hinüber. Rasch erhebt sie sich und luchst hinein. Knapp einen Meter vor dem Fenster steht er und präsentiert seine Rückenansicht. Das Licht in seiner Wohnung ist gedämpft, aber schmeichelhaft, um ihn ins rechte Licht zu rücken. Lissy macht zwei Schritte nach links und betrachtet seinen Körper, mit dem sich ihre Phantasie bereits ausgiebig beschäftigt hat.

Da ist er.

Endlich.

In voller Gestalt. Er ist groß. Um die 1,85 und trägt Bluejeans, die locker an seinen Hüften sitzen. Dazu ein weißes Hemd, dessen Ärmel er lässig nach oben gerollt hat, und dunkles kurzes Haar, das im Lichteinfall glänzt. Seine Schultern sind breit und muskulös, und sein ganzer Oberkörper wirkt unter dem anliegenden Hemd trainiert. Nicht aufgeblasen oder Fitnesscenter-Junkie-mäßig trainiert, sondern genau richtig in Form gebracht, sodass Lissy ein sehnsuchtsvolles Seufzen über ihre Lippen perlt. Ihr Blick wandert weiter zu seinem starken Nacken, der kräftig und unerschütterlich wirkt, als könnte er vieles ertragen. Von dort gleiten ihre Augen Richtung Wirbelsäule, Wirbel für Wirbel rollt sie gedanklich hinab zu seinem Po, der knackig und wohlgeformt ist. In ihrem Bauchraum macht sich ein angenehmes Ziehen breit, ihr Puls beschleunigt sich. Im Versuch, nicht zu keuchen, legt sie eine Hand auf ihr pochendes Herz.

»Oh Gott, wow, das gefällt mir! Kann ich mehr davon haben?«, fragt sie aufgeregt, denn sie hat gerade von der Zuckerglasur geleckt. Es ist Zeit, den ganzen Kuchen zu sehen, bevor er wieder in die Regalfläche zurückgeht. Mr. Crunch ist verdammt heiß in seinen Klamotten und vermutlich noch heißer ohne Jeans und Hemd. Doch anstatt ihrer Bitte nachzukommen, verschwindet er mit ein paar Seitwärtsschritten wieder aus ihrem Blickfeld.

»Komm schon!«, ruft sie. »Das ist, als würde man mir eine herrliche Eispalatschinke mit üppig viel Schokosoße und klitzekleinen, perfekt platzierten Sahnehäubchen vor die Nase stellen, mir noch einen Löffel und die Gabel in die Hand drücken, einen guten Appetit wünschen und dann knapp, bevor ich den ersten Bissen nehmen kann, ganz plötzlich den Teller wegziehen«, regt sie sich auf und stemmt die Arme in die Flanken. »So kann's jetzt echt nicht weitergehen mit uns! Himmel, Arsch und Zwirn!«

Er lacht aus tiefster Kehle. »Himmel, Arsch und Zwirn? Das hab ich ja schon Ewigkeiten nicht mehr gehört. Meine Oma hat das immer gesagt.«

»Wie sexy, diese Assoziation.«

»Ja, da gäbe es bessere Phantasien.«

Schnaubend setzt sich Lissy wieder. Was bleibt, ist ihr Vorstellungsvermögen, das gerade groß zu träumen wagt und den unbändigen Wunsch hegt, ihre Hand erst zärtlich über seinen Rücken streichen zu lassen, dann nach vorne zu seiner Brust zu wandern und sein Hemd aufzuknöpfen. Ganz langsam und sanft, um zu ertasten, ob er sich so gut anfühlt, wie sie es sich vorstellt.

»Bist du an der Vorderseite eigentlich behaart?«

»Wie ungeduldig du bist … Warum sprechen wir nicht gleich über unsere Lieblingsstellungen«, amüsiert er sich. »Nur um zu wissen, ob wir zusammenpassen würden. Was hältst du von Kamasutra?«

»In dieser Hinsicht bin ich sehr flexibel … und verbiegbar. Ich bin offen für Neues.«

Er lacht, und sein Lachen geht in ein erotisches Knurren über. »Du machst es mir nicht gerade leicht.«

»Du machst es dir ja auch gerne schwer.«

»Hey ...«

»Okay, fassen wir mal zusammen. Wir kennen einander von hinten, und das gefällt uns, aber einen Nachschlag gibt's fürs Erste nicht, weil sich ein gewisser Herr Hübner, MSc weigert. Aus Angst, er könnte dann mit seiner Krankheit nicht mehr allein gelassen sein«, bemerkt sie spitz. »Oder dafür verlassen werden, wahrscheinlich ist das der springende Punkt.«

»Du hast also die Samthandschuhe ausgezogen?«

Mit mürrischem Gesichtsausdruck setzt sie sich wieder auf den Hocker und macht ein Gesicht, als wäre ihre Lieblingsschokolade coronabedingt auf Monate ausverkauft. »Himmel, in welches Blind-Blind-Blind-Date bin ich da nur geraten.« Sie stützt ihren Kopf auf ihre Hände, und ein Mundwinkel kippt salopp nach unten, als hätte er seine Spannkraft verloren.

»In eines, das nachhaltig sein wird. So viel ist sicher.«

Versprechungen. Leere Versprechungen. Lustlos isst sie auf, denn ihr Hunger ist einem ganz anderen gewichen.

»Das ist wirklich köstlich gewesen«, sagt er, und sie hört, wie er das Besteck ablegt und noch einmal in der Papiertüte kramt. »Den Rum trinken wir dann bei unserer Besprechung, als Verdauungshilfe.« Sie vernimmt, wie er die nächste Box aus der Tüte zieht und sie öffnet. »Käse, nicht schlecht.«

»Würzige Käsesorten aus Vorarlberg mit einem scharfen hausgemachten Mango-Chutney«, erklärt sie und hört, wie er die Würfel auf einen Teller gleiten lässt. Kurz darauf reicht er ihr den Käseteller durch den Fensterspalt, und sie greift im Sitzen danach, indem sie ihre Hand ausstreckt, denn sie will nicht noch mal aufstehen – bringt ja nichts. Plötzlich berühren sich ihre Finger. Überraschend anders. Elektrisierend. Aufregend. Pulsierend fühlt es sich für Lissy an. Und dann verharrt sein Daumen fühlend an ihrem Pulspunkt am Handgelenk.

»Ich konnte nicht anders, verzeih«, sagt er, als er sie nach einer Weile loslässt.

»Und ich wollte es nicht anders.«

»Gehen wir zum Geschäftlichen über?«, schlägt er sachlich vor. In Lissys Phantasie sitzt sie mit ihm an einem Besprechungstisch. Aufgrund der Anziehung zwischen den beiden müsste es ein lang gezogener – sehr, sehr langer – Tisch sein, mit ihm am Kopf und ihr am anderen Ende, damit keinerlei Anziehungskraft und Nähe sie ihre Professionalität vergessen lässt. Dazwischen eine hübsche metallene Trennwand. Oh ja, so was bräuchten sie. Wie gut, dass es die Tür gibt.

»Vor dir liegt eine Mappe mit allen Berechnungen, die ich durchgeführt habe, meiner Einschätzung zur aktuellen Lage und den Vorschlägen, die ich habe, damit du höhere Umsätze und in der Folge auch maximale Gewinne erzielen kannst. Normalerweise würde ich dir nun eine richtige Präsentation halten, aber du solltest es anhand der Unterlagen, die ich dir in der Mappe zusammengestellt habe, gut nachvollziehen können. Ich schick dir die Datei auch per Mail. Blättere doch bitte mal auf Seite drei, dort findest du eine Kostenanalyse.« Lissy geht auf die besagte Stelle und sieht auf ein buntes Balkendiagramm, wodurch klar ersichtlich ist, wo die Herausforderungen des Pizzakummerkastens liegen. »Dein größtes Problem ist der Wareneinsatz. Der ist viel zu hoch. Da gehen sich die süßen Preise, die du dir ausgedacht hast – oder die dir vermutlich sogar im Traum erschienen sind – nicht aus. Deine Verkaufspreise müssen nach oben oder der Wareneinsatz um mindestens fünfzehn Prozent runter. Das ist möglich, aber ihr müsstet ein anderes Einkaufssystem implementieren.«

»Implementieren?«

»Größere Mengen zu günstigeren Konditionen einkaufen, beispielsweise. Oder du gehst den Weg der Preisgestaltung. Ich bin mir sicher, dass deine Zielgruppe bereit ist, mehr zu zahlen. Ich hab mal eine Analyse durchgeführt. Auf Seite fünf findest du Infos dazu.«

Hastig blättert Lissy zu den errechneten Menüpreisen. »Woher weißt du, was die zahlen würden? Du hast sie doch nicht befragt.«

»Das muss man auch nicht. Aus diversen Daten von dir und von Statistiken, sogenannten Sekundärdaten, weiß ich das. Die kann man kaufen. Lissy, hör zu, du hast zahlungskräftige Kunden und eine sehr umfangreiche Zielgruppe. Viele davon sind Best Ager, die verwöhnt werden wollen, nur wenige sind junge Leute, wie Studenten, die ein knappes Budget haben. Auch einige DINKS sind dabei – Double Income no Kids. Die gönnen sich gerne etwas und sind Variety Seeker. Du könntest zwei Varianten von Menüs anbieten. Die Gourmet-Glücks-Schiene mit drei oder vier Gängen und die Fast-Luck-Lane mit zwei Gängen. Erstere für Leute mit gehobenem Einkommen, die luxuriös speisen wollen, Zweiteres für Leute mit geringem Budget, junge Erwachsene, Familien mit Kindern, Studenten. Die wollen meist keine drei oder vier Gänge haben, die haben auch nicht die Zeit dafür. Im Normalfall zumindest, außer sie wollen sich bewusst etwas gönnen, aber dann können sie ja die Gourmet-Glücks-Schiene bestellen.«

»Ich müsste also meine Menüpakete überdenken. Klingt nach einem Plan. Auch die Namen gefallen mir«, sagt sie und überlegt, wie die Menüs Fast-Luck-Lane und Gourmet-Glücks-Schiene bei ihren Kunden ankommen würden.

»Die Namen kannst du natürlich ändern. Die sind mir nur so auf die Schnelle eingefallen. Wahrscheinlich hast du bessere Ideen. Guck mal auf Seite sieben, da findest du beispielhafte Wareneinsatzkalkulationen. Dazu die Menüpreise, die du verlangen müsstest, um jene Umsätze zu erzielen, mit denen du nicht nur deine Kosten deckst, sondern auch einen schönen Gewinn reinspielen kannst.« Sie hört, wie er ebenso in der Mappe blättert. »Wie viele und welche Menüs du an deinen Öffnungstagen verkaufen müsstest, steht auf Seite zehn. … Außerdem würde ich mir bei deiner Idee und der – ehemals – guten PR, die anfänglich wirklich hervorragend war, Goodies überlegen. Damit bleibst du in Erinnerung. Einige Vorschläge dafür findest du auch in der Mappe. Bei der PR musst du unbedingt ein Scheiterl nachlegen. Es ist schon lange nichts mehr vom Pizzakummerkasten in den Medien erschienen. Wer macht eigentlich eure PR?« Sie hört, wie er einen Schluck nimmt und das Glas wieder abstellt.

»Ich, aber dafür hatte ich nur am Anfang Zeit und Muße. Eine Freundin hat mir dabei geholfen.« Jelenka und Lissy waren das kreative Duo, die voller Ideenreichtum die Presseaussendungen zusammengestellt und verschickt hatten. Zu ihrer großen Freude wurden manche Artikel eins zu eins von den Medien übernommen.

»Eventuell lagerst du das an einen Experten aus. Mit den neuen Menünamen könntest du wieder einen Presseartikel vorbereiten und nachlegen. Passt ja gut zur aktuellen Zeit. Ich hätte da jemanden, der das übernehmen könnte, wenn du willst. Die PR-Beraterin ist der Hammer … und ich würde dir einen guten Preis bei ihr ausverhandeln. By the way … Die

Marketingkosten hab ich in den Kalkulationen bereits berücksichtigt. Dafür hast du nichts veranschlagt, aber ohne Marketing läuft der Laden nicht. Drei Prozent vom Umsatz nimmt man. Ist so eine Faustregel.«

»Oh, wow!« Lissy gerät beim Durchblättern der Unterlagen ins Staunen. All die Grafiken, Diagramme und seine Fazits zeugen von hoher Professionalität und großem Engagement. »Das hast du alles heute gemacht?« *Das hast du alles für mich gemacht?*

»Tja, ursprünglich hatte ich nur vor, mich in Selbstmitleid zu baden. So blieb genügend Zeit, um mich mit etwas sehr Vielversprechendem auseinanderzusetzen. Ich ließ das rührselige Schaumbad also sausen … Lissy«, sagt er plötzlich und klingt, als würde er Großes mit ihr umsetzen wollen. Sie hört, wie er sich vom Boden erhebt. »Du könntest mit deinem Laden fabelhafte Umsätze erzielen. Du könntest dein Konzept ausbauen, Filialen aufmachen oder ein Restaurant mit Sitzplätzen in der Innenstadt eröffnen.« Aufgeregt marschiert er auf seiner Seite der Tür herum. »Und wenn das mal läuft, kannst du weitere in den Bundeshauptstädten gründen. So eine Idee ist gefragt und kommt gut bei den Leuten an. Eure Küche ist grandios! Du solltest dir wirklich überlegen, ob du nicht vergrößern willst.«

»Mit dem nicht vorhandenen Gewinn?« Sie seufzt.

»Der fehlt, weil du nicht ordentlich kalkuliert hast. Aber er ist ausbaufähig, das siehst du ja in meinen Unterlagen.«

Neugierig blättert Lissy die Mappe durch und bleibt auf Seite vierzehn stehen, wo die Goodie-Ideen aufgelistet sind. Sie schmunzelt, als sie die Abbildungen sieht.

Einen Messerblock mit dem Satz »Stutz deine Sorgen auf die richtige Größe« schlägt er vor. Dann ein Fleischmesser, mit dem Spruch »Schnipp schnapp, Sorgen ab«. Nachfolgend ein Bild von einem Kochlöffel, mit den Worten: »Koch deine Sorgen ein«. Oder »Koch deinen Kummer ein«. Darunter ein edler Salzstreuer, auf dem der Spruch »Streu ein wenig Glitzer drauf« verewigt ist.

Zu guter Letzt befindet sich in seinem Ideenpool ein Pfefferstreuer mit »Verpass dem Leben mal eine ordentliche Würze«! Als Alternative: »Verpass dem Leben einen pfeffrigen Arschtritt«.

Sie lacht, und beim erneuten Betrachten der Vorschläge steigt ihre Begeisterung dafür. »Wie kreativ du bist! Ich bin echt beeindruckt!«

»Ach was. Das ist nichts im Vergleich zu deinen Kochkünsten. Ich denke, die Ideen sind ausbaufähig. Da fällt dir bestimmt noch was Besseres ein. Aber in die Richtung könnte es gehen, das kommt sicher gut an. Und auf jedes Utensil kommt das Pizzakummerkasten-Logo drauf.« Den Enthusiasmus und die Initiative, die er in ihrer Sache an den Tag legt, wirken schmeichelhaft und zutiefst erotisch auf sie. Das scheint er zu sein. Nicht der Mann, der sich grübelnd hinter einem Fenster verschanzt und in den Blubberblasen des Selbstmitleids auf Tauchgang geht. »Du kannst Geschenkspecials zu Weihnachten, Ostern, zu allen Feiertagen herausbringen. Du könntest so viel draus machen! … Jetzt müssen wir auf deinen Erfolg koksen!«, schlägt er vor, woraufhin Lissy irritiert aufblickt.

»Was?! Na, ich weiß nicht. Ich meine, ja, viele machen das, aber ob das jetzt so eine gute Idee ist …«

»Kein echtes Koks, Süße!« Er lacht über ihre Naivität, die ihn vermutlich schon längst in seinen Bann gezogen hat. »Kennst du den Drink gar nicht? Rum mit Würfelzucker und Kaffeebohnen. Das Getränk meiner Jugend, das man in jedem

Pub bekommen hat«, erklärt er, und sie hört, wie er eilig weggeht.

»Nein, keine Ahnung. Klingt nicht gerade so, als würde man das täglich trinken wollen«, ruft sie seinen Schritten nach, die nur noch leise zu vernehmen sind. Unsicher fährt sie sich über ihren Handrücken.

»Hast du deine Jugend mit Orangensaft verbracht? Wo bist du aufgewachsen?«, fragt er, und sie vernimmt seine Stimme lauter, als würde er nun wieder knapp hinter der Tür stehen. Dann ertönt das Rascheln eines Säckchens und der melodische Klang, als würde jemand Kaffeebohnen in eine Kaffeemaschine füllen.

»In einem Kaff in der Wachau«, seufzt sie, denn der Ort, in dem sie aufwuchs, hatte tatsächlich nur fünfhundertdrei Einwohner, sechs Bäume, achtunddreißig Kühe und sechzehn Katzen. Wie gut, dass sie immer irgendwo anders mit ihren Eltern und deren Verkaufsstand war. Das verlieh ihrem nach Abenteuer hungernden Herz eine gewisse Genugtuung. »Und du bist der Junge aus der Stadt, der mit dem Einkaufswagerl herumfährt und kokst? Nicht schlecht. Gangs of Graz.« Sie kichert. Bei der Vorstellung an einen kleinen Jungen, der in kurzen braunen Lederhosen – natürlich in steirischer Tracht – und viel zu langem Haar, das ihm ungebändigt in die Stirn hängt, unerbittlich mit einem Einkaufswagen durch die Grazer Innenstadt flitzt und heimlich Kaffeebohnen mit Würfelzucker vernascht, auf der Suche nach einer einfallsreichen Flause im Kopf, die er in die Tat umsetzen kann, muss sie lachen.

»Matthias Hübner, MSc, Anführer der Gangs of Graz. Ich hab's weit gebracht.« Sie hört, wie er Flüssigkeit in zwei Gläser füllt. Dann reicht er ihr einen Teller mit etlichen Kaffeebohnen und einigen Stücken Würfelzucker durch das Fenster. Lissy beobachtet seine schönen Hände, auf deren Handrücken wieder die Adern sichtbar sind.

»Lasset das Koksen beginnen«, ruft er, als wollte er ein Festival eröffnen. Schmunzelnd nimmt sie den Drink und den Unterteller mit dem Zubehör an und stellt alles auf den Tisch ab.

»Würfelzucker und Kaffeebohnen zerkauen und mit dem Rum runterschlucken«, erklärt er und bestätigt damit Lissys Befürchtung.

»Eklig.«

»Fantastisch. Davon wird man richtig besoffen.«

»Und bekommt auch noch kostenlos Diabetes und Karies«, sagt sie mit hochgezogener Augenbraue, während sie den Rum beäugt, als würde sie ihn mit ihrem Blick in die Flucht schlagen wollen. »Willst du mich denn betrunken machen?«, fragt sie in Erwartung einer ernsthaften schönen Absicht, obwohl jemanden betrunken zu machen eigentlich nie ein ritterliches Vorhaben ist.

Er überlegt einen Moment, ehe er antwortet. »Du hast den Rum mitgebracht, Lissy, also bist du schuld an unserem Untergang. Ursache und Wirkung, du weißt schon.«

»Und du hast ihn bestellt!« Ihr Kontern ist mehr ein unverrichtetes Lachen, das über ihre Lippen stolpert, als ein Tadel. Mit zusammengekniffenen Augen nimmt sie ein paar Kaffeebohnen und ein Stück Würfelzucker in den Mund, zerkaut alles, bemerkt, wie zeitgleich mit dem Kauen Gänsehaut über ihre Haut zieht, und spült den Brei in ihrem Mund mit Rum nach, wodurch sich die Gänsehaut verflüchtigt.

»Was, wenn ich davon so einen Flieger bekomme, dass ich durch dein Fenster gleite?«, fragt sie und wirkt dabei keinesfalls besorgt, denn genau das wäre ja irgendwie wünschenswert. Besser auf ihn knallen als nie aufeinandertreffen.

»Dann würde ich dich auffangen«, sagt er und verstummt. »In meine Arme schließen und dich küssen. Ja, das würde ich tun.«

»Schnell, gib mir noch einen. Hast du auch ein Red Bull?«, beordert sie, um das Tempo zu erhöhen und genau an diesen Punkt oder vielmehr Endpunkt zu kommen, wo sie geborgen in seinen Armen landen würde. Sie streckt ihr Glas durch das Fenster, und er befüllt es großzügig. »Scheint so, als würdest du den Abflug beschleunigen wollen.«

Mr. Crunch knurrt, und sie stellt sich vor, wie er sie ansehen würde, stünde er jetzt vor ihr. Lustvoll und begierig, ohne Scheu, sie mit den Augen auszuziehen.

»So kann's doch nicht weitergehen!«, beschwert sie sich nach einer Weile. »Mit der Tür zwischen uns, die eine harte Anstandsdame ist. Mit dem Fenster, das eine Einladung und doch eine unüberbrückbare Hürde ist, die keiner von uns nehmen kann. Mit der Türmatte, die mir sagt, dass ich draußen warten muss. Dass alles warten muss in deinem Leben. Und diese ganze Trinkerei, die zu nichts führt … Ich finde, wir sollten uns treffen«, schlägt sie plötzlich vor, denn sie hat genug vom Versteckspiel. Genug davon, sich nur ihrer Phantasie hinzugeben. Genug davon, ihm nur in ihrer Phantasie so richtig nahe zu sein. Sie will ihn sehen. Sie will ihn berühren. Sie will einen Atemzug machen und ihn dabei anblicken. »Wir sollten uns endlich von Angesicht zu Angesicht begegnen.«

Er brummt.

»Weißt du, was das Problem an der Sache ist, Mister …« Beinahe hätte sie Mr. Crunch gesagt. »Das wird ja immer verzwickter mit uns. Wir haben Bilder von uns im Kopf. In meiner Vorstellung hast du schon ein Gesicht – ein ziemlich schönes, übrigens, und je mehr ich mich in dieses vorgestellte Gesicht verliebe, desto unaufhaltsamer kann die Enttäuschung ausfallen.«

»Oder die positive Überraschung«, sagt er kühl, und sie hört, wie er das Glas abstellt.

»Ja, du bist attraktiv«, erklärt sie. Das Koksen ist ihr zu Kopf gestiegen.

Sie hört, wie er sich nachschenkt, vermutlich großzügiger, als gut für ihn ist. Ob er einen Schluck nimmt, ehe er salopp »Warum nicht, dann machen wir das!« sagt?

»Was?«, fragt sie überrascht und muss sich an der Sessellehne festhalten.

»Kommenden Sonntag im Stadtpark!«

»Echt?«, kommentiert sie und überlegt, ob sie sich verhört haben könnte.

»Das ist mein voller Ernst, wenn auch in Abwesenheit meines vollen und erweiterten Bewusstseins. Ich muss gestehen, du haust mich um.«

»Und wo genau? Oder wann?«, fragt sie unsicher, denn der Stadtpark ist groß, zu groß, um sich anhand der Stimmen zu erkennen.

»Ich finde dich.«

Kapitel 11

Unsicher sitzt sie auf der Decke und fährt einige Male mit der Hand über den lavendelblauen Stoff, als müsste sie ihn glätten. Der Himmel liegt dunkelblau über ihr, und ein paar Wolken, die die Form von Somlauer Nockerl angenommen haben, schieben sich durch das intensiv leuchtende Blau, als drängelten sie sich in einem brodelnden Kochtopf von einer Seite zur anderen. Der Wind weht mäßig, sodass er manchmal ungestüm an Lissys Vintage-Kleid zupft, ehe er sich wieder in eine sachte Brise verwandelt. Sie trägt ein Chiffon-Kleid mit einem romantischen Blumenmuster, das sie sich von Angi geborgt hat. Keine Seltenheit, denn Angelika und Lissy leihen sich häufig Kleidungsstücke, da sie einen ähnlichen Figurtyp haben. Nicht sexy genug, fand Lenka, weshalb sie Lissy zwei Kleider aus ihrem früheren Datingrepertoire – zu einer Zeit, als sie noch fünf Kilogramm weniger wog und gerne mal einen auf verruchte Lady machte – vorbeibrachte. Dankend lehnte Lissy ihre Outfitwahl ab, kleidete sich stattdessen verträumt-romantisch und wählte als Draufgabe einen süßen Hut, den sie zum Pferderennen in Ascot tragen könnte. Wedges mit Keilabsatz und ein zarter bunter Schmuck, der an einen Sommertag in Portofino erinnert, veredeln ihr Outfit. Das Lächeln auf ihren Lippen, das sie aufsetzt, während sie ihren Blick durch den weitläufigen Park schweifen lässt, spiegelt die strahlende Sonne, die nach vielen Tagen Regen endlich wieder am Horizont erschienen ist. Genau so will sie Matthias – ihrem Mr. Crunch – das erste Mal begegnen. Ein wenig kommt sie sich wie eine Dame in einem dieser alten Ölgemälde vor, die in Museen hängen und bei deren Anblick man sich in den Geschichten, die sie erzählen, verlieren kann.

Gelassen lehnt sie mit dem Rücken an einem Baumstamm, ihre Beine hat sie elegant überkreuzt. Einzig und allein der Einkaufswagen, den sie sich ungefragterweise von einem Geschäft geborgt hat und den sie nur deshalb entführen konnte, weil er nicht mit einer Wegfahrsperre ausgestattet ist, tanzt visuell aus der Reihe. Sie musste einige Wagerl testen, bis sie den richtigen – einen ohne Diebstahlsicherung und in der passenden Farbe – gefunden hat. Die Dame aus dem Ölgemälde hätte für diverse Transportwege zwar die Kutsche genutzt, aber in der Neuzeit ist ein Einkaufswagerl durchaus praktisch. Es ist ein humorvoller Willkommensgruß für Matthias Hübner, der ihre künstlerische Darstellung sicher zu würdigen weiß. Im Einkaufswagen befindet sich der geflochtene Picknickkorb mit den vielen Leckereien, die sie für mehr als zwei Personen und für unzählige nette Stunden trauter Zweisamkeit zusammengestellt hat. Es ist nicht nur ein Picknick, sondern eine Liebesbekundung, die sie Matthias heute überbringen will. Pierre hat ebenso dazu beigetragen, einen Amor-Pfeil abgeschossen und Petits Fours beigesteuert. Klassisches französisches Feingebäck, liebevoll kreiert in weißen Backförmchen. Nach langem Überlegen hat Lissy ihre Lieblingsspeisen für das Picknick zubereitet, damit Matthias sie mit allen Sinnen besser kennenlernen kann. Die Speisen serviert sie in Mini-Ausführung, sodass sie von jeder Sorte probieren können, ohne dass sich der Bauch zu schnell füllt und sie davon träge werden. Kleine Schnitzel, Mini-Rindsrouladen, Häppchen vom

Girardirostbraten – ein geschmorter Rostbraten mit Kapern und Champignons, der seinen Namen einem österreichischen Schauspieler verdankt – sowie Palatschinken mit herzhafter Füllung, die man zu späterer Stunde auch kalt genießen kann, befinden sich im Flechtkorb. Natürlich alles mit viel Fleisch, damit Herr Hübner wieder einen langen Ton pfeifen kann. Als kulinarische Draufgabe hat sie für ihn ein steirisches Backhendl zubereitet, das sie in einem aufwendigen Prozess und nach dem geheim gehandelten Rezept – das beinahe am Schwarzmarkt für Kochrezepte feilgeboten wird – einer bekannten österreichischen Köchin nachgekocht hat. Als Aperitif wird sie einen Poysecco servieren – einen schmackhaften Frizzantewein aus dem Weinviertel –, womit erst mal der Startschuss und das Aufwärmen für weitere Gespräche gelingen wird. Ja, sie hat alles perfekt durchdacht und nichts dem Zufall überlassen.

Verunsichert sieht sie auf die Uhr, dann zum Johann-Strauss-Denkmal, das unweit entfernt steht. Unzählige Menschen tummeln sich bei diesem Kaiserwetter im Stadtpark. Viele Spaziergänger schlendern in Gesprächen versunken oder schweigend an ihr vorbei. Einige Besucher sitzen auf Picknickdecken, unterhalten sich und lachen, während andere bei Boccia oder Federball zu sportlichen Höchstleistungen auflaufen. 65 000 Quadratmeter misst der Stadtpark, der im Herzen von Wien liegt und seinem Publikum eine grüne Idylle mit vielen Sehenswürdigkeiten offeriert. Einst wurde er von Joseph Selleny im Stil eines englischen Landschaftsgartens geplant und im Jahr 1862 ohne ein großes offizielles Event eröffnet. Neben dem Stadtpark befindet sich der bekannte Kursalon Hübner – ein italienisches Prachtgebäude der Renaissance, das heute Schauplatz für musikalische Darbietungen und Tanzveranstaltungen klassischer Art ist.

Inmitten des Parks gibt es wunderschöne versteckte Plätze, Künstlerdenkmäler und viele Areale mit Wasser, die dem Stadtpark eine entspannte Ruhe verleihen, die sich wiederum bei einem Rundgang entlang der Teiche und dem Wienkanal leise auf die Spaziergänger überträgt, als würde sich eine beruhigende Hand auf die Schulter legen. Romantische Brücken schlagen sich über den Wienfluss, der den Park in zwei ungleich große Hälften teilt, und wirken aus der Ferne betrachtet wie gemalt. Lissy hat ihre Decke so platziert, dass sie auf das berühmte Johann-Strauss-Sohn-Denkmal gucken können. Der goldene Komponist steht unter einem Marmorbogen und spielt Geige. Repräsentativ für die Musik, die man für eine gelungene Verabredung braucht. Auffälliger könnte sie nicht nach Mr. Crunch Ausschau halten. Wenn er sie finden möchte, würde er es ohne Zweifel schaffen.

Wieder guckt sie auf die Uhr. Der späte Nachmittag ist hastig eingetrudelt, als hätte er Angst, zu spät zu kommen. Seit zwei Stunden sitzt sie da und wartet. Nur eine Wasserflasche hat Lissy aufgemacht und ein paar Schlucke davon getrunken, obwohl sie zur Nervenberuhigung am liebsten den Poysecco aufgerissen und in wenigen Zügen geleert hätte. Schrille Zweifel ertönen in ihr wie eine Alarmanlage, die sie nicht abstellen kann. Was, wenn er schon vorbeigegangen ist und ihm das, was er gesehen hat, nicht gefallen hat? Nervös fährt sie über ihr Kleid, zupft es zurecht und lässt rastlos ihren Blick schweifen, um irgendwo idyllischen Halt zu finden. Bei einer Familie verweilt sie und beobachtet die Eltern, die ihre Kinder zum Weiterbewegen ermuntern wollen, doch das kleine Mädchen mit den langen braunen Zöpfen und den haselnussbraunen Augen spielt lieber mit den Kieselsteinen, die sich ihr in den Weg gelegt haben. Der Junge verlangt nach Schokolade, energisch, schreiend, als würde er ansonsten verhungern. Als ihm seine Eltern ein leckeres Eis in Aussicht stellen, zieht er seine Schwester hoch und schleift sie mit sich, denn er will das Eis haben, am besten sofort. Die Mutter stoppt ihn und nimmt die weinende Kleine schützend auf den Arm. Familienidylle oder täglicher Wahnsinn? Dieses Bild entspricht so sehr den Aufträgen, die sie von vielen Familien wöchentlich bekommt. Lissys Blick streift weiter, wie ein suchender Kapitän, der nach dem sicheren Hafen Ausschau hält. Bei einem jungen Liebespaar, das auf einer Parkbank sitzt, verweilt sie. Sie beobachtet das Paar, das sich unsicher annähert. Wahrscheinlich kennen sie sich noch nicht lange. Das Mädchen kichert, deutet mit einer überschwänglichen Geste ein Ereignis an, das vermutlich nicht weiter von Bedeutung ist, doch er sieht sie mit gleicher Begeisterung an, und sie erwidert diesen enthusiastischen Blick. Das ist Liebe, gemeinsam zu phantasieren und Tagträumen zu erliegen. Gemeinsam auf einem fliegenden Teppich durch den Orient in einen orangeroten Himmel ziehen, Gletscher besteigen und sich gegenseitig halten, damit niemand fällt. Gemeinsam träumen. Ja, das möchte sie. Traumtänzeln … gemeinsam mit Matthias. Das verliebte Mädchen hält ihrem Begleiter das Handy unter die Nase, woraufhin er lacht. Dann legt sie ihr Telefon beiseite und ihren Kopf verträumt auf seine Schulter, ehe sie ihre Augen schließt. Vermutlich hält sie die Zeit an und baut Luftschlösser, genießt die Nähe und die Wärme, die er ihr schenkt. Behutsam streicht er über ihr Haar, als wäre sie zerbrechlich und kostbar, vielleicht das Kostbarste, was er je mit seinen Händen berührt hat.

Lissy atmet seufzend aus. Warum haben sie keine Zeit ausgemacht? Zumindest eine ungefähre? Das wäre wenigstens ein Anhaltspunkt gewesen. Nicht diese Open-End-Möglichkeit mit allen Variationen, in denen der Tag enden kann. Ob er schon am Morgen da war? Ob er sie bereits gesucht und nicht gefunden hat? Ob er enttäuscht nach Hause gegangen ist? Nein, unmöglich. Bei ihren Treffen vor seiner Tür war es doch immer Abend. Nie haben sie sich in der Früh oder zu Mittag gehört. Das würde nicht passen. Ab Nachmittag auf ihn zu warten, erschien ihr plausibel. Verdammt! Das hält kein Herz aus! Lissy steht auf und geht neben der Decke auf und ab. Die Sonne ist mittlerweile in den Westen gezogen und läutet mit ihren dumpf gewordenen, entkräfteten Strahlen vorsichtig das Ende des Tages ein, als würde sie wie ein Wächter durch den Park streifen und die Spaziergänger auffordern, nach Hause zu gehen.

Sie sieht auf die Uhr. 19.30 Uhr. Himmel, wo bist du nur?, fragt sich Lissy und bläst Luft raus, als wollte sie ihre Anspannung vertreiben. Das Essen dürfte mittlerweile kalt geworden sein, die Schnitzel haben in der Alufolie bestimmt aus Platzangst Panikattacken bekommen und das Backhendl, dem in der Zubereitung so viel Liebe und Zärtlichkeit zugekommen ist, ärgert sich über die Ignoranz, die es seit seiner Fertigstellung erfahren muss. Die Palatschinken planen vermutlich gerade die Flucht aus dem Flechtkorb, und die Getränke sind nur noch lauwarm und zeigen Lissy den Stinkefinger, sollte sie heute noch jemand öffnen wollen. Enttäuscht setzt sie sich wieder und reibt die Hände aneinander, als wäre ihr kalt. »Wo bleibst du nur, Matthias?«, flüstert sie in den Wind, der unbarmherzig an ihrem Kleid zupft, als wollte er sie dazu bringen, aufzustehen und ihren Traum loszulassen.

So kann es nicht weitergehen! Himmel! Sie muss etwas unternehmen. Verdrossen schnappt sie nach ihrem Handy.

Ich warte auf dich, tippt sie in ihr Smartphone, doch bevor sie die Nachricht verschickt, denkt sie sich bessere Versionen aus. Witzigere, geistreichere, intellektuellere, beschissenere, ja sogar frechere Varianten … Alles und nichts fällt ihr ein. Aber was bringt es, wenn er die Antwort mit seinem Nicht-Erscheinen schon längst gegeben hat?

Ich warte auf dich. Wo bist du? – Sie drückt auf Senden.

Aufgeregt setzt sie sich wieder, versucht, sich zu beruhigen. Eine ganze Weile sitzt sie da und beobachtet, wie die orangefarbene Sonne, die die Farbschattierungen eines unpassend fröhlichen Cocktails angenommen hat, langsam zwischen den Häuserschluchten versinkt, als wäre jemandem das Glas hinter einem grauen Jahrhundertwendehaus hinuntergefallen. Die Laternen gehen an, und plötzlich hat der Park sein Nachtgewand angezogen. Das Licht taucht die Plätze und Wege in eine geheimnisvolle Atmosphäre. Es lädt zu romantischen Spaziergängen ein, vermittelt aber auch das Gefühl, dass niemand hier alleine sitzen soll. Also steht Lissy auf und packt zusammen. Der Einfachheit halber wirft sie alles in den Einkaufswagen, damit sie nicht schwer tragen muss. Wie eine Heimatlose, lieblos gestrandete, wie eine Vergessene, vom Leben und gleichermaßen von einer Zukunft Ausgeschlossene schlendert sie mit gesenktem Kopf zum Ausgang. Hinter sich lässt sie die Hoffnung, einige Träume, viele Prisen Fröhlichkeit und ihre positive Laune, die wie Vanilleeis in der Hitze schmilzt.

Gerade als sie das Tor zur Johannesgasse passiert, ertönt der Signalton ihres Handys. Eine Nachricht. Von ihm? Es muss eine Antwort sein. Kurz regt sich Hoffnung in ihr, er könnte schon am Weg sein, es sei ihm etwas dazwischengekommen. Er hatte bloß Zweifel. Nun sei alles gut. Bitte warte auf mich! Er weiß, was er will. Endlich. Er will sie. Jetzt. Und für immer. Dann würde er sie in die Arme nehmen und nie wieder loslassen. Alles würde gut werden. Für Sie. Für ihn. Für beide. Nervös beißt sie sich ein Fingernagelhäutchen ab, ehe sie ihr Handy aus der Tasche zieht.

Sorry. Ich kann das nicht. Geh wieder nach Hause, es ist besser so.

Kapitel 12

Die Tage vergehen. Die Sonne geht auf. Die Sonne geht unter. Keine Flugzeuge sind am Himmel zu sehen, die weiße Kratzer im frühlingshaften Blau des Horizonts hinterlassen. Die Bestellungen trudeln ein, die Portionen gehen raus. Alles ist wie immer, und doch ist es das nicht.

»Wie fürschterlisch! Du hast deine Kreativität verloren«, ruft Pierre, und seine Stimme hört sich wie zerschmettertes Porzellan auf dem Küchenboden an.

»Ach was. Fürschterlisch!«, kontert Lissy wütend, imitiert seinen französischen Akzent, der unter normalen Umständen wie eine süße Melodie in ihren Ohren klingt, und wirft beinahe den ganzen Salzstreuer in den Kochtopf. »Streu ein bisschen Glück darauf!«, äfft sie zornig nach. »Was für ein Blödsinn! Wer hat heutzutage noch Glück? Vor allem bei dieser Sorte Männer, die da draußen herumläuft oder sich hinter schweren Holztüren versteckt!« Lissy schnaubt.

Die Sonnenstrahlen gleiten durch das Fenster und kitzeln ihr Gesicht, doch sie ist gerade nicht auf Empfangsstatus für positive Gedanken gepolt.

Am Sonntagabend hat sie sich bei Lenka ausgeheult und zur seelischen Kummerkasten-im-echten-Leben-Unterstützung Angi dazugeholt, die mit einem innerlichen Blaulicht und gedachtem Sirenengeheule angelaufen kam, im wahrsten Sinne des Wortes gelaufen, da sie im Lockdown andernfalls keinen triftigen Ausgangsgrund gehabt hätte. Zu dritt haben sie sich mit Punschkrapfen und frischem Lavendeltee beruhigt und Lissy unzählige Ratschläge und Umarmungen gegeben, die ihr Trost gespendet haben. Doch nun ist sie ihrem Schicksal und ihren Gedanken selbst überlassen, ohne die schützenden Hände und Worte ihrer besten Freundinnen. Lissy klopft wütend Löcher in das Schnitzelfleisch.

»Hast du Liebeskummer?«, fragt Jennifer und tritt neben sie. Seit ihrem Auftauchen vor etlichen Tagen erscheint Jenni täglich, wie eine Ration frisch gebackenes duftendes Brot, von dem man nicht genug bekommen kann. Mit ihrer erfrischenden Art lockt sie vor allem Pierre aus der Reserve. Vorhin hat sie von Lissy eine passende Kochjacke erhalten, die die Chefin bei einem Bekleidungsgeschäft für Berufsbekleidung per Expresslieferung bestellt hat, denn Jennifer tunkte jedes Mal ihre viel zu langen Ärmel in die Töpfe. Auch wenn sie nicht auf Lissys Gehaltsliste steht, keine Messer in die Hand nehmen soll und bei einer Prüfung des Arbeitsinspektorats im Backrohr verschwinden müsste, so wird sie bleiben und das Team im Kummerkasten unterstützen. Sie ist wie eine kleine süße, flauschige Katze, die ihnen zugelaufen ist. Lissy kann nicht anders, als sie für ein paar Stunden am Tag durchzufüttern.

Vorsichtig legt Jennifer Lissy eine Hand auf die Schulter, was ihr nur gelingt, wenn sie sich auf Zehenspitzen stellt. »Der Typ ist doof, wenn er dich nicht will. Vergiss ihn einfach und such dir einen neuen. Hast du schon mal im Internet geguckt? Meine Tante und mein Onkel haben sich dort kennengelernt. Und die waren richtig doll verliebt, bis sie sich haben scheiden lassen. Es gibt viele Männer, die dich auf der Stelle heiraten würden, ganz sicher!«

Max verzieht angewidert sein Gesicht, als würde er in ein ekelhaftes Essen beißen. Themen rund ums Heiraten verabscheut er wie lauwarme Pommes frites in einem Chafing-Dish, die den Tod durch Ertrinken im eigenen Fett nach zwei Minuten Liegezeit erleiden müssen.

»Wie war dein Aktzeichnen mit Lady Mon Chéri?«, will Lissy von Pierre wissen, in der Hoffnung, eine tolle Liebesgeschichte zu erfahren, denn der hatte gestern Abend ein überraschendes Rendezvous mit Gertrude Kobald.

»Nackt«, erklärt Pierre knapp, als müsste er einen schweren Ganslbraten verdauen.

»Nackt? Wieso hast du nichts angehabt?«, will Jennifer wissen und sieht ihn entrüstet an.

»Das hat Aktzeischnen so an sisch, liebe Jennifer. Da musst du noch viel lernen. Das hat zu tun mit den Blumen und den Bienen und mit der Schlange im Garten Eden und …«

»Jenni, kannst du mal schauen, welche Gemüsesorten im Kühlhaus noch auf Lager sind? Und sieh am besten *alle* Regalflächen durch«, bemerkt Lissy schnell und bringt Jennifer aus der Gefahrenzone, da die Gesprächsthemen für eine Zehnjährige zu heiß sind. Max setzt sich seine Kopfhörer auf, denn an Pierres Liebesleben ist er so interessiert wie am Stricken.

Der Sous-Chef lehnt sich mit dem unteren Rücken an den Herd und schließt die Augen, als wollte er einen wunderschönen Traum nacherzählen. »Erst haben wir gegessen. Angezogen. Stilvoll. Dann, nach ein paar Gläsern gutem französischen Rotwein, den isch mitgebracht habe, um nischt Gefahr zu laufen, Baileys zu geschmortem Coq au Vin runterwürgen zu müssen, hat sie misch gefragt, ob sie misch zeischnen darf. Ein wenig hab isch misch geziert, aber dann genickt, so, wie man nickt, wenn man eine wischtige Entscheidung trifft, und dann hab isch mir die Kleider ausgezogen. Langsam. Stilvoll. Und meinen Körper in seiner Nischtvollendung für das Aktzeischnen präsentiert. Gerti hat zufrieden geläschelt und misch gezeischnet und mit ihrem Blick geliebkost. Mit jedem einzelnen Blick! Danach haben wir wieder gegessen. Die Desserts waren dran. Und dann war *sie* dran ... Da waren wir dann beide nackt. Sie mag Gleischbereschtigung, hat sie gesagt und dabei ziemlisch erotisch geknurrt. Mozartknödel und Kaiserschmarrn sind unsere Zeugen ... Und was danach passiert ist, kannst du dir denken, ma petite Lissy.« Er lächelt, als wäre er der große Napoleon, der in der Schlacht gewonnen hat.

Lissy legt eine Hand auf ihr Herz und keucht: »Wow. Und wie weiter? ... Also was ...«

»Na, was wohl?! Was machen zwei erwachsene Menschen, wenn sie sisch nackt gegenübersitzen? Häkeln? Einen Schal vielleischt für den frostigen Winter?«

Lissys überraschter Blick weicht einem erleichterten Lachen. »Wunderbar, dann hast wenigstens du dein Happy End gefunden.«

»Happy End. Im wahrsten Sinne des Wortes«, bemerkt er und lächelt verschwiegen.

Der leise Glockenton unterbricht die schmutzigen Gedanken, die Lissy in Pierres Gesicht ablesen kann. Froh über diese Störung kümmert sie sich um die nächste Bestellung.

Ahoi!
Endlich, ich habe es geschafft! Trommelwirbel und großer Applaus bitte, denn ich habe die Bachelorarbeit abgegeben. Endlich. Endlich. Endlich! Mann, ich bin ja so erleichtert! Zur Feier des Tages bestelle ich einmal die Gourmet-Glücks-Schiene – also das volle Programm für

sagenumwobene – Trommelwirbel bitte – eine Person. Ich springe vor Glück herum, höre mir Lorde, Green Light an und tanze, tanze, als wäre es das Einzige, was ich nun noch machen muss. … Und das ist wirklich das Einzige, das ich noch vorhabe. Wo ist die nächste Partyyyyyyy? Schickt sie mir bitte!
Barbora

Lissy beordert Jennifer und Max an den Computer und zeigt ihnen die Nachricht. »Was würdet ihr vorschlagen?«, fragt sie. Seit ihr Matthias die Idee von weiteren Filialen schmackhaft gemacht hat, versucht sie sich darin, Dinge abzugeben, um herauszufinden, ob es möglich wäre, Personal auf ihre Art von Geschäft zu trainieren. Das wäre der erste Schritt in die wahre Selbstständigkeit.

»Ich würde ihr eine Tomatensuppe als Vorspeise kochen und Zwetschgenknödel … und als Dessert … mmh … oder sind die Zwetschgenknödel schon das Dessert? Wie viele Gänge sind noch mal beim Gourmetmenü?«, plappert Jennifer drauflos, ohne nachzudenken.

»Hast du Hirnblähungen?«, fragt Max rüpelhaft. Seit ihrem Auftauchen benimmt er sich in der einen Minute wie ein Gentleman, in der anderen wie ein großer und dann wieder wie ein kleiner Bruder, der eifersüchtig auf seine niedliche Schwester ist. Er boxt ihr sachte in die Seite. »Das ist nicht annähernd das, was der Boss da kochen würde. Zwetschgenknödel, so was Hirnrissiges! Die Lady will ja Party machen. … Ich würde ihr einen saftigen Burger bauen, vierstöckig, damit sie mal was Ordentliches zwischen den Zähnen hat. Ihr Hirn muss ja vor Unterzuckerung Amok fahren. Danach noch einen Brownie mit viel Schokoladensoße und einem weichen Schokokern und …«

»Himbeereis!«, mischt sich Jennifer lautstark ein. »Himbeereis. Ja, ich würde Himbeereis dazu haben wollen.«

»Unterirdisch! Die ist ja keine zehn mehr. Denk doch mal, bevor du dich wie ein Vulkan übergibst!«

»Hey, nicht streiten, sondern einen kühlen Kopf bewahren. Ihr seid ein Team! Wie wär's damit: Babsi benötigt ein Elektrokonzert auf ihrem Gaumen. Unterschiedliche Geschmacksaromen, die sich gegenseitig angreifen, wie Töne und Klänge es tun. Die wild und robust auf ihre Zunge klettern und haltlos darauf herumspringen. Kräuter, die sich duellieren und sich wie eine E-Gitarre und ein Saxophon anschreien ... Scharf Angebratenes, das so würzig ist wie ein Schlagzeug-Solo.«

»Tapas!«, ruft Max und klatscht in die Hände.

»Ja, super Idee, Häppchen, die andersartig sind und aus der Reihe tanzen. Das machen wir! Und ihr legt gleich mal los.« Lissy klopft Max mütterlich auf die Schulter. »Überlegt euch was dazu. Zwanzig Minuten Zeit, dann unterbreitet ihr mir euren gemeinsamen Vorschlag. Und schaut nach, was an Zutaten noch da ist. Sonst wird's auf die Schnelle schwierig.«

Die beiden nicken und verziehen sich für ihre Besprechung ins Kühlhaus, wo sie sich in den nächsten Minuten vermutlich ihre Popos abfrieren werden.

Dass die zwei so eifrig bei der Sache sind, gefällt Lissy, denn seit Matthias sie versetzt hat, hat sie ohnehin keinen Kopf für die Probleme der anderen. Stattdessen fahren ihre Gedanken in kleinen Schüsseln auf einem Sushiband im Kreis herum.

~

Am Nachmittag sitzt Lissy angestrengt vor einigen Kalkulationen, die ihr mittlerweile nicht mehr wie ein unbezwingbarer

Strudel an durcheinandergeworfenen Zahlen vorkommen. Dank Matthias hat sie endlich einen Durchblick und einen positiven Ausblick. Die Wareneinsätze kann sie durch eine bessere Einkaufsplanung verringern, und durch die höheren Menüpreise, die sie verlangt, deckt sie ihre Gesamtkosten ab und kann sogar noch ein wenig Gewinn lukrieren. Wenigstens einen nachhaltigen Nutzen hatten ihre Treffen mit Mr. Crunch. Als sie gerade überlegt, bei welchem Anbieter sie die Küchenutensilien mit den Sprüchen in Auftrag geben soll, ertönt der leise Glockenton. »Pierre, kannst du dich darum kümmern?«, ruft sie ihrem Sous-Chef zu, der gerade Kräuter hackt, um später ein Pesto damit zu machen, und nimmt einen Schluck von ihrem Kurkuma-Latte, den sie sich vorhin zubereitet hat.

»Klar doch!« Sie vertieft sich wieder in die Vorlagen. Vielleicht sollte sie den weißen Kochlöffel nehmen. Oder doch den braunen aus Holz?

»Heftig! Non, Lissy, das kann isch unmöglisch übernehmen.«

»Ach komm, das Pesto kann warten. Ich kann gerade nicht!« Lissy rechnet die Preise für die Artikel mit den Prints und den ausgedachten Sprüchen zusammen. Sie könnte die Kochlöffel in unterschiedlichen Farben mit drei Sprüchevarianten anbieten. Mit dem Verkaufspreis würde sie sogar einen kleinen Gewinn erzielen.

»Non, unmöglisch, isch bin der Falsche dafür. Das musst du übernehmen. Aber bitte auf keinen Fall einen Garnelensalat!«

Lissy erstarrt und verharrt einen Augenblick in süßer Regungslosigkeit, ehe sie aufspringt, die Mappe zuknallt und zum Computer läuft, als hinge ihr (Liebes-)Leben davon ab.

Liebe Lissy,
ich habe in letzter Zeit vieles vermisst. Den Sonnenschein, der mich morgens auf meiner Terrasse unvoreingenommen begrüßt. Einen schweigsamen Spaziergang durch den Wald, der vom sanften Plätschern eines Baches begleitet wird. Einen Strandspaziergang mit der abendlich warmen Sonne im Rücken, die einem zärtlich über die Haut streicht und Rückendeckung gibt. Das Rauschen des Meeres, dessen Gesang man hört, wenn man auf einem Strandtuch im weißen Sand sitzt und die Wellen beobachtet, die einen gigantischen Felsen in die Knie zwingen wollen. Hokkaido-Kartoffel-Eis auf der Zunge, das überraschend wild, beinahe explosiv am Gaumen tanzt und bereitwillig schmilzt, wenn man sich erst mal darauf eingelassen hat. Eine losgelöste Joggingrunde im Park, bei der man Fußspuren im dichten Gras hinterlässt und mit jedem Atemzug Energie inhaliert, die einen das Leben spüren lässt.
Einen entspannten Kapuziner im Sacher, während man gemütlich die Tageszeitung im Zeitungshalter liest und die Minuten vorbeitröpfeln wie die Leute, die monoton vor den Glasscheiben des Cafés vorbeispazieren. Den von satten Rot- und Gelbtönen betrunkenen Sonnenuntergang auf einem Berg, der den Gipfel wie ein Glas Campari glühen lässt und bei dessen Anblick man das Gefühl hat, durch Flammen gehen zu können.
Dumme Scherze von einem Kumpel, der abends überraschend mit zwei Sechsertragerl Bier auf der Matte steht, wodurch man am nächsten Tag verkatert aufwacht und erkennt, wie schön es ist, einen guten Freund zu haben.

Ein heftiges Sommergewitter an einem schwülen Nachmittag, das einem zum Stehenbleiben und Innehalten zwingt. Einen meterhohen Wasserfall, der einem beim Anblick Gänsehaut verursacht. Einen überraschenden Schneesturm Ende April, der wild und unbefangen auf die Erde trifft und einen innerlich, wegen des lang ersehnten Frühlings, fluchen lässt. Eine zarte Rose, die langsam erblüht, unbeschwert, nicht ahnend, was sie auf der Welt erwarten wird. Das betrunkene Wanken durch die Innenstadt nach einer durchzechten Nacht in einem grindigen Beisl, mit anschließender Debreziner zum Frühstück beim Würstelstand ums Eck.
Den Kirchenchor, der aus dem Steffl dringt und einen beim Vorbeieilen einen Moment lang zögern lässt. Ein kaltes Glas Bier in einem Gastgarten im Prater, am 1. Mai, wenn halb Wien in den Vergnügungspark pilgert. Den Morgentau im grünen Gras, über das man in herbstlichen Nebelschwaden läuft und das sich kühl und nass unter den Fußsohlen anfühlt. Das lautlose Geräusch eines Schmetterlings, der sich sachte in die Lüfte erhebt und seine erste oder letzte große Reise antritt. Verschnörkelte Kunst von Dalí, die in einem Museum an einer einst kahlen weißen Wand hängt. Eine wilde Fahrt mit dem Auto mit hundertsechzig Sachen auf der Autobahn, immer den Blick Richtung Süden gerichtet. Sommerrodeln durch einen Wald. Wandern in Flip Flops über Geröll. Eislaufen auf einem halbgefrorenen Teich, mit der Angst in den Beinen, dass er nicht trägt. Schwimmen in einem warmen See in einer lauen Mondscheinnacht. Tanzen auf einer Party, wild und frei, auf der letzten des Sommers oder bevor alles

schließt. Atmen. Denken. Sprechen. Zuhören. Flüstern, weil alles zu laut ist, schreien, weil alles zu leise ist, weinen, weil man lebt, weinen, weil man noch lebt …
Essen.
Dein Essen.
Dich. Die Süße des Lebens, das, was es noch bereit ist, zu geben. Wir. – In einer Blase, in der alles möglich erscheint und es für wenige Stunden auch ist.
Wir.
Wir in der Realität.
Du.
Vielleicht ist das alles, was ich sagen muss.
Matthias.

Kapitel 13

Der Abendhimmel hängt granatapfelrot mit einem Klecks Zwetschgenkompott über den Dächern Wiens. Die ansonsten blassen Häuserfassaden glänzen in einer rostroten Farbe, als wollte die Sonne mit den letzten Strahlen des Tages ein kleines Lagerfeuer veranstalten. Die romantische Abendstimmung zieht wie ein Hauch Parfüm durch die Gassen und lässt sich sanft auf den wenigen Menschen nieder, die durch die Straßen spazieren, ein paar Besorgungen erledigen oder einen abendlichen Spaziergang durch eine anbrechende Frühlingsnacht machen. Angespannt steht Lissy vor Matthias' Haus und reibt sich die Hände, wie einen Ballast, den sie loswerden will. Langsam geht sie auf den Eingang zu, vor dem sie in letzter Zeit schon einige Male gestanden hat. Doch dieses Mal halten selbst ihre Gedanken die Luft an, und ihr Herz schmettert in ihrem Inneren, als würde es sich einen Weg nach draußen bahnen wollen. Was wird passieren? Ein Mr. Crunch, der im charmanten Tonfall mürrisch brummt? Der sie mit offenen Armen empfängt? Der bereit für Lissy ist und eine gemeinsame Zukunft sieht, die ihm nichts anhaben kann, die, obwohl sie eine Schlechtwetterprognose hat, ihn nicht davon abhält, zusammen mit ihr im Regen zu tanzen? Sie würde den Schirm mitbringen und ihn weit aufspannen. Sich die Gummistiefel und den Regenmantel anziehen und nach draußen treten. Die Arme weit offen, bereit für das Unmögliche, bereit für *das Mögliche.*

Oder wird er sich wieder hinter seiner Tür verschanzen, weil die Welt, die für ihn früher einmal heil und genießbar war, die Tollkirsche ist, die sich auf seinen Gaumen gelegt hat? Eine Realität, mit der er nichts zu tun haben will? Achtsames Atmen. *Jetzt*, beschließt Lissy und atmet einige Male ein und betont länger aus. Nach vier vermeintlich beruhigenden Inhalationen befindet sie, dass der Quatsch mit dem Atmen gerade so effektiv ist wie die Einnahme eines Hustenbonbons bei einer Grippe, zuckt stattdessen mit den Schultern und geht entschlossen auf die Eingangstür zu. Sie möchte mit ihrem Finger auf seine Klingel drücken, hält dann aber inne. Ist es wirklich das, was er mit seinem Schreiben bezwecken wollte? Vielleicht hat er auch etwas ganz anderes gemeint? Fehler passieren. Denkt man nur an den Garnelensalat zurück. *Gute Fehler.*

Sie sieht auf ihre leeren Hände. Sie hätte etwas zu essen mitbringen sollen, wie sie es immer getan hat. Egal, was. Hauptsache, irgendwas. Nur eine Flasche Wein hat sie in einem Geschenksäckchen dabei, als könnte man davon satt werden. Würden alle Liebesstricke reißen, sie würde mit der Flasche zu Lenka fahren und sie mit ihrer besten Freundin teilen – oder alleine trinken, und Jelenka müsste sich eine eigene aufmachen –, um auch den Kummer, der irgendwo zwischen ihrer Brust und dem Herzen rudert, zu ertränken. Wahrscheinlich ist ihre Annahme, er würde sie erfreut empfangen, den Hut vor ihr ziehen und mit ihr festlich dinieren, vollkommener Humbug und eine nette Märchengeschichte, die man Kindern erzählt, die noch immer an ein *und sie lebten glücklich und zufrieden bis ans Ende ihrer Tage* glauben.

Vor der Klingel steht sie und oberserviert die Zahlen, als würden sie ihr eine Zukunft offenbaren. Träge versinkt die Sonne hinter den Häusern und nimmt ihren rostroten Glanz von den Häuserdächern. Sie vermisst die warmen Strahlen an ihrem Rücken und ersehnt zugleich eine starke Berührung, die nur einer ihr geben kann.

Unsicher sieht sie auf ihre cremefarbene Hose hinunter. Wahrscheinlich hätte sie sich schicker anziehen sollen. Aber das schürt Erwartungen. Zu oft wurde sie in letzter Zeit enttäuscht. Das heutige Abendoutfit schenkt ihr eine gewisse Coolness und Selbstsicherheit. Die weite Hose im Cremeton, die hellen Sneakers und ein beigefarbenes Seidentop, die zusammen ein harmonisches Ensemble abgeben. Eine Kette mit auffällig großen Steinen in Pastelltönen rundet ihr Erscheinungsbild ab und verleiht ihr eine weiche Note.

Sie schließt die Augen und wagt den nächsten bedeutenden Schritt; platziert ihren Finger auf seiner Klingel und löst den Startschuss aus.

Hastig tritt sie einen Schritt zurück, als wollte sie wegrennen. Läuft sie schon?

Nichts passiert. Ist überhaupt schon eine Minute vergangen? Ob er sie absichtlich warten lässt? Ob er gar nicht zu Hause ist? Sie doch nicht sehen will? Enttäuscht macht sie einen größeren Schritt zurück, dann zwei entschlossene nach vorne und möchte noch einmal klingeln, ihn aus seiner Lethargie herausklingeln, als plötzlich der bekannte Brummton ertönt. Ein erleichtertes Seufzen zieht durch Lissys Herz, das die Enge vertreibt, die seit dem vergeblichen Warten im Park vorgeherrscht hat.

»Hallo, Lissy.« Sanft spricht er ihren Namen aus, als hätte sie den allerschönsten Vornamen der Welt. Die Sehnsucht, die durch die Gegensprechanlage gleitet, ist wie ein unsichtbares Band, das sie zu ihn zieht.

»Hallo, Matthias«, flüstert sie, und dann schließt sie kurz

ihre Augen, um diesen unschuldigen Moment, diesen möglichen Neubeginn, der nun seine Flügel ausbreitet und sich in die Lüfte erhebt, auszukosten. Ein wenig fühlt es sich an, als würde sie das erste Mal vor seiner Tür stehen.

»Ich liefere heute kein Essen aus«, sagt sie und macht eine kurze Pause, ehe sie weiterspricht. »Nur ein Mädchen, das sich nach einer echten Begegnung sehnt.« Die Worte schwingen durch die Gegensprechanlage zu ihm hoch und verweilen, unerschütterlich mit ihrer Botschaft im Dachgeschoss. Ob sie irgendwo zwischen den Stockwerken stecken geblieben sind, weil sie keine Antwort bekommt?

»Ich würde dieses Mädchen zu gerne sehen. *Endlich.*«

Lissy seufzt erleichtert, und dann ertönt das befreiende Summen der Tür.

Erstmalig zählt sie die Stufen, die zu ihm hinaufführen. Wieso hat sie das früher nicht gemacht? Es fokussiert und lenkt von den Gedanken in den Einbahnstraßen ihres Kopfes ab, die sich wie in einer Warteschlange vor dem Tichy-Eissalon drängeln und um Aufmerksamkeit wetteifern. Bedächtig lässt sie ihre Hand über das Holzgeländer gleiten und fährt mit der Zählung der Stufen fort, während sie mutig weitergeht, als würde sie in eine Schlacht marschieren. Im Kampf um ein Herz.

Sein Herz.

Heute kommt ihr das Haus noch schweigsamer vor, als wären alle ausgezogen und nur zwei Menschen würden in diesem kleinen Kosmos weiteratmen. Als würden Matthias und sie in einer Blase leben, so, wie er es in seiner letzten Nachricht beschrieben hat.

Im vorletzten Stock macht sie eine Pause, bereit, weiterzugehen, bereit, umzudrehen, bereit, wegzulaufen. Was, wenn der Abend eine Enttäuschung ist, was, wenn seine Stimme alles ist, was sie bekommt? Wird sie gleich wieder umdrehen und gehen oder auf seiner Türmatte – oder an einem Tisch – Platz nehmen? Ein letztes Mal? Vielleicht ist das alles, was sie sind. Zwei Stimmen, die sich verbunden haben durch ein zartes Band der Anziehung, aus dem nie ein solides Seil der Liebe werden kann. Könnte sie das aushalten?

Nein.

Heute nicht. Morgen nicht. Nie. Dann würde sie gehen. Sie würde umdrehen und nie wiederkehren.

Mit einem unsicheren Gefühl im Bauch schleicht sie das letzte Stockwerk hoch und blickt fragend zu seinem Eingang. Beinahe fällt ihr die Weinflasche aus der Hand. Das Fenster ist verschlossen.

Es ist die Tür, die ihr Herz rasen lässt.

Es ist die Tür, die sie verunsichert.

Es ist die Tür, die weit geöffnet ist.

Sperrangelweit steht sie offen, als würden drei Lissys hindurchpassen, als wäre es nicht eine zögerliche Geste, sondern ein ordentlicher Schubs in seine – in die passende – Richtung. Über dem Eingang hängt ein Transparent mit neongelben Lettern WELCOME *Lissy*. Vorsichtig bewegt sie sich darauf zu, ehe ihr in den Sinn kommt, dass die Tür gleich wieder zufallen könnte. Sie beschleunigt ihre Schritte, und als sie auf seiner Türmatte ankommt, verharrt sie siegessicher darauf und lächelt. In Gedanken spult sie das erste Treffen – das Stimmenaufeinandertreffen – in ihrem Kopf ab. Verstohlen guckt sie in seine Wohnung, in der eine Kerzenstraße ihr den Weg leuchtet und sie wie ein Reiseleiter durch die Räumlichkeiten führt. Sie begibt sich auf den Pfad, schreitet den Weg mit pochendem Herzen entlang. Schreitet ihren Weg *zu ihm* entlang.

Es kribbelt erst in ihren Händen. Dann in ihrem Bauch. Es ist die Sehnsucht, die wie Chiliflocken durch sie jagt. Sanfte Jazzklänge begleiten Lissy, während sie vom Vorraum in einen offenen, geräumigen Wohnbereich schreitet. Mithilfe des Kerzenpfads gelangt sie in das große Wohnzimmer, in dem ein angenehmer Essensduft schwebt. Es riecht nach orientalischen Kräutern und frischem Brot. Im hellen Kerzenlicht nimmt sie eine elegante dunkle Ledercouch wahr, vor der ein cremefarbener Teppich auf dem Parkettboden mit Fischgrätenmuster ausgebreitet ist. Einige Bücherregale säumen die linke Wohnungswand, und auf der rechten Seite lädt eine geräumige Küche mit einer edlen Kochinsel und einer Frühstückstheke zum Kochen und Genießen ein. Einladend wirkt das Eck und zeigt, dass der Eigentümer Wert auf frisches Essen legt. Etwas anderes hatte sie auch nicht erwartet.

Vom Wohnzimmer aus blickt man auf eine Glasfront, hinter der sich eine weitläufige Terrasse mit einem unendlichen Lichtermeer erstreckt. Sie schreitet durch die geöffneten Türflügel nach draußen. Das Kerzenlicht flattert im Wind und konkurriert mit den Lichtern der Stadt. Eine vollkommen neue Welt tut sich vor ihren Augen auf – ein bekannter und doch neuer Blick auf die Stadt, die sie so liebt. Tausende von Häuseraugen funkeln sie an, als wäre jedes Zimmer an diesem Abend bewohnt und niemand auf den Straßen unterwegs. Mitten auf der Terrasse steht ein einladender großer Tisch, um den sechs Sessel und ein Heizstrahler gereiht sind. Zwei Gedecke mit edlen Stoffservietten und viel Besteck für mehrere Gänge sind aufgelegt. Ein Gedeck ist am Kopf des Tisches, eines links daneben platziert, von dessen Sitz aus man einen atemberaubenden Ausblick auf die Stadt hat. Ihre Augen fahren suchend weiter und entdecken schon bald, was sie gesucht haben. Im

Schatten findet sie die dunkle Silhouette eines Mannes. Er steht an der Brüstung, hat den Rücken zu ihr gewandt und blickt auf das Lichtermeer, als würde er auf einem Gipfel stehen und Träume inhalieren. Er wirkt perfekt in dem großen Gesamtbild, wie der Mittelpunkt der Erde. Wie der Mittelpunkt in Lissys Welt. Seine stolzen breiten Schultern und sein Umriss heben sich von der Dunkelheit ab. Lissys Herz beginnt zart zu flattern.

Als er sich umdreht, lächelt er. Charmant, während sein Blick sagt *Endlich, da bist du*. Er mustert sie lange, als könnte er ihren Anblick nicht begreifen, als wäre das, was er sieht, beinahe unmöglich. Viel zu lange scheint er diesen Moment ersehnt zu haben. Er kommt näher, trägt einen perfekt sitzenden schwarzen Anzug, passend zu seinen wachen Augen. *Wunderschöne, cognacfarbene Augen.* Vorsichtig, aber selbstsicher geht er auf Lissy zu, um sie nicht zu überrumpeln, damit sie keinen Rückzieher machen kann. Ihre Blicke haben sich gefunden, lassen sich nicht los, und erst, als er knapp vor ihr steht, erkennt sie, wie real und zauberhaft dieser Moment ist.

»Hi«, sagt er und sieht sie vertraut an. Sie lächelt.

Mr. Crunch steht knapp vor ihr und blickt ihr tief in die Augen, als wäre sie die Antwort auf eine wichtige Frage, eine überraschend schöne Antwort, von der man nur als Teenager zu träumen gewagt hat.

Und als er seine Hand hebt und ihre Wange zärtlich berührt, kann sie ihn einen Augenblick lang riechen: seine Haut, seine Haare, seinen unverwechselbaren Matthias-Duft, von dem sie spärliche Kostproben erhalten hat, immer dann, wenn hin und wieder ein Hauch Mr. Crunch durch das Fenster geglitten ist und Versprechungen gemacht hat. Er nimmt ihre

Hand und haucht ihr einen Kuss darauf, wie er es schon so oft getan hat. Doch dieses Mal unterstreicht sein inniger Blick diesen Kuss, der Blick, mit dem er Lissy mustert, während er seinen Kopf senkt und ihren Handrücken mit seinen Lippen berührt. Postwendend beschleunigt sich ihr Atem, prescht mit erhöhter Geschwindigkeit nach vorne, als müsste er für Gleichklang in ihrem Körper sorgen, als müsste er die Steuerung ihrer überhitzten Gefühle übernehmen. Vorsichtig umschließt er ihre Hand mit seiner und führt sie um den Tisch an ihren Platz, rückt ihr den Stuhl zurecht und bittet sie, sich zu setzen. Man sieht ihm nichts an. Gar nichts. Er wirkt frei. *Gesund. Glücklich.* Ein leises »Danke« gleitet über ihre Lippen, während sie Platz nimmt. Beruhigend legt er seine Hand auf ihre Schulter. *Du bist hier richtig. Du solltest heute Nacht nirgendwo anders sein.* Die Wärme seiner Berührung hinterlässt ein berauschendes Gefühl in ihr. Es bestätigt, was sie geahnt und zugleich befürchtet hat: Er ist mehr. Er ist so viel mehr. Er ist so viel besser, als ihn ihre Vorstellung mit all ihren fantastischen Rezepten gezeichnet hat.

Verstohlen blickt sie zu dem attraktiven Mann, der am Kopf des Tisches Platz nimmt und der mit seinem Erscheinungsbild in der U-Bahn, in der Straßenbahn, im Park oder im Supermarkt ihren Blick auf sich gezogen hätte. Nicht nur einen. Zwei, drei, vier, unzählige heimliche Seitenblicke hätte sie diesem Mr. Crunch mit den cognacfarbenen Augen zugeworfen … mit dem Wunsch, ihm nahezukommen, ihn kennenzulernen, mit ihm in ein Abenteuer zu schlittern. – Gepaart mit Leichtigkeit, Leidenschaft und Vollkommenheit.

Der Abend läutet die nächste Runde ein, indem er den grauen Horizont allmählich zu schwärzen beginnt. Sternbilder und Mond formieren sich am Himmel, als hätte man das Licht angeknipst. Lissy mustert ihn, auf der Suche nach Hinweisen, doch er sieht gesund aus. Zufrieden.

»Schon komisch, oder? Da quatschten wir die ganze Zeit, und jetzt, wo wir uns sehen, bleibt uns jedes Wort im Mund stecken.«

Sie schmunzelt. »Wir genießen«, sagt sie. *Mit den Augen*, würde sie am liebsten nachschießen. »Wir verdauen«, korrigiert sie. *Wie dämlich.* Unfähig, rational zu denken oder irgendetwas Geistreiches, Poetisches oder gar Humorvolles zu antworten. Als hätte sein Anblick ihr die Sprache verschlagen. Nun gut … Irgendwie hat es das ja auch. Sie mustert sein kantiges Gesicht im schwachen Licht und würde zu gerne ihre Hand über seinen Dreitagebart streichen lassen, der ihm etwas Verwegenes verleiht. Seine bassige Stimme, der Tenor mit dem dunklen Timbre, ist die perfekte Sinfonie zu seinem Erscheinungsbild. Eine Kerze flackert auf dem Tisch besonnen vor sich hin. Eine Windbrise zieht an der Flamme und biegt sie waagrecht nach links. Mr. Crunchs volle, fein geschwungene Lippen sind einladend für eine Küsserei, in die man versinken kann, in der man sich verlieren und sich selbst aufgeben will.

Sich selbst aufgeben. Das möchte sie jetzt.

»Wasser?«, fragt er, und sein Blick ist forsch, als würde er sie etwas Wirtschaftliches zum Pizzakummerkasten fragen. »Still oder prickelnd?« Matthias deutet auf den runden silberfarbenen Flaschenkühler, der in der Mitte des Tisches steht und in dem mehrere Flaschen Champagner, Wein und Mineralwasser auf Eis gelegt sind – wie das teure Sortiment einer edlen Bar in der Innenstadt. Neben den Getränken sind ungleich große Wasserschalen mit schwimmenden Blütenblättern aufgestellt. Die Kerzenflamme flackert beständig vor sich hin, wird immer wieder von einem Lüftchen aus der Ruhe gebracht und beugt sich, als wäre sie flexibel genug, um die Gegebenheiten, die von außen auf sie hereinbrechen, zu meistern.

»Ein stilles bitte«, erwidert sie und streift sich eine Strähne, die ein zarter Windstoß vor ihre Augen gelegt hat, nach hinten. Während der Mond seinen Platz am Himmel sucht, sucht Matthias in Lissys Gesicht nach einer Antwort.

»Geht's dir gut?«, fragt er, denn ihm entgeht nicht, wie nervös sie die Stoffserviette auf ihrem Schoß platziert hat.

Sie atmet tief durch und blickt ihm vertraut in die Augen. »Ganz ehrlich?«, stößt sie aus und scheint erleichtert, dass er sie darauf angesprochen hat. Liebevoll sieht er sie mit seinen braunen Augen an, die sie nun an Darkmousse-Chocolat mit Honigcrunch erinnern. Sie fragt sich, wie sie bloß so verrückt sein konnte und sich nur mit seiner Stimme zufriedengeben wollte. Sie fragt sich, wie diese wunderschönen Augen, in deren Tiefe sie haltlos fallen möchte, am Morgen aussehen würden. Sie fragt sich, wie es wäre, neben ihm aufzuwachen. *Jeden Morgen.* Nach leidenschaftlichen Nächten, die nur am Geruch der Laken festzumachen sind.

»Das ist ziemlich ungewohnt für mich«, erklärt sie und ertastet mit einer Hand ihre Kette und die Steine, die großzügig darauf verteilt sind.

»Ich hab das erst kürzlich mit meinem Postboten gemacht«, witzelt er und schenkt ihr ein Glas Wasser ein. »Dein Anblick ist allerdings um einiges bezaubernder.«

Verlegen beißt sie sich auf die Lippen. Ihre Knie zittern. Ihre Gedanken zittern. Ihr routiniertes Lächeln zittert. Alles zittert, wie bei einem verliebten Teenager, der zum ersten Mal das süße Flattern einer ganz großen Liebe kennenlernt. All die Aufregung sinkt in ihre Beine, sodass sie diese anspannen muss, um sie kurz darauf wieder aktiv zu entspannen. Bei ihrer Meisterprüfung hatte sie zuletzt dieses heftige Zittern in ihren Muskeln erlebt, als wollten sie sich selbstständig machen und davonlaufen.

Doch nun will sie bleiben.

Minutenlang.

Stundenlang.

Vielleicht ein Leben lang.

»Darf ich dir einen Aperitif anbieten?«, fragt er. »Champagner?«

Lissy zieht eine Augenbraue nach oben.

»Weißwein – lauwarm oder doch lieber kalt?«, schießt er nach und grinst, denn damit hat er das wenig Offensichtliche erkannt. Lissy mag keinen Champagner. Kleine Grübchen flirten mit ihr.

»Kalt bitte. Es soll ein Neubeginn werden.«

Zustimmend nickt er, zieht die passende Flasche aus dem Kühler und schenkt ihr gekonnt ein, mit einer Eleganz, als würde er in einem Orchester der Staatsoper sitzen und routiniert über seine Geige streichen.

»Entschuldige mich bitte kurz. So außergewöhnlich das nun auch für dich klingen mag, ich muss mich um das Essen kümmern.« Er deutet eine kleine Verbeugung an und zwinkert dabei.

Lissy beißt sich erwartungsvoll auf die Unterlippe. Vorfreude breitet sich in ihrem Körper aus. Nun darf sie sich umsorgen lassen und genießen. Ihr kommt all die Gastfreundschaft, von der er offensichtlich reichlich zu bieten hat, zugute. Verstohlen dreht sie sich um und blickt ihm kurz nach, wie er durch das Kerzenlicht davonmarschiert, ehe sie ihren Blick wieder auf die Innenstadt richtet.

~

»Ziemlich viel los heute«, sagt er, als er wieder in der Tür erscheint und dabei eine leichte Kopfbewegung in den Himmel macht. Unzählige Sterne kleben wie ausgestochene Kekse am dunklen Horizont und leuchten auf die beiden hinab. Matthias geht auf den Tisch zu, balanciert die Teller gekonnt auf seinen Händen, als plötzlich Klaviermusik einsetzt.

»Woher …«, fragt sie und blickt sich suchend auf der Terrasse um. Kommt die Musik von drinnen? Nein, sie muss von draußen kommen. »Hast du einen Philharmoniker entführt und hinter den Rattanmöbeln versteckt?«

Er lacht heiter. »Liebste Lissy, für dich würde ich fast alles tun, aber nein, eine Entführung zählte nicht zu meinen Vorbereitungen. Dazu fehlt mir die Geisteskrankheit … Ich hab MS, das muss reichen.« Er zieht einen Mundwinkel nach oben. »Mein Nachbar ist dafür verantwortlich, ganz freiwillig. Er gibt ein paar Stücke für uns zum Besten. War mir noch einen Gefallen schuldig.«

Romantische Klavierklänge ziehen an ihnen vorbei, verweilen ein wenig auf der Terrasse und verströmen sorglos in leichten Dur-Klängen in die Nachbarschaft.

»Balkonkonzerte. Das ist wirklich was Schönes an dieser ganzen Sache«, erklärt sie und staunt, als Mr. Crunch ihr den Teller hinstellt. »Mezze?«

Er runzelt ratlos die Stirn, sieht dabei aber unglaublich sexy aus. »Auch wenn das deine Meinung über mich schnell wieder ändern kann und ich Gefahr laufe, dass du dich nach dem ersten Bissen über die Brüstung werfen möchtest, weil mein Vorhaben ungefähr so intelligent ist, wie Picasso ein von mir selbst gemaltes Bild zu schenken, serviere ich dir dennoch meine fabelhaften orientalischen Vorspeisen, deren Rezepte ich unter größter Geheimhaltung …« Er legt einen Zeigefinger auf die

Lippen und haucht ein *Psst*, ehe er fortfährt. »Die ich mir von einem bewundernswerten Koch aus dem Oman – beim illegalen Schnapstrinken in einem Keller – erkämpft habe. Bitte geh mit mir nicht allzu hart ins Gericht.«

»Dafür bekommst du schon im Vorfeld einen Freispruch ... obwohl, im Oman wärst du für diese dreiste Schnapsvorgehensweise vermutlich im Gefängnis gelandet. Wie gut, dass du dich nicht hast erwischen lassen, sonst wäre ich wohl nie vor deiner Tür gesessen«, erklärt sie und streift kurz seine Hand, was er mit einem erleichterten Seufzen wahrnimmt. Lissy ist begeistert, denn nur selten ist jemand mutig genug, für sie zu kochen. Hat man einmal eine Profi-Kochmütze aufgesetzt bekommen und ein paar süße Brownies für seine Kochkunst in den Medien erhalten, dann machen die meisten einen weiten Bogen um Küchen, jedenfalls in Lissys Gesellschaft. Nur ihre Mutter hat keine Hemmungen, ihr geschwärzte Spiegeleier oder überzuckertes Apfelkompott zu servieren. Wo die Liebe einst hingefallen ist, da wächst sie unerschütterlich und beständig weiter.

Sie schließt die Augen, als sie den ersten Bissen nimmt, um sich auf die Geschmacksaromen zu konzentrieren, die sich auf ihrer Zunge entfalten. Darauf folgt eine zweite Kostprobe, ehe sie ihre Lider wieder aufschlägt und ihn entschlossen anguckt.

Er legt das Besteck ab. »Oh nein. Hast du etwa vor zu springen?« Abwehrend hebt er seine Hände ein Stück, als würde sie auf einer Hausmauer stehen, den Blick in den Abgrund gerichtet, und er wäre derjenige, der den Sprung verhindern müsste. »Bitte nicht. Nicht am ersten Abend. Darüber solltest du erst nachdenken, wenn wir mal dreißig Jahre verheiratet sind.«

»Es ist fantastisch!«, ruft sie und gerät ins Schwärmen. »Kardamom, Kurkuma, ein wenig Chili ...«, zählt sie auf und schließt wieder die Augen, um die stimmige Gewürzexplosion auf ihrer Zunge mit der nötigen Anerkennung wahrzunehmen.

»Nun habe ich endlich ein Gesicht dazu. Das liebe ich. Kannst du es noch mal machen?«, raunt er.

Sie seufzt und spürt, wie er seine Hand auf ihren Handrücken legt. »Mmh …«, murmelt sie, mehr wegen der Berührung, als wegen des Geschmacks.

»Ich hätte noch einen Hauptgang und ein Dessert … und einen Zwischengang, um das mit dem verführerischen *Mmh* zu wiederholen.«

»Einen Zwischengang? Du ziehst aber alle Register.«

»Erst werden wir einen Kurztrip in die Südsteiermark machen, dann eine längere Reise in die USA und danach einen kleinen Abstecher nach Portugal. Hast du dein Visum beantragt?«

Sie lacht.

»Wir landen demnächst auf der Schilcherweinstraße.«

»Wie aufregend, da war ich ja noch nie«, bemerkt sie. »Wir landen? Im Privathubschrauber?«

»Riesengroßer Privatjet natürlich. Wo denkst du hin?«

Die Klaviermusik begleitet sie wie ein kleines Lüftchen, das über der Terrasse zirkuliert.

Nachdem sie die Mezze aufgegessen haben, schenkt er ihr Wein ein und serviert eine Schilchercremesuppe. »Das Rezept stammt von meiner Großmutter. Gekocht habe ich es via Videotelefonie mit meiner Mutter und meiner Oma. Zugleich. Obwohl, gesehen habe ich von meiner Oma nur den Busen in einer geblümten, viel zu weiten Schürze, weil sie noch nicht kapiert hat, wie sie das Tablet, das sie zu Weihnachten bekommen hat, richtig in die Halterung stellen muss. Kochen mit den beiden ist eine ganz üble Sache. Die zwei verhalten sich wie Feuer und Spiritus. Zanken sich gern und überaus regelmäßig. Die Uneinigkeit ist wie ein Band, das sie zusammenhält. Aber …« Er erhebt einen Zeigefinger und wirkt erleichtert. »Herausgekommen ist immerhin eine Suppe. Flüssig. Nicht pampig. Ob sie auch schmeckt, das werden wir gleich herausfinden.«

»Wie süß!«, ruft sie und grinst so breit, dass man die Enden am Geländer festmachen könnte.

»Süß«, brummt er, und da ist es wieder, sein mürrisches Gemüt, das durchschlägt, wenn ihm etwas nicht in den Kram passt. Unterstrichen wird sein Tonfall von einem Stirnrunzeln und Lippenkräuseln. So sieht der brummige Mr. Crunch also aus.

»Es ist halt süß von dir, ich kann's nicht ändern«, sagt sie schulterzuckend, nimmt gespannt den Löffel in die Hand und schöpft von der oberen Creme. Sie kostet davon. »Mmh … Zwei Hauben, mindestens. Ich ziehe meine Kochmütze vor deiner Oma. Richte ihr das bitte aus. Ja wirklich, sehr gut!« Genussvoll löffeln sie die Suppe und kommen währenddessen auf die aktuellen Pandemie-Bestimmungen zu sprechen.

»Was wirst du machen, wenn der Lockdown endet?«, möchte Matthias wissen und sieht Lissy an, als wollte er in ihrem Gesicht lesen.

»Mich ins Auto setzen und losfahren«, antwortet sie, und ihre Augen bekommen einen unwiderstehlichen Glanz. *Freiheit.* Lissy hat einige Pläne gemacht, sollten die Ausgangsbeschränkungen aufgehoben werden. Eine Reise nach Italien steht an, um ihr Lebensmittellager und ihre Lebensenergie wieder aufzufüllen. »Zuerst geht's runter nach Venedig. Das ist die Gelegenheit, sag ich dir! So leer und sauber sieht man die Stadt am Lido nie wieder. Das Wasser in den Kanälen soll glasklar sein, hab ich in diversen Foren gelesen. Danach fahr ich weiter in die Emilia Romagna, um ordentlich zu shoppen.« Sie lacht begeistert. »In Bologna werde ich zwei oder drei Nächte in einer Pension übernachten und mich durch alle Nudelvariationen kosten, die mir so unterkommen. Das ist *die* Nudelstadt! Die beste der Welt. Danach mache ich einen Abstecher nach Lesignana, um Parmesan zu kaufen. Richtig lange gereiften Parmigiano. Zwischen Parma und Bologna liegt nämlich das Tal des Essens, das *Valle del cibo,* musst du wissen. Das ist ein Schlaraffenland für eine wie mich.«

»Für eine wie dich?«, fragt er lächelnd und dreht sein Glas in der Hand, während er sie interessiert mustert.

»Für eine, die dem Essen verfallen ist. Danach möchte ich noch nach Modena, um ein paar Flaschen Aceto balsamico zu kaufen. Ich kenne dort einen Produzenten, der sogar fünfzig Jahre alten Balsamico verkauft.«

»Schimmligen?«

Lissy lacht. »Der ist voll gut! Du hast ja keine Ahnung. Und ziemlich teuer übrigens. Herr Hübner, MSc würde sagen –« Sie imitiert seine tiefe Stimme. »Viel zu hohe Wareneinsatzkosten.« Ihr Zeigefinger schwingt tadelnd in der Luft.

»Und was ist mit einem kleinen süßen Ferrari, wenn du schon in der Gegend bist?«

»Kann ich den von der Steuer absetzen?«

Er grinst. »Wenn du goldene Hühnernuggets auslieferst, dann ja«, sagt er und erhebt sich, um die Suppenteller abzuservieren. Lissy steht ebenso auf, doch er lehnt ihre Hilfe ab, indem er behutsam eine Hand auf ihre Schulter legt. »Entspann dich, du bist heute mein Gast.« Sein Zeigefinger fährt die

Kuhle an ihrem Schlüsselbein entlang und verharrt an ihrer samtweichen Haut. Angenehm warm ist seine Berührung auf ihrem Körper. Lissy neigt den Kopf zur Seite und genießt die Zärtlichkeit, die sich wie Funkensprühen auf ihrer Haut anfühlt. Langsam trippeln seine Finger zu ihrem Hals, ehe er ihr Haar ein wenig zur Seite schiebt, seinen Kopf neigt und ihr einen zarten Kuss auf das Schlüsselbein gibt. Als ob Blütenblätter über ihre kalte Haut tanzen, so fühlt es sich an.

»Ich brauch nun eine Weile in der Küche. Entspann dich und genieß die Aussicht«, sagt er und verschwindet im Kerzenlicht.

Lissy widersteht dem Impuls, über seine Terrasse zu tanzen. Stattdessen steht sie auf und spaziert am Geländer entlang. Dabei überlegt sie, von wo aus der Ausblick am schönsten ist. Nachdenklich betrachtet sie die Menschen hinter den beleuchteten Fenstern, die in unmittelbarer Nachbarschaft zu Matthias wohnen. Von einer Stelle auf der Terrasse hat sie eine gute Sicht auf das hell erleuchtete Rathaus. Während sie auf den neogotischen Verwaltungssitz der Stadt sieht, hört sie, wie jemand etwas auf dem Tisch abstellt. Neugierig dreht sie sich um und beobachtet Mr. Crunch dabei, wie er frische Burger Buns, Salatblätter und geschnittene Tomaten auf Schieferplatten serviert. Danach verschwindet er wieder. Am Geländer entlang spaziert sie weiter und testet die Bequemlichkeit der Rattanmöbel, die in einer Ecke stehen. Sie überlegt, ob es angenehm wäre, sich hinzulegen, in eine warme, dicke Decke zu kuscheln, das Heizgerät aufzudrehen und ein gutes Buch zu lesen, während eine kühle Nacht zwischen ihr und den Sternen hängt. Abermals ertönen Schritte. Matthias geht auf den Tisch zu und hält ein Tablett in den Händen, auf dem diverse Soßen, gegrillte Patties und unterschiedliche Käsesorten stehen. Auch eine spezielle karamellisierte Zwiebelsoße richtet er an, die er von seinem Lieblingsburgerlokal in Wien abgeholt hat, wie er Lissy erklärt, während er die Schalen anordnet, als würde er die Gäste bei einer Hochzeit platzieren.

»Ich hab schon Ewigkeiten keinen Burger mehr gegessen. Voll lecker!« Lissy erhebt sich und kehrt zu ihrem Stuhl zurück, um Platz zu nehmen.

Während er sich einen Double-Cheeseburger baut, der mit dem großzügigen Aufschlag und den vielen Zutaten-Stockwerken entfernt an den Schiefen Turm von Pisa erinnert, wählt Lissy gezielt wenig aus, denn sie mag es nicht, in einen überdimensional großen Burger zu beißen, nach dessen erstem Stück ihr Mund wegen Überfüllung geschlossen werden muss. Betont langsam isst sie, damit sie keine Soße verkleckert, er in einem erhöhten Tempo, das zu seinem Temperament passt, als könnte ihm nichts schnell genug gehen. Die beiden sprechen über die besten Burgerlokale der Stadt, finden aber keinen Konsens. Also beschließen sie, die Lokale gemeinsam auszuprobieren, sobald wieder alles geöffnet hat, um den schmackhaftesten Burger Wiens zu prämieren.

»Welchen Gefühlen verdanke ich dieses Menü?«, fragt sie, nachdem sie den letzten Bissen genommen und das Besteck abgelegt hat. Behutsam tupft sie sich ihre Mundwinkel mit einer Serviette ab. Dann lehnt sie sich zufrieden zurück und streichelt ihren Bauch, der in den nächsten Stunden Extraschichten einlegen muss, um all die guten Häppchen zu verarbeiten.

Mr. Crunch beugt sich nach vorne, um Lissy besser in Augenschein zu nehmen. Verschmitzt grinst er und dreht sein Whiskyglas, das er vorhin befüllt hat. »Meinen. Ich koche aber erst für eine Frau, wenn ich mir sicher bin.«

Lissy öffnet ihre Lippen, möchte etwas sagen, denn auch sie ist sich sicher. So sicher, wie sie mit geschlossen Augen Palatschinken ausbacken kann. Doch sie behält das vielleicht ohnehin schon Offensichtliche für sich. Er greift nach ihrer Hand und streicht sanft über ihren Handrücken, während er sie mustert, als hätte er noch nie in seinem Leben etwas Bezauberndes gesehen.

»Wie geht's dir eigentlich?«, fragt sie vorsichtig und lehnt sich ein Stück nach vorne. Sein unverwechselbarer Geruch nach Ambra, Moschus, hölzerner Zeder, die sich erst duellieren, ehe sie sich einig werden und zu einer vollendeten Komposition verschmelzen, steigt ihr in die Nase.

»In deiner Gesellschaft fühle ich mich wie Matthias Hübner … MSc«, setzt er im Scherz nach und nimmt einen bedächtigen Schluck von seinem Whisky.

»Ich meine es ernst.«

»Ich weiß.« Ein tiefer Atemzug folgt, dann senkt er seinen Blick. »Es ist nach wie vor beschissen, ich meine, ich kämpfe. Am Morgen nach dem Aufwachen frage ich mich, ob es vielleicht doch nur ein schlimmer Traum war. Die Wirklichkeit verschwimmt für ein paar Sekunden, und ich bin glücklich. … Als wäre nie etwas gewesen, als wäre alles beim Alten … Aber dann wird mir viel zu schnell klar, dass es die beschissene Realität ist. Am liebsten würde ich liegen bleiben und meine Augen verschließen. Wozu denn aufstehen? Es erwartet mich doch nichts, zumindest nichts Gutes. Früher bin ich mit viel Energie und Sport in den Tag gestartet. Danach E-Mails beantwortet. Aber jetzt … erledigt das meine Abwesenheitsnotiz für mich. Beim Training verlässt mich gleich mal die Kraft, sodass ich meine Muskeln fragen muss, ob sie noch Winterschlaf halten oder schon abgekratzt sind. Manchmal brülle ich sie auch an, wenn mir danach ist«, sagt er und ringt sich ein Lächeln ab, als wollte er Lissy nicht verunsichern. »Nach dreißig Minuten Sport geb ich meistens auf. Vielleicht ist es aber auch der Kopf, der aufgibt … Keine Ahnung … Arbeiten geht momentan ohnehin nicht. Als wäre all mein Ehrgeiz in den Gully gerutscht. Einen neuen Standort eröffnen? Oh, fuck. Nie im Leben! Wozu auch? Damit ich eines Tages mit dem Rollstuhl nach Innsbruck fahren kann? Ich fühl mich, als wär's das gewesen mit meinem Leben. Als wäre ich plötzlich zu alt geworden, hätte die guten Jahrzehnte einfach übersprungen und würde in einer Endlosschleife auf das Finale warten. Ich bin quasi über achtzig – mit der Perspektive und dem Körper eines fünfundachtzigjährigen Mannes. *Das* ist der neue Matthias Hübner. Sexy, was?!«

»Ach, Matthias!«, ruft Lissy und schüttelt den Kopf.

»Mich nervt's einfach, wenn mir die Hände einschlafen oder wenn ich unkoordiniert einen Fuß vor den anderen setze, als hätte ich jegliche Gangsicherheit verloren … Das kommt so plötzlich, als wäre ich sturzbetrunken. Ich bin quasi ständig besoffen auf der Straße unterwegs …« Er zieht einen Mundwinkel nach oben. »Und es ist einfach nur beschissen, dass ich verschwommen sehe, vor allem, wenn ich konzentriert arbeiten will, das hasse ich.« Hastig nimmt er einen Schluck von seinem Glas und stellt es wieder ab. »Aber es könnte schlimmer sein, sagt meine Schwester immer. Sie ist eine durchtriebene, sehr phantasievolle Optimistin und meint, dass ich froh sein kann, dass ich nicht Krebs in den Eiern habe. Das wäre echt die Arschkarte, sagt sie mir immer. Obwohl sie bitter geweint hat, mehr als ich, als ich ihr erzählt hab, dass ich MS habe. Mir wurde also ordentlich die Fresse poliert. Doppelter Kieferbruch, irreparable Narben, so was in der Art«, bemerkt er zynisch.

Lissy seufzt schwerfällig. »Es tut mir so leid. Unendlich leid!« Ihre Hand wandert auf seine.

»Und genau das will ich nicht. Mitleid. Lieber hätte ich jemanden, der mit mir schreit und tobt und dem Idioten da oben für das beschissene Drehbuch in den Arsch tritt.« Er deutet mit dem Zeigefinger in den dunkelblauen Himmel und schaut wütend zu den Sternen. »Kannst du das?«

»Mal sehen … Der hat erst kürzlich bei mir bestellt. Ich ruf ihn gleich mal an …« Eine kurze, viel zu lang dehnbare Pause entsteht. »Bist du in guter Behandlung?«

Er nickt. »Besser geht's vermutlich nicht. Aber die können ja auch nicht zaubern. Die bräuchten deinen Kochlöffel.«

Liebevoll sieht sie ihn an, als könnte sie ihn mit ihrem Blick umarmen. »Wenn sich erst mal die Lage da draußen entspannt …« Lissy deutet auf die Brüstung und die vielen Lichter. »Dann kannst du wieder Dinge unternehmen, die dich ablenken, dann kannst du lernen, einen neuen Alltag zu finden.«

»Das sagt sich so einfach. Aber das müsste eine bewusste Entscheidung sein, die ich treffe. Eine bewusste Entscheidung für ein anderes Leben. In das alte kann ich ja nicht zurück. Nie mehr. Und wenn ich mir das vor Augen halte, möchte ich mich am liebsten irgendwo runterstürzen.«

»Bitte sag das nicht. Nein, nicht!« Ihrem Herzen versetzt es einen grässlichen Stich. »Es gibt bestimmt eine Selbsthilfegruppe, wo du …«

»Selbsthilfegruppen«, sagt er verächtlich und schüttelt den Kopf, als wäre ihre Idee absurd. Eilig leert er das Whiskyglas in einem Zug und stellt es barsch ab.

Sie umschließt seine Hand mit ihrer, doch er zieht seine zurück. »Was, wenn ich da sein würde? Was, wenn ich dich begleiten würde? Wenn ich bei dir sein würde? Nicht nur, um dir Essen vorbeizubringen, sondern um … um dich zu halten, wenn du nicht mehr kannst.« Nun legt sie all ihre Liebe und Zuneigung in ihren Blick, der ihm mehr sagt als tausend Worte … oder fünfhundert Gramm zart gebratenes Steak. »Das würde ich zu gerne für dich tun. Diese Person würde ich zu gerne sein«, flüstert sie und drückt seine Hand.

»Ich wünschte, es wäre so einfach«, bedauert er und sieht betreten nach vorne. »Du wirst normal altern, Lissy, du wirst hin und wieder eine Grippe haben, vielleicht versehentlich stürzen und dich dann eine Weile mit Schmerzen herumplagen. Ich aber nicht. Dir wird ab und an mal ein Fuß einschlafen, manchmal wirst du dich müde oder erschöpft fühlen. Ich aber, ich werde mich dauerhaft krank fühlen, jeden Tag Schmerzen haben, viel zu schnell altern, dabei regelrecht verfallen. Irgendwann werde ich Krücken und dann einen Rollstuhl brauchen. Ich werde meine Koordination verlieren, meine Muskeln werden abbauen … Mir werden all meine Hosen nicht mehr passen, weil meine Muskeln sich einfach vertschüssen, als hätten sie vor, das sinkende Schiff zu verlassen. Und egal, wie sehr ich mich auch bemühe, dem mit Krafttraining entgegenzuwirken, wie sehr ich mich täglich zum Leben aufraffen werde und den permanenten Schmerz bezwingen will …« Er ballt seine rechte Hand zu einer Faust und lässt sie harsch auf seinen Oberschenkel fallen. »Ich werde immer der Verlierer sein. Gegen MS kann niemand gewinnen!«

Lissys Herz rast. Ein beklemmender Strudel aus Angst und Sorge braut sich in ihrem Inneren zusammen. »Vielleicht verläuft es anders. Vielleicht kommt noch eine Impfung, oder es kommen andere, bessere Medikamente. Man sieht doch gerade, wie schnell die Forschung sein kann.«

»Lissy, meine Sprachfertigkeit wird nachlassen, ich werde irgendwann von den Leuten nicht mehr ernst genommen werden, sondern nur noch bedauert werden. Wer wird noch zu mir aufsehen? Meine Mitarbeiter werden hinter meinem Rücken tuscheln, wenn ich ein Bein nachschleife oder mich ausrasten muss, weil mir die Arbeit zu anstrengend wird. Wie soll ich eine ganze Firma leiten? Oder Kunden überzeugen? In meiner Branche muss man stark sein, immer Stärke zeigen, ein Fels in der Brandung sein. Ich werde …« Betreten sieht er sie an. »Ich gelte jetzt schon als behindert. Ich darf überall mit dem Auto parken. Auf dem Papier bin ich jetzt schon ein Krüppel. Und du? Willst du neben einem Krüppel aufwachen? Willst du diesem Krüppel täglich ins Gesicht blicken und irgendwann erkennen, dass du dein Leben verpasst hast, nur weil du alles darangesetzt hast, meines zu retten? Willst du das wirklich?« Er stößt einen zynischen Seufzer aus, als wollte er der Welt seine Verachtung mitteilen. Verärgert klopft er mit der Handfläche auf die Tischplatte, sodass die Teller darauf erzittern. »So wird es enden. Und ich will nicht, dass du das miterlebst.« Eilig steht er auf. »Letzter Gang«, teilt er mit, als würde er das Finale eines einst vielversprechenden Abends einläuten.

Die sanften Klavierklänge versuchen, die überhitzte Stimmung, die sich zwischen Lissy und Matthias gedrängt hat, zu beschwichtigen. Ein Leben in Moll. Seines in Moll. Ihres ist Dur, das sich gerade auf hoher See in einem Sturm befindet. Ob es kentert? Sie kann das Chaos längst nicht mehr aufhalten. Es ist zu spät. Sie hat sich verliebt in den brummigen Mr. Crunch, der endlich ein Gesicht bekommen hat, der real ist wie ihre Hand, die er in der Vergangenheit immer wieder gehalten hat. Der so real ist wie ihre Gefühle, die sie für diesen Mann hegt, und nicht bloß ein Gespinst ihrer Phantasie ist. Der, würde er nicht an dieser unheilbaren Krankheit leiden, glücklich wäre. Mit einem selbstsicheren Grinsen durchs Leben schreiten würde. Beschwingt und voller Tatendrang, mit erhobenem Kopf, wie ein junger Mann, der es verdient hat, dass ihm ein Stück dieser Welt gehört. Ein vollkommenes Stück. Doch mit all dem Gefühlschaos, das er in ihr hinterlässt, und dem ambivalenten Drängen in ihr, ihm helfen zu müssen, ihn in Ruhe zu lassen, ihn zu küssen, ihn zu umarmen, ihm Hunderte Male über seine Wangen zu streichen, ihn bedingungslos zu lieben … All das ist, als wären ihre zärtlichen Gefühle in einem abgelaufenen Schichtdessert erdrückt worden.

Matthias verschwindet schweigend in der Wohnung. Segelnd zwischen Glück und Unglück marschiert Lissy seine Terrasse ab, als wollte sie den Boden mit ihren Füßen strafen. Fahrig irrt sie umher und sieht hinunter auf die leeren Straßen, in denen einsam Lichter brennen, die darauf warten, jemandem den Weg zu weisen. Hinter den Nachbargebäuden klettert der Turm der Votivkirche in strahlendem Weiß in die Höhe, als gediegener Anker und Zufluchtsstelle. Der Abend darf nicht enden. Noch nicht. Nicht so. Das haben sie nicht verdient. Sie will ihn. Matthias Hübner, MSc, mit allen Kratzern und Makeln, mit allen Einbuchtungen und Dellen. Mit dem voll bepackten Rucksack, den er mit sich herumschleppt und der ihm gerade viel zu schwer vorkommt. Sie hätte in ihrem noch Platz, notfalls würde sie Platz machen, um ihm ein wenig von der Last abzunehmen. Ja, sie würde da sein. Wie der Mond, der in diesem Moment über ihrem Kopf hängt und beständig scheint – nicht zu grell, sondern genau im richtigen, unaufdringlichen Farbton.

Seufzend dreht sie sich um und möchte sich mit dem Rücken an die Brüstung lehnen, als sie bemerkt, dass er im Ausgang zur Dachterrasse steht und sie nachdenklich mustert.

Hektisch fährt er sich durchs Haar, nicht wissend, ob er auf sie zugehen oder umkehren soll.

Behutsam fixiert sie sein attraktives Gesicht mit ihrem Blick, seine ausgeprägte Kinnpartie und seine wunderschönen Augen, in denen gerade noch mehr Cognac verschüttet zu sein scheint. Im Hintergrund funkelt die Wiener Innenstadt, die ihm wie ein Lichtorchester dient und seine Haarspitzen in Silber tränkt.

»Ich will das alles, Lissy. Ich würde das alles zu gerne haben. Seit dem dritten Mal vor meiner Tür will ich dich«, sagt er und fixiert sie zärtlich mit seinem Blick. Er betrachtet sie, als würde nichts um sie herum existieren. Ein Lächeln umspielt seine Lippen, kleine Grübchen bilden sich, die so verführerisch auf sie wirken, dass sie am liebsten auf ihn zugehen und mit ihrer Hand darüberstreichen würde. Sanft, so wie sein Blick, der in diesem Augenblick ihren Körper streift.

Langsamen Schrittes kommt er auf sie zu.

Sie atmet tief gegen das heftige Prickeln in ihrem Inneren an. Die Anziehung, die von ihm ausgeht, verschlingt ihre fahrigen Gedanken, und sie lässt sich in diesen Sog hineinziehen, der ihr unzählige berauschende Feuerwerke, Abenteuer und befreiende Hingabe verspricht. Begehren pulsiert in ihr, ausgelöst durch einen einzigen Blick, als wäre er gerade dabei, einen Träger ihres Seidentops über ihre Schulter zu schieben, während sein Mund zärtlich ihren Nacken liebkost.

Betont langsam kommt er auf sie zu, legt seinen Kopf schief, als könnte er lesen, was in ihren Gedanken vorgeht. Als wollte er bestätigen, dass er genauso fühlt. Und ihr ist klar, dass sie im Moment und darüber hinaus nichts mehr will, als seine Finger mit ihren zu verschränken und seine Lippen auf ihren zu spüren. Hinter ihr strahlt ein Lichtermeer. Über ihr thront der Mond. Zwischen ihnen liegt eine Spannung, die in eine wirkliche Verbindung übergeht. Tief in ihr drinnen erwacht ein Gefühl. Zart, jedoch stark genug, um es zu spüren, denn es verleiht ihrer Sehnsucht Flügel.

Knapp vor ihr bleibt er stehen, umfasst ihre Hände und umschließt diese behutsam mit seinen. In ihrem Bauchraum spürt sie die Schmetterlinge, die unweigerlich und wild darin herumflattern. Sie versucht vergebens, ihre zitternden Hände zu kontrollieren, und bemüht sich, ihren schnellen Puls zu bändigen, der rast, als wäre er ein Amokfahrer, getrieben von einer vielversprechenden Liebe, so voller ambivalenter Perspektiven … Sie hält ihre Lippen zurück, die sich nach seinen sehnen. Sie möchte bei ihm bleiben. Ihn lieben. Für einen flüchtigen Moment empfinden, wie es sich anfühlen kann, wenn einem das unbefangene Glück durch die Adern pulsiert.

Und ehe sie sich versieht, geschieht genau das. Er zieht sie entschlossen in seine Arme und küsst sie. Kompromisslos und voller Hingabe, als hätte das Schicksal nie einen anderen Plan für die beiden gehabt. Erlösung durchfährt sie. Befreiende Luft gleitet wie ein gelöster Windstoß durch ihren Brustkorb, und seine Lippen liebkosen ihre, fordern sie auf, ihre Standfestigkeit aufzugeben. Und genau das tut sie. Sie ergibt sich, und sie küssen sich. So innig und intensiv, dass Lissy in diesen Kuss wie in einen mitreißenden Hurrikan fällt. Tanzen unter einem brombeerfarbenen Horizont? Himmelfahrtskommando an Leidenschaft? Sommergewitter in ihrem Bauchraum? All das spürt sie in diesem Moment. Die volle Ladung Vorfreude prasselt auf sie ein, während seine Hände sie umarmen, als hielten sie es für eine schlechte Idee, sie irgendwann wieder loszulassen. Sie verfallen in diese Küsserei, die überall enden kann, sogar am allerletzten Ort der Welt. Die grenzenlos zu sein scheint, weil das Verlangen danach schon so lange in ihnen brennt. Sie vergräbt ihren Kopf an seiner Schulter und bildet mit ihm eine vertraute Einheit, durch die nicht einmal ein verirrter Windhauch hindurchfahren kann, um die beiden zu trennen.

Leben an Leben.

Herz an Herz.

Erfüllung füreinander.

Romantische Klänge begleiten diesen berauschenden Moment, und sie tanzen ein paar Takte, ehe er seinen Kopf an ihrer Schulter vergräbt und vorsichtig ihren Duft einatmet, als wollte er ihn in seiner Erinnerung abspeichern. Für Lissy fühlt es sich wie der Beginn von etwas Bedeutsamem, Unvergleichlichem an. Zärtlich bahnt er sich küssend eine Straße entlang von ihrem Hals zu ihrem Schlüsselbein und verweilt dort einen Augenblick. Seine feuchten Lippen und der Dreitagebart hinterlassen kleine rote Abdrücke auf ihrer Haut, die ein angenehmes Kribbeln in ihrem Inneren verursachen. Sie kann ihn riechen. Sie kann ihn spüren. Sie kann ihn sehen.

Endlich.

Sie kann mit ihm gehen.

Langsam zieht er sie zu den Liegestühlen und bettet sie behutsam auf eine der Sonnenliegen. Eine kühle Brise hüllt sie ein, doch ihre Begierde verbrennt die Kälte. Matthias sieht sie mit einer Intensität an, die ganze Kontinente verbinden kann, die den Frühlingswind und einen Schneesturm auf Lissys Körper niederprasseln lässt, in den man sich in einem unachtsamen

Moment fallen lassen will. Ein Blick, der so sanft ist, als würde Morgentau über ihre Haut perlen, Poyseccoblasen durch ihren Körper kribbeln und matter Mondschein über ihren Kopf hinwegtanzen. Als wäre alles in ihr eine Sinfonie, als wäre sie zum perfekten Sound ihres eigenen Lebens geworden und er derjenige, der es vermag, die Töne in ihr zum Summen zu bringen. Er greift an sein Kinn, reibt an seinem Dreitagebart und mustert sie, als müsste er fragen, ob sie mehr wolle. Lieber laufen als spazieren möchte sie schreien. Schreien statt flüstern. Heute statt morgen. Beide spüren es. Die Verbindung, die Innigkeit. Die Intensivierung von Gefühlen, mit denen am ersten Abend vor und hinter dieser Tür im Neunten niemand gerechnet hat.

Er beugt sich zu ihr und streicht sanft mit seinen Fingern über ihren Hals, hin zu ihrem Dekolleté, sodass Lissy ein sehnsuchtsvolles Seufzen entfleucht. Behutsam entkleidet er sie, während er jeden Zentimeter ihres Körpers mustert. Seine Berührungen hinterlassen eine prickelnde Wärme auf ihrer Haut, die eine Sehnsucht in ihr weckt und eine andere zu stillen vermag. *Mehr.* Sie will mehr von diesen Liebkosungen. Mehr von diesem Kribbeln in ihrem Körper spüren. Sie will den einen Hunger stillen und zugleich einen noch viel stärkeren wecken. Sich vollends auf das Wechselspiel von Leidenschaft und Liebe einlassen, die nur miteinander eine perfekte Rezeptur abgeben können. Er beugt sich ein Stück nach vorne, seine Lippen berühren ihre und hinterlassen eine Andeutung davon, dass es erst der Beginn von etwas Unvergesslichem ist. Er lässt von ihr ab, als wollte er die Anziehung zwischen ihnen vergrößern. Ihr Mund ist ungeduldig und sucht seinen – auf eine selbstverständliche Weise, als gäbe es keine andere Option, als ihr Gegenüber zurückzuküssen. Hastig öffnet sie sein Hemd und streicht über seine warme, breite Brust. »Unbehaart, nun weiß ich es«, flüstert sie, und er grinst. Sie verfallen in ein Wechselspiel aus Zärtlichkeiten und Küssen, die dafür gemacht sind, in Erinnerung zu bleiben, auf unbestimmte Zeit tief in ihr drinnen verankert zu werden, an die man sich Tage, Wochen, vielleicht auch Jahre später mit einer unbändigen Glückseligkeit zurückerinnern wird. Weil es einer dieser perfekten Momente im Leben war, den man ab und an erleben darf, um zu kapieren, dass man vollständig ist, dass man wahrhaftig real ist. Ganz gleich, ob es eine Wiederholung geben wird oder ihre Herzen im nächsten Augenblick voneinander gerissen werden. Egal, was morgen auf sie wartet. Ob Sonnenschein oder Regentanz. Ob Mondscheinwandeln oder eine Rutschpartie auf Glatteis. Was zählt, sind diese Sekunden, diese Minuten, in denen sich ihre Körper sehnsüchtig vereinen und heiße Küsse ihre Spuren hinterlassen. Kühle Luft strömt über Lissys nackte Haut. Ihre Brustwarzen richten sich im Spitzenbüstenhalter auf, und er betrachtet sie begierig, als hätte er nie etwas mehr gewollt als sie. Die kalte Brise umhüllt ihren unbedeckten Körper, doch ihr ist heiß. Ungeduldig öffnet sie seine Hose und streift sie mit der Boxershorts hinunter. *Dunkelblaue Farbe mit weißem Logo am Bund. Anders als in ihrer Vorstellung.* Entschlossen packt er sie an der Hüfte und zieht sie zu sich. Mit einem Seufzen lässt sie ihren Kopf nach hinten gleiten und genießt die Berührungen seiner Fingerspitzen, die sanfte Kreise an ihren Oberschenkelinnenseiten ziehen. Mit einem Stöhnen streckt er ihr die Arme nach oben und bahnt sich küssend seinen Weg vom Dekolleté zu ihrem Bauchnabel. Sie ergibt sich und lässt sich in den mächtigen Moment fallen, der ihr Befreiung verspricht. Sie reckt ihm sehnsüchtig ihr Becken entgegen, ihre Arme umfassen seinen starken Rücken, und die Worte aus ihrem Mund sind nur noch ein flehendes Wispern. Matthias drängt ein Bein zwischen ihre. Seine Finger wandern kreisend an ihren Schenkelinnenseiten nach oben und streifen ihre Schamlippen. Begierig liebkost er sie mit seiner Zunge. Sie will ihn spüren. In ihr. Voll und ganz. Fordernd richtet sie sich ein Stück auf, schlingt die Beine fest um ihn, ihr heißer Atem gleitet an seinem Haar entlang und hinterlässt nichts als elektrisierende Lust, die ihn einhüllt. Er fischt nach einem Präservativ aus dem Portemonnaie in der Hosentasche, hält inne und betrachtet ihr erregtes Gesicht und das Heben und Senken ihres Brustkorbs. Dann streift er sich das Kondom über, spreizt ihre Beine und dringt mit einem erlösenden Blick in sie ein. Mit rhythmischen Bewegungen gleiten sie in die Nacht, als bildeten sie eine Einheit. Eine schier unzertrennliche Verbindung, die wie ein Feuerspektakel den tintenblauen Nachthimmel sprengt.

~

»Dessert?«, fragt er und streicht rhythmisch über ihren Bauch.

»Ich dachte, das wäre die Nachspeise«, kichert sie und kuschelt sich eng an ihn. Auf ihren Körpern liegt eine flauschige weiße Decke, die er vorhin über sie gebreitet hat, damit sie nicht frieren. Am kalten Nachthimmel, zu Tausenden, die Sterne, als hätte jemand für sie das perfekte Rezept für einen unvergesslichen Abend kreiert.

»Ich hätte noch etwas sehr Verführerisches anzubieten.«

»Und was?«, fragt sie, blickt ihn keck an und zieht in Erwägung, die letzten Minuten ihrer innigen Zweisamkeit zu wiederholen. Sie stützt sich auf ihre Arme und sieht ihn verführerisch an.

»Ich hätte noch Rumzwetschgen anzubieten«, erwidert er und grinst, als wollte er sagen, *kleiner Scherz gefällig*?

Lissy lacht und drückt die Decke fest an sich. »Ich werde dir bei der nächsten Geschenkauswahl für deinen Postboten behilflich sein müssen. Das kannst du ihm unmöglich ein zweites Mal antun.« Sie legt ihren Kopf auf seine Brust und lauscht dem Pochen seines Herzens. Es schlägt im Gleichklang. Beständig und ruhig.

»Dann bekommt er nächstes Weihnachten einen Rucksack voller Rumkugeln von mir geschenkt. Als Proviant für seine Posttouren. Der braucht bestimmt Hochprozentiges, um für seine Haustürbegegnungen gerüstet zu sein. Stell dir mal vor, was für kuriosen Leuten der täglich begegnet.«

»Dir zum Beispiel? Wir reden hier über Alkohol, versteckt in Süßigkeiten. Nicht über Haselnussschokolade!«

Matthias zuckt mit den Schultern.

»Ich schätze mal, dein Postler übergibt dir nur noch alles kontaktlos, weil er zwar keine Angst vor einer Ansteckung hat, aber deine gehaltvollen – sehr nachhaltigen – Geschenke fürchtet. Wahrscheinlich nennt er dich schon den Zwetschgen-Hübner und sagt dir in ein paar Wochen vor Weihnachten – rein prophylaktisch natürlich –, dass er keine Präsente mehr annehmen darf. *Firmenpolicy*, wird er ganz ernst sagen und eilig eine Schnittbewegung um den Hals vollführen, um deinen Rumideen ein für alle Mal den Garaus zu machen.«

Matthias lacht.

Lissy luchst nach oben auf den Heizstrahler, der energisch auf ihre Körper hinunterstrahlt, als würde er fleißig Überstunden machen. »Ein wenig komme ich mir ja wie ein Grillhähnchen vor«, sagt sie und schmiegt ihren Kopf an seine breite Brust, denn seine direkte Wärme ist ihr am liebsten.

»Der Plan war ja, den Wärmestrahler beim Dessert voll aufzudrehen, um dich ein wenig ins Schwitzen zu bringen und zum Entkleiden anzuspornen.«

»Was für hinterhältige Absichten – was für gute Absichten –, Herr Hübner.« Sie boxt ihm leicht in die Schulter, er küsst sie zur Antwort. »Dabei ging es schlussendlich ganz einfach«, sagt sie leise und genießt seine Nähe, die ihr gerade alles bedeutet.

~

Die Sonnenstrahlen kitzeln ihr Gesicht. Seine Hand verweilt schwer auf ihrem Bauch, und sein Atem kitzelt ihren Nacken. Eingerollt liegt sie auf der Seite im Bett, er hinter ihr, perfekt angepasst an ihre Körperformation, die sie beim Schlafen eingenommen hat. Vorsichtig bewegt sie ihren Kopf und sieht ihn an. Vogelgezwitscher trippelt in hohen Tönen durch das gekippte Fenster ins Schlafzimmer und läutet einen neuen Tag in ihrer beider Leben ein.

Ein paar Sekunden lang mustert sie ihn, den erotischen Dreitagebart und die schöne Zeichnung seiner Augenbrauen, die seinem Gesicht einen markanten Ausdruck verleihen. Sie beugt sich ein Stück nach vorne, schließt die Augen und atmet seinen Geruch ein, um sich noch einmal zu erinnern, dass das Geschehene real ist, ehe sie geht. Wie einen Proviant der Erinnerung wird sie sich seinen Duft gedanklich einpacken. Zu gern würde sie bleiben, doch sie muss sich beeilen, denn im Kummerkasten wartet jede Menge Arbeit auf sie und eine Herdlieferung für Max, als Bestätigung seines Könnens. Vorsichtig gleitet sie aus dem Bett, legt Matthias die Bettdecke über seinen nackten Körper und trippelt auf Zehenspitzen in die Küche, um ihn nicht zu wecken.

Neugierig öffnet sie den Kühlschrank, auf der Suche nach einem Frühstück. Im obersten Fach findet sie eine reichliche Auswahl, als hätte er bewusst für zwei eingekauft. Auch Räucherlachs und Champagner sind gekühlt. Neben dem Herd auf der Arbeitsfläche liegt ein Brotlaib, verpackt in Papier, daneben Semmeln zum Aufbacken. Oje, er hat damit gerechnet, dass sie bleiben würde. Etwas anderes hat sie von Herrn Hübner, MSc, der Wert auf eine einwandfreie Planung legt, auch nicht erwartet. Rasch deckt sie ihm Messer, Gabel, Löffel und eine Serviette, die sie in der Besteckladegefunden hat, auf der Frühstückstheke ein und ordnet auf einem Teller Schinken, Käse und Räucherlachs an. Dazu stellt sie die Butterdose und zwei Marmeladengläser, deren Inhalt selbst gemacht zu sein scheint. Ob die Fruchtaufstriche von seiner Oma sind? Würde irgendwie passen. Ein paar Scheiben Brot und die Semmeln, die sie gerade in das Backrohr zum Aufbacken schiebt, werden ihre Frühstückspräsentation vollenden.

Aus ihrer Handtasche nimmt sie einen Block und reißt einen Zettel ab. Darauf schreibt sie:

Einen wunderschönen guten Morgen, Herr Hübner, MSc! Die Wetterprognose für heute: sonnig. Purer Sonnenschein. Angenehme achtzehn Grad. Sehr heiter, gar nicht wolkig. Genießen Sie das Frühstück!

PS: Hätten Sie Lust, mich auf eine kleine, aber sehr bedeutsame Reise zu begleiten – eventuell eine, die in eine gemeinsame Zukunft führt? Möchten Sie mir bei der Auswahl des passenden Ferraris behilflich sein – oder zumindest beim Schleppen von riesengroßen Nudelsäcken zur Hand gehen? – Nicht ausgeschlossen, diese davor ausgiebig mit verschiedenen Soßen zu verkosten – mit der möglichen Nebenwirkung, deshalb wegen Überessens in der Notfallambulanz des nächstbesten Krankenhauses in Bella Italia zu landen. Sie sehen, ich habe romantische Pläne für uns. xx Lissy

Grinsend legt sie ihm den Zettel statt einer Zeitung neben den Teller. Dann holt sie vom Esstisch eine Blume und platziert sie in einem kleinen Wasserglas seitlich vom Gebäck, damit alles so wirkt, als würde er an einem exzellenten Hotelrestauranttisch Platz nehmen. Die fertig gebackene Semmel legt sie in den Brotkorb und verschwindet dann zufrieden ins Bad, um sich frisch zu machen.

Kapitel 14

»Ich seh nichts! Hilfe!«, kreischt Jennifer und irrt blind im Pizzakummerkasten herum, die Arme nach vorne ausgestreckt, damit sie nicht mit dem Schädel gegen einen Schrank knallt.

»Dann nimm doch einfach die schei… verdammte Brille ab«, ruft Max und schüttelt seufzend den Kopf.

Hastig reißt sich Jennifer die Taucherbrille von der Nase. »Zu Hause hat das aber funktioniert«, sagt sie enttäuscht und fährt über die angelaufene Scheibe ihrer Brille.

»Daheim musst du auch nicht zwanzig Zwiebeln schälen und schneiden.« Lissy legt beruhigend ihre Hand auf Jennifers Schulter. Zweimal in der Woche darf Jenni am Nachmittag nach Erledigung aller Schulaufgaben in den Pizzakummerkasten kommen, um dem Team zur Hand zu gehen. Ihr Vater hat es ihr erlaubt, und Lissy hat den Vorschlag erfreut angenommen, auch wenn sie dadurch oft mehr Arbeit hat als ohne die tatkräftige Unterstützung des Mädchens. Doch sie mag den frischen Wind, den Jenni mit ihrer Anwesenheit in die Kummerkasten-Küche bringt und damit für eine weibliche, nicht länger unterrepräsentierte Balance im Team sorgt. Nur bei der Songauswahl müssen sie den neuen Crewzugang noch ein wenig bearbeiten. Sie steht auf deutsche Schlager, die Pierre grässlich findet, Max episch uncool und die Lissy sogar etwas Angst bereiten, denn wenn Helene Fischers *Volle Kraft voraus* durch den Kummerkasten trällert und Jennifer einsatzfreudig das Fleischmesser schwingt, um das Gemüse mit einem zu hoch dosierten Kraftaufwand in kleine Stücke zu zerteilen, zückt Lissy vorausschauend ihr Handy, um den Rettungsdienst zu rufen.

»Was geht, Pierre?« Max kommt an die Seite des Sous-Chefs, verschränkt die Arme und betrachtet ihn dabei, wie er feinfühlig eine Tarte ausrollt, als würde er einen nackten Frauenkörper berühren. »Ich hab jetzt einen eigenen Herd. Hast du den schon gesehen?«

»Ist mir nicht entgangen.« Pierre ist hochkonzentriert.

»Neuer als deiner. Willst du ihn mal ausprobieren? Der ist episch. Der reine Wahnsinn! Echt.«

»Isch werde nischt untreu.« Pierre rümpft verständnislos die Nase.

Max steht kerzengerade da wie ein Türsteher, damit man seine Muskeln in der anliegenden Kochjacke gut sehen kann. »Läuft eigentlich noch was mit der Lady Mon Chéri?«, will er wissen und verschränkt die Arme vor der Brust. Niemandem im Pizzakummerkasten ist entgangen, dass Pierre seit dem Aktzeichnen bei Gertrude Kobald nur noch überaus kitschige, romantische französische Chansons auswählt, als würde sein Herz gedanklich von einer rosaroten Zuckerwattenwolke zur nächsten springen. Als wäre sein Leben neonpink, mit hellgelber Sprühsahne bestückt und mit jeder Menge Zuckerglitzerkugeln garniert. Genau so, wie sich das Leben anfühlen sollte.

Pierre zieht eine undeutbare Schnute. »Sie bestellt weiterhin bei mir. Mehr muss isch dazu wohl nischt sagen. … Obwohl *isch* diesen alten Herd habe. Es liegt nicht am Werkzeug, lass dir das gesagt sein.«

»Sagen sie über die Männlichkeit auch immer. Und doch

stimmt's nicht. Na dann …« Max klopft Pierre jovial auf die Schulter.

Es scheint, als hätten alle ihr kleines, feines Glück gefunden. Pierre mit Lady Mon Chéri, deren ungleiche Kreativität eine wunderbare Symbiose in ihrer Leidenschaft hervorruft. Max mit seiner Lena, mit der er super-alt werden und super-viele glatzköpfige Babys in die Welt setzen will und die er länger als einhundert Mal Zähneputzen behalten möchte. Jennifer mit dem Pizzakummerkasten, der sich wie ein zweites Zuhause für sie anfühlt und der sie beim Eintreffen jedes Mal in eine zarte Umarmung hüllt. Und Lissy … die … nun ja, die wartet. Gedanklich verträumt hält sie an der letzten Nacht fest. Abwartend auf den Startschuss für eine Zukunft, die sie sich kitschig schön in ihrer Phantasie ausgebacken hat. Noch hat sie keine Antwort auf ihre Frühstückspost erhalten. Sei geduldig, sagt ihr die Vernunft, dennoch schleicht sie ständig um den Computer herum, ihr Handy fest im Blick, damit ihr keine Nachricht von Mr. Crunch entgeht.

Langsam, mit einigen grauen Wolken am dämmrigen Horizont, zieht der Abend ein. Lissy ist die Letzte im Pizzakummerkasten. Gewissenhaft räumt sie im Kühlhaus auf und schlichtet damit auch ihre Gedanken. Kaum dass sie fertig ist und die Tür schließt, tritt sie wieder an den Computer.

Noch immer keine Antwort von Mr. Crunch.

Enttäuscht ruft sie Lenka an und lädt sie zum Abendessen in die Kummerkasten-Garderobe ein, denn es sind einige schmackhafte Reste vom Tag übrig geblieben. Während sie zum zweiten Mal die Herdflächen putzt und damit auch ein Stück ihrer Hoffnung wegwischt, ertönt der lang ersehnte Glockenton.

Liebste Lissy,
was hältst du von stattlichen achthundert PS? Zwölfzylinder, in unter 2,9 Sekunden auf einhundert km/h? In Ferrarirot natürlich, denn jede andere Farbe wäre ein Schlag auf die Haube des schicken Sportwagens. Ich hab mir mal die aktuellen Modelle online angesehen. Wir sollten den neuen Superfast Ferrari unbedingt testen … Vielleicht produzierst du ja doch noch goldene Nuggets für deine Kunden.
Übrigens bin ich ein sehr geübter Esser, was dir vermutlich nicht entgangen ist. Ich würde dem eifrigen Überessen mit herrlichen italienischen Nudeln – molto originale und immer nach dem Geheimrezept irgendeiner Nonna gefertigt – natürlich nicht widerstehen können. Gerne lande ich mit dir dann auf einem viel zu harten Bett einer südländischen, unterfinanzierten Notaufnahme. Etwas Romantischeres könnte ich mir nicht vorstellen.
Mein Magen dankt dir übrigens für das wunderbare Frühstück, mein Herz und meine Arme haben jedoch eine Vermisstenanzeige aufgegeben. Sie fühlten sich am Morgen nach dem Aufwachen sehr einsam und haben sich noch immer nicht vom Schock der leeren Bettseite erholt. Von daher bleibt nur eine Frage offen: Wann und wo ist Abfahrt in unser gemeinsames Glück?
Matthias

Kapitel 15

Ausatmen.

Durchatmen.

Einatmen.

Der Lockdown ist vorüber, das Leben kann neu beginnen. Lissy sieht zum Himmel hoch, der genauso aussieht wie die Tage zuvor, doch erscheint er ihr heute blauer, intensiver, als hätte er nach unzähligen Schließtagen wieder geöffnet. *Endlich.* Die Vögel ziehen in breiten Schwärmen über ihren Kopf hinweg, und Flugzeuge hinterlassen weiße Kratzer am Horizont, die aussehen wie futuristische Skizzen. Der Lärm auf den Straßen trällert seine altbekannten lauten Sinfonien, die in den letzten Wochen verstummt waren. Wie eine süße Melodie des Lebens strömen sie durch die Gassen, als wollten sie die Menschen wachrütteln. Nach dem dreißigtägigen Schlaf, in den die Stadt gefallen war, rekelt sie sich in neuer Blüte und mit einem verschlafenen Gähnen in einen hoffnungsvolleren Alltag zurück. Die geöffneten Geschäfte laden mit speziellen Angeboten und weniger reizvollen Warteschlangen auf ein Wiedersehen ein. Lissy atmet zufrieden ein, lehnt sich mit dem Rücken an den Lieferwagen und schließt ihre Augen. *Ein Neubeginn. Eine Wiedergeburt. Ein neues Leben mit Matthias.* Nervös und zugleich erfreut schlägt sie die Lider auf und hält Ausschau nach Mr. Crunch. Fahrig zupft sie an ihrem hellgelben Kleid mit den bunten Tupfern. In wenigen Minuten wird er da sein.

Dann werden sie sich in die Arme fallen und ihre erste gemeinsame Reise antreten. Hat sie Pierre auch alles aufgeschrieben? Ob er auch nichts vergisst? Hat sie ihm gesagt, dass er Tomaten bestellen muss? Sie beruhigt sich selbst. Pierre wird es schaffen. In der Vergangenheit hat er schon größere Küchen geleitet. Fahrig sucht sie die Straße nach Matthias' wachen Augen ab. Nach seinen Händen, die ihr so gut in Erinnerung geblieben sind. Kurz senkt sie den Blick, in der Hoffnung, seine Stimme zu hören.

Unzählige Passanten kreuzen ihren Weg und biegen in die nahe gelegene Einkaufsstraße ein. Die Minuten vergehen, das Chaos auf der Straße nimmt zu. Das Chaos in ihrem Herzen wächst und erobert in der darauffolgenden Viertelstunde einen beträchtlichen Anteil ihrer Gedanken. Wo bleibt er nur? Ungeduldig sieht sie auf ihr Handy. Zwanzig Minuten Verspätung.

Fünfundzwanzig Minuten.

Wo bleibst du?, tippt sie als Nachricht in ihr Telefon und verschickt die SMS an ihn. Unsicher kaut sie auf ihrer Unterlippe, lenkt sich mit positiven, hausgemachten Gedanken ab und spinnt in ihrer Phantasie mehrere Mini-Filme. Einmal sieht sie Matthias, wie er sich an unzähligen Warteschlangen vor Geschäften vorbeikämpft, dann, wie er von Löwen, die aus Schönbrunn entflohen sind, aufgehalten wird, weil sie die Lockdownaufhebung falsch verstanden haben. Und im nächsten Clip sieht sie Herrn Hübner, wie er ungeduldig in der U-Bahn sitzt, da sich der U-Bahn-Fahrer im Untergrund verfahren hat. Absurd. Sie schüttelt den Kopf. Ob er ihr noch Blumen besorgen möchte und unzählige andere Kunden vor ihm dran sind? Vielleicht ist er … und nun fällt der unbarmherzige Gedanke, jener, an den sie nicht denken wollte, der eine Altlast zutage bringt, eine Erinnerung an das Warten im Park in ihr hochkommen lässt. Panik überkommt sie, nicht auf leisen Zehenspitzen, sondern auf mächtigen, ausgebreiteten Schwingen eines Adlers. Plötzlich verstummt das Summen ihres Herzens, jede Melodie in ihrem Kopf, die von einem Neubeginn gesungen hat.

Achtunddreißig Minuten.

Lissys Arme baumeln haltlos nach unten, als hätten sie jede freudige Spannung verloren. Ihr Blick gleitet auf den grauen Boden und auf die vielen Beine, die an ihr vorbeimarschieren. Nur … Es sind die falschen. Keine davon die richtigen.

Der Nachrichtenton ihres Handys ertönt. Hastig sieht sie darauf.

Kauf bitte auch Trüffel ein, wenn du welche bekommst.
Nur vortreffliche! Merci, Pierre.

Angespannt atmet sie aus. Noch immer keine Antwort von Mr. Crunch. Die Minuten schmelzen gehaltlos dahin.

Als sie wieder auf die Uhr blickt, trifft sie die Erkenntnis, dass es zu spät ist. Dass sie nicht länger warten darf. Sie sollte ihr Herz, das gerade in mehrere Stücke bricht, einpacken, in eine warme Decke hüllen und mit sich nehmen. Sie sollte es nie wieder jemandem so bereitwillig öffnen. *Naiv.* Wie recht er doch mit seinem Urteil über sie hatte. Sie muss ihr Herz beschützen, nicht weiter warten, einfach losfahren. Ohne ihn, so, wie sie es zu Beginn des Lockdowns – als es noch keinen Herrn Hübner, MSc in ihrem Leben gab – geplant hatte. Sie könnte Lenka anrufen und enthusiastisch *Mädelstrip!* ins Telefon kreischen, als hätte sie nie einen anderen Plan gehabt … Die Freundin könnte zu ihr ins Auto springen, und sie würden mit *Pink*-Therapiesongs im Gepäck über die italienische Grenze donnern. Sie könnte so vieles. Doch das, was sie wirklich will, das kann sie nicht. Enttäuscht blickt sie sich ein letztes Mal um. Kein bekanntes Gesicht. Keine vertraute Stimme. Tränen rollen über ihre Wangen.

Resigniert öffnet sie die Fahrertür und steigt ein.

»Bella Italia, ich komme!«, ruft sie, in der Hoffnung, sich selbst für den Trip begeistern zu können. Wer braucht schon einen Mann, um Spaß zu haben?! Mit einem Taschentuch tupft sie sich die Augenwinkel trocken und legt ihre Handtasche auf den Beifahrersitz. Kaltes Leder soll nun ihre Begleitung sein? Seufzend sieht sie auf die beiden Kaffeebecher, die in den Halterungen stehen und die sie extra für die Fahrt mit fluffig-leichter Milchschaumhaube zubereitet hat. Mittlerweile sind sie ausgekühlt, der Schaum ist in sich zusammengefallen wie ein Traum, der sich im Seifenwasser der Realität aufgelöst hat. Kurz spielt sie mit dem Gedanken, zurück in den Pizzakummerkasten zu gehen, um zu arbeiten, sich abzulenken. Nein! Sie lässt sich von ihm nicht ihr Glück versauen! Kurzerhand betätigt sie die Zündung. Sie wird Spaß haben, sie wird grandiose Momente erleben, und wenn es sein muss, wird sie alleine in der Notaufnahme landen! Und ja, es wird schön werden. Auch im Neonlicht des Krankenzimmers, ohne ihn! Entschlossen legt sie den Gang ein und rollt den Lieferwagen aus der Einfahrt, als plötzlich ein lautes Gehupe ertönt. Himmel! Hat sie ein Auto übersehen? Ist sie jemandem reingefahren? Katze umgefahren? Hastig guckt sie in den Rückspiegel und sieht einen gelben Lamborghini, der ihr den Weg versperrt.

»Idiot! Ich hab mit meiner alten Lady Vorfahrt«, grollt sie und tätschelt das Lenkrad. »Eingebildeter Sportwagen-Fahrer!«, zischt sie verärgert, denn er nimmt ihr die Vorfahrt. Sie muss warten. Doch anstatt dass sich der Flitzer in Bewegung setzt, bleibt er stehen. Lissy lässt die Fahrerscheibe hinunter und blickt zurück.

Ein gut gebauter Mann steigt aus. Vertraut und doch so vieles unbekannt, noch unentdeckt an ihm.

Blaue Jeans, die locker an der Hüfte sitzen, ein bekannter Gang, wache Augen, cognacfarben mit ein wenig Röstkaffee, verschmitztes Grinsen. Ein geheimnisvolles Lächeln. Unvergleichlich schön. Vielversprechend und um Verzeihung heischend.

Mr. Crunch schlägt die Autotür zu. Schmunzelnd beißt sie sich auf die Unterlippe und beobachtet ihn im Seitenspiegel, wie er auf sie zukommt.

Als er neben ihrem Fenster stehen bleibt, atmet ihr Herz erleichtert aus.

»Liebste Lissy, es tut mir so leid«, beteuert er und betrachtet sie schuldbewusst.

»Startschwierigkeiten gehabt?«, fragt sie cool, obwohl ihr vor wenigen Minuten jegliche Coolness in den Gully gelaufen ist. »Blumen hätten es auch getan«, bemerkt sie keck und deutet mit einem Kopfnicken nach hinten zu seinem Wagen.

»Ich wollte dir einen Ferrari besorgen, doch der war leider aus. Die Schlange vor der Autovermietung war enorm, als wollte jeder Wiener heute ein Auto ausborgen. Und mein Handy habe ich vorhin vor lauter Aufregung in der öffentlichen Toilette versenkt. Durch die blöde MS muss ich ständig pinkeln.« Er zieht das kaputte Mobiltelefon aus seiner Hosentasche.

Sie grinst glücklich. »Wir haben Zeit. Wir können auch erst morgen ankommen.« Sie wischt sich eine Träne aus dem Gesicht. »Oder übermorgen.«

»Besser, wir steigen ein wenig aufs Gas. Man weiß nie,

wann der nächste Schub kommt. Komm, wir wechseln in den Rennschlitten«, bemerkt er und öffnet ihr die Wagentür.

»Wie sollen wir denn kiloweise Nudeln, Balsamico-Essig, Trüffel und Olivenöl in dem kleinen Sportwagen transportieren? Ich wollte keine Seidenkleidchen in Italien einkaufen«, ermahnt sie ihn heiter und schwingt ihren Zeigefinger in der Luft.

»Hey … vor dir steht Matthias Hübner. Ich hab alles durchdacht«, sagt er und reicht ihr seine Hand, um ihr beim Aussteigen behilflich zu sein. »Wir tauschen bei der Rückfahrt die Wägen. Ist dein Credo nicht, dass man jede Gelegenheit beim Schopf packen muss und nicht auf morgen warten darf? Wer weiß, was danach kommt … in meinem Fall nichts Besseres.«

Lissy kullern Tränen über die Wangen.

»Wein doch nicht, liebste Lissy! Gefällt dir die Farbe nicht?«, scherzt er und zieht sie in eine Umarmung. Sie versinkt erleichtert an seiner breiten Brust. Bergamotte, Amber, mit einer holzigen Sillage. Mmh … daran wird sie sich wohl nie sattriechen können.

»Du bist gekommen«, flüstert sie und schließt die Augen.

Er nickt und küsst sie auf das Haar. »Ich kann dich doch nicht mit einem klapprigen, rostigen Lieferwagen in die Emilia Romagna einfahren lassen. Noch dazu alleine. Der alte Balsamico braucht bestimmt Begleitschutz, so teuer, wie der ist.« Vorsichtig sieht sie zu ihm hoch, und er antwortet darauf mit einem innigen Blick. »Im Verkosten bin ich Spitzenklasse, wie du weißt, und mit der passenden Autoauswahl kann ich dir auch behilflich sein.«

»Sportwagenfahrer«, sagt sie ein wenig abwertend, denn bislang hat sie einen weiten Bogen um *die* Sorte Mann gemacht. Oder *die* Sorte Mann hat einen weiten Bogen um Lissy gemacht. So genau weiß man das nicht. Aber Männer in wiedergewonnener Freiheit sind wohl zu allem fähig. Und für PS-starke Überraschungen gut.

»Ist ja nicht meiner«, antwortet er schulterzuckend. »Obwohl dessen Esprit mir langfristig gut stehen würde. Das wär was für uns ... Und wer weiß, wie lange ich noch Auto fahren kann.« Ein wenig Wehmut knallt an Lissys Kopf, doch er zieht einen Mundwinkel tapfer nach oben, um sie nicht zu verunsichern.

Verführerische Grübchen bilden sich um seinen Mund, die perfekt zu seiner tiefen, sonoren Stimme passen. Sein Lächeln bestätigt, dass sie die Eine ist, auf die er gewartet hat. Sanft beugt er den Kopf und küsst sie, intensiv und voller Gefühl, als wollte er all seine Liebe für sie in diesen einen Kuss legen. Als wäre es der Erste, bestimmt nicht der Letzte, auf jeden Fall der Vielversprechendste von allen.

»Lissy, du bist das Beste, was mir seit Langem passiert ist. Und ich möchte, dass du in meinem Leben bleibst.« Nachdenklich sieht er sie an und streicht sanft an den Lachfalten um ihren Mund entlang. »Ich fühlte mich mal wie brauner Schneematsch, der in einen Gully getreten wurde. Und dann kamst du. Du hast das einundachtzig Kilo schwere Steak einfach aus dem Loch gezogen und ordentlich durchgebraten. Mittlerweile ist es sogar genießbar.« Sein nachfolgender Brummton zieht wie ein Zwinkern an ihr vorbei. »Du könntest noch ein wenig nachwürzen«, meint er und deutet mit einem Nicken zum Lamborghini.

Lissy lächelt glücklich. »Streu ein wenig Glück drauf?«

»Was für ein dummer Spruch, aber ja, davon werde ich wohl eine Tonne brauchen.«

»Du musst nur die richtige Bestellung abgeben. Ich hab

genug auf Lager.« Sie linst ihn mit einem verliebten Lächeln an.

»Ich weiß, meine süße Gefühlsköchin. Deshalb haben wir uns vermutlich auch gefunden«, sagt er und schließt fest seine Hand um ihre, was sich so anfühlt, als würde sie ihn das erste Mal berühren. Wie damals auf seiner Türmatte im Neunten, vor der verschlossenen Tür, als sie zögerlich ihre Hand durch den Fensterspalt streckte. Doch dieses Mal hat er alles weit für sie geöffnet.

Sein Leben.

Sein Herz.

Seine Gegenwart … und eine gemeinsame Zukunft.

Epilog

Liebes Pizzakummerkasten-Team,
die Sonne scheint, sie atmet durch unsere Körper. Sie gleitet langsam an unseren Beinen entlang nach oben, breitet ihre Arme aus und zieht uns sachte zu sich. Das Meer rauscht in unseren Ohren und hinterlässt das hauchdünne Gefühl eines perfekten Moments, der zärtlich unsere Wangen streichelt. Wir halten uns in den Armen, zergehen in der Liebe des anderen, als wären wir Pudding auf einer heißen Herdplatte, und sehnen uns das erste Mal in unserem Leben nach … nach nichts. Weil wir Erfüllung gefunden haben, ineinander, jene, die wir viel zu lange vergebens gesucht haben. Wir vergraben unsere Zehen im feinen Sand und buddeln zugleich neue Träume aus. Bauen meterhohe Sandburgen aus Träumen. Höher und immer höher, weil zusammen plötzlich so vieles möglich, bedeutend und noch viel schöner erscheint.
Einen kleinen Hunger haben wir. Keinen unstillbaren, sondern einen simpel gestrickten, leicht stillbaren. Vermutlich sind wir gerade zu weit weg für eine Lieferung, aber habt ihr ein passendes Rezept für uns parat?
Kiloweise Nudelgrüße aus Bella Italia!
Lissy und Matthias

Nachbemerkung & Dank

Liebe LeserInnen,

bräuchten wir nicht alle manchmal so eine Lissy?

Die Idee zum Buch kam mir bei einer Laufrunde durch die leeren Straßen Wiens, als die Pandemie uns alle zum Stillhalten und Innehalten verdonnert hat. Ich hörte von den vielen Herausforderungen von Alleinstehenden, Kindern, Jugendlichen, Müttern, Vätern, Großeltern … Ich war kürzlich erst selbst Mutter einer wundervollen Tochter geworden und bemerkte, wie einsam es plötzlich ist, wenn man seine Kontakte nicht pflegen kann. Es bräuchte doch wirklich so eine gute Fee, die unseren Alltag in schwierigen Zeiten versüßt, dachte ich mir damals.

Meine gute Fee wird im echten Leben von zwei Menschen verkörpert: meinem Ehemann Bernhard und meiner Tochter Lara, die bewusst und unbewusst jeden Tag den Sonnenschein in mein Leben bringen. Ich bin unendlich dankbar dafür, dass es euch gibt. Auch meinen Eltern möchte ich an dieser Stelle von Herzen danken, die mich in allen Belangen immer bedingungslos unterstützt und dafür gesorgt haben, dass ich stets etwas Fabelhaftes zu essen bekomme. Tja, die Liebe geht bekanntlich durch den Magen. – Diesen Grundsatz leben sie nach wie vor täglich.

Danken möchte ich an dieser Stelle auch meiner engagierten Agentin Susanne Zeyse, mit der die Zusammenarbeit einfach wunderbar ist. Herzlichen Dank auch an meine Lektorin Dr. Stefanie Heinen, die an mich geglaubt und dieses Buch in die Welt getragen hat. Auch dem gesamten Team von Bastei Lübbe danke ich für seine tatkräftige Unterstützung.

Zum Schluss möchte ich noch meine Worte der Bewunderung an all jene aussprechen, die täglich mit einer schweren Erkrankung leben müssen. Ich wollte der MS-Erkrankung bewusst Raum in meinem Buch geben, da jemand in meinem Verwandtenkreis an Multipler Sklerose erkrankt ist. Er ist ein beeindruckender Kämpfer, und ich bewundere all jene, die täglich damit leben müssen und sich dafür einsetzen, ein Stück weit das zu erhalten, was für viele so selbstverständlich ist.

Geben Sie auf sich acht, bleiben Sie gesund, und mögen Sie wunderbare Geschichten lesen … und natürlich immer fabelhaft essen. Ich wünsche Ihnen eine Lissy in Ihrem Leben, die Ihnen eine Unbeschwertheit und Süße verleiht, genau dann, wenn Sie es brauchen.

Herzliche Grüße,
Nadine Fauland